心理罪 5

城市之光

雷米 —— 著

重庆出版社

图书在版编目（CIP）数据

心理罪. 城市之光 / 雷米著. — 重庆：重庆出版社，2021.8

ISBN 978-7-229-15860-6

Ⅰ. ①心… Ⅱ. ①雷… Ⅲ. ①推理小说—中国—当代 Ⅳ. ①I247.5

中国版本图书馆CIP数据核字（2021）第106862号

心理罪：城市之光

雷米　著

策　　划：华章同人
出版监制：徐宪江　连　果
责任编辑：王晓芹
营销编辑：史青苗　刘晓艳
责任印制：梁善池
书籍设计：重庆出版社艺术设计有限公司
插图绘制：西索千寻 1340989801@qq.com

出　　版：重庆出版社
（重庆市南岸区南滨路162号1幢）
发　　行：重庆出版社有限责任公司
印　　刷：北京博海升彩色印刷有限公司
邮购电话：010-85869375

全国新华书店经销

开　　本：880mm×1230mm　1/32　　印　　张：15.75　　字　　数：408千
版　　次：2021年8月第1版　　印　　次：2025年8月第6次印刷
定　　价：52.00元

自序

我的宇宙

2015年，《心理罪》系列小说第一季的收官之作《第七个读者》首次出版时，从未给自己的作品写过序的我，用一篇《命运光轮》作为这本书的序言。时隔7年，方木的故事仍旧在市场上长销不衰，并且，又将有装帧更加精美、内容更加丰富的新版《心理罪》面世。所以，我还想说点什么。

走上写作之路纯属偶然。即使由现在的我回望2006年4月的那个下午，仍然不知道是什么样的力量驱使我在空白word文档上敲下“第七个读者”这几个字。最初，我只是把文字当作自己与世界交流的方式，甚至是打算束之高阁的自言自语。然而，当方木这个人物引起越来越多读者的关注时，我才发现，他势必会离开我一厢情愿的约束，迈动双脚，走到阳光之下。

的确，是我赋予他生命，并任由他在纸面上横冲直撞。每当一位读者看到他的故事，并愿意接受他成为记忆中的一部分的时候，就会有一个全新的宇宙对方木打开。他就活在你们的世界里，和你们呼吸同样的空气，沐浴同样的阳光。

说实话，我很嫉妒方木。他可以自由穿梭于不同的头脑中，并在那些世界中被描绘成各种模样。他既可以徜徉于江南烟雨中，也可以跋涉在东北风雪里；既可以向弱者伸出援手，也可以对恶龙拔出利剑。方木是跨越了15年时空的存在，而我，只能做自己的囚徒。

很不甘心。因为，我也想去那些宇宙去看一看。

是的，宇宙。

彼此独立，茁壮生长，在相互碰撞的一瞬间，会爆发出璀璨的光芒。

同时，会不会又诞生出一个新的宇宙呢？

我曾经说过，我是一个不会保持沉默的人。只要还有话想说，我就不会停止去敲击键盘。即使在这彻底改变我的生活的5年中，我也没有放弃写作的想法。只要你们还在等，我就一定会回来。因为，我真的想做一个可以写很久的作者。因为，文字是我的堡垒、我的盔甲。我可以勇敢地做一个小小房间中的堂吉诃德，面向那些看不见的风车。文字永远具有治愈的力量。它是我和现实世界之间千丝万缕的联系，也是灵魂的栖身之所。更何况，在我身后，还有他们。

方木。邰伟。米楠。邢璐。边平。韩卫明。赵大姐。魏炯。岳筱慧。顾浩。苏琳。姜庭。姜玉淑……

以及，其他可能出现在你们宇宙中的人。

那里浩瀚无垠，充满未知，也充满各种可能。那些令我，也令你们意难平的人，实在不应该在某个时空中沦为无名之辈。

没错。我不会让他们沉睡于那些世界中。折叠空间也好，穿越虫洞也好，他们一定会跨越宇宙的边界，来到我的身边，来到你们的身边。

这是我的野心，也是命运中的必然。叹息之墙并非牢不可破。当他们在空中听到异样的声响，那座桥梁已经慢慢浮现出形状。

如果你想看到米楠和岳筱慧一同出现在犯罪现场；
如果你想看到邰伟和顾浩在二十年后对坐而饮；
如果你想看到赵大姐和姜玉淑在晾衣绳的两侧打开同一面床单；
如果你想看到方木和苏琳在深渊的边缘彼此凝望……
欢迎你来到雷米的宇宙。我的宇宙。

2021年7月　于沈阳

目录

“是一种模压胶粘的硫化成型胶底鞋。”米楠用手比划了一下，“从鞋底花纹和防滑点来看，怀疑是这种匡威帆布鞋。”

“大小呢？”

“42号左右，”米楠垂下眼皮，“和你的号码接近。”

“你为什么没来……为什么没和我一起走……为什么要骗我……”

廖亚凡用手一遍遍抚摸着骨灰盒，那轻飘飘的木头盒子里，真的是那个爱喝可乐、拿菜包子当美食的少年么？

42岁的姜维利双手抱于胸前，头下脚上地蜷缩在那个水囊中，宛若一个待产的巨大胎儿，回到了那个同样巨大的子宫里。

“简单地说，”方木有些尴尬地做了一个手势，“他‘原路返回’了。”

“就是因为下雨我才来的。”米楠一手按胸喘息，一手指指外面如织的雨帘，“我怕雨水浇进来，破坏足迹。”

方木的心一热。还在生病的米楠冒着大雨来到现场，就是为了验证自己的推断。

十几年来，无论他醒来的地方是床，还是公园的长椅、桥洞抑或水泥管道，这个梦都会在那一刻戛然而止。

他还记得第一次梦到这些的情景，当时他以为自己真的已经死了，直到睁眼时，看到头顶的一片星空。

当凶手面朝水囊站立时，在脚踩那片水渍的同时，也许就在水囊上写下了那些数字。如果这些推论成立，那么，这些数字一定具有某种象征意义，并且对凶手十分重要，以至于他要将这些数字公开展示。

中队长咬咬牙，耐住性子好言相劝：“你别着急，我们正在联系车主……”

“不用联系了，”女人已经几近疯狂，满脸都是恐惧，“这台车是我家的！我能做主！”

“什么？”中队长难以置信，他看看火光熊熊的633室，又看看那辆灰色面包车，“堵住消防车道的……是你家的车？”

在某种意义上，它非常符合人类复仇文明中的一种——同态复仇。亦即以牙还牙，以血洗血。而与这种比较原始的报应观念相关的另一个词是：公平。

表面上，他是一个内向、沉默、待人接物彬彬有礼、人际交往正常的人，而在他的内心深处，有独特的价值观念，望被瞩目及认可，同时表现出对他人的漠视，甚至物化心态。

接手这家店面之后，他拆掉了地下室里的木质隔断，把它改造成库房。里面的隔间只是彻底消毒，仍旧保持着原样。每隔一段时间，他还会到这个隔间里坐上一会儿，细细体味远离人间的感觉。那种彻底隔绝的寂静，让他安心。

第二十四章

忽略 409

一切都无法重来。就好像方木无法在紧急关头欺骗自己的内心。只是，那个宛若野草般的女孩，最终死于方木的忽略。

第二十五章

夺走 423

方木把枪扔在郤伟身上，转身，抬头望向墙角。那里，是一架小小的视频监控探头。

第二十六章

熄灭 443

他在等待着，等待最后时刻的降临。这让他感到恐惧，更感到一丝释然。似乎这个结局，已经让他期盼已久。

第二十七章

死者的证言 465

“最后，”方木盯着镜头，表情突然变得局促，嘴边绽开的微笑中，是深深的不舍，“米楠……”

室内一下子变得安静，警察忘记了自己的职责，杀人者忘记了自己的处境，所有人都把视线投向了死者最后的牵挂。

尾声

我想你要走了 479

如果不是他怎么办？如果不是那个走路习惯轻轻地摇晃左肩，右脚偏内落脚，左脚弓稍高，右侧后鞋跟磨损严重的人——该怎么办？

引子

往事

2008年。

潮湿闷热的天气已经延续了近半个月。时至中午，马路上空荡荡的，偶尔几辆汽车飞驰而过，卷起沙尘和热风，呛进肺里辛辣无比。这个城市的大多数人都选择待在家里，一是为了避暑，二是为了观看那四年一度的体育盛会。

“渝都麻辣烫”里却热闹非凡，狭窄的厅堂里，几张油腻的餐桌前都坐满了人。每个人的面前都是一碗热气腾腾的麻辣烫，间或搭配着几根羊肉串或者几瓶冰镇啤酒。厅堂上方的老式风扇有气无力地转着，丝毫不能降低这里的高温。食客们的后背大都被汗水浸透，却丝毫不影响他们对那碗麻辣烫的偏爱。稀里呼噜的吞咽声此起彼伏。

一个满脸胡子的大汉早早地拿起筷子，麻辣烫一端上桌，他就迫不及待地大口吃起来。吃了几口，大概是觉得不够味，他端起瓷碗，一摇三晃地走到取餐档口前，操起一个铁皮罐里油腻的长把钢勺，从中舀起一大块黄色油膏，搅拌在自己的麻辣烫里。尝了尝，又加了满满一大勺油膏，这才心满意足地走了回去。

在一旁边嗑瓜子边看电视的老板娘站了起来，看看已经见底的铁皮罐，半认真半开玩笑地说道：“我说大哥，你一来，我家的麻油就不够用了。”

大汉嘿嘿地笑起来，大口吃着麻辣烫。

电视里正在播报午间新闻，在主持人充满伤感的解说中，刘翔在男子110米栏决赛中提前退赛的画面出现在屏幕上。食客中间也一片哗然，斥其丢脸者有之，言其遗憾者有之。唯有那个大汉一声不吭地闷头吃喝，对那场远在北京的比赛毫不关心。

此时，敞开的门外又走进三个食客。为首的是一个老者和一个小女孩。老板娘拍拍身上的瓜子皮，笑脸迎了上去。

“来了，老爷子？”她手脚麻利地清理出一片桌面，“还是两碗，双份鸭血？”

“一份吧。”老者满脸是汗，衬衫的前胸和后背各有一大块汗渍，“这孩子，大热天的非得来吃麻辣烫。”

老板娘眉开眼笑地拍拍小女孩的头顶：“又想吃阿姨家的麻辣烫了？”

“嗯！”小女孩响亮地应道，“还要加双份粉丝，再来一瓶冰镇汽水。”

说罢，小女孩就坐在椅子上，老者在她身边坐下，满脸都是慈爱与无奈。

“这孩子，就爱吃这个——倒了两趟公共汽车呢。”

第三个食客是一个年轻男子，灰色圆领T恤衫，黑框眼镜，看上去斯斯文文的。老板娘认得他，前几天曾来过两次，每次都点一碗麻辣烫，却吃得很少，问了一些莫名其妙的问题就走了。

他并不急着落座，而是在店堂里扫视一圈，最后打量了那个大汉几眼。

老板娘迎上去，打开手里的小本子：“先生来点什么？”

“一碗麻辣烫。”说罢，他就坐在大汉的对面，拿出烟，慢慢地吸着。

大汉只是抬头扫了他一眼，就继续大口吃着。年轻男子的目光隐藏在黑框眼镜之后，大汉没有发现，对方正盯着他粘满油膏的手指若有所思。

麻辣烫很快就端上来，年轻男子伸手去接，左手却在桌面上拂了一下，筷子应声落地。他弯腰去捡筷子的时候，目光又在大汉的鞋子上停留数秒。

接下来，他的神情不再专注，眉头却渐渐蹙紧。相对于满屋专心吃喝的食客而言，他显然是个异类。面前那碗散发着诱人味道的麻辣烫，他几乎碰也没碰，只是用筷子挑起一块尚未溶化的麻油闻了闻，就把碗推到一旁。

老板娘有些不满，你什么意思啊？这不是坏我生意么？

正想着，大汉已经把碗里的麻辣烫吃得一干二净，连汤都一饮而尽。他抹抹嘴巴，掏出钱来放在桌面上，起身就走。

年轻男子也随即起身尾随而去。路过那对祖孙的桌前，他忽然停下脚步，拍了拍那个小女孩的头顶。小女孩含着满嘴的粉丝，仰起头来看着他。

年轻男子笑了笑，轻声说道："以后别吃这东西了。"

说罢，他就在老板娘惊异和厌恶的目光中，转身走出了店门。

大汉走得很慢，脚步也有虚浮感。年轻男子很轻易就赶上了他。看看他身上那件已经泛白的短袖工装，"装卸一车间"几个暗红色的字看起来模模糊糊。

"大哥。"他快步走到大汉身边，同时递过去一支烟。

大汉接过烟，双眼却仿佛蒙上一层薄雾一般，眼球的转动也有些迟滞。

"大哥，"年轻男子帮他点上烟，"同发热力公司就在附近么？"

"嗯。"大汉吸了一口，露出满是黑渍的牙笑了，"好烟。"

"大哥你是装卸车间的？"年轻男子显得很是热络。

"嗯。"大汉仿佛有些迟钝，想了想才回答。

"那正好，我就去装卸车间找个人。咱俩顺路。"

"谁啊？"

"郑霖。"年轻男子答道，"你认识么？"

大汉的眼珠转动得更加缓慢："不认识。"说罢，大汉就低头前行，却没有沿着路走，而是拐进了路边的居民小区。

进了小区，大汉的行走路线更加没有规律，时走时停，有时会在一栋楼前绕上几圈，有时就站在空地上四处张望。

他的眼睛越来越浑浊，双手用力地绞在一起，嘴里也不时发出含混不清的声音，似乎在念叨着什么。

年轻男子跟在他的旁边，却对他的异常举动不以为怪，只是不停地上下打量他，间或看看手表。两个人一前一后，走走停停，大汉除了比年轻男子强壮些以外，身形颇为相似，看上去竟像一个影子尾随着自己的实体。

不远处，一个30多岁的女人走出楼门，扬手把一个黑色塑料袋扔进路灯下的垃圾桶。小区内空无一人，她看看大汉和年轻男子，又看看湛蓝的天空和火热的太阳，小声说了一句什么鬼天气，就撑起一把太阳伞，扭动着腰肢向前走去。

大汉直勾勾地盯着身着玫红色吊带裙的女人，抢上前两步，又站住，右手不自觉地在裤裆处揉了几下。

“唉，不行啊。”他自言自语道，目送那个女人走出小区，自己转身向相反方向走去。

回到路边，大汉依旧蹒跚前行，半小时后，又转入一片居民小区。此时已近下午2点，正是日光最为炽烈的时候，大汉行走在太阳下，身上的短袖工装已经彻底湿透。然而，他似乎完全没有意识到这炎热的天气，依旧毫无规律地走走停停，不时四处张望着，好像有所期待，又仿佛没有目标。

第三次转回路边的时候，大汉的脚步已经坚实了许多。他擦擦汗，长出了一口气，看了看周围的楼群和街道，似乎在辨别方向。就在这时，他也看到了一直跟在身边的年轻男子。

“你？”大汉的脸上露出了疑惑的神情。

“嗯，刚才我们见过。”年轻男子正在发短信，“在那家麻辣烫。”

“哦。”大汉依旧是一副初见的模样，似乎对他们之前的对话毫无印象。

他已经确认了自己的位置，穿过马路，向路西走去。年轻男子跟在他后面，双手插兜，一副悠闲自在的样子。

“看来你挺爱吃麻辣烫的。”年轻男子又递过一支烟。大汉犹疑着接过来，吸了一口，笑了：“好烟。”

“经常去那家店么？”

“嗯，隔几天不吃就觉得不舒服。”大汉彻底放松下来，“你也爱吃吧？够味！”

年轻男子笑笑：“吃了多久了？”

“半年吧。”

“吃完是什么感觉？”

“爽。尤其是她家的麻油。”大汉贪婪地嘬着烟头，“现在一勺都不过瘾了，得两勺。”

“是么？”年轻男子忽然停下脚步，不远处，几辆警车闪耀着警灯，一路疾驰而来。

大汉不解地看着年轻男子，后者脸上的笑容已经消失不见，语气却依旧平淡：

“可是，你为什么要杀人呢？”

第一章

赛跑

我在哪里？

他晃了晃似乎有几百斤重的脑袋，立刻感到后脑处传来巨大痛感。又是一阵眩晕，意识却渐渐清醒过来。

最后的记忆是那家肮脏的小饭店、墙上的电视机、C市导报节目以及回家路上那条长长的小巷……

此刻，他却发现自己正赤身裸体地侧躺在冰冷的水泥地面上，眼前是几根竖立的金属条，看上去怪异又熟悉。

他粗重地呼出一口气，目光再次聚焦时，发现那些金属条是桌椅腿。

难道……

他蜷起身子，试图撑住地面坐起来，然而这个动作只做了一半就不得不停下来，因为他发现自己的左手被牢牢地锁在墙边的暖气管上。他先是疑惑，紧接着，巨大的恐怖感袭上心头。

他连滚带爬地半坐起来，一边竭力挣脱左手，一边快速扫视着自己所处的空间。的确，他在教室里，而且是自己每天都要在此讲课的教室。

我为什么会在这里？谁把我锁住的？他或者她想干什么？巨大的问号一个接着一个，然而他没有时间去思考这些，只是本能地试图摆脱左手的束缚。很快，他发现自己的右手和双脚都被锁住，几条铁链都连接在一条更粗的锁链上，长长的链条那边，是后门的把手。他更慌了，拼命挣扎。然而徒劳的努力只是在手腕上留下更深的勒痕，粗糙且坚固的金属锁链分毫未动。

“你醒了？”一声平和甚至有些亲切的问候在教室里突然响起，伴随着哗啦哗啦的声音。他吓了一跳，急忙循声望去。一个头戴棒球帽，全身黑衣黑裤的男子正背对着自己，拉上最后一扇窗帘。

“嗯，这样就行了，可以确保我们不被打扰。”黑衣人拍拍手上的灰尘，脚步轻快地走过来。

他被完全吓呆了，傻傻地看着黑衣人蹲在自己身前，对方那副遮盖了大半张脸的墨镜上，清晰地倒映出自己惊恐万分的脸。

“你是……”

“怎么样？”黑衣人扳过他的头，仔细查看他后脑处的血肿，“还撑得住？”

他的目光须臾不敢离开黑衣人的脸，下意识地点了点头。

“那就好，我还担心自己刚才下手太重，直接把你干掉了呢。”黑衣人的语调轻松，“来，简单测试一下——3的开平方是多少？”

“嗯？”他彻底糊涂了，“1.732。”

“16的平方呢？”

“256。”他忍不住问道，“你到底要干吗？”

黑衣人没有回答，看上去似乎很满意。

“还不错。”他把一个小塑料桶放在墙边，仔细摆好位置，“那我们可以开始了。”

随即，他从身上的背包里依次取出一沓白纸、一支钢笔、一个小小的保险箱，最后，是一本书。

“我来解释一下规则。”黑衣人指指那个保险箱，“那里是你的手机，拿到它之后，报警或者叫救护车，都随你，如果你喜欢，叫份外卖来吃都行——不过，前提是你得拿到密码。”

他拿起那本书，封面上是色彩绚丽的数字和数学符号。

“初中数学天天练，第二册——很熟悉吧？”黑衣人的脸上笑容可掬，“密码就是这本习题集里的所有答案的总和的开平方。”

他怔怔地看着这本习题集，脸色突然变得惨白。

“我知道你是谁了！”他手刨脚蹬地向后躲着，最后背靠在墙边瑟瑟发抖，“你……对不起……求求你……”

黑衣人笑着摇摇头：“不，你并不认识我，而且你也不必向我道歉——你该道歉的，是那个孩子。”

他已经完全听不进去，竭力向桌椅后躲藏，同时声嘶力竭地狂喊：“救命啊……救命！”

黑衣人静静地看着他，直至他喊到声音嘶哑，佝偻在墙边不住地咳嗽着。

“我要是你，就不费那个力气。”黑衣人扶起一只手悬吊着的正古怪地扭曲着身体的他，“楼下的值班员至少会睡上5个小时，现在就是打雷，也吵不醒他的。”

他艰难地喘息着，嘴边的涎水一直滴落到赤裸的胸脯上。巨大的恐惧和剧烈的挣扎让他的体力消耗殆尽，只能任由黑衣人把拧开笔帽的钢笔塞进自己手里。

“快点算吧。”黑衣人的语气仿佛在劝说一个顽皮的小学生，“你也不想被铐在这里，不是么？”

他呜咽起来，勉强坐直身体，颤抖着翻开习题集，刚写下第一笔，却发现只留下一道无色的划痕。

“没……没有墨水。”

“你用不着墨水。”黑衣人的脸上再次浮现出笑容。他站起身，按住对方无力的左腕，手里已经多了一把寒光闪闪的手术刀。

只是轻轻一下。短暂的刺痛之后，他就听到了类似水管破裂一般的嘶嘶声。

血喷溅出来，他惊呼一声，本能地伸出右手去按住伤口。然而，即使右手腕上的铁链绷得笔直，两手之间还足有半尺的距离。

“别动别动。”黑衣人无奈地嗔怪，重新调整了小塑料桶的位置，“别浪费你的墨水。”

喷出的血液落在桶里，发出啪嗒啪嗒的声音。

黑衣人按住还在挣扎的他，把钢笔重新塞进他手里，示意他蘸着桶里的血来写。

他终于大哭起来，边哭边伏在地上，颤抖着写下第一道题的答案。鲜红的数字“45”在白纸上分外刺眼。

“这就对了。”黑衣人满意地站起身来，看看手表，“我用了5个小时才得出答案，你应该比我快，两个小时足够了。不过你得抓紧时间……”他指指那个小塑料桶，“那玩意儿凝结得很快，呵呵。”

说罢，他就拎起背包，扫视了一圈之后，拎起拖把，小心地拖在地上，转身向门口走去。

刚拉开门，黑衣人似乎想起了什么，转身说道：“对了，最后的答案取整数即可——祝你好运！”

一个意味深长的微笑后，黑衣人关上了房门。

第二章

求婚

初秋的阳光依旧灼热炽烈，在横行肆虐了整整一个夏天之后，还在不依不饶地炙烤着这片大地。已略显黄色的野草在阳光下散发出淡淡的香气，熏得人昏昏欲睡。

方木顶着初升的太阳，蹲在院子里拔草。汗珠不停地从头上滑落，流进嘴里，咸咸的。每隔一会儿，他就不得不站起身子，伸展一下酸麻的腰背，同时擦擦汗，防止汗水遮挡视线。

这家儿童福利院和天使堂很像，也有一个种植着瓜果花草的院子，只是规模小了许多。加之经费紧张、人手欠缺，院子里常常杂草丛生，荒芜破败的气氛更甚。

不能让孩子们生活在这样的环境里，即使他们被这个世界抛弃在角落，也要让这个角落满目阳光，生机盎然。

方木舔舔干裂的嘴唇，蹲下身子，继续拔除那些夺取养分的杂草。虽然它们也是充满绿意的生命，但是没有它们，花草会更加鲜艳，瓜果会更加甘甜。

“歇会儿吧。”院子那边传来赵大姐的声音，“过来喝点水。”

方木应了一声，手却没停，直至身边的杂草被清除干净，才拖着僵麻的腿，一步步走过去。

赵大姐递过一杯水，同时拿起毛巾，帮方木擦去满头满脑的汗。方木有些不好意思，喝光水之后，就抢过毛巾，自己慢慢擦拭着。

赵大姐把杯子倒满，塞进方木的手里，轻轻地叹了一口气：

“有消息么？”

“没有。”方木低下头，手里的毛巾被他绞成一团，“你放心，有消息我会通知你的。”

“我对不起老周。”赵大姐望着空荡荡的院子，语气黯然，“丢了一个，又丢了一个。”

方木无语，默默地攥住那双皱纹横生的手。

二宝在半年前走失，至今毫无音讯。

“帮姐找找他。”赵大姐一脸忧戚，“亚凡是大孩子，无论到哪里，都能照顾好自己。二宝还小，脑子又不够用……姐怕他挨欺负。”

“我会的，你放心。”方木加大了手上的力度。赵大姐笑笑，转头看着方木。

“你怎么样？工作忙不忙，累不累？”

“还行。”方木一口气把杯子里的水喝光，“陆璐还经常来么？”

“怎么还叫她陆璐啊？”赵大姐笑着拍了他一下，“那孩子现在叫邢璐了。”

邢至森的遗孀杨敏领养了陆璐之后，征求了她的意见，最后把她的名字改为邢璐。一来为了纪念老邢，二来，也有让这苦命的孩子重获新生的意思。

“嘿嘿，叫顺口了，总也改不过来。”方木不好意思地摸摸后脑勺。这个姓氏，承载了太多的回忆。陆家村。陆璐。陆海燕、陆海涛姐弟。陆天长、陆大春父子……

以及那些和他们纠结在一起，最终付出生命的人们。

怎能轻易忘记。

“邢璐现在高二了。”赵大姐接过方木手里的杯子，“这孩子，一门心思要考警校呢。”

方木无声地笑笑：“再过两年她就该高考了，让她安心学习。”

“嗯，还有你，也别老往这里跑了。”赵大姐细细地端详着方木的脸，“你也老大不小，该成家了。”

“呵呵，再说吧。”方木把毛巾递还给赵大姐，刚要起身，就听见衣袋里的手机鸣叫起来。

C市D中校门口挤满了家长和围观的市民，钢质伸缩校门的另一侧，几个神情严肃的警察来回巡视着，不时对那些试图越过警戒线的家长大声呵斥。

几十米开外的教学楼里，有教师带着成队的学生匆匆而出。校门外的人群顿时骚动起来，呼唤自家孩子的声音此起彼伏。那些学生刚刚走出校门，就被心急如焚的家长一把抱起来，上上下下地查看着，生怕惨剧就发生在自己的孩子身上。学生们倒是一脸兴奋的表情，对他们而言，停课就是天大的好消息。

方木刚把车停稳，就看见一辆写着“C市导报栏目组”的面包车急停在自己身边。女主持人和摄像师以及几个工作人员鱼贯而出，一边彼此催促着，一边急匆匆地往校门方向跑去。方木摇摇头，掏出警官证向把守在门前的警察晃了一下，快步走进了校园。

没走多远，一个神色紧张的中年男子就迎了上来，上下打量了方木几眼后，开口问道：“请问您是省厅的方警官么？”

方木点头称是，对方显得更加紧张，一边握手寒暄，一边结结巴巴地开始检讨在校园保卫工作方面存在很大不足云云。

方木听了几句，有些不耐烦了，就打断他的自我批评。

“请问您是？”

“哦，我是本校的保卫处长。”男子既恐慌又谦卑，“我刚上任半年，没想到……”

方木不想再听这些推卸责任的废话，径直绕开他。

“带我去现场吧。”

现场位于教学楼二楼的204教室，先期赶到的同事们已经把现场封锁起来。方木站在门口，只能看见教室后面忙碌的勘查人员。

“你来了？”

方木回过头，一身干练打扮的米楠从讲台后绕过来，随手递过一副头套和手脚套。

方木一边穿戴，一边问道："证据都固定了？"

"嗯。"米楠帮他整好有些歪斜的头套，"看你，马马虎虎的。"

"提取到足迹了么？"

"嗯，不过不理想。"米楠皱皱眉头，向摆在讲台上的足迹箱努努嘴，"只有半枚，而且不清晰。"

这时，教室里相熟的同事们纷纷抬头和方木打招呼，一个高大的年轻警察走过来，颇为热情地和方木握手。

"方哥么？我是宽城分局的杨学武。"他的笑容中不乏一丝倨傲，"我和你们边处长很熟，他经常提起你。"

方木也听说过他。杨学武近几年破了几宗大案，能力强，人也机灵，是市局重点培养的后备力量。

"看来你们认识？那我就不介绍了。"杨学武转向米楠，"米楠，中午一起吃个饭吧。"

"不了。"米楠垂下眼皮，"我还有事。"

杨学武有些尴尬，不过再次面对方木的时候，脸上又恢复了热情洋溢的笑容。

"这次得麻烦你了，方哥。"

方木不太喜欢这些客套话，心里却仍有一丝疑问。虽然案发地点很特殊，但普通的凶杀案件是不需要动用省公安厅犯罪心理研究室的。

"为什么会叫我来呢？"

杨学武脸上的笑容有所收敛。

"你看看就知道了。"

尸体位于教室北侧第一排和第二排桌椅中间的过道上，头西脚东，呈跪伏状。死者四肢均被束缚，左手被铁质铐环锁于暖气管道上，右手则被一条长约1.5米的铁链锁于后门把手上。双脚各自被一条铁链锁住，并与那条较长的铁链连接。在现场的法医介绍，经初步鉴定，死者的死因为出血性休克。这一点并不难判断，从死者左手腕处的开放性创口和满地的血迹就可以得出这一结论。然而，奇怪的是在现场提取到的其他物证。

死者的右手握着一支钢笔，笔尖已被黑褐色的血污糊住。尸体前方是散落一地的A4纸，纸上均布满已经干涸的血迹，看上去是一些数学算式。纸张下方是一本初中数学习题集，翻开至第73页，同样也是血迹斑斑。

死者跪伏在这些奇怪的纸张上，头向南微侧，双眼半睁，似乎临死前还在注视着什么。循其目光望去，是一个小小的密码箱。钢质，银灰色，数字按键上布满杂乱的带血指印。

方木看看墙边，死者悬挂的左手腕下，一个白色塑料桶赫然在目。桶边布满血渍，桶内尚有小半桶内容物，黑褐色，初步推断为血液——而且是死者自己的血。

"用这支笔，蘸着自己的血……做数学题……"方木慢慢站起身来，又看了看那个密码箱，"难道是为了获得密码？"

密码箱里有什么？

他抬起头，征询的目光扫向一直抱臂不语的杨学武，后者显然读懂了他的目光，摇摇头。

"里面肯定有东西，不过不知道是什么。"他挥手示意一个警察过来，"要不要我找人撬开？"

"不急。"方木摇摇头，"里面应该只是能让他求生的东西。"

杨学武看看死者手腕上的创口："止血带？"

"应该不是。"方木指指拴在死者右腕上的铁链，"他的右手根本就够不到左手，双脚也是，即使有止血带也没用。否则他靠指压动脉的方式，就可以延缓死亡的时间——可能是钥匙，也可能是手机之类的。"

杨学武“哦”了一声，似乎在为自己急于表达意见感到后悔，不再做声了。

方木没有注意到这些。凶手布置了如此复杂的一个杀人现场，显然不是单单为了杀死被害人那么简单。在这些纷乱的表象后面，一定有更深层次的犯罪动机。

是什么呢?

他的目光再次落到那本数学习题集上。

“教室……数学题……密码……”方木皱着眉头，嘴里喃喃自语着。

忽然，杨学武轻轻地咳嗽了两声。方木的思路被打断，不由自主地循声望去。

“报复。”杨学武的脸上是扳回一城的胜利笑容，“凶手的动机是报复。”

“哦？”方木扬起眉毛。

“你最近没看新闻吧？”杨学武朝死者努努嘴巴，“他最近可是新闻人物啊。”

方木坐在吉普车里，笨手拙脚地按动着手机，试图连接上网。可是网页打开的速度很慢，加之屏幕狭窄，方木摘下眼镜，竭力凑近屏幕，那些比蚂蚁还小的字迹仍然是模糊一团。

这时，车门忽然被拉开。米楠轻快地跳上车，递给方木一个用塑料袋包好的卷饼和几份报纸。

“趁热吃。”她又指指那些报纸，“这里有关于死者的详细报道。”

说罢，米楠就安静地坐在方木身边，大口咬着自己那份卷饼。

方木看她狼吞虎咽的样子，心里有些不忍，伸手去拉车门：“走，我带你吃点好的去。”

“哪有时间啊。”米楠一把按住方木，“下午还得回局里呢——凑合一下得了。”

方木看着米楠。她扎着马尾辫，脸上不施粉黛，一身干练的深蓝色执勤服。在她身上，已经完全看不到那个恐惧无助的女大学生的影子。三年前，米楠大学毕业后，直接参加了公务员考试，并被C市公安局录取。在中国刑警学院刑事技术系痕检专业培训两年，取得第二学士学位后，成为C市公安局宽城分局刑事警察大队的一名现场勘查人员。

米楠的余光注意到方木正目不转睛地看着自己，慌乱起来。

“怎么？”她转过头，用手在嘴边胡乱抹着，“吃到脸上了？”

“呵呵，没有。”方木移开目光。

“那你看什么看！”米楠的脸色绯红，三口两口把剩下的卷饼吃光，“你也快吃吧。吃完送我回局里，有点东西要给你。”

“什么？”

“我给邢璐买了几件衣服。”米楠的目光柔和起来，“这丫头的个子长得太快了——前几天还抱怨嫂子买的衣服不合身呢。”

“呵呵，好。”方木把卷饼咬在嘴里，抬手发动了汽车。

车停在分局的院子里。米楠跳下车，拍了拍手里的足迹箱，抬头对方木说道：“我先把这个送到队里，你去我办公室坐一会儿吧。”

“算了，我就在车里等你。”方木不想引起米楠那些中年女同事的无端猜疑，“正好可以抽支烟。”

米楠显然知道方木的想法，抿嘴笑笑，拎起足迹箱向办公楼走去。

方木目视着米楠的背影，直至她消失在办公楼的门口。随即，他掏出烟盒，抽出一支叼在嘴里，点燃之后，开始翻阅那几份报纸。

刚看了几眼，就听见院子里一片嘈杂。抬眼望去，一辆警车正疾驶进来，稳稳地停在车位上。一个制服警察跳下车，拉开后门。在一阵呵斥声中，几个身着奇装异服，染着五颜六色的头发的年轻男女，抱着头，挨个从车上跳下来。

应该是在某地擒获的一帮小流氓而已。方木扫了一眼，低头继续看报纸。然而，眼前却不再是白纸黑字，而是那些男女中的一个。

刚才那一瞥，仿佛电烙铁一般将某个形象牢牢地印在方木的脑海里。

方木的眼睛一下子瞪大了。

那几个年轻男女排着队走进办公楼，一时引得旁人纷纷侧目。值班的警察打趣道："呵，大丰收啊，抓了一串。"

"这几个小兔崽子，不学好，大白天就在歌厅嗑药。"

"挨个核实身份，通知家长！"另一个年长的警察一边揉着肩膀一边狠狠地说道，"先把那丫头给我带来——妈的，还敢动酒瓶子！"

两个警察拎起其中一个女孩，把她拖进讯问室里，麻利地铐在椅子上。

"你给我老实点！"年长警察指着女孩，"不把你送劳教我就不姓陈！"

说罢，他气冲冲地对另外两个警察喝道："给我看好她，我去拿笔录。"

女孩虽然被牢牢地铐在椅子上，仍旧不甘心地拼命扭动着。挣扎了一会儿，眼见脱身无望，女孩破口大骂起来。各种污秽不堪的脏话连珠炮似的从女孩嘴里喷出，门外两个警察却是一副见怪不怪的冷漠表情。骂了一阵，女孩觉得累了，更觉得无趣，一屁股坐在椅子上喘息着。

这时，门开了，方木慢慢地走进来，靠着墙边，一言不发地看着她。

女孩以为终于有了可以发泄怒火的对象，刚抬起头，愣了几秒钟就迅速低下头去，一句脏话也生生憋在喉咙里。

逼仄阴暗的讯问室里，只能听见女孩急促的喘息声。无论是门口默立的男人，还是被铐在椅子上的女孩，都不说话，任凭那不断膨胀的沉默填充在两人之间。

那不过是几米的距离，却隔开了绝望与惊喜、羞耻与疑惑。

还有彼此经年的逃避和寻找。

良久，方木轻轻地挪动脚步，向她走过来。

那几乎难以察觉的脚步声，却像抽打在女孩身上的鞭子一样。她又剧烈地扭动起来，逃离的渴望比刚才更甚。

方木终于走到女孩身边，慢慢地蹲下身来，目光却须臾不能离开女孩的脸。

女孩拼命把头扭向另一边，眼泪扑簌簌地流下来。

方木看着那不停坠落的晶莹泪滴，艰难地开口：

“这么多年，你去哪里了？”

女孩紧咬着嘴唇，不说话。被问到第三遍的时候，女孩突然疯狂地冲门外喊起来：“不是要把我送劳教么？现在就送吧！带我离开这里……”

“你别怕。”方木急忙说道，“我不会让你被劳教的……”

“那我能去哪里？”女孩猛地扭过头来，凶狠的面庞正对着方木，“劳教所才是我这种人该去的地方！”

这是两人重逢以来的第一次对视。女孩脸上的黑色眼影已经被泪水晕染得乌七八糟，染成蓝色的卷发蓬松凌乱，加上那对咄咄逼人的眼睛，已经完全看不出曾经乖巧温顺的模样，更像一只发狂的母狮。

“你别这样。”方木伸出手，试图让她平静下来，“你知不知道，我一直在找你……”

女孩重重地“嗤”了一声，眼中却再次盈满泪水。

“你别装了！”她俯下身子，鼻尖几乎顶到方木的脸上，“你那么好，为什么当初不把我带走？”

冷不防地，女孩突然抬起一只脚，狠狠地踹向方木的肩膀。方木来不

及躲闪，仰面摔倒在水泥地面上。

“你现在来装好人……”女孩大哭起来，“我孤立无援的时候，你在哪里？我在街上要饭的时候，你在哪里？我被他们轮流糟蹋的时候，你在哪里？”

女孩说不下去了，放声号啕。

方木呆呆地坐在地上，一言不发地看着女孩哭泣。

讯问室外挤满了闻声而来的警察，大家惊异万分地看着眼前这一幕，就连刚才还怒不可遏的陈姓警察也忘了自己的目的，迷惑不解地看看方木，又看看女孩。

渐渐地，女孩的哭声越来越小，最后，只剩下低声的呜咽。

“我成了这个样子，你才跳出来……”女孩用手背胡乱擦拭着脸上的泪水，“你走，我不想看到你……”

“亚凡……”方木忽然打断了她的话，紧接着，他从地上慢慢地爬起来。

方木伸出一只手，脸上的表情温和又淡定：

“亚凡，我们结婚吧。”

第三章

报应

2011年9月12日，C市D中学发生一起杀人案。死者魏明军，男，33岁。尸体全身赤裸，头西脚东，呈跪伏状，尸身附近有大量血迹，左侧摆有一中号白色塑料桶，内容物约2200毫升，呈黑褐色，经鉴定为死者本人的血液。死者四肢均被束缚，左手腕被内径为6.5厘米的铁质铸环锁在教室东侧暖气管道上，右手腕被长约1.45米的铁链锁在教室东北侧后门把手上。双脚均被长约0.95米的铁链锁住，并连接在较长的铁链上。通过对现场地面足迹及残留手印进行收集处理，除从尸身前方血泊中提取到半枚带血足迹外，未发现有价值的线索。对教室内各处手印的提取和处理也未获特别发现。

从尸体检验情况来看，死者体态中等，发长5厘米，尸斑浅淡，压之褪色。后脑部有血肿，头皮破损，左手腕见一横行切割创，长3厘米，探查手腕创口，可见动脉横断。左前臂有流注状血迹。经分析，死因为失血性休克，致死方式为锐器切割，死亡时间为当日凌晨2点左右。在现场共提取痕迹及物证若干，没发现凶器和死者的衣物，怀疑已被凶手带走。其中部分物证比较特殊，耐人寻味。

从现场的情况来看，死者双手均被束缚，在腕动脉被切开后，无法通过指压的方式延缓血液流失。死者在失血过程中，并未主动呼救（然而，从现场情况来看，呼救是毫无意义的。当晚的值班员廖忠曾陷入深度昏迷，案发时仍处于意识模糊状态。经查，在廖忠当晚饮用的茶水中发现强效麻醉剂），而是做了一件奇怪的事——做数学习题。

在现场发现一支钢笔（无墨水，笔尖有凝固血液）、一本初中数学习题集（已翻开至73页）以及空白A4打印纸若干，死者似乎在计算所有习题并求得答案的和。结合现场发现的保密箱，警方认为可以将死者奇怪的行为解释为获取密码。警方无从获知保险箱密码，将其撬开后，发现了死者的手机（呈关机状态）。由此，警方推测，保险箱密码应该与那本初中数学习题集中的试题答案有关系，那是死者逃离绝境的唯一希望，可惜，密码破解只进行到一半的时候，最后一丝生命的气息已经悄然抽离他的身体。

杨学武代表分局做了现场重建分析。死者曾在案发前一天下午5点左右离开学校，但并未回家，直至次日早晨尸体被发现。其间，死者家属曾多次拨打其手机，均被提示处于关机状态。杨学武认为，凶手是在校外通过钝器击打的方式将死者魏明军制服，而后用机动车辆将其带至案发现场。事前，凶手曾在值班员廖忠的茶水中加入强效麻醉剂，而C市D中的校园设施较为陈旧，并未安装视频监控系统。因此，凶手在廖忠陷入昏迷后，顺利将魏明军带至初二·四班教室。他将魏明军的衣物除去，束缚其双手，并将其手机锁于保险箱中。而后，凶手切开魏明军的腕动脉，强迫他用钢笔蘸血解题以获取保险箱密码。魏明军在此期间拼命解题，同时胡乱按动保险箱密码盘，并留下多处带血指印。终因失血过多，魏明军于凌晨2点左右死亡。

这显然不同于一般意义上的凶杀现场，但警方很快从中解读出凶手的动机。

报复。

这个结论，来自死者的特殊身份。

死者魏明军虽然只是一名普通的中学数学教师，但是近期却成为C市市民关注的焦点人物。起因，是一个14岁的孩子的死。

这个叫于光的学生，其班主任正是魏明军。于光的学习成绩较差，数学成绩尤甚，排名垫底是家常便饭。身为数学教师兼班主任的魏明军对此颇为恼火。据知情的学生讲，魏明军经常在数学课上提问于光，回答不出来，就让他整节课都站着听课，有几次甚至动手体罚。在9月初的月考中，初二·四班的整体成绩不佳，数学成绩更是在年级排名倒数第一。魏明军觉得自己很没有面子，认为于光拖了全班的后腿。责骂一番后，魏明军扔给于光一本习题集，要求他在当晚做完全部习题，否则第二天就别来上学。

据于光的母亲讲，孩子当晚做题至凌晨1点多，家长多次要求他去睡觉，均被于光拒绝。孩子哭着说，如果做不完这本习题集，老师不会饶了他的。凌晨4点多，14岁的于光从自家七楼窗口一跃而下，当场身亡。

事发后，于光的家长多次到学校讨要说法，沟通无果后，向新闻媒体通告了此事。一时间，市内多家媒体纷纷跟进，C市电视台新闻频道“C市导报”节目更是连续三天进行跟踪报道。在新闻媒体和公众舆论的压力下，D中对魏明军做出了处分决定：撤销班主任，扣发当年奖金，取消当年评优资格，并给予行政记过处分。然而，这一切并没有因此而画上句号。事件始末及相关新闻报道被上传至网络后，各种侮辱和谩骂铺天盖地而来。随便打开一个网络搜索引擎，“魏明军”都是热点词汇，且都与“禽兽教师”“人渣”这样的词相互关联。甚至有人提出要让魏明军以命抵命，赞同者还为数不少。近一周来，魏明军家中的玻璃数度被砸，他本人更是接到了无数恐吓和辱骂电话。魏明军自知理亏，因此没有选择报警，而是咬牙承受，指望时间能平复公众的愤怒。然而，他没能等到那一天。

根据凶手的动机为报复这一思路，警方将嫌疑人锁定在于光的家属身上，并依法对于光的父亲于善平进行了传唤。

于善平，男，42岁，C市车辆厂工人。在警方传唤于善平的时候，他正在D中门前燃放鞭炮，并在现场打出“天理昭昭，恶有恶报”的横幅。校方劝阻无果后，拨打110报警。附近的派出所出警后，并未强力阻止于善平的违法行为，而是予以口头警告了事。校方表示不满，指斥警方不作为。出警的警员只说了一句话：人之常情，可以理解。

于善平接受传唤后，仍处于情绪激动的状态中，对魏明军被杀一事反复说他是罪有应得。被问及案发当晚的行踪时，于善平称在医院陪伴因过度悲伤而入院治疗的妻子。经查，于善平所言属实。而且，通过对于善平的经济状况和社会关系的调查，基本可排除于善平雇凶杀人的可能。至此，于善平的作案嫌疑被排除。

方木也认为凶手不是于善平，从现场的情况来看，凶手是在极其冷静的心态下安排布置了一切。换做于善平，恐怕没有耐心让魏明军慢慢死去，而是恨不得操刀将其大卸八块而后快。此外，如果杨学武的现场重建分析大致符合案件真实情况的话，那么凶手应该是一个心思缜密，处事冷静，具有相当体力、反侦察能力，经济状况较好的人。而这些人格特质，都是于善平不具备的。

这个结论同样是令人生疑的，一个看似与本案的被害人无关的人，怎么会以“报复”为动机杀人呢？

难道，真的有所谓“替天行道”的侠客？

方木发言后，案情分析会陷入一片沉默。不少人抬起头偷偷地瞟着方木，目光中有好奇，也有猜疑。方木清楚，这并不是因为他的分析，而是因为他在案发当天下午向一个即将被送劳教的问题女孩求婚。

廖亚凡当然没有被送劳教，其中既有方木的恳求，也有边平疏通关系的原因。被打伤的陈姓警官虽然勉强同意不再追究，但他对方木和女孩之间的关系显然更加好奇，四处打听廖亚凡的身世。结果，不到半天的时间，整个分局都知道了这件奇闻。

其中当然包括米楠。

在整个案情分析会上，米楠始终低着头，在手中的笔记本上写写画画。方木几次望向她，却没有得到任何回应。被问及足迹勘验的情况时，她只回答现场提取的足迹较模糊，仍需时日加以分析，之后就不再开口了。

散会之后，方木有意留到最后才走，可是一眨眼的工夫，米楠就不见了。方木在会议室门口张望半天，仍不见米楠的踪影，只得悻悻地向门外走去。

他想和米楠说点什么，甚至希望米楠有所追问。可是方木心里也清楚，自己无法解释求婚这样的举动，而且，从某种意义上来讲，也无须向米楠解释。

走到停车场，上车，刚要发动，后门却猛然被拉开。方木看看后视镜，米楠把一个鼓鼓囊囊的大手提袋扔在后座上，自己坐在旁边，眼看着窗外，低声说：“开车吧，去你家。”

不知为什么，方木的心里一下子踏实了许多，随之而来的，却是更加强烈的尴尬。

“那……那是什么？”

“衣服。”米楠还是不看方木，只是简单地吐出两个字。

“不是给邢璐的么？”

“先给她穿。”

这个“她”是谁，不言而喻。

方木想对她说句谢谢，却无论如何也说不出口，只能拍拍副驾驶的位置：“坐前面吧。”

米楠没有作声，依旧一动不动地看着窗外。

方木垂下眼睛，抬手发动了汽车。

房间里光线很暗，弥漫着一股奇怪的气味。细细分辨，有烧过的烟草、啤酒以及廉价香水的味道。方木把米楠让进客厅，抬手开灯。顿时，杂乱不堪的室内一览无余。米楠面无表情地扫视着满地的零食包装袋和烟蒂、脏衣脏裤，又抬头看看方木。方木挤出一个微笑，抬脚去厨房开窗换气。刚一迈步，就踩中了一个啤酒罐。刺耳的吱啦声让卧室里的谈笑戛然而止，随即，紧闭的卧室门被拉开一条缝，里面的人向客厅里看了一眼后，又重新关紧了房门，肆无忌惮的嬉笑声再次响起。

米楠从卫生间里拿出扫把，一言不发地开始整理客厅。方木站了一会儿，找出一块抹布，动手擦拭满是瓜子皮的桌子。刚擦了几下，就被米楠劈手夺过。粗手重脚地把桌子擦干净之后，米楠把带来的衣服摆在桌子上，把空手提袋塞进方木手里，指指地上的脏衣脏裤。

方木不解："干吗？"

"扔了！"

方木看看米楠的脸色，不敢再言语，老老实实地把廖亚凡换下的衣裤塞进手提袋，摆在门边。

米楠继续整理房间，手脚麻利，客厅里很快就焕然一新。做完这些，她又从冰箱里拿出菜肉，叮叮当当地开始做饭。方木插不上手，几次和米楠搭讪，对方却丝毫不理会他。方木无奈，只能坐在桌旁，闷闷地吸烟。

饭菜的香味很快就弥漫在客厅里。方木吸吸鼻子，半倚在厨房门旁，边吸烟边看着米楠。她没系围裙，头发扎成马尾，高高地绑在脑后。因为劳动的关系，米楠脸色绯红，鼻尖上还有一点油汗。她意识到方木的目光，手脚变得有些僵硬，却始终拒绝响应方木的注视。尽管如此，方木还是在厨房里蒸腾的雾气和油烟中有些恍惚，似乎自己是一个懒散的丈夫，正在讨好发脾气的妻子。

忽然，卧室的门被哗啦一声拉开，紧接着，廖亚凡捏着手机踢踢踏踏地走了出来。

她看也不看方木一眼，径直走到冰箱前，取出一罐啤酒，拉开，仰脖就喝。方木马上移开目光，因为廖亚凡上身穿着一件警用内衬衫，下身只着一条内裤。

一口气喝了大半罐，廖亚凡连打几个酒嗝，一屁股坐在餐桌旁，随手拿起方木的烟，点燃了一支，喷云吐雾。

方木皱皱眉头，伸手推了推桌上的衣物，示意她换好衣服。廖亚凡只是用眼角瞟了一下，伸手从衬衫胸口的衣袋里掏出一张纸条。

“我在楼下的超市里买东西了。”她冷冷地说道，“还没给钱呢——押了你的一套制服。”

方木接过纸条，扫了一眼上面的数字，唔了一声，塞进衣袋里。

“还有，我的手机没有话费了，给我存点。”

方木看了看廖亚凡，后者挑衅般地盯着他。几秒钟后，方木垂下眼皮，低声说：“把衣服换上吧。”

廖亚凡“嗤”了一声：“这么老土的衣服，谁要穿？我原来的衣服呢？”

方木指指门口的手提袋：“扔了，又脏又……”

“操你妈的！”廖亚凡突然爆发了，“谁让你扔的！”

这时，厨房里突然传来“咣当”一声，似乎是炒锅被重重地摔在了炉灶上。

方木尴尬无比，不知该斥责廖亚凡还是该安抚米楠。廖亚凡却来了兴致，晃到厨房门口，边吸烟边上下打量着米楠，片刻，她转头面向方木，眼神里满是调笑。

“你马子？身材不错啊。”

米楠死死地盯着眼前的炒锅，手中的锅铲几乎要攥出印来。突然，她把锅铲放在灶台上，再转过身来时，却是嫣然一笑：

“吃饭吧。”

这是方木记忆中最漫长的一顿饭。三个人围桌而坐，彼此一言不发。廖亚凡把一只脚跷在椅子上，毫不客气地大嚼大咽，鱼骨吐得满桌都是。米楠则低着头，小口扒着饭。方木小心翼翼地看看廖亚凡，又看看米楠，胡乱向嘴里塞着食物，却连吃的是什么都不知道。最后不小心嚼了一块八角，彻底没了胃口。

好不容易吃完了饭，廖亚凡把碗一推，径自窝到沙发上，边嗑瓜子边看电视征婚节目，不时发出哈哈的笑声。

米楠把用过的碗筷拿到厨房，看了方木一眼，示意他跟自己进来。

关好厨房的门，米楠却不说话，打开水龙头，开始洗碗。

方木想了想，搔搔脑袋，结结巴巴地说："刚才……那个……你别在意……"

"没事。"米楠打断了方木的话，"打算让她一直住这儿？"

"嗯。"方木老老实实地回答，"她没有别的去处。"

米楠把一只洗好的碗放在桌子上，看看方木，问道："你怎么跟你父母解释？"

"暂时不用解释。"方木叹了口气，"我父母去韩国了，照顾我表姐——她刚生完孩子。"

米楠嗯了一声就不再开口了，专心致志地洗碗。做完这一切之后，她细细地把手洗净，转过身，一边甩着手上的水珠，一边看着方木，似乎欲言又止。

方木无奈地笑笑。他清楚米楠的疑惑，却不知该从何说起。

米楠终于忍不住，低声问道："她……真的是那个廖亚凡么？"

"是。"

"那……"米楠犹豫了一下，"以前她……"

"她以前不是这个样子的。"方木的语气骤然低落，"完全不是。"

"哦？"米楠拉过一把椅子坐下，平静地看着方木，"给我讲讲吧。"

初秋的夜晚，气温骤降，窗户上漫起一层淡淡的水雾。在这样一栋老式住宅里，三个人，两个空间，隔绝的却不仅仅是一堵墙、一道门，或者一扇窗。无论是现实还是过往，总有些东西让人难以面对或者不堪回首。然而那些印迹却是不容置疑的存在：猝然消逝的生命，戛然而止的青春，不曾表白的初恋，一生无法戒除的烟。那些呼吸、眼神、鲜血，如同被吸进肺叶的烟气，化作沉甸甸的毒，不管是否情愿，都只能永远背负。这样的讲述注定是艰难的、断续的，还有讲述者自己都无法解释的种种抉择。也许，每个人想要的都不是真相，而是一个说服自己的借口。

米楠长长地呼出一口气，随即，就是更长久的沉默。

此时已是华灯初上，米楠出神地望着窗外，似乎在细数那些依次亮起的灯火。每扇明亮的窗户后面，也许都有一个再寻常不过的家庭，过着再寻常不过的日子。没有人会知道，在同样的窗户后面，是多么荒诞不经的故事。

良久，米楠站起身来，低声说："我走了。"

方木摁灭烟头："我送你回去吧。"

"不必了。"米楠看看依旧紧盯着电视的廖亚凡，又看看方木，足有半分钟后，她垂下眼睛，"有什么我能帮忙的，就告诉我。"

方木不知该如何回答，只能闷闷地"嗯"了一声。

深夜。两个难以入睡的人。

卧室里，廖亚凡依旧在大声讲着电话。听上去，电话那头应该是一个叫小川的男孩子。他们通话的内容无外乎当天一同被抓的年轻人的去向。小川似乎在抱怨廖亚凡只顾自己，不讲义气。廖亚凡在再三解释的时候，语气中还有一丝小小的自得。

方木无意去探听廖亚凡的隐私，甚至不想知道在她失踪的这几年里，究竟发生了什么。那必定是他不想知道的事实。既然已经无法挽回，揭开那些疮疤就是毫无意义的。与其追悔莫及，还不如想想未来。

可是，未来究竟会怎样？

我们结婚吧。

方木躺在客厅里的沙发上，翻来覆去地咀嚼着这几个字，不由得哑然失笑。

为什么要说这句话？同情？赎罪？责任？还是别的什么？

不管是什么，难道需要用婚姻去保证么？

也许只有这样，才是一生的承诺。

方木不愿再想下去，闭上眼睛，努力入睡。然而，卧室里的谈笑声却更加清晰地传进耳朵里。

现在，她应该很快乐。安全的住处，稳定的经济保障，以及，一个愿意接受她的过去、承担她的未来的男人。

未来。

这个词，从未如此沉重过。

胡思乱想间，时针已经指向凌晨1点，廖亚凡却似乎毫无睡意，始终在没完没了地聊着。方木想了想，翻身下床，敲了敲卧室的门：

“早点休息吧，明天还有很多事要做。”

廖亚凡的声音稍稍停顿了一下，随即，就更高昂地响起来：

“我们得去办身份证、上户口……”

廖亚凡的声音越来越大，几乎是喊着和对方聊天。这举动的挑衅意味很明显：别管我。

方木轻叹一声，又敲敲门，说道：“还得去看看赵大姐，她一直在找你……”

卧室内的巨大噪声戛然而止。

第四章

足迹

他拎着保温罐，费力地穿过那些或麻木或忧戚的人群，在一片嘈杂声中直奔住院部二楼而去。

站在病房门口，他稍稍平复一下急促的呼吸，推门而进。一个年轻的护士正在病床前量血压，看到他进来，嫣然一笑：

“你来了？”

他轻轻地答应一声，似乎怕吵醒在病床上沉睡的女人。尽管他很清楚，她也许永远也醒不过来了。

小心翼翼地放好饭盒，他拉过一把椅子，静静地坐在床边，注视着她。

护士量好血压，把女人瘦削的手臂塞进被子里，掖好，转头看看他，笑着问道：“又带什么好吃的了？”

“乌鸡汤。”他朝病床上的女人扬扬下巴，“她怎么样？”

“还不错。”护士边整理医用托盘边说，“肌肉也恢复得挺好。有空你多帮她按摩。”

他连连点头，目光须臾不能离开病床上的女人。

“多跟她说说话。”护士想了想，又补充了一句，“她应该听得到的。”

接下来的3个小时里，他先是细心地给她喂了半罐鸡汤，然后就坐在她身边，轻声读当天的报纸给她听。从社会版、体育版，一直读到娱乐版，连购房广告和寻人启事都没落下。读累了，他就打开挂在墙上的电视机，选择最近正在热播的电视剧，调大音量，边看边给她讲解剧情。

在这个过程中，她的姿势没有变，表情没有变，一如既往地沉睡着。

他似乎没有意识到这一点，仍旧把她当做那个喜欢吃手指饼、爱看刑侦剧、不时和他吵架拌嘴的女人。

你并没有走，至少没有走远，你还在我的生活里，所以，我不会让你

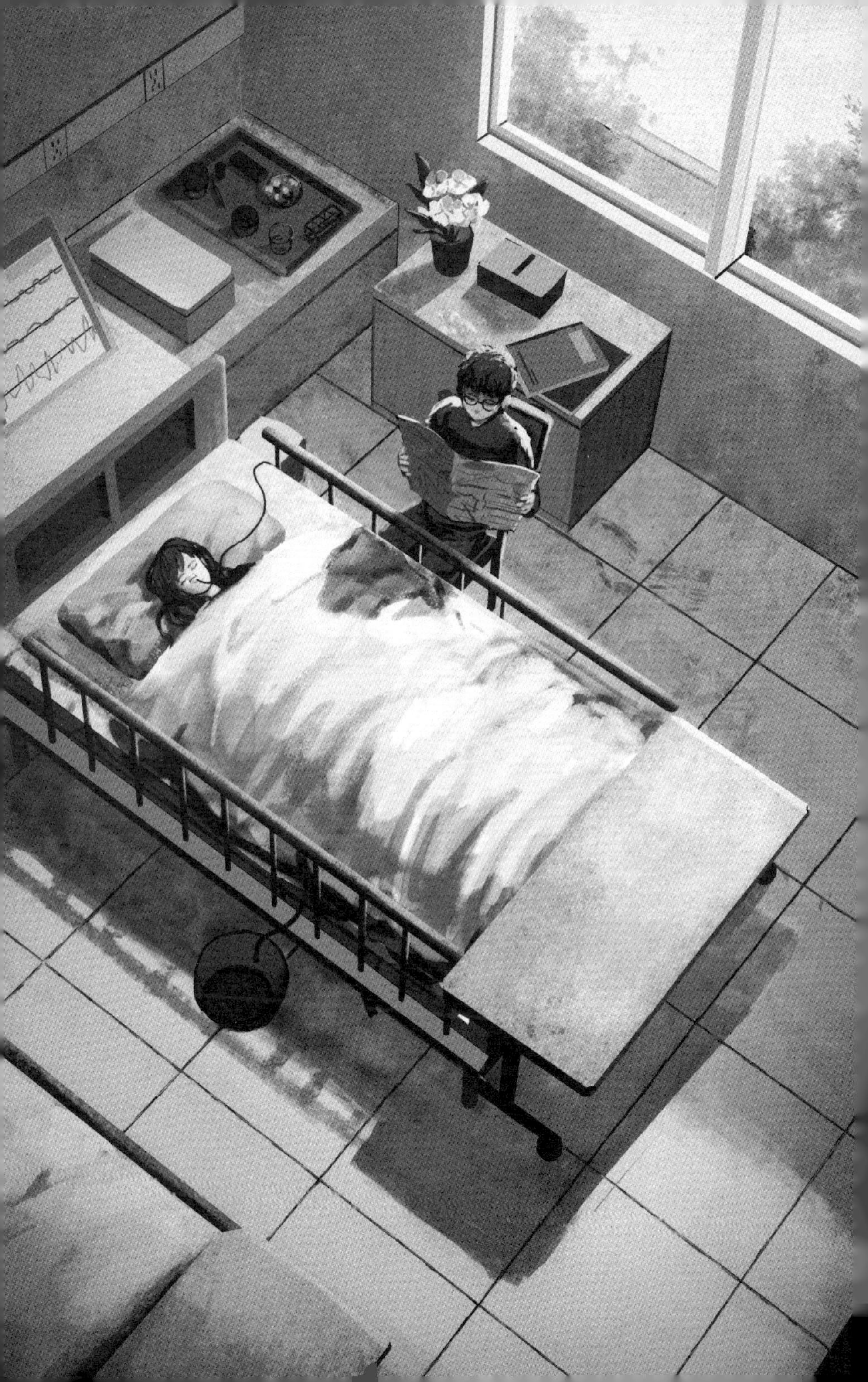

错过生命中的任何细节，哪怕琐碎、无聊到极点。要知道，我原本就打算和你过这样琐碎、无聊的生活。

电视剧播完，他就俯下身去，从上到下，从头到脚地为她按摩身体。偶尔感到肌肉的微微颤动，他都会屏住呼吸，满怀期待地看着她的脸。然而，那些颤动总是稍纵即逝，而那张沉睡的脸也从不曾有任何变化。他似乎早已习以为常，稍稍停顿后，就继续按动她的身体。

全身按摩做完，他已是满身大汗。倒了一杯水，一饮而尽之后，他坐在窗边，静静地看着窗外的景色。

时至中午，和清晨的熙熙攘攘相比，楼下的这条马路清净了许多。卖水果的小贩懒散地靠在树上，间或用喷壶在苹果和荔枝上喷些水雾。树叶依旧是茂密的，只是变得褶皱，还零星散布些金黄。不时有出租车停在门口，跳出一些或急或缓的乘客，引来不远处的煎饼摊主的期待目光。

他看了一会儿，就回过头来，继续对她说话。

园区里换了几个保安，有的是退伍士兵，很帅。

隔壁西饼屋池阿姨的女儿出嫁了，她哭得像泪人一样，女儿却满脸喜气洋洋。

美客多超市的老板昨天和人打了一架。

方便面的价格涨了五毛。

那盆吊兰长得太快了，得抽时间分盆……

他絮絮叨叨地说着，似乎一心想让她知道，在她沉睡的这些年中，有哪些东西变了，哪些东西没变。

忽然，他想到了一件事，脸上慢慢浮现出一丝笑容。

“对了，我差点忘了告诉你。”他凑近她，“家里有了一个新成员。”

廖亚凡猛地拽起手刹。

疾驰中的吉普车骤然减速，连晃了几下后，歪歪扭扭地停在路边。

方木惊出一身冷汗，他顾不得旁边擦身而过的车辆中传来的怒骂，转头对廖亚凡喝道："你干什么？"

"我跟你说了，不去，就是不去！"廖亚凡毫不示弱，"你再逼我，信不信我把你这车砸了？"

方木咬了咬牙，耐着性子劝道："赵大姐一直在找你，她……"

廖亚凡二话不说，立刻撒起野来，抬脚猛踹仪表盘。

"好了好了！"方木彻底认输，"不去，行了吧？"

廖亚凡却似乎余恨未消，又狠踹了几脚，才气喘吁吁地坐下来，眼看着窗外，不说话了。

方木揪出几张湿巾，草草地擦去那些鞋印。看着仪表盘上浅浅的裂痕，方木突然觉得心力交瘁。他摸出一支烟，点燃，随手把烟盒扔在旁边。廖亚凡却回过头来，毫不客气地也抽出一支，熟练地吸起来。

狭窄的驾驶室里很快就烟雾缭绕，方木吸完一支烟，看看正往脚垫上掸烟灰的廖亚凡，伸手打开车窗，转身对她说："回家吧？"

廖亚凡没有回答，一直盯着窗外出神。方木沿着她的目光望过去，是一间小小的超市，招牌应该是可口可乐公司赞助的，刘翔举着可乐罐傻傻地笑着。

方木想了想，开口问道："渴了？"

良久，廖亚凡才低声回答："嗯。"

方木解开安全带，起身下车，廖亚凡又补了一句："我要可口可乐，罐装的。"

吉普车在公路上飞驰，方木手握方向盘，不时瞄瞄身边的廖亚凡。此刻，女孩出奇地安静。她小口啜着可乐，似乎那是很珍贵的饮料。喝完之后，她把拉环套在手指上，定定地看着出神。

方木有些不解，开口问道："还要喝么？"

廖亚凡慢慢地转过头来，眼眶中已饱含泪水。

"你看，"她举起左手，脸上的表情如梦似幻，"它像不像戒指？"

D中案已案发近一周，侦查工作进展缓慢。从以往的命案侦查经验来看，确定作案动机后，就可以进一步锁定嫌疑人范围，逐一展开排查。然而，本案却是个例外。杨学武所作的现场重建不可谓不精细，也得到了分局的认可，但是，却丝毫无助于本案的侦查工作。警方以"报复"作为侦查思路，重点排查与于光自杀有关的人员，甚至对死者曾体罚过的其他学生及其社会关系都一一核实，却始终一无所获。对相关物证的调查也未取得明显进展。其中，钢笔、习题集和A4白纸均为日常用品，查找其来源无异于大海捞针。至于保险箱和铁链，经查，保险箱系浙江某保险柜公司所产，在市内多家超市及办公用品店均有销售，查找购买者需假以时日。现场发现的铁链经鉴定后，系牵引宠物狗所用的狗链，其销售点同样遍布全市，难以作为线索跟进。

此外，分局对这起杀人案，表现出前所未有的懈怠情绪。参与侦办此案的干警多已为人父母，因为孩子，没少受老师的气。逢年过节，更是要费尽心机地向老师们"表示表示"。尽管警察这份工作让每个干警都平添一份强悍之气，但是自家孩子受到老师的体罚或者不公平待遇时，也只能选择忍气吞声。所以，这样一个老师，因为体罚学生而遭到残忍的报复，警察们所表现出来的态度，与其说是长期职业生涯所带来的冷漠，还不如说是幸灾乐祸。有的警察甚至说："这案子还破什么啊？就让那些王八蛋老师看看，欺负学生是什么下场！"

如果说这种声音在警方内部只是暗地流传的话，那么，公开受益最大者恐怕就是C市电视台新闻频道"C市导报"节目组了。此前，节目组对于光自杀一事做了连续三天的跟踪报道，在社会上引起了强烈反响，而报道核心人物魏明军随后被杀，更是让节目组感到兴奋莫名。他们立刻抓住这一难得的新闻线索，不仅做了专题报道，还开通新闻热线、微博和短信平台，邀请观众参与讨论。随着讨论的日益热烈，节目组趁热打铁，会同“对话”栏目组办了一期名为“血染的习题集”的电视访谈节目。

节目邀请了市内多所高校的法学、心理学和教育学专家，D中校长和于善平夫妇以及魏明军的遗孀也在受邀之列。

访谈被安排在当晚8点新闻频道播出，全省有近千万观众收看了这个节目。节目现场气氛热烈，受邀专家分别从各个角度对这两起悲剧进行了讨论和分析，场外观众也通过拨打热线电话的方式参与节目。从专家和观众的观点来看，对于善平夫妇更多的是同情，尽管魏明军也是受害者之一，指责之声却不绝于耳。

节目行将结束的时候，现场出现了意外，先是D中校长因为难以忍受观众的指责甚至谩骂，当场拂袖而去。随即，于善平夫妇与魏明军的遗孀爆发了争执。魏明军的遗孀一再强调自己也是受害者，魏明军已然被害，虽然他对于光的做法不妥，但也罪不至死。于光的妈妈则认为魏明军一家根本没有认错的态度，情绪失控之下，更是起身向对方冲去，伸手欲打。尽管被在场的嘉宾拦住，这个失去儿子的女人仍旧不依不饶。

“他该死！该死！我只恨为什么不是我杀了他……那个人是大侠！英雄！”

这恶毒的话让魏明军的遗孀终于崩溃，她浑身抽搐了几下之后，当场昏厥过去。

尽管节目以一片混乱收场，但当晚的收视率创造了C市电视台的历史纪录，据说，主创人员受到了台里的重金奖励。

同时，“那个人是大侠”的说法不胫而走。

他是不是大侠，在警方看来并不重要，重要的是尽快抓住他。然而，在这个城市中游走的凶徒并非仅有他一个。很快，警方的精力就被其他恶性刑事案件分散掉，D中案在实际上处于一种搁置状态。

仍在继续追查本案的，只有两个人。米楠和方木。

在上次的案情分析会上，米楠没有及时给出足迹分析的意见，让分局领导略有不满。实际上，米楠在近期一直处于一种情绪低落的状态，整日把自己关在足迹室里做分析和实验。方木给她打过几次电话，大多数都被拒绝接听，即使接通，也只是简短地对话几句，随后就挂断。

其实方木也不知道该和她说什么，有些话似乎也不必说，然而他就是想给她打电话，即便只是询问案件进展，即便米楠的态度一次比一次冷淡。

这不是方木喜欢的状态。在廖亚凡重新出现之前，生活波澜不惊，按部就班，即使有案子，也可以公事公办。然而，现在一切都改变了。相对于家里让人头疼的廖亚凡，方木宁愿自己一直呆在公安厅——杀人犯比廖亚凡好对付多了。

一大早，方木就去了宽城分局。边和相熟的同事打招呼，边信步爬上四楼。刚转入走廊，忽然想到足迹室就在四楼，方木想了想，下了一层楼，去了物证室。

物证室的值班员还在打哈欠，方木递过条子，要查验D中案的物证。值班员翻翻记录册，忽然睁大了眼睛。

“来晚了，已经被人提走了。”

会议室里烟雾缭绕。方木推门进去，看到杨学武双手扶在台面上，凝视着面前摊开的东西，一动不动。见到方木进来，他定定地看了方木几秒钟，似乎还没有从沉思中回过神来。

“这么早？”方木看看那些封在物证袋里的习题集、保险箱、纸张和钢笔，上面的血迹已经变成了黑褐色。颜色诡异的数字和字母看起来就像催命的符咒。

杨学武没有说话，只是指指旁边的烟盒，示意方木自己拿烟抽。

方木没客气，抽出一支烟，点燃，静静地看着杨学武。

“你说……”杨学武把几乎燃尽的烟凑到嘴边，“这是个什么样的人？”

方木笑了笑：“就像那些网民说的——大侠。”

杨学武哼了一声：“他如果是大侠，那我们是什么——鹰犬？”

“开个玩笑。”杨学武没接茬，让方木有些许尴尬。他站起来，用手拨弄着那些物证袋。

“最近不忙么？怎么还有心思跟这个案子？”

“都是些简单的案子，没意思。”杨学武站直身体，大幅度地活动着腰背，“还是这个比较有挑战性。”

的确，本案的作案动机为报复无疑，但和一般的报复杀人仍有明显的区别。从以往的命案侦查经验来看，凡属报复杀人的，往往还有“额外”的行为伴随，例如对死者尸体的侮辱、过度损毁或者殃及家人，等等。而本案则带有鲜明的“以其人之道还治其人之身”的意味。

据调查，于光的书桌在他的房间南侧窗下。当晚，他一边拼命做数学题，一边看着窗外的天色渐渐明亮。面对尚余大半本的习题集，于光的绝望可想而知。也许，他曾暗自祈祷再多一点时间，祈祷今天的太阳永远不要升起。这种对“时间”的渴望，被凶手完完全全地移植在魏明军身上。

相同的夜晚，相同的任务，相同的结局。

凶手的意图是，让死者感受到和于光一样的焦虑和恐惧，所以他才会冒险布置下那么复杂的杀人现场。

那么，跪趴在教室里，蘸着自己的血拼命解题的魏明军，当时在想些什么呢？

计算。答案。密码。手机。还有越流越缓慢的血和越来越无力的手。

也许，他会在那绝望的几个小时里，想到那个可怜的孩子？

他会不会想，如果我当时对那个孩子好一点，此刻就不用和自己的生命赛跑？

悔恨。

凶手的最终目的也许并不是杀死魏明军，而是让他受到折磨，这种折磨并不是针对魏明军的肉体，而是他的精神。

看上去，凶手应该是于光的至亲，至少也是因为于光的死而对魏明军产生切齿痛恨的人。然而，现有证据显示，凶手与于光的社会关系毫无交叉，甚至可能素不相识。

可是，有谁会为了一个素不相识的人，甘冒风险去杀人呢？

“也许……”杨学武摸着下巴，“是一个和于光有过相同经历的人？”

“那嫌疑人的范围可太大了。”方木不由得苦笑，“任何一个经历过学生时代的人，都不可能没挨过老师的教训。再说，凶手应该是一个成年人，否则，也不会有那么缜密的心思。”

“也许是学生时代的伤痛让他对于光的遭遇感同身受，进而去杀人呢。”

“不太可能。”方木摇摇头，“实事求是地说，魏明军对于光的责罚虽然过分，但是还不至于酿成自杀这样的结果。于光至少要为之负上一半的责任。被罚写作业——为这么点事就冲动到去杀人，哪会有心思去布置那么复杂的现场，还把痕迹都清除得干干净净。”

“那他是为了什么？”杨学武有些不服气。

方木无语。的确，“报复”只是这起杀人案的表象，凶手心中肯定还有不为人知的动机。如果是那样的话——

一丝不祥的预感慢慢浮现在方木的心头。他转过身，对一脸疑惑的杨学武说：

“我现在比较关心的，是他还会不会继续杀人。”

米楠穿着白大褂，背对门口，仔细查验着手里的一个足迹检材。方木敲敲门，米楠闻声回过头来，既不说请进，也不说稍等，只是看了方木一眼，就转身继续忙活着。

方木进也不是，不进也不是，尴尬地站了一会儿，还是推门走了进来：

“有进展么？”

米楠没说话，只是把手里的足迹检材递过来。

这是一枚反映前掌宽度的残缺足迹，从上面标注的数据来看，为10.12厘米，方木在心里默默地推算了一下，问道：“身高1.74米左右？”

米楠点点头：“脚底压力重，压力不太均匀，周围边沿反映有点模糊，有擦痕。”

“结论呢？”

米楠没有回答他，而是转身走向墙角的一个鞋柜，从中挑拣一番后，拎起一双帆布鞋，对方木说：“跟我来。”

二人来到一间无人的旧会议室。米楠先用拖布把地面擦拭干净，然后在地面上泼洒了一小摊红色液体：

“把鞋换上。”

方木明白了，米楠想用他的足迹特征作为参照系统，以此推定犯罪嫌疑人的相关特征。会议室的水泥地面与案发现场的相似，从承痕客体来看，是个不错的实验场所。

方木脱掉皮鞋，端详着手里的帆布鞋：

“嫌疑人穿着这种鞋？”

“嗯，是一种模压胶粘的硫化成型胶底鞋。”米楠用手比画了一下，

“从鞋底花纹和防滑点来看，怀疑是这种匡威帆布鞋。”

“大小呢？”

“42号左右，”米楠垂下眼皮，“和你的号码接近。”

方木有些吃惊：“你怎么知道我的号码？”

米楠没有回答，只是挥挥手，示意他动作快点。

接下来的一个小时里，米楠让方木踩着红色液体，在水泥地面上来回走了十几遍，并把每次行走形成的足迹逐一测量、提取下来。随即，她把这些大大小小的样本带回了实验室，和现场提取的检材细细比对着。

方木坐在一旁，静静地看着她。米楠的神态专注且耐心，对周围的一切都浑然不觉。似乎有一面无形的隔离罩，将她和外面的世界完全隔绝开来。方木的目光随着她的动作游移，从手到脸，从紧抿的双唇到偶尔紧蹙的眉头，心底有一片祥和之气慢慢蔓延开来。

这让他觉得放松，甚至有些慵懒，却丝毫没有被冷落的尴尬。

不知过了多久，米楠放下手中的样本，幅度很大地伸展着腰背，似乎疲惫不堪。随即，她看看一直在旁边静坐的方木，轻轻地笑了笑：

“饿了。”

午餐在一家牛肉面馆。米楠吃得很香，却依旧少言寡语，对方木的问话多以嗯啊作答。方木觉得无趣，只能埋头吃饭。不到半小时，午餐就结束了。方木还想坐一会儿，米楠却已经起身了，无奈之余，也只能随她结账走人。

回分局，一路无话。方木几次从后视镜看坐在后座的米楠，对方却始终望着窗外出神。车开到临近分局的一个路口，等红灯的时候，方木看看手表，想了想，开口说道：

“时间还早，要不……找个地方坐会儿？”

米楠没吭声，算是默认。

方木轻轻地松了一口气，右转弯。

今天并非休息日，英雄广场上的人依旧很多。有母亲带着孩子嬉戏，也有年轻情侣在漫步，更多的是三三两两聚在一起聊天的老人。

方木从车上拿下半瓶水和一块抹布，带着米楠直奔广场中心走去。

广场正中有一处方形的水泥台，周围被四季常青的松柏环绕。同样是方形的大理石基座上，一个直径3米、高5米的巨大圆柱形钢锭巍然肃立。钢锭顶端呈半圆形，未经打磨的表面粗粝黝黑，在日晒雨淋下，有几处泛着暗红的锈迹，平添几分苍劲凌厉。

台前摆放着几束鲜花，看上去，不久前还有人来这里拜祭。方木把那些花束中的残枝和枯萎的花瓣去掉，把被风吹散的花束扶正。然后，他半蹲下来，用水把抹布浇湿，擦拭大理石基座的正面。随着他的动作，几个镌刻其上的名字显露出来。方木用手抚摸着那些名字，动作变得柔缓，口中还轻声默念着。

郑霖。冯若海。展鸿。

方木的头慢慢垂了下去，姿势也由半蹲变为半跪，似乎在无比虔诚地悼念他们。良久，他抬起头，用手一点点清理那些名字中的尘垢。清理干净后，他又把整个大理石基座彻底擦拭了一遍。在午后的阳光下，基座上的尘土被一扫而空，生出熠熠光辉。

米楠一直在旁边注视着方木的动作，既不发问，也不帮忙。在这个时候，让他独自完成，也许是最好的选择。

她曾听说过这个纪念碑，也知道有三个警察被融化在这个钢锭里，日夜面对着广场另一侧的C市公安局。她不知道方木和这三个警察是什么关系，但是米楠相信绝不仅仅是单纯的战友那么简单。

方木做完这一切，又拿出三支烟，点燃了，放在基座上，随即，他就背靠着钢锭，坐在大理石基座上出神。米楠慢慢地走过去，看看那三个人的名字，又看看方木。

“你到底还有多少事情……”米楠顿了一下，“……是我不知道的？”

“很多。将来一定会慢慢说给你听。”方木笑了笑，“但不是现在。”

“为什么？”

方木把食指竖在唇边，示意她不要出声：

“听，他们在呼喊。”

傍晚，方木开车回家。把车停好之后，他没急着下车，而是坐在驾驶室里抽了一支烟，又坐了好一会儿之后，才拎着买好的菜和水果，慢腾腾地下车锁门。

远远地，方木看到自家的单元门前有一个人影在徘徊，稍加分辨，方木立刻认出那是赵大姐。方木马上加快脚步，几乎是跑了过去。

“大姐，你怎么来了？”

赵大姐一脸泪痕，显然已经哭了好久。看到方木，泪水又流了下来。

“你可回来了。”赵大姐一把拽住方木的手，“快上楼，我来看看亚凡……”

“怎么不打电话给我？”方木被她催得心焦，手忙脚乱地掏着钥匙，“亚凡不在家么？”

“我打了一下午电话了，亚凡就是不接。想给你打的时候，已经没电了。”赵大姐不等单元门完全打开就挤了进去，噔噔噔地往楼上跑。

方木走到门口的时候，赵大姐已经在敲门了。可是无论她怎么敲，室内就是一点回应都没有。方木边开门边安慰赵大姐：“也许她出去了……”

门被推开的那一刻，方木和赵大姐都清清楚楚地看到卧室门被咣当一声锁死。赵大姐几乎是扑了过去，在那扇门上连敲带拍。

“亚凡，亚凡，快出来让阿姨看一眼……四年了……你到底去哪里了？”

卧室内一片寂静。方木叹了口气，把赵大姐从门旁拉走，按坐在椅子上，又递给她一杯水。

赵大姐似乎也没了力气，蜷缩在椅子上，捧着水抽泣：

“这是怎么了……怎么了？”

方木不知该说些什么，只能把手放在赵大姐的肩膀上，轻轻地拍着。

赵大姐一把抓住方木的手，满眼是疑惑和痛心：

“亚凡到底是怎么了？这么多年……她到底是怎么过来的？”

方木看着赵大姐的眼睛，缓缓地摇头。

“我不知道，你也别问了。”方木顿了一下，“那肯定是你不想知道的事情。”

赵大姐捂住眼睛，无声地哭起来。

她低着头，手里的水杯因肩膀抽搐而剧烈地晃动着，不时有水泼洒出来，沿着磨起了毛边的裤子流淌下来。

这些年，大家都在艰难地活着。有的是为了信仰，有的是为了承诺，也有的，是为了逃避。

方木静静地坐着，直到赵大姐的抽泣慢慢平复下来。

“这段时间，她一直住在你这里？”赵大姐接过方木递来的纸巾，擦拭着脸上的泪痕。

“对。”

赵大姐把揉皱的纸巾攥在手里，想了想，轻叹一声。

“也好，”她擤擤鼻子，“现在也只能这样了。”

方木想了想，决定还是不要把求婚的事告诉赵大姐，否则她肯定会把廖亚凡带走，到时就更乱套了。

赵大姐站起身来，声音喑哑：“我先走了，你多照顾亚凡，这些年，她肯定受了很多苦，有什么需要大姐的，就告诉我。”

方木急忙挽留：“大姐，吃了饭再走，我送你回去。”

“不用。”赵大姐摆手，“我知道她在就行了，有你照顾她，我放心。”

她转过头，看着那扇依旧紧闭的房门，想了想，慢慢地走过去。

“亚凡，”赵大姐轻轻地抚摸着那扇门，好像那是廖亚凡的面庞，“阿姨知道你心里苦，可是，这么多年，阿姨的心里也不好受。老周走的时候，都没能看你一眼……”

她说不下去了，只能一遍遍地抚摸着那扇门：

“……不管过去发生了什么，你回来就好……有我在，有方叔叔在，我们都是你的亲人……你就好好地，踏踏实实地……”

忽然，那扇门“咔哒”一声开了。

接下来的两个小时里，赵大姐和廖亚凡说了哭，哭了说，更多的时候就抱在一起互相端详，似乎要把四年来的每一丝变化都牢牢地记在脑子里。等方木叫她们出来吃饭的时候，两个人的脸上都一塌糊涂，嗓子也哑得说不出话来。

廖亚凡低着头，顺从地牵着赵大姐的手，眉宇间又是那个乖巧温顺的小女孩了。

赵大姐没怎么动筷子，一个劲儿地给廖亚凡夹菜，哭肿的双眼须臾不能离开后者。结果，一顿饭没吃完，两个人又抱头痛哭。

等她们的情绪慢慢平复下来，夜已经深了。方木提出让赵大姐留宿在这里，也好和廖亚凡多聊聊。赵大姐想了想，同意了。

一老一少两个女人洗漱完毕，又牵着手躲进了卧室。屋子里安静下来，方木抽了支烟，动手把客厅简单整理了一下，也躺在沙发上，准备睡觉。

翻来覆去半天，方木意识到自己有点小兴奋。的确，赵大姐的造访让廖亚凡多少恢复了一些常态。宛若乱麻般的未来似乎理出了一些头绪。这是一个好的开始，尽管仍然不知道将来会怎样，至少有了一点希望。

在这段日子里，方木对廖亚凡的态度与其说是忍让，不如说是逃避。她不是一个动物或者别的什么，而是一个活生生的人，并且是一个从道义上或者感情上都让方木无法放弃的人。承担起这个责任，并不仅仅是一日三餐那么简单，要让廖亚凡回到生活的正轨上，或者说，让她回到方木认为的正轨上，需要重新确立她的身份、户籍、就业，乃至——

婚姻。

他还是无法把她当做自己的未婚妻，相信廖亚凡也是同样的感受。当初廖亚凡在他求婚后，就乖乖地跟着他离开了分局，更多的是一种本能的自我保护。在当时的情境下，有一个警察愿意保护她，显然比被送到劳教所要划算得多。

“我可以做你的女朋友……我可以帮你打扫卫生、做饭、洗衣服……我什么都会……我保证不会给你带来麻烦……”

这是四年前廖亚凡对他说过的话，回忆起这些的时候，方木还能清晰地记得她涨红的面庞。

她就像一只早早被赶入丛林的小兽，在生存中学会了警惕、撕咬、权衡利弊和审时度势。

这种过早的成熟与世故，不应该出现在这个年龄的女孩子身上。

方木翻了个身，情绪骤然低落下来。无论如何，方木都觉得自己应当为廖亚凡的境遇承担一份责任。

我是一个不祥的人。

既然如此，这份责任的形式是叔叔还是丈夫，就没什么分别了。

凌晨时分，方木迷迷糊糊地睡着了，但是睡得很不踏实，脑海中尽是一些不连贯的片段。蒙眬中，方木忽然意识到有人在他的枕边摸索，他一下子清醒过来，下意识地伸手去抓那人的手腕。

“哎呀！”那人吃不住痛，叫出声来，“是我。”

是廖亚凡。

方木一骨碌爬起来，伸手拧亮了台灯。

“你干什么？”

廖亚凡没有回答，只是从枕边的烟盒里抽出一支烟，点燃，吸了起来。

方木皱皱眉头，又看看卧室的方向：

“别让赵大姐看到你抽烟。”

“嗯。”廖亚凡低着头，“所以我来拿你的烟。”

方木的心里一松，廖亚凡不想让赵大姐不开心，这本身就是一个巨大的改变。想了想，他也抽出一支烟，万一赵大姐闻到烟味，就解释成自己在抽烟，可以替廖亚凡打个掩护。

两个人默默地相对坐着喷云吐雾。一支烟吸完，廖亚凡低着头，慢慢地说道：“我想去周老师的墓地看看。”

“行，我尽快安排。”

“还有……”廖亚凡犹豫了一下，“你是警察——能帮我找个人么？”

第五章

回忆的灰烬

同样的黄昏，同样的街道，同样的疲惫不堪。

他从拉下一半的卷帘门下弯腰进入，正在嘻嘻哈哈地打电话的女店员看他回来，急忙回过身来打招呼：

“老板，你回来了？”

他“嗯”了一声，一屁股跌坐在椅子上，手中的帆布袋被他随手扔在桌子上，里面的金属锅碗叮当作响。

女店员递给他一杯水，口干舌燥的他接过来一饮而尽。接着，女店员拿过一个小小的记事本，开始汇报今天的营业情况。他似乎还没回过神来，那些数字就是一些毫无意义的符号，完全听不进去。

“老板？”

他回过头，女店员已经穿好了外套，背包斜挎在肩上，看来已经做好了下班的准备。他笑笑，挥挥手说道：“我知道了，你先回家吧。”

女店员欢快地答应了一声，一转眼就跑出了门。

店里一下子安静下来，此时已是夕阳西垂，半掩的卷帘门下，只剩下门口台阶上的一小块光斑尚未消退。然而那光斑越来越小，从昏黄直至露出水泥地面的青白。店内的一切事物都被掩盖在沉沉的暮色中，黑胡桃木质地的书架与桌椅更是变作模糊的一团。只有咖啡机上的提示灯还在闪烁着，仿佛一双不怀好意的眼睛。

他静静地坐着，任由自己沉浸在越来越浓重的黑暗中。这是他熟悉的感觉，在她之前，似乎只有这一刻才能让他感到安全与温暖。而她所带来的那一抹亮色，来得太快，消失得太早。

在这样的光线下，视觉已然无法延伸它的触角，而嗅觉却越发敏感起来。他吸吸鼻子，那种混合着油墨、巧克力与咖啡的香气再熟悉不过，曾经萦绕其中的一缕花香，再也闻不到了。

不，不能这么想。他用力摇头。

她会回来的。

这时，楼顶忽然传来啪啦一声。他一惊，随即就放松下来。他摇摇头，撑起身子，把卷帘门落下，锁好，然后晃晃荡荡地向楼上走去。

楼上是卧室兼仓库，墙边堆着大大小小的盒子，临窗的位置是一个半开放式的厨房，各种炊具杂乱无章地摆放着。

房间南侧是一张宽大的地台，一张床垫放在上面，被褥凌乱。一个胖胖的小男孩，歪着头，靠在床垫上睡得正香。在他的手边，一个用乐高玩具搭起的“高塔”倒了半边，刚才的啪啦声，想必就是从这场“安全事故”中发出的。

他拽过一张毯子，轻轻地盖在孩子身上。然后，他打开冰箱，开始准备晚饭。

晚饭很简单，但是食物的香气很快就在狭窄的空间里弥漫开来。他专心致志地做饭，没听到身后的轻微响动。

忽然，一只手扶上了他的后腰。他吓了一跳，第一个反应是推开，然后转身，举起手里的菜刀。

是那个男孩，他仰面躺在地上，很快就一骨碌爬起来，啊啊叫着往灶台上爬，对他手里的菜刀视而不见。

他惊出一身冷汗，如果自己的反应再快半拍，很可能就用菜刀劈下去了。

两个人的生活，还需要再次慢慢适应。

看着不停地翕动鼻子，徒劳地试图去抓食物的男孩，他的目光慢慢柔和下来。

“别急，很快就好了。”

当一盘拌着肉酱、葱花和黄瓜丝的面条摆在男孩面前的时候，男孩脸上写满了狂喜和急不可待。他看也不看旁边的筷子，直接用手抓起面条就往嘴里塞。

那仅有两根手指的右手，像一个肉滚滚的叉子，吃起面来倒也挺适合。

他看着男孩狼吞虎咽，好像看到了20年前的自己。

一样的孤苦伶仃，无依无靠，为了生存和食物可以放弃一切。

吃过晚饭，胖男孩又回到床边摆弄那些玩具，不时发出心满意足的呀呀声。他收拾好碗筷，从冰箱里拿出两根棒骨，敲开，丢进汤锅里熬煮。做完这一切，他觉得有些疲劳，就泡了一杯咖啡，坐在电脑前随意浏览着。

从娱乐八卦到体育新闻，他浏览的速度很快，手中的鼠标不时啪啪作响。最后，他打开了本地社会新闻一栏。

这次的浏览速度要慢得多，最后，他的视线停留在一个页面上。

昏暗的室内，显示器发出的幽幽蓝光照射在他的脸上，形成阴影和沟壑，宛若一尊雕像。

不知何时，胖男孩停下了手上的动作，静静地看着他。

D中案渐渐淡出了公众的视野，不仅是警方，民众关心的热点也很快转向了其他领域。这也难怪，物价、食品安全、教育、医疗，任何一点风吹草动都事关民众的切身利益，他人的生死，终归是他人的。生活总要继续，失去丈夫的，要考虑重新组建家庭，失去儿子的，要继续规划未来。历史的车轮行进得太快，于光和魏明军宛若两颗微不足道的尘埃，或被碾压，或被扬起，转瞬间就灰飞烟灭，再无痕迹了。

也许，他们在案卷档案中留存的时间，不会比亲人的回忆更长。

杨学武提出凶手也许是和于光有着相同经历的人，方木并不认可。但是在所有线索都已中断的情况下，也只能按照杨学武的思路查查看。

去厅里的数据室查档案的时候却遇到了些麻烦，数据室的老段死活不给面子，非要方木拿齐了手续再来。方木有些纳闷，按照制度，查看档案的确需要履行一定程序，但是自己在公安厅工作了这么多年，和老段早就是熟人了，有时查数据时打个招呼就行，怎么突然就改了规矩呢？

没办法，方木只好找边平开函，又找厅长签字，折腾了半小时后才回到数据室。老段细细地把所有手续核对完毕，又让方木在资料借阅表上签字。

方木没好气地说："用不用把我的工作证也拿给你查验一下啊？"

老段不好意思地笑了笑："别闹意见啊，小方，我这也是没办法——上头有新规定。"

方木龙飞凤舞地签完字，把笔一丢："又抽什么风啊？"

"J市公安局的档案室被盗了，这帮家伙也是废物，丢了好几年了才发现。"老段把借阅表收好，"上周厅里开了完善档案管理制度会议，以后再想查数据，可没那么方便了。"

方木笑笑："你要受累了。"

"是啊。"老段愁眉苦脸地说，"也不给涨工资。"

接下来的几个小时里，方木都在翻阅数据室里的案卷档案，试图寻找类似的案件，却一无所获。他心里觉得烦躁，随手拿出烟，还没等点燃就被老段一把抢走。

他指指墙上簇新的"禁止吸烟"标志，坏笑着说："也是新规定。"

方木没办法，只能悻悻地出门去吸烟室。

连吸两支烟，方木的思路也慢慢整理清楚。这种"以其人之道还治其人之身"的作案手法，除了教化场系列案件以外，在C市再没有出现过。从全省的发案情况来看，也没有类似的先例。在全国范围内，以教师作为被害人，并由学生发动的凶杀案件本来就屈指可数，采用这种手法的，更是闻所未闻。看来，杨学武的思路也行不通。

方木想了想，又返回数据室，调取了10年内未结案的案卷资料。

自从2004年公安部提出“命案必破”的口号后，全国命案侦破率大幅上升。悬案寥寥无几，且多是犯罪嫌疑人已被锁定，只是尚未归案而已。余下的，多半是盗抢类和经济类犯罪。方木耐着性子一页页翻过去，翻至最近的一起市人民医院医生失踪案，仍旧毫无头绪。

由此看来，至少在警方登记在案的范围内，凶手是第一次作案。他设计出如此复杂、精巧，且风格化强烈的杀人手段，显然不是内心的一时激情所致。

这是一个危险的信号。

普通凶杀案有一个特点，就是多为熟人作案。在个别情况下，会出现被害人为多人的情况，例如灭门，但从作案次数上来看，超过一例的很少。另一类凶杀案则完全相反，凶手多为陌生人，且多次作案的情况居多。

也就是连环杀人。

方木的眉头紧紧地皱了起来。

D中案绝非个案那么简单。凶手本次犯案不可谓不成功，案发近两周后，警方仍毫无线索。这对他而言，无疑是一种鼓励。而他在这种心态下，很可能会再次作案。

如果方木的推测没错的话，这个“大侠”的下一个目标，会是谁呢?

深秋，天气晴好。

龙峰墓园是C市最大的墓群，坐落于城郊，大部分C市居民身后的栖息所都在这里。园内四季松柏常青，一座座白色的墓碑依山而列，上下错落有致。在正午强烈的阳光下，那些墓碑反射出炫目的光，让整个墓园都笼罩在一片朦胧中。行走于墓碑之间，给人这样一种错觉：那些长眠于此地的人们，真的去了天堂。那里，相对于此时、此地，也许是更加美好的所在。

方木把车停好，拎着白酒、点心和水果向龙峰墓园里走去，廖亚凡捧着花束跟在后面。她今天穿了米楠拿来的衣服，一头蓝色的乱发扎成马尾，没有化妆，整个人看上去清新淡雅。

关于周老师的种种，方木都没有告诉廖亚凡，只是说周老师死于一次意外。他不想破坏周老师在廖亚凡心目中的形象，相信廖亚凡也抱有同样的想法。

两个人，两个世界，彼此却都有羞于出口的秘密，慈祥的背后有邪恶，清纯的已经美好不再。重逢时，唯有希望能保持当年的样子。

穿行于墓碑间的小路上，廖亚凡似乎越来越紧张，脚步也越发迟缓。方木不得不几次停下来等她。走到周老师的墓前，方木撤去早已枯萎的花束，摆好供品，一扭头，却看见廖亚凡远远地站着，一动不动地朝这边看着。

“过来吧。”方木冲她挥手。

足足过了半分钟，廖亚凡才抻抻衣服，抹抹头发，脚步机械地走过来。

方木接过她手里的花束，轻轻地摆在墓前：

“给周老师鞠个躬吧。”

廖亚凡没动，怔怔地看着低矮的坟墓。好半天，她才哑着嗓子问道：

“他……就在这里？”

“嗯。”

“这么小……他睡得舒服么？”

方木无语。

廖亚凡慢慢地蹲下来，把手伸向那冰冷的大理石，指尖刚刚碰到，就猝然缩了回来。几秒钟后，她又试探着伸手过去，终于，把整个手掌都贴了上去。

她的身子一歪，倚在墓碑上，毫无征兆地大哭起来。

方木的鼻子一酸，悄悄地走开了。

她应该有很多话想跟周老师说，也许是追悔，也许是思念，让廖亚凡单独留在那里，是最好的选择。

方木沿着台阶慢慢地向下走，随意打量着身边的墓碑。每次来到墓园，他的心中总会有一种万籁俱寂的宁静感。长眠于此的人们都得到了彻底的解脱，再有不甘，也无济于事。世间的种种，好的，坏的，统统不重要了。

想想看，这几年来，方木来得最多的地方就是墓园，无论是凭吊还是查案，都伴随着一个个让人心潮激荡的故事。

这样的日子，还会过多久？

想到这些，方木倒有些羡慕那些凝固在墓碑上的面庞了。

抽过几支烟后，方木远远地看到廖亚凡走下来。不知是因为蹲得太久，还是情绪过于激动，廖亚凡的脚步虚浮，整个人都摇摇晃晃的。

方木迎过去，廖亚凡不想让他看到哭肿的双眼，微微扭过头去。

方木递给她一包纸巾，就默默地在前面带路。

走出墓园，方木却没走向停车场，而是转向墓园管理处。

廖亚凡看看不远处的吉普车，又看看方木：

“我们去哪儿？”

“你不是委托我找一个人么？”方木转过身，“他也在这里。”

来到墓园管理处，方木找到管理人员，简单询问几句之后，就带着廖亚凡去了骨灰寄存处。

所谓寄存处，不过是几面黑胡桃木制的架子，上面摆满了没有墓地安葬的骨灰盒。有的木格里尚有死者的遗照和枯萎的花瓣、供果。有的木格里则乱七八糟地堆着几个骨灰盒。他们恐怕在生前就过得颇为窘迫，死后仍旧这般凄凉。

方木和廖亚凡穿行于那些木架之间，不时轻念着上面的编号。终于，方木在一面已经开裂的木架前停下了脚步。

他转到木架前面，上下打量了一番，蹲下身子，从倒数第二层的木格里抽出几个布满灰尘和蛛网的骨灰盒。逐一分辨后，方木拣出其中一个，用手草草擦拭后，递给了廖亚凡。

廖亚凡已经猜到了“他”的下落，双手依旧抖得厉害。扫了一眼骨灰盒上的名牌后，廖亚凡的目光变得疑惑：

“这是……”

方木点点头：“你要找的那个孩子不叫贺京，叫杨展。”他用手擦擦被灰尘和油垢蒙住的照片，一张稚气的面孔显现出来。

“如果我没记错的话，他就是那个常在天使堂附近玩的孩子。”

廖亚凡没有回答，只是怔怔地看着那张照片。良久，已经红肿的双眼再次盈满泪水。

“他……怎么会……”

“自杀——用一支被盗的警枪。”方木扭过头，把视线投向远方。那里，一支送葬的队伍正在告别厅前缓缓绕行，排头的男子捧着一张遗像哭得撕心裂肺。

“在此之前，他用那支枪枪杀了父亲。”

大颗大颗的泪水滴落在骨灰盒上，男孩的照片很快被晶莹剔透的泪水覆盖，眉宇间顿时生动起来，微微上扬的嘴角竟透出了俏皮的意味。

“你为什么没来……为什么没和我一起走……为什么要骗我……”

廖亚凡用手一遍遍抚摸着骨灰盒，那轻飘飘的木头盒子里，真的是那个爱喝可乐、拿菜包子当美食的少年么？

方木静静地看着廖亚凡，对于她当年出走的真相已经了然于心。

还要否认命运的存在么？周老师临终前的牵挂是廖亚凡，廖亚凡出走前最后的等待是杨展，杨展亲手枪杀杨锦程，而杨锦程正是害死周老师的元凶。

每个人都身不由己。

冥冥中，真的有一双翻云覆雨手，心不在焉地摆弄着芸芸众生，让我们毫无缘由地爱，莫名其妙地恨？

临走前，方木看到廖亚凡把手上那枚小小的钻戒除下，放进那个骨灰盒里。镶嵌其上的钻石在阳光下反射出微弱的光芒，静静地划过白皙的双手和暗紫色的木盒。很快，那点光芒就滚入狭窄的缝隙，消失在那些白色的灰烬中。

第六章

子宫

在中国辽阔的版图上，C市只是毫不起眼的一小块。然而，这一小块却不得不裹挟在历史的洪流中，跌跌撞撞地向前奔跑着。城市化，是当下中国最关注的话题。城市的管理者们把它叫做发展。对于一切阻碍所谓“发展”的东西，均被视为洪水猛兽，比如那些低矮陈旧的楼群，在管理者们看来，就像疮疤一样丑陋不堪。

于是，那些疮疤被粗暴地揭开，伴随着剧烈的刺痛，在那些红肉上覆以更加鲜亮的绷带，全然不顾那下面是否还有脓血和暗疾。

在这个过程中，我们失去的，远远不仅是土地和家园。

如今，作为一块即将被揭开的疮疤，富民小区里的绝大多数住宅已经人去楼空。只有少数住户还在坚持，试图换取更多的拆迁补偿款。园区里的所有楼体上都用刺目的红色喷上大大的“拆”字，加之断水断电，即使在熙熙攘攘的清晨，富民小区内仍旧空无一人，宛若战后废墟。

一个原住民匆匆穿过满是碎砖和瓦砾的小路，直奔某栋楼房而去。一条觅食的流浪狗在成堆的建筑垃圾中没精打采地寻找着，见到他，也不躲避，反而略带兴奋地摇摇尾巴，似乎想讨得他的欢心，换一个不必风吹雨淋的住处。

他似乎见过这条狗，记得是园区里某个居民家的宠物。大家都拿到补偿款，外出寻找租住地的时候，这条狗也像身后的楼房一样，被遗弃在这里。

空荡荡的园区里，一个单调的女声在一遍遍地重复“配合依法拆迁是每个公民应尽的义务……”。他站在7号楼下，扭头看看悬挂在楼顶的高音喇叭，嫌恶地啐了一口，骂了一句脏话之后就沿着户外楼梯爬了上去。

他惦记着家里那扇刚安好不久的防盗门，在同样遍布杂物的楼梯间拾阶而上。转入四楼，他就看到自家那扇墨绿色的铁门。它看上去厚重、可靠，最重要的是，安然无恙。他满意地拍拍它，掏出钥匙……

突然，他意识到余光中出现了一个原本不该存在的东西。

在他右侧本是一条空荡荡的走廊，此时……

他转过身，被眼前的东西惊得目瞪口呆。

一个巨大的水囊被悬挂在走廊的顶棚上。他之所以认为那是水囊，因为仍有淡色的液体从中滴落下来，在水囊下方形成两平方米左右的一摊，看上去略带浑浊，似乎杂质颇多。

他感到有些恶心，更多的是好奇。向左右看看，他小心翼翼朝水囊走去。

水囊应该不是日常用品之一，他不知道它的用途，更不知道它的容积，只是震惊于它的巨大。他慢慢地绕着水囊，一边观察，一边揣摩它为什么会被挂在这里。

水囊的表面大概是橡胶所制，被里面的液体撑得鼓胀光滑。他转到另一侧，突然意识到水囊里应该不仅有液体，在某些表面有古怪的隆起。他试探着伸手去摸，硬硬的，却似乎无害。

他大着胆子沿着那些隆起一路抚摸下去，整个人也由直立变为半蹲。忽然，他怔住了，似乎对自己手上的触觉难以置信。随即，他就跪趴下去，急切地向水囊底部看去。

几乎是同时，正在楼下的园区里觅食的流浪狗听到一声凄惨的尖叫，它吓了一跳，本能地向那尖叫声发出的地方望去。然而，视力所及范围内却没有任何让它觉得危险的东西，它不满地冲那里叫了两声，继续在碎砖瓦砾间翻翻找找。

7号楼的走廊里。他跌坐在那摊不明液体中，手刨脚蹬地试图站起来，却再次摔倒。他不敢再去看水囊底部的古怪隆起，战战兢兢地转身爬行，直到离开那摊液体，脚底不再湿滑，这才连滚带爬地冲下楼去。

这些声响再次吸引了流浪狗的视线。它好奇地看着他的动作，忽然吠叫起来。

如果它会笑，如果它会思考，它会愉快地想到：为什么这个人和我一样四肢着地呢？

当然，这些它都不会。身处两个不同的族群，它不会理解他的恐惧。

那水囊底部的隆起虽然模糊，但他还是分辨出那是一张人的脸。

从墓园回来后，廖亚凡有了很大的改变。不仅很少化妆，头发也尽可能地保持整洁妥帖。家里不再是啤酒罐、烟蒂满地，每次方木下班回家，都能察觉到房间里有打扫的痕迹。

也许对此感到失望的，只有楼下小超市的老板。

廖亚凡变得很安静，有时会怔怔地看着远处发呆，但是大多数时候，她都在静静地看电视、上网或者看书。

关于过去的种种，无论是周老师还是杨展，在廖亚凡心中，想必都已经做了一个了断。那颗狂躁不堪的心，正在慢慢平复下来。

她已经懂得向前看，实在是一个很大的进步。

方木也感到生活正在渐渐步入正轨，他理应感到高兴。然而，他总是高兴不起来。对于前方的下一站，他虽然模模糊糊地有所预估，却总有些本能的逃避。

这天早上，方木在一阵焦煳味中醒来，他揉着眼睛，边翕动鼻子，边寻找那股气味的来源。

一抬头，方木就看到在厨房里来回转悠的廖亚凡。他有些意外，转身看看卧室。干净的床铺上，卧具被叠得整整齐齐。

他披上衣服，拉开厨房的门，说道：“怎么起得这么早？”

正端着一碗水的廖亚凡吓了一跳，手中的水也泼洒出来。

同时，方木也看到了炉灶上的粥锅，白米间混杂着大块焦黄的锅巴。

廖亚凡端着水碗，有些不知所措：“没弄好……煳了。”

方木笑笑，接过她手里的水碗，又舀起一勺粥尝尝：

“没事，还能吃，就是有点煳味。”

廖亚凡脸色通红：“我给你做别的吧。”

“不用。”方木放下勺子，“加水没用，放一段葱就行。”说罢，他转身向阳台走去，一抬头就撞上了几件潮湿的衣物。这显然是刚刚洗好的，看来，廖亚凡今早做了不少家务。

方木看看那些还在滴水的衣物，其中，有几件是自己换下的内衣裤，不免有些尴尬。

拿了一根葱，方木又回到厨房，切了一段，插进粥锅里。转头看看，灶台上还摆着搅好的鸡蛋和几根香肠。

他转头看看廖亚凡，笑笑说：“你受累了啊。”

廖亚凡的脸更红了，一言不发地摆好煎锅，开始炒鸡蛋。

在热油的劈啪声中，蛋液很快变成一朵绽开的花，廖亚凡翻炒了几下，看见方木还站在原地，就把他推了出去：

“快去洗漱，马上开饭。”

这回轮到方木不知所措了，他搔搔脑袋，老老实实地去了卫生间。

牙刷了一半，方木的手机就响了。几分钟后，他已经穿戴整齐，边擦着嘴边的牙膏沫，边对廖亚凡说道：“我没时间吃了，得出个现场。”

一直干劲十足的廖亚凡“嗯”了一声，似乎整个人都松懈下来，只是不停翻炒着已经成形的鸡蛋。

方木有些不忍，又加了一句对不起啊。

廖亚凡没回话，伸手关掉了煤气。

下楼，发动汽车，上路。方木逐渐把注意力集中在自己身上，他意识到自己有些怅然。倒不是为了错过这顿难得的早餐，而是廖亚凡身上的某种变化。

毫无疑问，廖亚凡正在变得越来越好，从某种意义上来讲，方木就更应该履行自己的承诺。

这一站，似乎就在前方不远，而在方木的心中，竟隐隐地希望它到来的时间越长越好。

长久以来的思念，电光火石的冲动，换来的是一个让人尴尬的结论：

你没有那么好，你没有那么宽容，你也没有那么大的能力……而这一切，在廖亚凡的改变面前，已经不算是缺点，而是卑劣。

你这个混蛋！

方木一踩油门，狠狠地骂了自己一句。

现场位于铁东区临山路富民小区7号楼内。小区虽然挺大，但是行将拆迁，住户甚少，所以围观的群众寥寥无几。

中心现场在7号楼的四层楼道里。方木刚登上四楼，就被眼前那个巨大的水囊惊呆了。几个警察蹬着梯子，正在试图把它从晾衣竿上解下来。杨学武抱着肩膀，眉头紧锁，旁边是拎着检验箱无所事事的法医。

“这是……”方木大张着嘴，“这是什么？”

杨学武闻声转过头来，见是方木，点点头，算是打过招呼。

“你也觉得奇怪吧？”杨学武重新面向那个水囊，“所以我把你叫来了。”

“里面是？”方木指指那个水囊。

“人。”杨学武简短地答道，忽然又笑笑，“真他妈有创意。”

说罢，他走到水囊边，冲还在解绳扣的警察问道：“怎么样？”

“不行。”那警察摇摇头，松开双手，用力揉捏着左手指，“系成了死扣，而且还浸湿了，根本打不开。”

方木凑过去，看到水囊上方被一根手指粗细的尼龙绳扎紧，并缠绕在不锈钢晾衣竿上，系得死死的。

杨学武想了想，转身问负责拍照的同事：“证据都固定了？”

后者拍拍相机，示意已经固定完毕。杨学武一挥手："先把里面的液体抽出来，然后拿工具，把晾衣竿锯断。"

警察们应了一声，分头执行命令。

方木很理解杨学武的急切心情，他自己也很想看看水囊里究竟是什么样的景象。他绕着水囊转了几圈，又蹲下身子仔细查看着。的确，水囊底部的凸起显示里面除了液体，还有一个倒悬的人。无论他是谁，都不可能再有呼吸了。

方木站起身，向四处张望着。偌大的居民小区里，除了来回走动的警察和几个看热闹的民众外，再没有任何人。只有那些玻璃破碎的窗口，宛若一只只独眼，默默地注视着这凭空悬吊的水囊。尽管不远处就是一条车水马龙的主干路，然而，这里却死一般的寂静。

死者是什么人？为什么会死在这里？凶手为什么要用这种方式处理尸体？

方木看看身后的几扇门。这是一片老式住宅区，像这样的户外走廊，现在已经不多见了。方木想了想，用一张面巾纸盖在手指上，轻轻地推了推身边的门。纹丝不动。再换下一扇，仍旧如此。看来这几户住宅已经人去屋空。

再推下一扇的时候，眼前突然递过一副手套。方木转过头，是米楠。她却并不看他，而是靠近窗户向里面张望着。

"发现什么了？"

"没有。"方木边戴手套边说，"只是个推测。"

无论死者在被装入水囊前是死是活，这种处理尸体的手段都是极其费时费力的。凶手把死者悬吊在这里，绝不仅仅是为了抛尸。那么，死者也许和这片住宅小区有关系，或许，就住在身后这些住宅的某一户中。再进一步讲，第一现场也许就在这里。

米楠不再说话，又递过一副脚套，示意方木穿戴好。

“你那里有什么发现？”

“承痕客体不理想。”米楠指指凹凸不平的水泥地面，“提到了几枚足迹，都不清晰。”

走廊里喧嚣起来，水囊里的液体被抽干，足足装了两大塑料桶。一队警察分成两组，一组托住水囊，另一组用钢锯切割晾衣架。十几分钟后，不锈钢晾衣架被锯断，水囊被慢慢抽离出来，平置在地面上。杨学武指示尽量保持物证的原貌。于是，一个警察找来一根细铁条，穿进绳扣里，连拧带挑，终于把绳扣打开了。

所有的人都围拢过来，迫不及待想看看水囊里的景象。

水囊的开口被穿入的尼龙绳扎紧，展开后，一双青白色的赤脚先露了出来。脚腕处被黄色胶带缠绕，双脚中间被同样质地、规格的尼龙绳缠绕了几圈，另一端牢牢地扎在水囊开口处的尼龙绳上。这样，死者就无法在水囊中挣脱，只能倒吊在水囊里。

再展开，一具浑身赤裸的男尸显露出来。看年龄，死者应该不超过50岁，双手被同样的黄色胶带缠绕。因为水囊高度的限制，死者无法充分伸展身体。因此，这具僵直的尸体呈现出蜷缩状。

法医上前进行检验。杨学武低下头查看死者的面部，尽管因为浸泡，死者的面部有些肿胀，但五官及轮廓仍清晰可辨。杨学武的眉头渐渐皱起来，似乎在回忆着什么。随即，他又蹲下身子，反复端详着死者的脸。

方木察觉到杨学武的异状，凑过去，刚要开口，就看到杨学武猛地站起身来。

“富民小区……富民小区……”杨学武看着一片荒芜的园区，口中喃喃自语着。

突然，他转身面向方木，脸上是一副恍然大悟的表情：

“方木，我知道这家伙是谁了。”

同样的清晨，同样的地点，同样的喧嚣与味道。

他并不喜欢这种氛围，无论是医院还是消毒水，都让他心生不快甚至憎恶。然而，他没有选择，女人只能住在这里，他只能这般忙碌。

推开那扇熟悉的房门，果然，那个护士也在。

“南护士你好。”

南护士回过头，略施粉黛的脸上是掩盖不住的倦容，她笑笑，随即就是一个哈欠：

“你来了……啊……对不起。”

“昨晚没睡好？”他把手中的保温瓶放在床头柜上，随口问道。

“嗯。”南护士收拾好体温计和血压仪，看看他：“你也一样啊，眼圈都黑了。”

他笑笑，伸手在脸上搓了几下：“她怎么样？”

“还不错。”南护士转头面向依旧沉睡的她，“没什么变化。”

听到这些，他有些黯然，嗯了一声就坐在床边的椅子上。

“别灰心。”南护士察觉到他的情绪变化，“这种患者的恢复期本来就很长，只要能坚持下去，她肯定会好起来的。”

他抬起头，报以一个微笑。

“说老实话，她已经是我见过的患者中状况最好的了。”南护士的脸忽然红了一下，“不得不承认，有了你，她实在是很幸运。”

他转头看看床上的她，伸手握住了她的手，一遍遍摩挲着。

“我们是彼此唯一的亲人。”

南护士忽然觉得自己成了多余的人，说了一句好好照顾她，就转身向门口走去。

他送南护士到门口，伸手拉开房门，说道：“白天休息一下吧，你也很累了。”

“争取吧。”南护士的眉头微微皱起来，“昨晚……今天还要工作一整天呢。”

接下来的几个小时，和平常一样。喂她喝汤，给她按摩，然后，就是陪她聊天。

电视里正在播放某个清宫穿越剧。本来，他是不屑于看这种东西的。可是，偏偏这个电视剧相当热播，女主角也因此火得一塌糊涂。无论是好的，坏的，他都不希望她错过。至少在她醒来的时候，能知道在这段日子里发生了什么。于是，他耐着性子给她解释雍正皇帝和那几个身份可疑的女子的关系。说了半天，自己都觉得扯淡得很。

“呵呵，我说不下去了。”他先笑场了，“太扯了太扯了。”

空荡荡的病房里，只有他的笑声在寂寞地回响。两个人抱在一起大笑的日子，似乎已经是上个世纪的事情了。

笑声渐止，他的嘴角尽管还有上扬的弧度，面色却已经黯淡下来。

几秒钟后，他又笑笑，这一次，是笑给自己的。

随即，他掀起她的被子，在那双看似饱满，却缺乏生机的腿上按摩起来。

只揉捏了几下，他就听到走廊里传来一阵吵闹声。想必又是医患纠纷吧，这年头，这种事太常见了。他本不想理会，可是那吵闹声越来越大，其中，有一个女声听起来格外熟悉。

他停下手，给她掖好被子，转身走出了房门。

病房对面就是医务台。一米多高的柜台后面，南护士满脸通红，正在对医务台前的一个男子大声呵斥着。几个护士围在南护士身边，也在指责那男子，却无人敢上前阻拦他。

男子二十几岁的样子，身穿病号服，右手虚握，高举在眼前，摆出一副摄像的架势，嘴里还不停念叨着：

“表情再丰富点……很好，小南你往这边走，注意别出画……”

南护士的表情与其说是愤怒，不如说是无奈。围观的护士们也是一副又好笑又好气的样子。

见南护士不动，男子似乎失去了耐心，放下手里的“摄像机”，不满地说道：“小南你怎么回事？”

说着，男子竟伸出手去，试图把南护士拉出来。

他上前一步，一把将男子拽了回来，牢牢地按在墙角。

“你干什么？”男子拼命挣扎，“不要影响我拍摄……小南，你不想当明星么？我们可以……”

正在撕扯中，医院的保安和几个穿着白大褂的医生匆匆而至，不由分说，架起男子就走。男子还在不依不饶地挣扎着，嘴里不停地喊着：“小南，你一定要相信我……我一定可以把你捧成大明星……”直到一行人进了电梯，那令人心烦的喊声才消失。

围观的人们渐渐散去。他揉揉手臂，在刚才的撕扯中，本就疲惫不堪的身体更加酸痛。

“刚才真谢谢你了。”南护士从医务台绕出来，一脸谢意和歉疚，“没事吧，有没有弄伤你？”

“没关系。”他指指电梯的方向，“这人……怎么回事？”

“七楼精神科的患者。”南护士无奈地说，“考了几年电影学院，没考上，结果就成这样了。整天缠着我，要我当他的女主角——昨晚都折腾半宿了。”

一旁的女护士打趣道：“他那是看上你了。”

“别胡说！”南护士一脸无奈，又转向他，“真抱歉，还连累了你。”

“没事。”他笑笑，“也别怪他——一个执着的人。”说罢，他摆摆手，转身进了病房。

南护士目送他的背影消失在门后，想了想，喃喃说道：

“其实，你也是。”

10月11日，C市铁东区临山路富民小区发生一起命案。第一现场位于7号楼一单元405室内。房间为单向内开铁质门，无撬压痕迹。房内北侧为卧室和厨房，南侧为卫生间和客厅。房内陈设简单，物品摆放凌乱。卧室床上有散乱被褥。客厅地面上有男性睡衣裤一套及内裤一条。室内无翻动、搏斗痕迹。通过对现场地面足迹及残留手印进行收集处理，未发现有价值的线索。

第二现场位于7号楼一单元四楼走廊内，亦即405室门前。四楼走廊顶板上挂有9根长250厘米、内径4.3厘米的钢管，为居民平时晾晒衣物所用。在第六根钢管上，悬吊着一个巨大水囊，经查，水囊容积为120升，单层尼龙橡胶布材质。经抽离液体，清理水囊，发现尸体。

死者姜维利，男，42岁。尸体全身赤裸，头下脚上悬吊于水囊内，呈蜷缩状。死者双手、双脚均被宽4.5厘米的黄色胶带缠绕束缚，并被长67厘米、粗0.8厘米的尼龙绳穿过两脚间，束缚在水囊袋口的尼龙绳上。

从尸体检验的情况来看，死者体态中等偏瘦，发长9厘米，颜面肿胀，尸表未见损伤。尸体解剖见咽喉、气管、支气管内充满泡沫液，双肺消肿，其表面有肋骨压迹，边缘钝圆，触之有揉面感，切开肺组织，轻压有大量水性泡沫液溢出，胃内充满大量水性溺液，有明显水性肺气肿。同时，在死者呼吸道内验出少量乙醚成分。死亡时间约为当日凌晨1点左右。经分析，死因为溺水导致的窒息。

通过对第二现场地面足迹及残留手印进行收集处理，共提取足迹若干。

因死者被发现时全身赤裸，其衣物（在衣物内提取皮屑、毛发若干，已和死者做同一认定）被丢弃于405室内。故将405室确认为第一现场，户外走廊的水囊悬吊处确认为第二现场。

在案情分析会上，杨学武所做的现场重建分析意见如下：凶手在当晚子时许来到死者家，敲门入室后，趁死者不备，用事先准备好的乙醚将死者麻醉。之后，凶手将死者的衣物除去，束缚手脚后装入水囊。将死者及水囊移出室外后，凶手将其悬吊在晾衣竿上，而后将液体注入，随即打扫现场后离开。

与会干警对杨学武的分析意见没有太大分歧，但仍有许多疑问：

第一，凶手的作案动机是什么？

第二，凶手深夜造访，死者为何没有感到异常？这是否证明本案为熟人作案？

第三，凶手为何采用溺死的方式杀死对方？

第四，凶手为何采用水囊中悬吊的方式处理尸体？

最后两点是让警方尤为感到迷惑不解的地方。案发时间为深夜，死者已呈就寝状态，且案发地点相对安静，左右均无住户在家，凶手在用乙醚制服死者后，大可以采用更简便、快捷的方式置其于死地，为什么还要让死者活活溺死呢？

此外，因现场已被清扫，无法确认作案人数。如果凶手为一人的话，将死者装入水囊并悬吊在晾衣竿上，需要耗费极大的体力。如此费时费力，凶手究竟是出于什么目的？

凶手这么做，显然不是为了掩盖罪行。那么，通过如此诡异的方式展示尸体，是出于怎样一种心态呢？

这个“心态”，就需要方木给出分析意见了。

在案情分析会上，方木一直没怎么说话，只是埋头查看现场图片和一些检测报告。要么，就是吸着烟沉思。

在现场，那个巨大的水囊的确给了方木极强的视觉冲击力。然而，整个现场展现出的强烈仪式感才是方木格外关注的。他隐隐觉得，凶手布置下这么复杂的场面，一定是要表达出某种情绪。而这种情绪，与死者的身份密切相关。

分局长让方木发言的时候，他没有急于开口，而是把头转向杨学武：“学武在现场第一个认出了死者，先让他介绍一下情况吧。”

杨学武显然早有准备，拿出一大沓复印资料，沉吟了一下，说道：“最近，死者可是个新闻人物。”

姜维利，男，42岁，高中文化，无业，一直和其母郭桂兰居住在富民小区7号楼一单元405室内。据群众反映，二人的关系一直不太融洽。今年初，临山路一带被列入旧城区改造计划中，富民小区也在拆迁范围内。园区内的居民在拿到几十万元不等的拆迁补偿费用后，大多迁离富民小区。姜维利一家是几户“钉子户”之一，要求开发商以每平方米1万元的标准进行补偿，否则就一直住在这里。开发公司在经过几轮谈判、协商甚至要挟之后，仍然未能与姜维利等人达成拆迁协定。有传闻，开发公司打算提高补偿费用，以换取剩余几户人家顺利搬迁。姜维利见有利可图，竟然将七旬老母赶出家门，意图独吞拆迁款。无家可归的老人在走廊里居住了两天。街道委员会在多次调解无果后，将此事通知了新闻媒体。C市电视台及多家报纸杂志都对此事进行了跟踪报道。郭桂兰被赶出家门第三天晚上，C市电视台在当晚的新闻栏目——“C市导报”中做了一期专栏节目。省内几百万观众通过电视得以知晓姜维利的恶行。在采访画面中，记者和街道委员会工作人员带着郭桂兰老人回家，姜维利却拒不开门，还对来人大爆粗口。老人一边敲打着铁门，一边悲愤地喊道：“我怎么就生了你这么个畜生……”

姜维利夹着烟，隔着铁门对老人指指点点：“滚吧，死老太太！有能耐你把我塞回去，就当没生过我！”

这段画面引起了观众的强烈愤慨，有网友将其截取下来，发布到网上。一时间，对姜维利的谴责与声讨宛若巨浪一般，难以平息。随便打开一个网站或者论坛，这段视频都被置顶，紧随其后的，就是数以万计的跟帖与回复。其中，不乏恶毒的诅咒与谩骂。

杨学武介绍完毕，大多数与会者的脸上都泛起了怒意，更有人小声嘀咕道：“这个王八蛋，死了活该！”

然而，死者的身份与背景，与本案又有什么关系呢？

方木走到幻灯机前，找出一张现场图片。在白色的幕布上，悬吊在走廊里的巨大水囊分外刺眼。

“你们觉得，这水囊像什么？”

大家都面面相觑，交头接耳一番之后，却没有明确的意见。

分局长先不耐烦了，敲敲桌子喝道：“你小子别卖关子了，到底像什么？”

方木笑笑，轻轻地吐出两个字：

“子宫。”

方木的判断并非简单推测或者直觉。首先，死者被发现时，呈全身赤裸的状态。脱掉一个昏迷中的成年人的衣物，并非一件很容易的事。而且，凶手在现场从事的活动越多，留下痕迹物证的可能性就越大。从凶手事后打扫现场的做法来看，他是一个相当谨慎的人，不可能没考虑到这一点。之所以将死者剥光，想必是出于凶手内心的某种需要。其次，死者在水囊中呈现出倒悬的姿态。这种姿态，可以将其理解为确保死者必然溺死于水中。然而，这种理解本身就有问题。如果杨学武的现场重建分析成立，那么死者在被装入水囊前已经处于被麻醉的状态。在这种状态下，室内的马桶、澡盆，甚至一个普通的脸盆都可以让死者死于溺水，完全没必要将其移入水囊中。由此可见，这种倒悬的姿态除了可以确保死者死亡之外，肯定还具有某种象征意义。最后，水囊中的液体成分。一份检测报告显示，水囊中的液体主要成分是水。考虑到案发小区已经断水断电，因此，这些水应该是凶手自备的。这份检验报告显示，除了水之外，液体中还含有无机盐、蛋白质、葡萄糖、激素，以及尿素、尿酸（主要来自死者死后的排泄物），等等。

这几乎就是妊娠后期，羊水中包含的所有成分。

其中某些物质是不可能在自来水中出现的，由此可见，凶手除了自备水之外，还在水中加入了上述成分。

于是，42岁的姜维利双手抱于胸前，头下脚上地蜷缩在那个水囊中，宛若一个待产的巨大胎儿，回到那个同样巨大的子宫里。

“简单地说，”方木有些尴尬地做了一个手势，“他‘原路返回’了。”

尸检报告显示，姜维利在水囊中，曾有过短暂的意识清醒，可能小幅度地挣扎过。这多么像胎儿在分娩前的悸动。只是，在前方等待他的，不是新生，而是死亡。

姜维利在生前曾经口出狂言——“有能耐你把我塞回去”。

一语成谶。

方木的话音刚落，会议室里就哄然一片。大多数人都对方木的分析感到新奇，更多的是猜疑和难以置信。只有杨学武静静地看着方木，表情高深莫测。

第七章

雨夜寻踪

富民小区杀人案的现场过于诡异，警方为了避免引起不必要的恐慌，也为了侦查的顺利展开，并没有向新闻媒体透露更多的情况。然而，无孔不入的媒介还是掌握了关于本案的大量情节。的确，在这个信息产业高度发达的时代，想瞒住一件事，比登天还难。

案发后第三天，逆子姜维利惨死的消息就已经铺天盖地般出现在各类媒介载体上。之前喊打喊杀的民众更是一片欢腾。“罪有应得”“报应”之类的词汇前所未有地集中到这起案件上。

人人都成了预言家。

也许唯一一个没有叫好的，恰恰是姜维利伤害最重的人。

案情分析会刚刚散会，一干人等纷纷下楼，各自回到岗位上干活。还没走到电梯口，就看到一个值班民警扶着一个老太太从电梯里出来。老太太衣衫破旧，身形佝偻，满眼都是泪水，一只手死死抓住值班民警的衣袖，似乎怕他跑了一样。

值班民警指指刚刚散会的人群，一脸无奈地说：“他们负责查办你儿子的案子。”说罢，他冲分局长撇撇嘴，举起右手在脑袋上画圈，无声地做着口型：“老太太有点魔怔了。”

老太太一脸茫然，面对这样一大群穿着制服的警察，让她有点蒙。犹豫了几秒钟之后，她不由分说地抓住离她最近，也最年长的法医老郑，扑通一声就跪了下去。

“政府啊，你一定要给我做主啊。”老人哭喊起来，“我儿子死得冤啊。”

老郑吓了一跳，一边躲，一边指着分局长：“政府在那儿，我就是小兵。”

老太太急忙跪爬过去，拽住分局长的裤脚，连喊政府给我做主。

老人的哭喊声在走廊里回荡，不少科室的人都探出头来观望。分局长一脸尴尬，伸手扶起老人，转头对值班民警喝道："这怎么回事？"

值班民警说："她是姜维利的妈妈，一大早就来了，说要帮咱们破案，给他儿子报仇。"

老太太忙不迭地点头，抽噎着说道："我儿子是个好孩子……就是交了些坏朋友……欠了点钱……他们我都认识……他死得冤啊……"

老人又大哭起来。分局长的嘴张了张，分明把一句"冤个屁"咽了回去。他扶着老人，对值班民警说道："找人给她做笔录，把那些'坏朋友'都列出来，挨个排查。"

在老人的千恩万谢中，值班民警把她扶进了电梯。分局长的情绪很坏，挥挥手，说了句散了吧，就回办公室了。

走廊里的人很快就消失得一干二净，只剩下方木和杨学武相视苦笑。

很明显，郭桂兰提供的所谓线索不会对侦查有什么帮助。尽管姜维利的社会关系中多是公安机关重点监控的人口，但是方木相信本案绝非他们所为。如果动机是复仇，大可不必采用这么复杂的手法；如果是为了追债，姜维利的拆迁补偿款尚未到手，杀了他也没用。分局长让郭桂兰去做笔录，只是平息老人的激动情绪的权宜之策。大不了就浪费点时间，总比被人指责不作为要好。

真正让方木郁闷的是，警方并不认为方木的分析有多么大的参考价值。尽管凶手的手法明显有别于一般的凶杀案，但是方木提出的"子宫"说法更让警方难以置信。会有人冒着接受刑法处罚的风险，大老远地拎着水桶和水囊，费时费力，就为了应验姜维利的一句狂言么？就像会上一位老警察所说的那样："世上没有无缘无故的爱，更没有无缘无故的恨！"

的确，如果从作案动机入手，本案几乎无迹可寻。尽管从种种迹象来看，最大的可能是报复。那么，郭桂兰老人的嫌疑最大。然而，她对姜维利被杀的悲痛人所共睹。在方木看来，那绝非有意掩饰或者误导，完全是一位母亲痛失独子后，对其之前的逆行的一种无原则的原谅。

在会上，那位老警察提出一种可能性，即负责拆迁的公司为了达到迅速清理园区的目的，雇凶杀害了姜维利。一来，姜维利是所有“钉子户”里最让拆迁方头疼的一个，干掉他，之后的拆迁就再无阻碍，此外也可以对其他“钉子户”起到杀鸡儆猴的效果；二来，姜维利对其母的驱赶和虐待已经引起强烈的社会愤慨，干掉他，至少在道德层面上，会获得相当一部分人的认同，不至于对拆迁方和开发方形成过多的不利影响。至于那些诡异的手法，不过是障眼法而已。

有人提出反对意见：在拆迁过程中死过人，以后开发的楼盘还会有人买么？这么做无疑是自断后路。

老警察对此嗤之以鼻：拆迁方就负责拆楼、清人、拿钱，至于开发方怎么卖楼，那就是开发方的事儿了。再说，在全国范围内，拆迁出人命的事多了去了，可是，那些所谓“血房”，哪一栋没卖出去?

这是实话，在物价飞涨的当下，似乎房子才是硬通货。大多数人耗费一生积蓄买下那个水泥盒子，就是为了一份保障和安全感。至于在这片土地上曾经发生过什么，无暇顾及也无人愿意去想。

在别人的生死和自己后半生的保障之间，这个国家的大多数人都会做出同一个选择。

老警察的思路虽然有些勉强，但似乎是目前唯一可行的侦查方向。分局长把任务布置下去，各路人马，各司其职。

方木相信自己的判断，也相信杨学武和自己抱有同样的看法。所以，当杨学武向他走来的时候，方木隐隐有些期待。

“郁闷了？”

方木点点头：“有点。”

杨学武递给方木一支烟，又帮他点燃，吞吐几口后，低声问道：“你觉得，这案子和D中那件有关系？”

潜台词是：凶手就是那个所谓“大侠”。只不过，杨学武用了一种比较稳妥的说法而已。

方木心里一松，杨学武毕竟和那些抱着传统侦查经验不放的侦查员有别。

在侦办D中案的时候，方木就有过隐隐的担忧：也许凶手还会犯案。富民小区杀人案，正符合他的推测。

二者的相同点在于：

首先，凶手都采用了不合常规，甚至是费时费力的杀人手法。

其次，现场都呈现出诡异的仪式感。显然，凶手的目的并非杀死对方那么简单，而是着力突出被害人的死法。换句话来说，凶手不是为了杀人而杀人，更多考虑如何杀死被害人。

再次，凶手在作案后仔细清理了现场，尽可能不留下一丝一毫的痕迹。在D中案中，凶手也有同样的表现。

最后，凶手在前往犯罪地点时携带了大量的辅助工具，例如水囊和水桶等等。这显示，凶手肯定有车辆之类的交通工具，这一点，也与D中案相似。

在方木看来，这些就可以作为将两案并案处理的依据。

“你觉得呢？”

杨学武没作声，只是一个劲儿地吸烟，好半天才挤出一句：“我同意局里的意见。”

方木愣了一下，刚才在会上，和杨学武四目相对的时候，他肯定对方的表情不是惊诧或是难以理解，而是赞同。一转眼，最后一个同盟军也倒戈了。

“我知道你的想法。”杨学武把烟头丢进电梯旁的烟灰桶里，“串并案——才两起，似乎有些为时过早，而且也没有太明显的证据。”

他伸手按下电梯：“你的想法，不能说没有道理，只不过有点太主观了。毕竟，感觉这玩意儿靠不住的。”说罢，他就迈进敞开的电梯门，缓缓上升。

方木笑了笑，摇摇头。被他人质疑已经不是第一次了，方木并不觉得太失望。只是这些话从杨学武嘴里说出来，让他感到有些意外。

走廊里只剩下方木一个人，他站了一会儿，决定还是先回厅里。转身走向楼梯间的时候，他忽然心里一动。

还有个办法，可以验证他的推断是否准确。

似乎每次见到米楠的时候，她都是这个样子：背对着实验室的门，扎着马尾，穿着白大褂忙活着。听到推门声，米楠转过头来，能看出脸色蜡黄，鼻头也红红的。

“开完会了？”米楠的嗓子嘶哑，还带着很重的鼻音。

“嗯。”方木皱起眉头，上下打量着她，“你怎么了？”

“感冒。”米楠吸吸鼻子，“没事——会上什么结论？”

方木没回答，走过去，俯身查看桌面上的足迹检材。

“有什么发现么？”

“暂时还没有。”米楠微微侧过头去，“提取到几个足迹，都没什么价值——有几个还是自己人的。”

这帮家伙，没几个记得进现场要戴脚套的。方木一边嘀咕，一边随意在检材中翻看着，忽然，其中一张引起了他的注意。与其他检材不同，那张上面除了编号之外，几乎没有任何标注。

“这是？”他举起那张检材冲米楠晃晃。

“这张不用检验。”米楠面色平静，“那是你的脚印。”

方木的脸一红，看来自己口中的“这帮家伙”，也包括本人在内。

全部检材都翻看完毕，都是皮鞋底的足迹。方木有些不甘心，又翻查一遍，还是一无所获。

米楠始终一言不发地看着方木的动作，直到他失望地站起身来，才开口问道："你在找什么？"

方木沉吟了一下，问道："上次提取的那种胶鞋底足迹，发现了么？"

"没有。"米楠似乎意识到了什么，"你觉得是同一个人干的？"

方木点点头。

"并案处理？"

"没有。"方木苦笑，"局里没采纳我的意见。"

米楠想了想，起身从柜子里拿出一个档袋，翻找一番后，抽出一张检材，拿到桌前，和那些检材逐一比对起来。

方木也凑过去，问道："有没有这种可能，凶手换了另一双鞋作案。"

米楠没有回答，依旧专心致志地比对着。方木忽然意识到，米楠已经在自己之前考虑到这种可能性，她现在做的，就是在验证自己的猜想。

方木的心里踏实了许多，不再打扰她，静静地坐在一边。

半小时后，米楠从那些检材中拣出四份，在上面逐一做好标记后，拿到显微镜下继续观察。

几日未见，米楠似乎瘦了一些，白大褂覆盖下的后背能隐隐看出肩胛骨的形状。听到她不时发出的咳嗽声，方木起身寻找她的水杯，想给她倒点热水。

刚站起来，衣袋里的手机就响了。方木看看，是廖亚凡打来的。

突如其来的铃声在室内显得分外刺耳，方木犹豫着要不要在米楠面前接这个电话。米楠回过头来，面无表情地看看拿着手机的方木，又转身继续工作。

方木咧咧嘴，按下接听键，廖亚凡却不说话。方木接连喂了两声，听筒里才传来一个怯怯的声音。

"在开会么？"

"没有。"

"说话方便么？"

"方便，你说吧。"

"下午有时间么？"

方木犹豫了一下，转身看看米楠。后者依旧坐在显微镜前，一动不动。

"有事么？"

"我想去看看赵阿姨……我找不到那个福利院，你能不能……"

她的语气从之前的蛮横变为委婉，这让方木感到有些不习惯，同样也无法拒绝：

"好的，你在家等我，我去接你。"

"好。"廖亚凡的声音变得轻快，随即就挂断了电话。

方木捏着手机，看着仍然帮自己分析的米楠，不知该如何开口。米楠依旧没有回头的意思，似乎方木和刚才的电话都不存在一样。

方木手足无措地站了一会儿，喃喃地说道："我有点事，先走了。"

隔了好半天，才听到米楠轻轻地"嗯"了一声。

方木有些尴尬，低声说了句"你辛苦"，就转身带上房门，悄悄地走了。

本来是晴天，到下午的时候突然转阴。吉普车开进福利院的时候，乌云已经低低地压下来，似乎伸手就能触摸到。

坏天气并没有影响廖亚凡的心情，一下车，她就跑向早已等候在门前的赵大姐。方木捧着四箱牛奶跟在后面，刚才的郁闷情绪也已经一扫而空。

一起在门前等候的，除了赵大姐，还有崔寡妇和陆海燕。

暗河一案之后，陆家村几乎沦为一座空村。崔寡妇和陆海燕母女二人来到C市，在方木的介绍下，就职于这家福利院。福利院为她们提供住处和一日三餐，崔寡妇和陆海燕在福利院里做清扫、采买等杂活。虽然，薪水微薄，但看得出两人还是很满足。

崔寡妇还是不善言辞，接过方木手中的牛奶之后，就拎到厨房去。几个稍大点的孩子纷纷过来和方木打招呼，随即就七手八脚地帮崔寡妇搬牛奶。

陆海燕清瘦了一些，剪了短发，没有那些貂皮和金饰，整个人看上去清新淡雅。显然她刚刚还在干活，衣服上还有些许水渍。见到方木，陆海燕也不说话，只是看着他微笑。

天边隐隐响起雷声，风也骤然大了起来，看来一场秋雨将至。赵大姐招呼大家进屋去，同时吩咐陆海燕快把院子里晾晒的衣服收起来。

方木留下来帮忙。那些晒了大半天的衣服还有些微微的潮湿，不过，凑近了，洗衣液的清香还是扑面而来。这家福利院的规模比天使堂要小一些，某些硬件还凑合。比如那几台全自动洗衣机。方木知道，那是陆海燕卖掉貂皮大衣和首饰换来的。

很快，方木的胳膊上就搭了厚厚的十几件衣服，他伸手去拽一面床单，却拉不动，再用力，就听到陆海燕一声惊叫，连同床单一起被拽了过来。

原来两个人的目标都是这个。方木忍俊不禁，先笑了起来。陆海燕的身上和胳膊上都是衣服，站都站不稳，看到方木的笑，她也笑了。

“怎么样，在这里还习惯么？”

“挺好的。”陆海燕仔细地把床单对折，搭在身上，“每天干干活，照顾孩子们，也不觉得累。”

方木看看陆海燕的眼睛，明亮、平静、安详。

和陆家村往昔的富足相比，福利院的生活无疑是清贫的。不过，对于陆海燕而言，内心的宁静比什么都重要。

陆海燕被方木看得有些不好意思，转身拽下剩余的几件衣服，对方木说道：“今晚吃包子，进去帮忙吧。”

福利院里没有太大的房间，所以大家只能集中在饭堂里。赵大姐拿出一大盆和好的白菜猪肉馅，招呼大家围坐在一张木质大餐桌前。

对于做包子这种事，方木完全插不上手，被赵大姐分配去揉面。其余的人都有任务，廖亚凡的任务是包包子。

她没有急于动手，而是坐在椅子上，看着那张餐桌发呆。方木最初有些莫名其妙，随即就明白了廖亚凡的心思。

那张餐桌，是从天使堂带到这里的。

廖亚凡伸出手，小心地触摸着光滑的桌面，随即，她稍稍俯下身去，鼻翼翕动着，似乎在寻找那些熟悉的味道。

那张餐桌在经年累月的使用中，早已浸透了食物的味道和烟火气，尽管粗粝，却是廖亚凡一生难忘的回忆。

正在搅拌肉馅的赵大姐停下手，定定地看着廖亚凡，几秒钟后，她一言不发地把廖亚凡拽进怀里。

周围的人都停止了动作，默默地看着她们，却没有人感到惊奇。住在这里的人，谁没有一段不堪回首的往事呢？

两个人静静地抱了一会儿，赵大姐擦擦眼睛，笑着说：“都愣着干吗啊，干活吧。”

除了方木，大家的手脚都很麻利。廖亚凡的动作最初有些笨拙，很快就熟练起来。眉眼间，又是当年那个勤快、温顺的小姑娘了。

一笼笼雪白的包子很快就摆在蒸锅里，大片蒸汽蔓延开来，饭堂里变得温暖又潮湿。不时有孩子探头探脑地钻进厨房，看着蒸锅垂涎欲滴，然后在赵大姐的笑骂声中一哄而散。

大家围坐在餐桌前，一边等包子出锅，一边随手干点杂活。方木剥着蒜瓣，听赵大姐和廖亚凡絮絮叨叨地聊着。很快，他就无事可做了。想了想，掏出烟来走出饭厅。

雨已经下起来，风却小了很多。铅灰色的天边，细密的雨水倾泻下来，宛若一条条泛着光泽的钢丝。方木靠在门廊边，静静地看着雨中的庭院。

时值深秋，那些低矮的绿色植物已经开始透出隐隐的枯黄，在雨水的冲刷下，叶片似乎恢复了一些生机。尚存的一些花朵就没那么幸运了，勉强支撑的一点红色，也被雨水打得七零八落。方木慢慢地吸烟，吐出的烟气打着旋儿，很快消散在雨幕中。

一场秋雨一场寒。接下来的几天，估计气温会骤降。方木想了想，应该再给廖亚凡买些衣服了。这事让他颇为挠头，还不如让她自己去买。

还有，她的感冒会不会加剧？

想到这里，方木突然意识到，这个“她”，是米楠。

“想什么呢？”

一个轻缓的女声打断了方木的思绪，他回过头，陆海燕站在门边，微笑着看着自己。

“没事。抽支烟。”

陆海燕走到他的身边，看着越来越黑的天色，深深地呼进一口潮湿清新的空气，又缓缓地吐出去：

“多好。”

她转过头：“去吃饭吧。”

晚饭是米粥和白菜肉馅包子，还有一些凉拌小菜。福利院的孩子们早就围坐在餐桌前大快朵颐，赵大姐的兴致很高，悄悄地问方木喝不喝酒，她可以去把院长的酒偷出来。

方木赶紧摆手说不要。赵大姐说可惜了，中午杨敏和邢璐刚来过，听说方木要来，邢璐非要留下来等他，后来因为要上晚自习，才不得不回去。

廖亚凡一直在安静地吃包子，听到赵大姐的话，突然问道：“邢璐是谁？”

方木不知该如何回答，赵大姐倒是快言快语：“你方叔叔救过的一个女孩子。”

廖亚凡来了兴致，放下筷子，大有刨根问底的架势。

赵大姐却不接茬，又给她夹了两个包子，点点她的头说：“快吃，你抢不过那帮小家伙——咱娘俩晚上再细唠。”

廖亚凡看了方木一眼，低下头吃饭。

方木喝了一碗粥，吃了几个包子，忽然发现陆海燕只喝粥吃凉拌菜，包子碰也不碰。方木把托盘推过去，示意陆海燕拿几个。陆海燕看看托盘，忽然做出一个双手合十的动作，冲方木微微颔首。

方木正在诧异，一旁的崔寡妇把盘子推了回去。

“她信佛了，吃素。”

方木更惊讶了，转头看看陆海燕，后者冲他笑笑，继续低头喝粥。

坐在对面的廖亚凡却忽然殷勤起来，把盛着凉拌菜的钢盆推到陆海燕面前。

吃过晚饭，孩子们陆续回到房间里休息或者写作业，赵大姐和崔寡妇带着大人们收拾厨房。很快，小小的饭堂又恢复了整洁。赵大姐拿出一筐青菜，边择菜边和廖亚凡聊天。时针很快指向9点，赵大姐提出要让廖亚凡在这里留宿一夜，廖亚凡把征询的目光投向方木。方木点点头。

“要不，你也在这里凑合一宿得了。”赵大姐很热情，“院长不在，你可以睡他那个房间。”

“算了吧。”方木站起来摆摆手，“明天还得上班呢。”

赵大姐也不勉强，和廖亚凡一起送方木出去。

雨依旧很大，方木钻进吉普车，和赵大姐简单说了几句，又转头问廖亚凡：“明天我来接你？”

廖亚凡正在看墙上的门牌，“天使堂福利院”那几个字在风吹日晒之下，已经透出斑斑锈迹。她动作轻缓地抚摸着那几个字，表情如梦似幻。

方木的心一软，轻声说道：“亚凡？”

“哦？”廖亚凡回过神来，“不用，我自己坐车回去。”

方木点点头，和赵大姐告别后，发动了吉普车。

开出去好远，方木看看后视镜，廖亚凡依旧静静地伫立在那块门牌下，一如几年前的那个秋夜。

吉普车很快就驶离城郊，穿过环路后，进入市区。因为下大雨，路上的行人寥寥无几，公路上只有车辆在来回穿梭。在路灯的照映下，潮湿的路面绽开一朵朵斑驳的金色花朵。方木忽然有一种懒散的感觉。的确，大雨似乎是阻断人类室外活动的主要方式。在这种天气里，最惬意地莫过于躲在温暖的室内，来一杯热茶，或者看一场精彩的球赛。

喜欢在大雨中出没的，都是那些心理不正常的家伙。

正在胡思乱想，道路左侧的高楼大厦之间出现了一个刺眼的缺口。就像一片战后的废墟，与周围的繁华景象显得格格不入。方木扫了一眼，立刻意识到那里正是富民小区。一瞥之间，吉普车已经飞驰而过。前方是一排红灯，方木逐渐减速，忽然心念一动，转过方向盘，停在了掉头车道上。

富民小区在临街的一排楼房后面，只有一条窄窄的胡同供居民通行。方木把车停在路边，拿起雨伞，向小区走去。

小区里空无一人，加之断水断电，大多数住户家中都是一片漆黑。只有几扇窗户里还透出微弱的烛火，想必是那些所谓“钉子户”。不知道这个该死的词是谁发明的，让保护私人财产的人被冠以这样一个屈辱的称呼。

和身后灯火通明的街道相比，伸手不见五指的富民小区里宛若地底世界。沿着胡同不过走了区区十几米，方木就彻底陷身于一片黑暗之中。他放慢脚步，小心翼翼地走着，还是不时踢到碎砖或者钢筋。

雨水丝毫没有减弱的迹象，劈里啪啦地打在伞面上，声响似乎比平时放大了三倍。雨水顺着伞沿流淌下来，方木的裤脚和鞋子转眼就湿透了，一股凉气从脚下传上来，很不舒服。

呵呵，自己刚才在想什么来着？在这种天气中出没的，都是不正常的家伙。

方木从来不认为自己是一个正常人，否则也不会对犯罪有那么敏锐的感觉。尽管在今天的案情分析会上，自己的推断没有被采纳，方木还是想来富民小区再看一看。当主观推测统统行不通的时候，最直接的办法就是——站在凶手的立场去思考。

进入富民小区之后，首先映入眼帘的是一栋已经被完全拆除的居民楼，想必这里的原住民都或情愿或不情愿地拿到了补偿款，先行离开了。脚下的碎砖瓦砾更多，块头也更大，方木崴了两次脚之后，不得不再次慢下脚步。他看看四周，大雨遮挡了眼前的视线，雨水却在远处的事物上覆盖了一层薄薄的水膜，在微弱的光线下反射出明暗交加的色块，看上去影影绰绰。

那天晚上，凶手拎着水桶和水囊、绳索，一定不比自己走得轻松。虽然没有雨，但脚下的碎砖瓦砾就够他受的了。是什么让他有如此强大的动力，一定要用那么费力的方式去应验姜维利的一句狂言？

想到这里，方木远远地向7号楼望去，试图体味一下凶手当时的心态。然而，一瞥之下，他就把这个念头彻底忘掉了。

7号楼里居然有隐约的亮光。

方木立刻意识到不对劲儿。之前的数据显示，7号楼里尚在坚守的“钉子户”只有姜维利一家。郭桂兰已经被民政部门安排进一家养老院，即使她想回家，作为案发现场，警方也不会这么快就解除封锁。

方木打起精神，拔脚向7号楼的方向走去，虽然脚下趺趺撞撞，双眼却死死地盯着那点亮光。随着距离的缩短，7号楼的轮廓渐渐在黑暗中凸显出来。

没错，那亮光的位置正在四楼。方木默默地估算了一下，眼睛一下子瞪大了。

那不是405室的位置么?

方木立刻收起雨伞，光滑的伞面一定会引起轻微亮度的反光，也许会被对方发现。他冒着大雨，尽量轻手轻脚地跑到园区的围墙边，小心翼翼地向7号楼摸去。

刚走到楼下，方木的全身就已经湿透了。他稍稍平复一下呼吸，捋了一把滴水的头发，又把眼镜上的雨水擦掉，确保自己的视线不会受到影响之后，他调转雨伞，把伞把朝前，小幅度地挥舞了几下，不由得又好气又好笑。这玩意儿实在不适合做武器，还不如刚才在园区里拣块砖头。不过聊胜于无，总比赤手空拳好。

在雨夜里重返犯罪现场，不管他是谁，肯定与本案有关。

略略定神，方木贴着墙壁，慢慢地爬上楼去。

湿透的鞋子踩在脚下，不时发出噗嗤噗嗤的水声，好在声音不大，完全可以被外面淅淅沥沥的雨声掩盖。方木丝毫也不敢分神，一边留意楼上的动静，一边小心地向上移动。

来到四楼走廊的转角，方木贴着墙壁慢慢地蹲下来，平复一下呼吸之后，他微微探出头去。

的确，一个人背对着自己，蹲在405室门前，不知在干些什么。一支手电筒被他放在身前，照亮了面前的一片区域。刚才在楼下看到的亮光，应该就来自那支手电筒。

方木轻轻地站直身体，捏了捏手里的雨伞，小心翼翼地踏进走廊。

对方似乎全神贯注，丝毫没有注意到身后的方木正在慢慢靠近。方木尽可能不发出任何声响，蹭到距离对方5米左右的地方。这个长度可以有效地防止对方突然发动攻击，如果他转身逃跑，自己也不至于被落下太远。

手电筒的光芒大致勾勒出对方的背影，他穿着一件宝石蓝色的防风外衣，由于带着兜帽，看不清头部的特征，只是感觉对方身材瘦小。

方木大喝一声："谁在那儿？"

对方被吓了一跳，一声短促的尖叫后，手电筒光迅速扫射过来。

方木抬手遮住额头，正在提防对方发动攻击的时候，听到了一个熟悉的声音：

"是你？"

方木的心一下子放松下来，随即就是深深的迷惑。

"你怎么会在这里？"

光圈从方木的脸上移开，对方掀开兜帽，米楠那张略显憔悴的脸露了出来：

"我还想问你呢——吓了我一大跳。"

她的声音中夹杂着些许气喘，看来仍是惊魂未定，紧接着，就剧烈地咳嗽起来。

方木急忙过去，在她的后背上轻轻敲打着。米楠本能地躲闪了一下，随后就老老实实地站在原地。

好不容易等她止住了咳嗽，方木问道："你都病成这样了，还跑出来干吗？"

米楠看了他一眼，移开目光。

"现场有个地方，我还想再看看。"米楠指指地面。

那是一片正在干涸的水渍，周围已经显现出灰白色的水泥地面。方木想了想，水渍恰好处在当时悬吊的水囊的下方。

“你的意思是？”

“当时只检查了干燥的地面，没考虑这片区域。”米楠重新蹲下来，指着那片水渍，“我想，这里是中心现场，尸体附近应该会留下凶手的足迹，也许有当时我们忽略的。”

“哦？”方木顿时兴奋起来，“有发现么？”

米楠点点头：“你瞧这里，还有这里……这里。”她接连指示了几个地方。顺着她手指的方向，方木看到水渍边缘和那层薄薄的水面下，各有几枚浅浅的足迹。只不过多数为残缺不全，且相互覆盖的，十分模糊。

“而且，”米楠又指指楼梯方向，“我在那边又发现了几枚足迹，其中还有擦蹭型的。”

“擦蹭型？”方木若有所思地重复道。这种足迹，想必是有人意识到脚底沾水，有意在地面上擦蹭形成的。案发后，能在鞋底沾染到水囊里渗出的液体的，只有三类人。第一类，就是报案人，不过从他的讲述来看，当时他逃还来不及，不可能想到蹭干鞋底。即使有，也应该是蹬踏型的。第二类，就是进入现场的警察。当时大家的注意力都在那个诡异的水囊上，应该不会想到鞋底的干净问题。再说，警察们出惯了大大小小的现场，对各种恶劣环境早就见怪不怪。第三类，就是凶手本人。他是个相当谨慎的人，如果意识到鞋底可能沾水，肯定会想办法清除干净，避免留下足迹。

也就是说，水渍边缘和水下的足迹，很可能是由凶手留下的。

想到这里，方木急忙俯下身子，仔细地查看那些足迹。看了半天，却没看出个所以然：

“有那种胶底鞋印么？”

“还不知道，得拿回去仔细看……”话没说完，米楠又咳起来。

方木赶紧给她敲背，忍不住又埋怨道：“下这么大的雨你还跑出来，感冒加重就麻烦了。”

“就是因为下雨我才来的。”米楠一手按胸喘息，一手指指外面如织的雨帘，“我怕雨水浇进来，破坏足迹。”

方木的心一热。还在生病的米楠冒着大雨来到现场，就是为了验证自己的推断。

他想不出别的话，只能讷讷地说道：“那……谢谢你了。”

米楠的脸有些微红，小声说：“谢什么？我又不是为了你，这是我的工作。”

方木有些尴尬地挠挠头，又问道：“那现在怎么办？把足迹提取下来？”

“嗯。”米楠从墙边拎过一个箱子，“你来给我打下手。”

箱子里摆满了工具。米楠拿出几个套在一起的空心圆筒，在那摊水渍上大致估算了一下，抽出其中一个圆筒罩在水渍上，然后递给方木一个滴管，吩咐他把圆筒中剩余的液体慢慢抽出来。随后，米楠又拿出一个广口烧杯，注入一些清水后，撕开一小袋白色粉末，蹲在一边等方木。

水渍中的液体很快就被抽干。米楠把白色粉末均匀地撒在广口烧杯内，大概达到3：5左右的比例后，米楠伸手进去，顺着烧杯底部开始匀速搅拌。搅拌了大约半分钟，烧杯内已是半凝固状态的膏状液体。她举起烧杯看了看，确认没有气泡后，把膏状液体倒入手心，小心翼翼地探入圆筒，让液体沿着指缝慢慢地流入足迹形成的凹陷内。

做完这一切，米楠站直身体，把手伸到走廊外，用雨水把手心内的膏状液体冲刷干净。方木问道：“还需要做什么？”

米楠的脸上不再是刚才那种全神贯注的样子，而是变得放松多了：

“什么都不用做，等着。”

“需要等多久？”

“40分钟吧。”米楠看看手表，又看看走廊外的雨水，“今天空气潮湿，石膏液的凝固需要多一点时间。”

“那些足迹……”方木指指楼梯那一侧，“也需要提取么？”

“嗯。不过不能用模型提取。”米楠拍拍摆在箱子里的相机，“已经提取完了。”

两个人无事可做。方木把箱子盖好，示意米楠坐在上面，米楠推让了几下，挨不住方木的坚持，也只能答应。

走廊里静下来，外面的雨声显得更加嘈杂。两个人都不说话，目光齐齐地聚集在那个圆筒上。米楠面色平静，把自己紧紧地裹在衣服里，不时发出轻微的咳嗽声。方木却没那么安静，隔几分钟就去看看圆筒中的石膏液是否凝固。

折腾到第四次的时候，米楠忍无可忍，一把抢过方木手中的电筒关掉。

“你能不能老实一会儿？”

走廊里重归黑暗，方木不好意思地咧咧嘴，背靠在墙上不动了。想了想，他一边告诫自己要耐心，一边拿出烟，默不作声地吸起来。

良久，听到米楠那边传来幽幽的声音：“你别着急，发现那个胶底鞋足迹，我会马上告诉你的。”

方木“嗯”了一声，转头看看米楠。她的身影被完全包裹在黑暗中，只能看出一个大致的轮廓，唯独那双眼睛闪闪发亮，然而，一瞥之下，那对亮光也随之消失——她又把头转了回去。

大雨。黑夜。寂静的走廊。沉默的男女。在任何一部爱情电影里，都是注定要碰撞出火花的场景。

然而，走廊是命案现场。没有鲜花和晚餐，两个人共同关注的是一些乱七八糟的足迹——想想就好笑。

无言以对，似乎是这些日子以来，方木和米楠之间的唯一状态。想想看，似乎没有必要，可是，却是不得不接受的必然。

“她还好么？”

方木愣了一下，随即就明白这个“她”指的是谁。

“还不错。”

又是长久的沉默。

“打算什么时候……”米楠的声音低下去，“结婚？”

“这个，还没想呢。”方木的心沉了一下，“再说吧。”

米楠不说话了，一阵窸窸窣窣的声音之后，她站起来，声音却似乎轻松了许多：

“我去看看‘作品’。”

几乎是同时，楼下突然传来一阵犬吠。

方木心头一凛，立刻甩掉烟头，一把拽住米楠，行将按亮的电筒也被他死死攥在手里。米楠也听到了犬吠，一声不吭地蹲下身子。

这么晚了，谁会来这宛如废墟般的小区呢？

方木示意米楠后撤，然后稍稍直起身子，探头向楼下观望。

不远处，一道手电筒光正在来回摇曳，来人撑着一把雨伞，看起来走得也是无比艰难。从行进的方向来看，他的目标也是7号楼。

方木小心翼翼地看着那个人渐渐接近，最后，那道手电筒光消失在楼下，紧接着，就听到雨伞收起和蹭鞋的声音。

方木半蹲着身子悄悄后退，凑到米楠身边，低声说：“他上来了。”

米楠的表情有些紧张，她朝那个圆筒努努嘴，又挑挑眉毛。

方木点点头。

相当一部分犯罪分子喜欢在犯案后重返现场，特别是那种通过作案满足某种心理需求的人。站在曾经侵犯过他人的地方，回味受害者的惨呼、挣扎，乃至对方的生命一点点抽离的微妙感觉，对这些人而言，无疑是一种美妙的回忆。其中，既可以重新体味犯罪所带来的满足和刺激，也可以获得一种“成功”的快感。

在方木看来，这个所谓“大侠”，很可能就是这种心态。

寂静的雨夜中，若有若无的脚步声，渐渐传来。

米楠抓住方木的手，无声地询问道："怎么办？"

方木想了想，又四处观望了一下。走廊里光秃秃的，没有任何可以藏身的地方。只有西侧楼梯的楼梯间可以让他们暂时隐蔽。

他拎起箱子，示意米楠跟他走，米楠却挣脱了方木的手，在衣兜里摸索了几下之后，矮身过去拿起了罩在足迹上的圆筒，又把一片黑色的东西覆盖在石膏模型上。

的确，如果"他"的目标正是案发现场的话，那个圆筒肯定会让"他"望风而逃，而那片白色的石膏模型在黑暗中肯定会更加刺眼。那片黑色的东西也许是复印纸，唯有希望他不要注意才好。

方木来不及责怪自己的粗心，拉着米楠悄悄地退到西侧的楼梯间。刚躲好，就听到脚步声已经转入了四楼走廊。

米楠躲在方木身后，仔细倾听了几秒钟之后，悄悄地附在方木耳边说道："单人，男性，身高1.7米左右，体重在70公斤以上。"

方木的心一沉，对方体格强壮，病中的米楠无法指望，单靠自己一个人，实在没有把握制服他。

正想着，手中多了一个沉甸甸的东西。凭手感，方木意识到那是米楠塞给自己的强光手电筒。

方木想了想，无声地冲米楠比画了几个动作。大意是：待会儿他靠近的时候，由米楠突然打开手中的雨伞，对方势必会用手电筒来照射。那么，银灰色的伞面会反射出强光，一来可以吸引他的注意力，二来可以干扰他的视线。然后方木从侧下方用电筒攻击对方，力争在最短的时间内制服他。

米楠点点头，表示听懂了，同时把雨伞握在手里，拇指按在开关上，一副蓄势待发的架势。

他的脚步声渐渐清晰，最后停了下来。方木大致估算了一下距离，正是405室门前的位置。

方木屏住呼吸，悄悄地探出头去。

一个高大的黑影站在405室门前，正用手电筒在门上及门口的地面上四处扫视着。忽然，他好像发现了什么东西，蹲下身子，一边用电筒拨弄，一边仔细观察着。

借助他手里的电筒，方木一下子意识到对方发现了什么：那是自己刚刚丢下的烟头！

太大意了！

方木在心里连骂自己，而对方显然也意识到走廊里刚刚还有人在。他直起身来，用手电筒来回扫视几圈之后，光线就指向西侧楼梯间。

方木急忙缩回头。同时，对方的脚步声再次响起，正冲着他们的藏身处而来！

方木竭力屏住呼吸，手心里已经全是汗，几乎握不住那只强光电筒。眼看着光柱在他们对面的墙体上扫来扫去，光斑也越来越集中。

突然，方木感到自己的后背被米楠猛地推了一把，紧接着，她从方木身边噌地一下冲了出去，手中的雨伞"啪"的一声打开了！

方木来不及多想，侧身冲出楼梯间，刚刚挥起手中的强光电筒，就感到脚下一滑，整个人重重地摔倒在地上，手电筒也脱手飞了出去。

对方也受到了惊吓，把手电筒挡在额前连连退后，几乎是同时，方木听到一阵熟悉的金属撞击的声音。

那是子弹上膛！

妈的，他居然有枪！方木的心一凉——这下麻烦了！

米楠显然也听到了子弹上膛的声音，她不假思索地把伞朝对方一丢，转身竟扑倒在方木的身上。

方木又急又气，拼命爬起来，想把米楠掩护在身后。可是米楠张开四肢，死死地抱住方木，一时间竟让他动弹不得。

对方显然已经占据上风，躲开雨伞后，光圈随即笼罩过来。奇怪的是，他并没有开枪。几秒钟后，一个让人更加诧异的声音响起来：

“方木？”

半小时后，方木和米楠坐在一家快餐店里，对面是一脸阴沉的杨学武。

从方木手中飞出的手电筒并没有辜负它本来的使命，尽管并非有意，它还是结结实实地砸在了杨学武的额头上。此刻，杨学武用啤酒瓶冰敷着那个青紫色的肿块，另一只手摆弄着腰间的枪套。

那里是一只七七式手枪，半小时前，杨学武差点用它打中米楠。

米楠查看着一堆碎裂的石膏，它们已经无法形成完整的一块，有些部分已经碎成了粉末。米楠的脸色越发难看，最后把它们扫进一个塑料袋里，重重地摔进足迹箱。

方木看看米楠，想了想，试探着问道：“要不……再回去重做一份？”

米楠没说话，大口夹着炒土豆丝，看上去饿坏了。片刻，她冷冷地甩出一句：

“原始痕迹已经被他踩坏了，再做几次也没意义。”

杨学武面带愠色，大声申辩道：“我又不是故意的！再说，谁能想到这么晚了你们还在提取足迹啊？”

方木赶紧打圆场。他看看杨学武额头上的肿块，觉得很过意不去：

“你没事吧？”

杨学武哼了一声，并不领情：“你还是关心你自己吧。”

方木现在的样子的确够狼狈，满身灰尘泥土不说，左脸颊上也有一块大大的擦伤，手肘和胯骨都在火辣辣地疼，估计都摔破了。

酒菜上齐，米楠点了一碗米饭，头也不抬地闷声吃饭。两个男人也不说话。方木折腾了半宿，也饿了，却没什么胃口。好不容易提取到的足迹毁于一旦，这让他颇感郁闷。吃了几口菜，方木就拿出烟来闷闷地吸着。

杨学武倒没闲着，一杯接一杯地灌着啤酒，不时在方木和米楠脸上来回扫视。坐了半晌，他忽然问道：“你们俩怎么会在一起？”

“偶然碰到的。”方木想了想，问道，“你为什么来现场？”

杨学武不说话，只是起身在方木面前的玻璃杯里倒满啤酒，然后举杯示意。

“我开车了，”方木急忙摆手，“不能喝。”

杨学武把杯子重重地一顿，粗声粗气地说道：“你是不是男人？”

方木又好气又好笑：“这跟是不是男人没关系！再说，我们是警察，不能知法犯法。”

“没事。”杨学武又举起杯子，“干了这么多年，方方面面我都有熟人——谁也管不了咱们。”

“还是别了。”方木把杯子推开，“有机会再说。”

杨学武瞪起眼睛：“你他妈把我砸成这样，让你喝杯酒还唧唧歪歪？”

这话让方木再难推辞，只好伸手去拿酒杯。刚刚举起来，旁边的米楠就一把夺过去。

“我替他喝。”米楠面无表情地盯着杨学武，一仰脖，把杯中的啤酒一饮而尽。方木想去抢下酒杯，已经来不及了。

杨学武的脸涨红起来，脖子上的青筋也一跳一跳的：

“你凭什么替他喝啊？”

“袭击你是我安排的。”米楠放下酒杯，两颊绯红，“我向你赔罪。”

杨学武的脸更红了，口中也变得语无伦次：“不用……我不是这个意思……我知道……”实在说不清楚了，索性也把杯中的啤酒喝个底朝天。

方木有些烦躁起来，这叫什么事儿！

米楠喝完酒，拎起足迹箱，示意方木跟她走：

“方木，送我回去吧。”

方木刚要起身，杨学武隔着桌子一把拽住他：

“你走吧，方木不能走。”

方木被拽了个趔趄，无奈地问道：“你又要干吗？”

“和你谈谈。”

“谈什么？”

“谈案子！”

方木只好坐下，尽量耐住性子说道：“学武，你喝多了，改天再谈好么？”

杨学武没回答他，只是冲米楠摆摆头：“你先走吧。”

米楠看看杨学武，又看看方木，转身就走。

方木急忙说了句“注意安全，到家给我发个短信”，也不知米楠是否听到，就见她推开门，消失在夜色中。

方木甩开杨学武的手，点上一支烟，看看脸红脖子粗的杨学武，不耐烦地说道：“说吧，你有什么想法？”

杨学武却安静下来，也慢条斯理地点上一支烟，吞吐着烟雾，隔着桌子，意味深长地看着方木。

良久，他冒出一句：“你小子可以啊。”

方木一怔：“什么意思？”

杨学武笑笑，伸手弹烟灰，再抬头看方木时，眼神中竟透出许多怨恨。

“深更半夜的，你有本事把米楠拽出来帮你搞案子……”杨学武顿了顿，“你不知道她生病了么？”

方木忍住气：“我跟你说过了，我们是碰巧遇到的。”

“替你挡子弹，替你喝酒，这也是碰巧？”

“你别胡说！”方木提高了声音，“你不是要谈案子么？到底谈不谈？不谈我走了。”

杨学武却一下子委顿下来，轻轻地叹了一口气之后，他挥手叫来服务员，又要了两瓶啤酒。

方木静静地看着他自斟自饮，开口问道："你为什么回现场？"

"今天开完会，我就一直留在局里。"杨学武打了个酒嗝，"眼前是这起案子，脑子里却是D中那起，总是不自觉地把这两起案件放在一起比较。"

方木的心下有些释然，看来自己对杨学武的感觉没错：

"你也觉得二者有相似之处？"

"嗯。"杨学武点点头，"不过，只是感觉。毕竟二者在手法、场所、被害人的特征上都有很大的差异。所以，我就想来现场再看看，也许有我们漏掉的线索。"

"发现什么了？"

"这个。"杨学武指指头上的青肿，没好气地说。

方木忍不住笑了起来，抽出一支烟甩给杨学武。

杨学武的脸色好了一些，点燃烟，又问道："你们好像有发现？"

"也不算什么发现，几个模糊的足迹。"方木有些悻然，"本来打算拿回去检验一下，结果还被你踩坏了。"

看杨学武神色尴尬，方木又安慰道："不过，也未必是什么有价值的线索，也许是一些无关的足迹也说不定。"

杨学武嗯了一声，又不说话了。隔了好半天，他看看方木，又试试探探地问道："你和米楠很熟么？"

方木沉吟了一下，点点头："还算熟吧。"

"你们怎么认识的？"

"你用不着这么八卦吧？"方木的脸色沉下来，"这和你没关系。"

"当然有关系。"杨学武一下子提高了嗓门，"米楠是我们局里的人，也是我的……小妹妹。你一个快结婚的人，注意点言行举止行不行？"

"你喝多了吧？"方木彻底失去了耐心，也不愿再和他纠缠下去，挥手叫过服务员，“结账。”

杨学武死活不肯让方木付账，两人争执了几句之后，杨学武把两张百元大钞拍在桌子上就走。方木看他步履蹒跚的样子，提出要送他回去。杨学武又是拒绝，方木没办法，又不能任由他开车回家，只好把他塞进一辆出租车了事。

回到家，已经是凌晨1点。方木突然想到一件事，急忙翻出手机来查看，却没有米楠发来的短信。他想了想，连续编了几条短信，却都统统删掉，最后只发了几个字：到家了么？

发送完毕，米楠没有立刻回信。也许是已经睡下了。方木这样想，却不能说服自己去安心睡觉。

廖亚凡不在家，没有往日回家时吵闹的电视节目和不时响起的手机铃声，这间一室一厅的小房子此刻倒是安静无比。方木靠在沙发上，忽然觉得全身上下都酸痛得厉害。他静静地坐了一会儿，细细品味疲倦从骨缝里一点点沁出的感觉。

半小时后，方木的手机还是毫无动静。他想了想，按下米楠的电话号码，拇指却在拨出键上停了很久。最后，他还是懊恼地把手机甩在沙发上，起身走到厨房。

冰箱里没什么可吃的东西，方木拿出一罐啤酒，走到阳台上。

推开窗户，潮湿的空气扑面而来，紧随其后的，就是越发深重的凉意。雨已经停了，被清洗之后的城市却并无多少清新的感觉。漂浮的灰尘被雨水混合成泥垢，不依不饶地依附在所有对象上，看上去厚重黏腻，令人心生厌恶。

是你无心自洁，还是从来就罪孽深重？

天空依旧乌云密布，明月星辰都躲在厚厚的云层后面，吝于把哪怕一星半点的光辉投射到这个城市之中。没有光。大多数人都在黑暗中沉沉地睡着，各自在梦中感受光荣、狂喜、诡谲抑或悲伤。

方木慢慢地喝着啤酒，感受那冰凉的液体穿过喉咙，进入胃袋，然后在毛孔里散出一点点热量。

身体的知觉渐渐恢复，被擦破的皮肤开始火辣辣地疼痛。他咧咧嘴，仰脖喝干啤酒。然后走回客厅，一件件脱掉全身的衣服。

受伤的位置集中在左半身，手肘和胯部的皮肤都擦伤了，有些地方还在渗出血珠。方木找出碘酒，仔细地在伤口上来回涂抹着。突如其来的刺痛让他不时眉头紧蹙，牙关紧咬。处理完外伤之后，方木的额头上沁出一层细细的汗珠。他艰难地站起来，尝试着活动全身关节，没发现更严重的内伤，却在胸口和后背上各发现一块淤青。

方木想了想，立刻意识到这是米楠在他身上留下的。

在听到拉动枪栓的一瞬间，米楠的本能反应是保护方木。这让他感到一丝暖意，更有深深的尴尬和内疚。

关键时刻，自己的身手居然不如一个女人。狼狈地摔倒不说，还要让这个女人反过来保护自己。如果杨学武的反应再慢一些，恐怕方木的后半生都要在痛苦与自责中度过。

当杨学武问自己是不是个男人的时候，方木是有一些心虚的。

他忽然意识到，杨学武对自己的敌意，更多的是出于对他和米楠在一起的嫉恨。

看来，这小子喜欢米楠。

方木靠在沙发上，忽然笑了笑。

杨学武是个很棒的小伙子，至少从今天晚上的表现来看，他和米楠还真是很合适的一对。

可是……

这个“可是”之后的事情，方木不愿再想了。他只记得，当他手忙脚乱地试图爬起来，把米楠护在身后的时候，米楠死死抱住自己的情形。在那一刻，方木竟丝毫无法撼动她的双手。

一种强烈的自卑忽然涌上心头。

这样一个伤痕累累的我，这样一个神经质的我，这样一个脆弱的我，这样一个背负着沉重负担的我……

值得她那样做么？

忽然，手机“叮”地响了一声，屏幕也亮了起来。

方木愣了一下，急忙抓过手机。

发信人是米楠，内容只有一个字：

嗯。

倦意如潮水般，扑面而来。

第八章

噩梦

他也在梦中。

当那熟悉的场景一开始，他就知道自己身处梦境之中。这十几年来，他已经不再像当初那样感到慌乱与恐惧，只是觉得无奈。因为他明白，即使自己很清楚是在做梦，也无法醒过来，只能任由那些画面“播放”完毕，才能大汗淋漓地回到自己的床上。

依旧是黑暗的山洞，依旧是压迫的窒息感。

他趴在冰冷的地面上，四肢仿佛已经不属于自己，除了眼球之外，全身上下都无法动弹。

山洞里有奇异的光，自上而下泼洒下来，然而却微弱得宛如行将坠落的月亮。这让他有一种感觉，似乎除了自己藏身之处的狭窄逼仄之外，不远处的前方就是更加广阔的所在。

在那片广阔的地方，有两根粗壮的石柱一路蜿蜒向上。他将眼球转动至极限，也无法看到那石柱的顶端，更不知道那里是怎样的情形。只能感到那对石柱的高大伟岸，坚不可摧。

石柱并非是笔直的，有着流畅的曲线和遒劲的隆起。它们似乎也不是毫无生命的石头，在那些奇异的光的照耀下，石柱内似乎有东西在规律地扭动。这十几年来，他曾以为自己梦到的是两条巨大无比的蛇。然而，他没见过这种可以完全直立的蛇，而且，那两条石柱也不像蛇的身体那样匀称、光滑。这让他感到迷惑。每次做完相同的梦之后，他都会提醒自己：下次一定要好好看看它们究竟是什么。然而，它们一直在他的梦境中，却从未展现出自己的全貌。

它们的粗壮和伟岸让他战栗。虽然身处那山洞的底部，他也认为整个山洞是靠那对石柱来支撑的。奇怪的是，他并不因此而觉得安心。相反，那伫立于不远处的高大石柱似乎是一种巨大的威胁。

接下来的场景他再熟悉不过。石柱的扭动开始变得剧烈，中段还有古怪的屈伸。在它们的动作下，整个山洞也猛烈地摇晃起来。几乎是同时，痛苦的呻吟声从山洞中的各个角落里传出，宛若一群受惊的蝙蝠，在黑暗中迎面飞来。

那呻吟声让他感到莫名的羞耻和愤怒，他拼命扭动，试图摆脱躯体受缚的局面，更希望去冲到那石柱前——

毁掉它们！

这念头常常让他百思不得其解。石柱一旦倒塌，他自己也会随之被深埋在山洞中。然而，那一刻的冲动让他将一切都抛在脑后，只想让那呻吟声停止，让那高大粗壮的石柱坍塌！

而它们真的倒下了。

随着一阵破碎的脆响，石柱齐齐地向右侧弯曲下来，似乎从根部彻底折断。他感到惊异、恐惧，更多的是一阵狂喜和酣畅淋漓的快意。更让他意外的是，他的身体能动了！

他来不及活动躯体，因为就在同时，头顶的黑暗猝然压了下来——

下一秒钟，他回到自己的床上。大汗淋漓，如濒死的鱼一样喘息。

十几年来，无论他醒来的地方是床，还是公园的长椅、桥洞抑或水泥管道，这个梦都会在那一刻戛然而止。

他还记得第一次梦到这些的情景，当时他以为自己真的已经死了，直到睁眼时，看到头顶的一片星空。

此刻，他眼前只有同样漆黑的天花板，耳边是微微的鼾声。直到意识和知觉慢慢恢复，他才发现胸口横着一条沉重的大腿。

他费力地把它搬开，大腿的主人发出不满的哼哼，随即就被鼾声取代。

不知何时，窗外的雨已经停了下来。潮湿的空气从窗缝中吹进来，紫色的厚布窗帘微微抖动。忽然间，他睡意全无，待满身的汗水冷却之后，起身披衣下床。

胖男孩依旧毫无知觉地睡着，小小的背影慢慢起伏。他替男孩把被子掖好，轻手轻脚地下楼。

相对于阁楼上，咖啡吧里是更加黑暗的所在。他一路摸索着走到吧台，拧亮台灯后，这斗室的一角才有了微微的光。

他静静地坐了一会儿，吸吸鼻子，起身给自己倒了半杯威士忌。抿了一口之后，又点燃一支烟。

昏暗的台灯下，烟雾的质感更加浓厚。他饶有兴致地看着那些烟气升起、伸展，直至慢慢消散，宛若一个身姿妖娆的精灵。他尝试着伸手去抓那丝绸般轻柔、摇曳的腰肢，然而，她惊叫着消失在他的掌心，只留下一抹来不及褪尽的淡淡蓝色。

他想到了她。

在她之前，一切都是奔逃和懵懂。在她之后，生活有了颜色，食物有了滋味，血液重回面庞，他的脚步，终于可以放慢。

就连那个让他一直感到困惑的梦境，也被她解析得彻底清楚了。

“不，不要惧怕你的回忆。”她说，“它是你的一部分，并且，迟早会变成你的力量。”

于是，在她之后，每个从噩梦中惊醒的夜晚，他都会在肢体恢复知觉后去寻找她的手。每一次她都没有令他失望。除了十指紧扣，还有一对明亮的眼睛，穿透层层黑暗，刺破他的皮肤，直达内心。

就好像她一直在凝视他。

烟燃尽，他把烟头摁熄在烟灰缸里，又抿了一口酒。身体渐渐热起来，只有一双露在外面的赤脚还有微微的寒意。他下意识地裹紧睡衣，伸脚在吧台下寻找拖鞋。忽然，在一块地毯下，他感受到了一处半圆形凹陷。

他的心一紧，随即就放松下来，脸颊上浮现出一丝淡淡的微笑。

索性，他半靠在椅子上，用赤脚细细感受着那块凹陷及里面的拉环，仿佛在挑逗，又好像在炫耀。

喂，你，今晚睡得好么？

按照局里的布置，警方开始对负责富民小区拆迁的相关单位展开调查。经查，2010年底，C市政府将富民小区附近地块的开发建设工程交给了某房地产开发公司。该公司将整体拆迁工程承包给宏达房屋拆迁公司。宏达房屋拆迁公司将工程再次分包，其中，负责富民小区整体拆迁工作的是企盛房屋拆迁公司。按照国家法律法规的规定，拆迁公司必须具有相关行业资质。企盛房屋拆迁公司并无相关资质，而是挂靠在宏达房屋拆迁公司名下开展业务活动。

企盛房屋拆迁公司的负责人叫薛企盛，男，44岁，曾因敲诈勒索罪和故意伤害罪被判处有期徒刑七年。刑满释放后，薛企盛纠集一些社会闲散人员组成了企盛房屋拆迁公司。挂靠到宏达房屋拆迁公司之后，企盛房屋拆迁公司参与了市内多地段的拆迁工作。调查结果显示，薛企盛和他手下的拆迁人员主要充当暴力拆迁及截访的角色。在富民小区拆迁的过程中，原居民与拆迁公司多次发生肢体冲突甚至结伙械斗，其中都有薛企盛等人的参与。

据富民小区原居民讲，拆迁人员为了达到迅速迫使拆迁户离开园区的目的，可谓无所不用其极。比如在凌晨时分，忽然在拆迁户门口燃放鞭炮；或者向拆迁户门上泼洒粪便等污物；更有甚者，在拆迁户外出时，强行破门后入室进行打砸，房主闻讯赶回时，室内已是一片狼藉，打砸者早已逃之夭夭。

有些原居民在遭遇暴力及骚扰后愤而报警。然而，由于部分拆迁人员都是临时雇佣来的外地人，“干完活儿”，拿到佣金后就离开本地，根本无从查找。即使抓到了人，口径也出奇一致，都说和拆迁公司没关系。查无实据，警方也只能对这些人处以治安处罚了事。此外，拆迁往往牵涉到方方面面的利益，当地派出所也承受着来自有关部门的压力，对暴力拆迁引发的冲突和流血事件大多睁一只眼闭一只眼，唯恐避之不及。

这次出了人命，想回避也不可能了。

企盛房屋拆迁公司的负责人及其人员构成的身份引起了警方的兴趣。这是一些只认钱的主儿，只要有利可图，什么事都做得出来。一般的拆迁工程都不会超过三个月，而根据企盛房屋拆迁公司的预算，对富民小区的整体拆迁工作，即使是作为二包，利润也会超过300万元。用一句话形容，那就是时间短，见效快，利润高。在这样的利益诱惑下，不排除他们会做出杀人害命的勾当。

警方立刻传讯了薛企盛及其手下员工共十余人。薛企盛本人拒不接受传讯，并试图外逃，警方依法对其进行了拘传。

薛企盛企图外逃的消息曾一度引起警方的高度关注，并认为这是其做贼心虚的表现。方木却并没有这么乐观，如果薛企盛真的与姜维利被杀一案有关，早就逃跑了，根本不会等到警察找上门来。而且，在方木看来，让这群乌合之众寻衅滋事、敲诈勒索都不在话下，但是让他们去有计划地杀人，恐怕绝大多数成员都会打退堂鼓。即便是“干活儿”，他们依靠的也是人多势众。单独拎出来，恐怕个个都是怂包。而从现场提取到的痕迹物证来看，作案人应该不会超过两个。

此外，薛企盛等人从经济条件和身体条件来看，的确符合警方的推测。但是，如果要起到恐吓其他拆迁户的目的，杀死姜维利就足够了，完全没必要用费时费力的溺死的方式，更没必要布置那么诡异的现场。再者，姜维利在某种程度上，和这些拆迁人员有相似之处。即，都是所谓“江湖人士”。既然都是同一类人，就有处理类似问题的办法和江湖规矩。如果拿出一笔钱满足姜维利的要求，相信姜维利会痛痛快快地搬离园区，同时对其他拆迁户守口如瓶。这么做，风险和成本都比杀人要小得多。

杨学武在这一点上和方木有所分歧。他觉得，所谓江湖规矩，利字当头。如果价钱谈不拢，对于姜维利这样浑不吝的主儿，痛下杀手是有可能的。但是，他同样认为对薛企盛等人的传讯不会对案件不会起到大的突破作用。薛企盛也算是个老江湖，按理来说，不会做这种蠢事来引火烧身。

事情没有出乎他们的意料之外。警方对薛企盛等人的讯问并没获得有价值的线索。从对案发前几日的调查来看，与薛企盛等人的联络和交往之人也没有异常情况。案发当晚，薛企盛及其手下在岳山海鲜酒楼吃饭至晚11点。之后，一行人又来到釜山园浴馆。凌晨1点进入1703、1704两个包房里打麻将至早9点。上述供述均得到岳山海鲜酒楼及釜山园浴馆有关人员的证实，经调取两家的视频监控录像，证实薛企盛等人的供述属实。至于薛企盛企图外逃的原因，薛企盛一直顾左右而言他，试图回避讯问。经深挖，薛企盛不得不交代了数起故意毁坏他人财物及寻衅滋事、聚众淫乱的违法事实。其中，薛企盛及其手下的部分行为已触犯刑法，拟另立案处理。

这点结果，连意外收获都算不上，顶多在年度工作总结中增加几个无关痛痒的数字。警方大失所望。唯一感到兴奋的，又是媒体。

在薛企盛交代的违法事实中，有一个细节引起了媒体的关注。薛企盛为了讲排场，摆威风，有时会让手下去临时雇用一些人来“撑场面”。其中，有一些人是从附近中学雇佣来的未成年人。薛企盛交给手下每个人100块的“出场费”，经过层层盘剥，到这些少年手里只有区区20块。然而，就这一点点钱，也让少年们趋之若鹜。一个受访的少年说，这事其实一点也不难，只要跟着去就行了，不仅报销车费，还管一顿饭。到了拆迁现场，只要拿着刀或者棍子站着就好……

在C市电视台的晨报节目中，主持人正在对这个少年进行采访。尽管少年的眼睛部位被打上了马赛克，仍能感到那张脸上的木然和冷漠。

“如果需要动手打人呢？”

“那得加钱。”

“加多少？”

“200块。”

主持人顿了一下，似乎在控制情绪。

“你敢下手打人么？”

“最初也不敢，后来他们都打了，我也打了。”少年低下头。

“他们是谁？”

“同学。”

“他们为什么敢下手呢？”

“因为钱呗。”少年忽然笑了，“有钱可以去网吧，可以买游戏装备，还能买好吃的……”

正在吃早饭的方木推开碗，觉得心里堵得慌。

“这帮小兔崽子！”他低声骂道，忽然自觉失口，急忙看了看身边的廖亚凡。

曾几何时，她也是这群混迹街头，出入不良场所的少年之一。

廖亚凡却丝毫没有反应，依旧低着头，小口啜着豆浆。

从福利院回来之后，廖亚凡变得沉默了许多。然而，方木意识到，那并非之前的安静状态的延续，而是出现了新的问题。之所以察觉到这一点，是因为廖亚凡开始偷偷地观察自己。无论是白天还是夜晚，无论在厨房还是客厅，方木总能和廖亚凡若有所思的目光不期而遇。然而那注视并非善意的，其中含有猜疑、审视或者别的什么。

方木觉得很不舒服，几次想问廖亚凡发生了什么。可是，每一次，廖亚凡都会在方木开口前移开目光或者突然走掉。

方木先是无奈，继而恼火，最后干脆放弃了一探究竟的念头。

他把碗筷送到水池里，看看手表，伸手拿起搭在椅背上的衬衫。刚一上身，鼻子里就蹿入一股浓重的汗味。方木咧咧嘴，脱下衬衫扔进洗衣机里，又在衣柜里翻了半天，找出一件尚未开封的制服内衬衫换上。看看窗户上厚厚的水汽，方木想了想，又找出一件黑色毛衣罩在外面。

在门厅换鞋的时候，廖亚凡一直斜靠在卧室门旁上下打量着他。方木系好鞋带，抬头看看廖亚凡，后者夹着烟，表情似笑非笑。

“我走了。”方木垂下眼皮，“午饭自己解决吧，不想做的话，叫外卖也行。”

廖亚凡喷出一口烟雾，忽然在手里亮出一个小瓶子：

“要不要试试这个？”

方木有些莫名其妙：“嗯？”

“香水。”廖亚凡一扬手把瓶子扔了过来，“男女通用的。”

方木下意识地接住香水瓶，瞄了一眼就放在鞋架上：“谢了，我从不用这玩意儿。”

“还是用用吧。”廖亚凡的语气暧昧，“打扮得那么帅——不用香水多可惜。”

方木的脸上有些挂不住了，盯着廖亚凡看了几秒钟，开口问道：“你想干什么？”

廖亚凡哼了一声，从满脸的嘲弄迅速变为怨毒，随即，一转身进了卧室，咣当一声把门踢上。

方木垂着手站在门厅里，感到心里更堵了。

一路驱车赶到分局，方木郁闷的情绪丝毫没有减轻。刚进分局大院，就看到杨学武带着几个人匆匆而出。

方木上前打了个招呼，杨学武“嗯”了一声，反应颇为冷淡。

方木讨了个没趣，悻悻地向分局大楼走去，刚走到门口，就听到杨学武在身后“哎”了一声。

方木转过身来，杨学武走到他面前，递过一张照片。照片上，正是姜维利溺死其中的那个水囊。

“水囊的商标和所有能证明生产厂家的标示都被撕掉了。不过，这东西不属于日常用品，销售量应该不会太大。仔细调查的话，也许能找到生产者和购买者的信息。”

方木点点头，这也是个不错的思路。绕过作案动机，直接查找物证的来源，可能更有效。

“这张照片你留着，如果有了线索我会通知你。”杨学武顿了顿，表情颇不自然，“你今天来局里……有什么事么？”

“工作上的事。”方木想了想，决定还是实话实说，“看看米楠那里有没有什么进展。”

杨学武“嗯”了一声，上下打量了方木几眼，似乎有话要说。这时，等得不耐烦的同事按响车笛催促着他，杨学武只能冲方木摆摆手，就转身向汽车跑去。

方木走进分局大楼，穿过大厅，登上电梯，一直看着手里的照片。

那个水囊明显被改造过。从体积来看，它应该是长途运输所用。原形是长方形，一端被截断，边缘缝合后穿入尼龙绳，也就是把死者塞进去的入口。

正看着，电梯就停在了四楼。方木收好照片，迈步走了出去。

米楠依旧在足迹室里忙碌着，不过面色红润了许多，看到方木进来，难得地冲他笑笑：

“你来了？”

“嗯。”方木看看她的脸，“感冒好些了？”

“没事了。”米楠显然知道方木此行的目的，直接拿起一张复印件递给他。

A4纸上是一些杂乱无章的图案，其中的一个角落里被米楠用红色签字笔画了一个圈。方木颠来倒去地看了几遍，还是不明就里。米楠笑了笑，伸手拽过那张复印件：

“还记得那晚我们提取的足迹模型么？”

方木的脑海里立刻出现了那个塑料袋，以及塑料袋里几乎碎成粉末的石膏模型。不知为什么，提到那个雨夜，他的情绪变得复杂，既有尴尬，也有遗憾，更多的，是一丝隐隐的暖意。

他赶紧收回思绪，点点头。

“我把还算成形的碎块整理出来，清理之后，挨个比对了一下，有一些不能算收获的结果。”

“哦？”方木立刻兴奋起来，“是什么？”

“你瞧这里。”米楠用手指指那个红色圆圈。被圈住的痕迹非常模糊，不过，还是能依稀辨认出一些图案。看上去是一条横线，下面有两条分开的线，在横线处交会，中间大概是45度左右的夹角。看上去，像一个不出头的“大”字。

“这是？”方木皱起眉头。

“你再看看这个。”米楠又递过一张复印件，上面的标注显示，这是在D中现场提取到的那枚足迹。

方木把两张复印件摆在桌面上，反复对比着，终于让他发现了一些相似之处：

“鞋底的花纹？”

“对。”米楠指指第一张复印件，“这个图案，和那双胶底鞋的鞋底花纹很像。可惜的是，太小了，也不够完整。”

她轻叹一口气：“如果不被杨学武踩上那一脚，也许能提取到更完整的。”

方木想了想，又问道：“楼梯口提取到的那些足迹呢？”

“没价值。”米楠说，“尤其是那个擦蹭型的，只能分辨出横行大底花纹，没有代表性——好多鞋子的鞋底都有这种花纹。”

方木的心一沉，这么一点点痕迹，根本无法和D中案提取到的足迹做同一认定。顶多是部分验证了方木的推测，也不能作为并案调查的依据。

不过，米楠把那些几乎是齑粉状的石膏进行清理、比对，势必是一个相当耗费精力的过程。想了想，方木勉强挤出一丝微笑：

“这个结果很重要，多谢你了。”

“你不用安慰我。我知道，这些结论连线索都谈不上。不过，”米楠又拿出一张纸，“你再看看这个。”

那是一份检测报告，检材是某种液体。方木看了看，和水囊中的液体成分几乎相同，也就是方木推测的所谓“羊水”。

“这又是什么？”

“还记得现场那片水渍么？我曾让你把里面的液体抽出来。”米楠的面色平静，“我把那些液体送去检测。相信你也发现了，和水囊里的液体成分几乎一致。”

这又能说明什么呢？水囊里的液体在地上形成的水渍，两者成分当然一致。

方木想了想，忽然睁大了眼睛。

水囊中的某些液体成分，比如尿素，来自姜维利的排泄物。如果地面上的水渍中也有尿素，那就说明这些液体不是在往水囊里倾倒液体时流出的，而是姜维利被塞入水囊，在水囊里发生失禁后，从水囊里渗出的。

也就是说，那枚足迹的主人在姜维利被塞进水囊后的一段时间内，曾在水囊前停留过。

方木马上对米楠问道：“从足迹来看，凶手是面对水囊还是背对水囊？”

米楠显然早已意识到这一点，很快答道：“这种大底花纹在前掌和鞋跟处都有。如果你的推测成立的话，从磨损程度以及和水囊的距离来看，我相信是前掌留下的。”

前掌。方木想了想，这说明，当时他是面对水囊站立的。

深夜。废墟。无数黑洞洞的窗口。巨大的水囊以及其中的男子。挣扎、扭动。

他在做什么？

第九章

编码

回到家，已经是深夜。

方木轻手轻脚地开门，客厅里还亮着灯，紧闭的卧室门里毫无声息。方木看看鞋架，廖亚凡的鞋子还在。

她应该已经睡了吧。

整整一天，方木都留在分局的物证科，面对一桌子乱七八糟的物证冥思苦想。他试图去把握凶手站在水囊前的心态，却始终一无所获。从阳光明媚到暮色深沉，抽掉了整整一盒半烟，如果不是夜间值班员的提醒，恐怕他会一直坐到天明。

从凶手作案手段的缜密和冷静来看，他无疑是十分自信的。一般情况下，犯罪人作案后都会尽快逃离现场，而他几乎是有条不紊地把现场打扫得干干净净。的确，从当时的情况来看，富民小区几乎就是无人区，这给他充分的时间和安全的环境来清除一切痕迹。但是，他不可能完全在黑暗中打扫现场，势必需要一些光线。即使用手电筒，也可能会引起其他原居民的注意，更何况他还在水囊前伫立过。

欣赏自己的“作品”？那他未免太过急切了。这样诡异的手法，这样敏感的区域，新闻媒体肯定会大事渲染。通过电视、广播或者网络，在万众瞩目的情况下回味自己的“壮举”岂不是更能满足他？

擦去水囊上的指纹？以凶手的冷静心态和反侦察能力而言，他在作案时肯定戴了手套。在第一现场，也就是405室内没有留下任何指纹就可以证实这一点。对于这样一个人，不会愚蠢到赤手去碰触那个水囊。要知道，尼龙橡胶布是很好的承痕载体。

确认姜维利的死亡？这种推测更站不住脚。一般人在水下存活的时间不会超过三分钟。更何况姜维利被装入水囊前已经处于麻醉状态，很可能因自主呼吸导致肺内吸入液体，死亡的时间也会提前。此外，凶手仔细清理现场的时间肯定远远超过三分钟，待他清理完毕，姜维利的死亡已经是板上钉钉的事，完全没必要冒着留下足迹的风险去再次确认。

那么，凶手在姜维利被装入水囊，已经发生失禁之后，亦即完成杀人后的一段时间内，为什么还要面对水囊停留了一段时间呢？

这真是一个让人捉摸不透的家伙。

方木把衣服脱掉，随手扔在椅子上。看看手表，已经临近午夜了。坐了一整天，腰背酸疼无比。他缩在沙发上进行了一番小小的思想斗争，决定不洗漱，直接睡觉。

闭上眼睛，方木立刻感到太阳穴在突突地跳动，伴随着一阵紧似一阵的刺痛。睡觉睡觉。他不停地告诫自己，不要再思考了。

让精神完全放松显然不是方木自己能控制的，不过，身体已经彻底放弃了抵抗。几分钟后，方木的躯体已经与床铺合二为一，脑子还在时快时慢地运转着。他陷入一种意识部分涣散的状态中，周围的一切也渐渐远去……

忽然，一些轻微的声音在房间里响起。方木下意识地微微睁开眼睛，余光中出现一道窄窄的光线，从方向来看，正是从卧室里透出的。

随即，一双赤足出现在视线里。一个人影蹑手蹑脚地穿过客厅，走到餐桌前，拿起方木的衣服凑到眼前，似乎在寻找东西，又像在分辨味道。

方木彻底清醒过来，他半坐起身，问道："你在干吗？"

人影发出一声小小的惊叫，手中的衣服也落在了地板上。

方木打开台灯。骤然亮起的客厅里，廖亚凡穿着睡裙，光着两条长腿，笔直地站在餐桌旁。

她用手遮住额头，咕哝了几句，问道："有烟么？"

方木把台灯调暗，扭过头去说："衣袋里，右侧。"

廖亚凡捡起衣服，翻出烟盒，却不回房间，而是点起一支，靠在餐桌边抽起来。

方木没法再睡，又不知该和她说什么，只能缩在被窝里，看着天花板发呆。

吸了半支烟，廖亚凡忽然问道：“你吃饭了么？”

“吃了。”

“哦。”廖亚凡沉默了几秒钟，“我给你留晚饭了。”

方木这才注意到，餐桌上有两个盖好的瓷盘。他有些意外，更有一丝小小的歉疚。

“谢谢了。”他想了想，又补充一句，“明天当早饭。”

廖亚凡没做声，依旧低着头抽烟，长长的头发垂下来，大半张脸都隐藏在发帘后面。一支烟吸完，方木以为她会回房间，没想到，她又拿出一支。

“别抽了。”方木忍不住说道，“太晚了，早点休息吧。”

廖亚凡抬起头来看了方木一眼，然后挑衅似的点亮打火机。

长长的火苗喷射出来，女孩的双眼明亮如水。

然而，这光芒稍纵即逝，很快，她又低下头，默不作声地吸烟。

方木没有办法，只能耐心地等着她，同时暗自希望她不要再抽烟了。

这一次廖亚凡没让他失望，熄灭烟头后，也许是站得累了，她坐在椅子上，双手抱膝，下巴顶在膝盖上，盯着地面若有所思。

几分钟后，廖亚凡忽然开口说道：“帮我找个工作吧。”

“嗯？”方木大为惊讶，“找工作？”

“是。”廖亚凡甩甩头发，抬起头直视着方木，“我不想整天在家里呆着。”

“行。”方木干脆地答应了，“想干什么？”

“随便吧。”廖亚凡有些自嘲地笑道，“我一没学历，二没技能——干什么都行。”

方木点点头，脑子里已经开始飞快地盘算起自己能联络到的社会关系。

“我尽快帮你找。”

“好。”廖亚凡站起身来，光着脚向卧室走去，走到门口，她手扶门框，似乎有些难为情似的说道，“那……谢谢了。”

廖亚凡的要求让方木感到欣慰，同时也有一丝隐隐的自责。这几个月，方木把她收留在自己家里。但是，也仅仅是收留。在他心中，这个女孩刁蛮、任性、歇斯底里，就像一个随时可能爆发的炸弹，只要廖亚凡不出去惹是生非已是万幸。至于这个女孩的人生之路该怎么走下去，他压根儿就没有帮她规划过。且不说那个他一直试图回避的结婚的承诺，方木甚至从未把廖亚凡当做一个和他一样的常人来看待。他所做的，仅仅是为她提供吃穿住行，至于别的，他似乎不曾考虑过，也近乎下意识般地认为不必考虑。

如果一直这样下去，廖亚凡和一个动物有什么区别？难道历经数年的寻找，就是为了让她过这种浑浑噩噩的生活么？

如今，这个被自己当做动物一般“饲养”的女孩提出要去工作，更让曾经信誓旦旦要为其负责的方木感到汗颜。

不能用所谓工作太忙作为借口，方木不得不承认，自己为廖亚凡所做的，实在太少太少了。

突然间，方木睡意全无，出于兴奋，更是为了平息那份内疚，他开始琢磨适合廖亚凡的职业。

一口气想了十几个，连参加自学考试之后考研都想到了。当方木意识到自己越想越离谱的时候，他起身去拿烟——得让自己冷静下来。

刚走到餐桌前，方木的余光却瞥到桌下的一样东西。

是那张水囊的照片，估计是廖亚凡找烟时翻出来的。

他把照片扔在桌子上，拉过一把椅子坐下，一边吸烟一边下意识地打量着那张照片。

渐渐地，他的眉头又皱了起来。

灰黑色的水囊平铺在地面上，尚未干涸的水渍在闪光灯下反射出一块块光斑。虽说经过改造，却看不出太多邪恶的味道，更难以想象它曾是一个大活人的葬身之地。

在水囊的中下部，有几个隐隐约约的勾画痕迹，仔细分辨，似乎是一些数字。在灰黑色的尼龙橡胶布上，这些黑色的数字很不显眼，稍不注意，就会被忽略过去。

方木知道，有些销售者为了区分产品的批次、产地、数量，甚至是购买者的电话号码，便会在产品上标注一些符号。特别是这种生产工具，不要求外观美观，只强调实用性，在上面直接标注实属常见。但是，如果这些数字不是生产者或者销售者标注的呢?

换句话来说，如果是凶手在上面书写的呢?

那么，当凶手面朝水囊站立时，在脚踩那片水渍的同时，也许就在水囊上写下了那些数字。

如果这些推论成立，那么，这些数字一定具有某种象征意义，并且对凶手十分重要，以至于他要将这些数字公开展示。

必须要查明这些数字，不管是基于哪种可能，也许都是重要线索。

想到这里，方木忽然意识到自己又把注意力转移到案子上了。这让他更加自责。

廖亚凡好不容易主动提出这样的要求，也是自己弥补之前的粗心大意的最好机会。无论如何，当务之急都是帮她解决工作问题。让廖亚凡回到正常的生活之中，也不枉自己苦苦寻找了她这么多年。

方木的脑子又快速运转起来：收银员？文员？家政服务？护工？还是开个小店……

他的脸上慢慢展露出一丝笑意。这种急切，这种焦虑，是让人心情愉快的。

查找水囊来源的工作十分困难。杨学武带着一队人，马不停蹄地接连走访了本市数家生产水囊的企业，却一无所获。这种水囊的面料和形状本来就大同小异，加之被改造过，又没有任何可供辨识的标记，这些企业都不能确认水囊是自己的产品，更无从查找购买者。

局里经过研究，又拿出两个方案。其一，要求市内所有生产、销售水囊的企业提供两个月内购买过类似水囊的消费者名单，逐个排查；其二，将水囊来源的调查范围扩展至全国，并提请当地警方协助调查。

这无疑是一项耗时费力的巨大工程，但是，在现有物证有限的情况下，也只能如此。

至于那些水囊上的数字，也在调取物证后被还原。方木看到那组数字原貌的同时就排除了第一种可能，即购买者的电话号码。因为那组数字之前还有几个字母，连起来是XCXJ02828661，与我国境内使用的手机号码及固定电话号码完全不同。

猜测是没有意义的，因为难以确认这组编码的书写者。只有先等等杨学武那边的消息，如果能排除生产者和销售者书写的可能，那么结论就只有一个了——凶手在水囊上写下了这组编码。

等待，是最让人焦虑且无奈的事情。

然而，警方并非无事可做。2011年下半年至今，除了D中案及富民小区杀人案之外，本市的刑事案件发案率仍然很高。其中数起恶性案件均在较短的时间内侦查完毕，余下的，都是一些盗抢类案件及妨碍社会管理秩序类案件。这些案件，无论大小，都在某种程度上分散了警方的侦查力量。从目前来看，D中案实际上处于停顿状态，所有线索均已中断。最近发生的富民小区杀人案也好不到哪里，除了用大海捞针的方式排查水囊的来源之外，也没有明显的进展。魏明军的家属和姜维利的母亲每隔几天就要来局里打听案件的侦破进度。主办这两个案件的杨学武被问得不胜其烦，最后干脆避之不见。据说姜维利的母亲又跑到分局长办公室下跪，分局长和政委连说带劝，好不容易才把老太太弄走。

反感、懈怠的情绪渐渐在办案刑警间蔓延开来。一来，有价值的线索实在是太少，侦查工作进行得十分艰难；二来，几乎每个刑警的手里都压着好几个案子，把精力投入到这种几乎无迹可循的案件，势必会影响到其他案件的侦查进度，里外不讨好；再者，像姜维利这样的人，本来就是刑警们眼里的人渣，为了他耗时费力，还得挨骂，难怪会让刑警们心理不平衡。

又一次在会议室里躲了半天之后，杨学武本来就绷紧的神经终于失控，当众砸了杯子：

“去他妈的，把我调到反扒队去吧！好歹还能换老百姓一声好！姜维利这种畜生死一个少一个！为了他，老子半个月没好好睡觉了！”

牢骚归牢骚，魏明军也好，姜维利也好，毕竟是两条人命。出了人命，不管是谁的，警方就得查下去。个人情绪只能排在职业天性之后。

相对于杨学武的焦头烂额，方木倒是清闲许多。本来，公安厅犯罪心理研究室派他去分局，就是起到辅助侦查的作用。现在案件卡到这里，天天泡在分局也没什么意义。更何况，方木提出的并案侦查意见并没有得到分局的认可。

不过，方木也没闲着。自从廖亚凡提出找工作的要求之后，他就为这件事做出了种种设想。可是，以廖亚凡的情况来看，能胜任的工作的确不多。想来想去，方木决定先安排廖亚凡去天使堂福利院，一来环境熟悉，也好和赵大姐她们做个伴，二来可以在空闲时间学点技能，为将来多做一些打算。

出乎方木的意料，廖亚凡坚决不去天使堂福利院，而是提出想去公安厅。方木吓了一跳。公安厅？那可不是想去就能去的地方。再说，以廖亚凡现有的条件，连打字员都胜任不了。

“保洁？收发室？”廖亚凡倒是不挑工种，“扫厕所也行。”

方木哭笑不得，耐着性子跟廖亚凡解释：公安厅属于国家机关，任何人员的工作安排都非常慎重，绝不是方木这样的人能决定的。就算他肯求边平帮忙，边平也未必能帮得上。

“那就去医院吧，我听说邢璐的养母就在医院工作。”

她居然还知道这些！方木想了想，也许是赵大姐向她透露了邢璐的家庭情况。吃惊之余，方木意识到廖亚凡对找工作这件事已经考虑了很久，并且有了自己的意见。

不过，她提出的这个想法也许可行。杨敏在一年前调到市人民医院任儿科主任，以她的职务和人脉关系，安排个工作应该不是什么难事。

对于方木的请求，杨敏很痛快地答应了。两天后，她就通知方木带廖亚凡来上班。

老邢在世的时候，曾经给廖亚凡提供过一些生活上的帮助。杨敏也知道廖亚凡和方木之间的渊源。再见面时，彼此间并没有太陌生的感觉。不过，杨敏还是多看了廖亚凡染成蓝色的头发几眼。

除了惹眼的发色，廖亚凡今天的表现还算中规中矩。不仅特意穿上了米楠买给她的衣服，脸上只是略施粉黛，平时不离身的烟也丢在了家里。

杨敏略带歉意地告诉方木，以廖亚凡目前的情况，只能从事一些简单的体力劳动。所以她托关系把廖亚凡安排到护工班，负责协助护士照顾那些重症患者。工资不高，不过养活她自己应该问题不大。

“她现在……”趁廖亚凡去领工作服的时候，杨敏悄悄地问方木，“什么学历？”

方木想了想，廖亚凡出走的时候尚未高中毕业，所以顶多算是个初中学历。

“问题不大。”杨敏倒是挺有信心，“护工的活儿不太多，空闲时间可以用来复习成人高考什么的。拿到文凭之后再去考个护士执业资格证，后半生就算有个保障了。”

杨敏的话让方木颇感欣慰，心情也豁然开朗。

说话间，廖亚凡已经换好工作服，走了出来。淡蓝色的护工服略显肥大，穿在她的身上显得空荡荡的。女孩有些局促不安，不停地看看方木，又看看杨敏，双手在衣角处绞来绞去。

杨敏上下打量着廖亚凡，笑着说："这不是挺好的嘛。"说罢，她就带着廖亚凡去了护工休息室。

市医院的护工大多是40岁以上的中年妇女，廖亚凡算是最小的一个。时值上午9点左右，最繁忙的早间护理时段已经过去，护工们都在休息室里闲聊。看到杨敏主任带着新护工过来，大家纷纷围过来打招呼。看上去，这些女人都有着那个年龄段特有的热心、善良。廖亚凡也由最初的拘谨变得放松下来，眉眼间还流露出对这个新环境的兴奋劲儿。

方木也放下心来，有了杨敏的关照，相信廖亚凡会工作得很愉快。眼见时候不早，他也跟杨敏告辞。正好没什么活儿要干，杨敏就让廖亚凡送方木出去。

两个人一前一后地走出大楼，来到停车场。廖亚凡不住地东张西望，对身边的一切都充满好奇。上车前，方木递给廖亚凡300块钱。

"好好吃饭，如果食堂的饭菜不可口，就到外面去吃。"

廖亚凡捏着钱，轻轻地"嗯"了一声。

"勤快点儿，多跟其他护工学习。如果有什么困难就打电话给我，或者找杨阿姨。"

"嗯。"

方木想了想，又补充道："门口的158路公共汽车路过我家附近，下班可以坐158路车回家。"

"嗯。"

"如果我能按时下班的话，就来接你。"

廖亚凡忽然笑了起来。

"你可真啰嗦。"廖亚凡冲他摆摆手，"我又不是小孩了，自己能照顾自己——你快上班去吧。"

方木也觉得好笑，这哪像介绍工作啊，简直是送孩子去上学。

快半个月没来厅里上班了。方木先去边平那里报了个到，把两起杀人案的侦破情况简单汇报了一下。边平想了想，对方木说道："暂时你也帮不上什么忙了，正好手头有个事儿，你先忙这个吧。"

C市师范大学心理研究所和省公安厅犯罪心理研究室联合搞了一个案例汇编的项目，主要内容是全省范围内心理异常者杀人案件。

边平说："你小子，这几年也算见多识广了，把现有的案例整理一下，加入到汇编中。"见方木面露难色，边平向后一靠，双手一摊，"你可别指望我啊，我是老家伙了，比不上你们这些年轻同志。"

方木被逗笑了，心想这师兄也忒不着调，不能便宜了他。嘴上答应着，从边平的桌子上顺走半盒中华烟。刚走到门口，边平又叫住了他。

"你拿着这个，昨天从宽平分局转过来的。"边平递过几张纸，脸上的笑容稍稍收敛，"朱志超出院了。"

方木一时没反应过来："谁？"

话音未落，方木的眼睛就瞪大了。

2008年对中国人而言，是一个特殊的年份。那个遥远的梦想已经近在眼前。一场全球瞩目的运动会，成为每一个中国人释放内心狂热的对象。

然而，在有些人的记忆中，2008带给他们的，不是举国欢腾的荣耀，而是渗透鲜血的惨烈。

入夏以来，在C市宽平区接连发生两起入室强奸杀人案。在这敏感时期，两起案件引起了省厅的高度重视，责令宽平分局限期破案。

第一起杀人案发生在新竹小区4号楼三单元301室。死者张某，27岁。未婚，无业。生前遭暴力强奸后，被电话线绕颈致机械性窒息死亡。凶手乃和平入室。从厨房里收拾停当的一盆带鱼及空空的垃圾盒推断，死者在下楼扔垃圾的时候，被凶手尾随入室实施强奸杀人。这一点，从楼下垃圾集中点的一袋装满鱼头鱼尾的垃圾中可以得到验证。由此可以推断，凶手虽然和平入室，但并非死者的熟人。

现场有少量搏斗痕迹，死者身上所穿的棉质睡衣几乎被扯碎。结合在现场提取到的足迹，初步推断凶手的身高在1.75米以上，身体强壮，可能从事体力劳动。凶手在现场留下大量痕迹物证，包括指纹、足迹及残留在死者阴道中的精液等生物物证。看来，凶手无心，也无意掩盖罪行。

第二起杀人案发生在C市轴承厂职工宿舍D区22号楼四单元202室，死者栗某，39岁，已婚，生前系某超市收银员。死者遭暴力强奸后，被锐器砍切致失血性休克死亡，现场惨不忍睹。凶器为现场发现的一把菜刀，系栗某所有。凶手乃和平入室。从尸体所处位置（客厅）、附近散落的购物袋及死者身上尚存的衣物、高跟鞋来判断，死者当时购物回家，遇到凶手后，被其尾随至楼道内，趁死者开门时，将其拥撞入室内，进而实施强奸杀人。

在现场提取到大量痕迹物证。经比对，凶手在现场留下的指纹和足迹与新竹小区杀人案可做同一认定。从死者阴道中提取的精液，经DNA测试，也与新竹小区杀人案中提取到的生物物证相符。至此，宽平分局决定将两案并案处理，成立专案组，并向省公安厅犯罪心理研究室求助。

方木被公安厅派遣至专案组，并参与了两起案件的整合与分析。其中，不乏一些耐人寻味之处。

其一，两起杀人案件的案发地点相距不远，直线距离不超过1公里。

其二，两起杀人案件相隔的时间为8天，发案时间均为下午1点至2点半之间。如此频繁地作案，且作案地点相对集中，并选择在白天下手，这说明凶手要么完全不具备反侦查能力，要么猖狂至极。

其三，凶手作案呈现出无计划、有规律的特点。两名被害人都是被其尾随入室，施暴后，凶手都是用现场取得的物品当做凶器，实施杀人行为。作案之后，凶器都被随意地弃置在犯罪现场，且没有清除痕迹的反侦查行为。

其四，在死者的身体上、衣物上以及作为凶器的电话线和菜刀握柄上，都发现了黄色油膏状物质。经检测，黄色油膏的主要成分为动物油脂，并含有麻椒、花椒等成分，简单地说，就是俗称麻油的食品原料。然而，令人惊讶的是，在这些麻油中，警方又检测出罂粟碱、吗啡、那可丁、可待因等多种生物碱。据此，警方怀疑在麻油中掺入了罂粟壳。

结合这些线索，方木做出了初步判断：凶手为男性，年龄在30岁—40岁之间，身高1.75米上下，体重在80公斤左右。从事体力劳动。经济状况较差。未婚或离异，独自居住。家庭住址及工作单位就在案发地点附近。住宅空间狭窄，为继承长辈遗产或者租住。凶手喜欢吃麻辣类食品，可能伴有饮酒的习惯。个人卫生习惯较差，不修边幅，可能蓄有胡须。

最重要的是，凶手可能有某种精神病性的精神障碍。

方木的理由是：凶手在两次作案前都曾经食用过麻辣类食品，并且，调拌用的麻油里含有罂粟壳。这绝非巧合那么简单。也许罂粟壳就是刺激他强奸杀人的原因之一。一般人食用了含有罂粟壳的食物，比如火锅底料等，至多会产生成瘾性，但绝不会疯狂到去犯罪。如果方木的推测成立，那么凶手肯定患有某种精神病性的精神障碍，在罂粟碱、吗啡等毒素的刺激下，实施强奸杀人行为。而且，方木认为，凶手极可能在短期内再次作案，且作案地点就在方圆5公里以内。

专案组采纳了方木的意见，并在全市范围内下发了协查通告，同时，对全市范围内的餐饮场所进行调查，特别是麻辣火锅店等川菜饭店。

正当侦查工作紧锣密鼓地进行时，一名蔡姓妇女在丈夫的陪同下前来报案。蔡某称：昨天下午2点左右，在服装批发市场从业的蔡某回家拿户口本办理医保，并嘱咐丈夫请假回家等候。进入位于锦水小区5号楼一单元的楼道后，蔡某发现身后有人跟随。联想到近期发生的强奸杀人案，蔡某十分紧张。因不确定丈夫是否已经到家，蔡某快步登上3楼后，在自家的304室门前掏出钥匙开门。这时，蔡某的丈夫听到门响，就把门打开了，恰好看到一名男子站在妻子身后，作势要将其推入室内。见蔡某的丈夫出现，男子扭头就跑。据两名报案人回忆，男子身高在1.7米以上，体格健壮，头发短且粗硬，方脸，蓄有胡须。身着一件短袖灰蓝色衬衫，类似工装。至于其他体貌特征，因事发突然，两名报案人均没有注意。

案发当天，正是第二起杀人案案发后的第7天，而锦水小区距离前两起案件的发案地均不超过3公里。

这无疑是一个重要线索，并且在某种程度上验证了方木的推断。专案组立刻找专家制作嫌疑人的模拟画像，并下发至全市各分局及派出所。方木在这一新线索的基础上，提出嫌疑人所患精神障碍也许是间歇性的，发病周期在7天左右。同时，他建议缩小对餐饮场所的排查范围，仅限于宽平区，重点排查低档小吃如麻辣烫之类，尤其是案发现场附近。

在他看来，凶手身体强壮，基本可以排除吸毒的可能。那么，罂粟壳应该不是他满足毒瘾所需要的。同时，罂粟壳被掺进麻油膏里，凶手在自家食用的可能性不大。因为，普通人很难购买到罂粟壳，更别说是掺好罂粟壳的麻油膏。由此推断，凶手应该是在外用餐时食用了含有罂粟的麻辣类食品。从罂粟壳的成瘾效果来看，凶手必然在短时间内反复多次食用这种食品。作为一个经济状况较差的体力劳动者，他不可能频繁出入高档餐饮场所。因此，他只能选择那些低档小吃，其中，价格低廉的麻辣烫是最有可能的。

专案组的全部人马都派下去搞排查。方木也没闲着，来到案发现场附近去碰碰运气。在调查走访中，得知有一家麻辣烫非常有名，虽然门脸不大，且位于某居民小区内，但每天顾客盈门，甚至有人坐很远的公共汽车来吃一碗。方木的直觉告诉他，凶手就在这家麻辣烫的食客之中。前往调查几次之后，在上一次案发后的第7天中午，方木再次来到这家麻辣烫。

果真，他“偶遇”了那个大胡子食客，并且在他身后目睹了整个“发病”过程。

朱志超，男，36岁。捕前系C市同发热力公司装卸一车间的工人。1992年，朱志超技校毕业后，顶了父亲的班，进入同发热力公司工作。1997年1月，朱志超同本单位女工傅华结为夫妇，并和朱志超的父亲一起居住在同发热力公司家属区中。这套住宅是同发热力公司的前身——C市第二热电厂分配给朱志超的父亲的。房屋面积为44平方米，且距离三个案发地点都没有超过5公里。同年7月，朱志超的父亲病逝。1999年，朱志超夫妇协议离婚，没有子嗣。之后，朱志超一直居住在父亲留下的房子里，没有再婚，也没听说他交往过女朋友。

据朱志超的工友讲，朱志超平时沉默寡言，干活时很下力气，所以，一直和大家相处得不错。但是，一些比较熟识的工友说他这人有些怪毛病，每隔一段时间就变得情绪暴躁，稍稍招惹他，轻则挨骂，重则挨打。可是，几天后又会恢复常态。工友们背地里说他这是“来月经”。朱志超离婚后，精神状态变得越发不可捉摸，并有数次拦截、骚扰本单位女工的情况。单位领导念在他是老员工的后代，又离了婚，于是就安排调解赔钱了事。

朱志超的这些怪异行径也得到了前妻傅华的亲口证实。傅华称，当初决定和朱志超处朋友，就是看上他老实、话少。可是随着交往的加深，傅华发现朱志超会经常性地情绪失控。有一次在外面吃饭，仅仅因为服务员上菜慢了一些，他就大发脾气，甚至要动手打人。婚后，朱志超的勤快和吃苦耐劳曾让傅华感到满意。然而，在他性格中怪异的一面也逐渐凸显出来。更让她苦不堪言的是，朱志超的性欲远远强于普通男性。即使在她身体不方便的时候，也会强行要求同房。特别是在朱志超情绪格外暴躁期间，会在进行夫妻生活的时候对傅华施以暴力。傅华逐渐意识到朱志超的精神出了问题，他本人却拒不承认。后来，在傅华的追问下，朱志超的父亲说儿子曾经在上小学的时候，从单杠上摔下来，昏迷了整整两天一夜。苏醒后就变得沉默寡言，偶尔会发脾气。随着年龄的增长，朱志超陷入情绪狂躁的频率越来越高。为了帮他成家，朱志超的父亲对傅华隐瞒了这件事。傅华得知事情的真相后，要求朱志超立刻就医。朱志超强烈反对。傅华以不治病就不要孩子作为要挟，朱志超才勉强同意。不过，朱志超坚持要去外地就医，以免被熟人知晓，引起诸多不便。于是，朱志超夫妇来到省内J市安康医院就诊，被初步诊断为狂躁症，并建议入院治疗。因为工作的关系，朱志超没有同意，只是买了一些药物。医院建议他在服药的同时，寻求心理医生的帮助。在医生的推荐下，朱志超在J市的一家心理诊所接受治疗。按照医生的安排，朱志超每隔两周来J市接受心理辅导。半年后，朱志超的精神状态有所好转。孰料，负责对朱志超进行治疗的医生因牵涉进一起刑事案件，心理诊所被迫关闭，治疗也不得不中断。朱志超深受打击，拒绝再次就医，精神状态比就诊前还糟。傅华见朱志超康复无望，遂与其离婚。

朱志超被捕后，对自己实施的三起入室强奸杀人案（其中一起为犯罪预备）供认不讳。同时，警方对朱志超的指纹、足迹以及血液样本进行了提取。经鉴定，与前两个案发现场提取到的痕迹物证可做同一认定。鉴于已形成完整的证据链条，宽平分局拟将全部案卷移送人民检察院审查起诉。

在被羁押期间，朱志超多次提出要吃麻辣烫，甚至不惜以自残相要挟。听取看守所的汇报后，警方如实告知朱志超，那家麻辣烫在麻油里掺入罂粟壳，已被勒令停业，相关责任人员涉嫌生产、销售有毒、有害食品罪，已被刑事拘留。朱志超得知后，情绪愈加狂躁。某日深夜，朱志超在监房里公然自渎，还打伤了另一名被监管人员。

同时，为朱志超提供法律援助的律师向警方提出，要对朱志超进行精神鉴定。警方做出同意的决定，委托省司法鉴定中心对朱志超是否患有精神疾病进行鉴定，并提交精神病司法鉴定申请书及相关材料。

司法鉴定中心在半个月后完成了鉴定工作，并出具了鉴定报告。报告显示，朱志超患有间歇性精神病，且案发时处于发病状态，属无刑事责任能力人。

报告引发被害人家属的强烈不满，并提出申诉。警方再次委托权威机构对朱志超进行精神鉴定，结论与之前并无二致。

鉴于朱志超在案发时属于无刑事责任能力人，因此，警方作出撤销案件的决定，并解除对朱志超的刑事强制措施。同时，由于朱志超没有法定监护人，经C市公安局决定，将朱志超送C市安康医院强制治疗。

时隔三年，朱志超居然出院了？

方木翻看着手里的复印件，那是一份市局出具的批准文书，同意朱志超出院，并转发给宽平分局及朱志超户籍所在地的派出所。

方木想了想，忍不住问道："朱志超这么快就痊愈了？"

"痊愈个屁！"边平骂道，"朱志超没有法定监护人，唯一的房产还是单位分配的，没经过房改，不能私自出售。所以，对他的收治费用都是由政府出钱——你明白了吧？"

方木点点头。对这种肇事肇祸的精神病人的强制医疗通常由本地的安康医院负责。但是，各地对安康医院的建设和投入都严重不足。本来安康医院就屈指可数，在全国范围内都不超过30所。床位和医疗经费一直是困扰强制医疗的头号难题。加之政府拨款少且不及时，很多被强制收治的精神病人稍有好转就"被治愈"了，草草打发出院了事。

像朱志超这样的人，一旦重返社会，无疑是一颗随时可能起爆的炸弹。

"你小子，平时多留点神。"边平指指方木手里的复印件，"最好随身带着伸缩警棍。万一朱志超找你报复，你也能抵挡一阵子。”

“嗯，放心吧。”方木勉强挤出一个笑容，转身走了。

回到办公室，方木坐在桌前发呆。这一坐，就是半个多小时。对于朱志超出院这件事，方木倒不怎么担心会招致他的报复，只是觉得有些沮丧。查办这件案子的时候，方木对两次鉴定的结论持怀疑态度。但是鉴定程序合法，鉴定机构也够权威，方木也只能接受这个结果。他并不是觉得必须处死朱志超，而是认为有必要把他和社会隔离一段时间，至少等他不至于危害他人的时候再出院。眼下这个现实，让方木有一些挫败感，就像被一个败局已定的对手突然翻盘了一样。

不管怎样，当务之急是要提醒朱志超户籍所在地的派出所对他多加关注，如果他再有肇事肇祸的苗头，也好提前预防。想到这里，方木查出当地派出所的电话号码，连拨几次，都是占线。想必那里也是业务繁忙。其实，即使有所提醒，在治安工作任务极其繁重的情况下，民警们也很难分出精力去关注一个精神病人。此外，自己以犯罪心理研究室的身份，也难以要求派出所加强对朱志超的监控。想到这里，方木暗自提醒自己，下次看到杨学武，委托他跟宽平分局打个招呼，也许力度更大些。

主意打定，方木开始着手处理边平交给自己的任务。他打开计算机，调取几年来处理过的案件，从中挑选出具有代表性的，按照时间顺序一一查看起来。从警以来，如果从犯罪嫌疑人的心理情况及精神状态来看，教化场案和暗河案无疑最具有典型意义。时隔多年，PTSD患者们无助的眼神和陆家村村民的群体兽性仍让他记忆犹新。随着鼠标的滑动，一个个熟悉的名字在屏幕上逐个呈现：

罗家海、谭纪、姜德先、曲蕊、陆天长、梁四海、肖望……

在最终形成的案例汇编中，他们会被称为某某，然后在白纸和油墨中，将那些骇人的罪行一一重现。在某种意义上，他们在犯罪史上获得了永生。而在那些被伤害的人的记忆中，又何尝不是？

这些年来，他们一直不曾离去，牢牢地在回忆的某个角落里，等待那个把他们送入地狱的人重新开启那扇门。

那个人，就是方木。

然而，这些在硬盘上占据了相当空间的案例，却丝毫不能让方木感到自豪。相反，重新回顾那些浸透鲜血的日子，让他的心情愈加沉重。因为，他无法将自己置身事外。他不是旁观者，而是亲历者；他不是裁判者，而是参与者。那些名字和曾经的往昔已经成为他的一部分，就像一枚硬币的两面，抑或一棵树的根茎。

包括那些他终身不想再触碰的部分。

方木拉开最底一层抽屉，在书本和档案下面，一个黑色的U盘静静地躺在那里。

他默默地凝视着那个U盘，几次伸手过去，却都缩了回来。最终，当他鼓起勇气把U盘拿出来的时候，那小小的塑料件竟似有千斤一般。

U盘里只有几个文件夹。方木的目光依次扫过“第七个读者案”“马凯案”，最后，鼠标的箭头停在一个命名为“孙普案”的文件夹上很久。

他深吸一口气，双击。

密密麻麻的图标呈现在屏幕上，有图片，有表格，也有文本文件。与之前查看过的案例不同，这些文档都没有规范的编号。

因为，这是属于方木自己的回忆。

方木点燃一支烟，单手托腮，打开一个命名为“1（理查德·拉米雷兹）”的文档。

这一看，就是整整一天。再抬头时，窗外已是暮色深沉。公安厅大楼里的灯光陆续熄灭。方木坐在越来越黑的办公室里，不想动弹。

蒙眬中，那些人围坐过来，静静地注视着方木，似乎想在他脸上寻找生前未知的答案。

有些“为什么”，并不是想知道真正的结果，只是因为不甘心。

方木同样回望着他们，心下一片平静。

所谓好的，坏的，美的，丑的，善的，恶的，都只存乎一心。死亡或者生存，都足以让我们心存感激。在人生的列车上，我们仅是彼此的旅伴而已。我要做的，只是留存你们的票根，然后告诉其他人，如何学会更好地活，避免最差地死。

于是，他们起身离去，一个个消失于浓重的黑暗中。走在最后的，是他。

他也许不是方木生平遇到的最强悍的对手，但绝对是最疯狂的一个。

他额头上依然带着弹孔，深陷，空洞。步履飘忽，似乎又触手可及。就连他脸上那充满嘲讽和挑衅的笑容，都清晰可辨。

方木静静地看着他，就像在地牢里的对视一样，直到他和他脸上的笑容，都消散于空气中。

这时，一声“叮铃”让方木回过神来。手机屏幕上显示出一条新短信：我下班了。

是廖亚凡发来的。

方木活动一下发麻的手脚，起身收拾东西。临走时，他又回到办公桌前，在记事本上写下：向J市公安局调取孙普案的全部案卷资料。唯恐不够鲜明，方木在这段话下连画几道粗线。

孙普案一定要收录进案例汇编，不为别的，只为这段不容回避的记忆。

车开到市医院门前，方木远远地看到廖亚凡站在路边。车还没停稳，她就拉开车门跳上来。

“冻死了冻死了。”她把手按在出风口，“你怎么才下班？”

“有工作要做。”方木调高空调的温度，“上班第一天，怎么样？”

“还好。”廖亚凡有些兴奋，开始絮絮叨叨地说起今天的种种经历。听上去，护工的工作并不轻松，不仅要协助护士照顾重症患者，对新收治的患者以及院里的杂活都要负责。不过，好在护工班的“大妈”们都很和善，午餐也不错。

车内的温度渐渐升高，廖亚凡身上的消毒水味也越发明显。方木吸吸鼻子，忽然感觉它比那些廉价香水要好闻很多倍。

“怎么？”廖亚凡注意到方木的动作，急忙拉过衣服嗅来嗅去，“我身上有怪味？”

“没有。”方木笑笑，“白衣天使的味儿。”

廖亚凡松了口气，脸却红了起来：

“我还以为沾到脏东西了呢——今天帮一个女的擦身来着。可惜啊，长得很漂亮，却是个植物人。”

回到家，做了简单的饭菜。吃饭期间，廖亚凡一个劲儿地说着医院里的事。方木哼哼哈哈地听着，脑子里想的却是别的事。偶尔回过神来，他忽然意识到，这日子，终于有点过日子的样儿了。

也不知廖亚凡对工作的新鲜劲能维持多久，不过，如果这种朝九晚五的状态能维持下去，也算自己对她有个交代。

只是，接下来该对她“交代”什么，方木不愿意去想。

吃过饭，廖亚凡自告奋勇去洗碗。接下来，她站在衣柜前挑选明天要穿的衣服。挑了半天，又一股脑地塞回去：

“唉，选了也是白选，反正还得穿工作服。”

只安静了一会儿，廖亚凡又忙活起来。她把背包清空，然后仔细地选择上班要用的东西。大到钱包、钥匙，小到润唇膏、护手霜，分门别类，一样样装好。最后，趁方木“没注意”，偷偷地塞了一包烟进去。

折腾到9点半，廖亚凡依旧毫无睡意，仿佛明天不是上班而是期待已久的旅行。方木暗自好笑，却实在提不起兴趣再听一遍医院里的事，索性拿起一本书来看。廖亚凡倒也知趣，缩在沙发上看了一会儿电视之后，就回房睡觉了。

方木松了口气，也脱衣上床。经过前段时间的紧张与忙碌，忽然放松下来，他还一时不能习惯。在床上翻来覆去，半梦半醒的状态维持了很久。

蒙眬中，方木突然意识到，自己一直在想着案例汇编的事情。

他一下子清醒过来，随即，一个名字在脑海中清晰无比。

孙普。

第十章

死路

真渴。嘴里还有种苦苦的味道。

他咂咂嘴，闭着眼不想醒来。这段日子以来，每晚他都要借助酒精才能入睡。代价是，每每到凌晨时分，他总会在极度干渴中醒来。然而，他必须这么做，否则，闭上眼睛，就会看到那个卡在防盗栅栏里，四肢都竭力向外伸展的女人。

想喝水。

水，多好的东西。能解渴，也能救命。那个女人，最后的期望，也是从天而降的水吧？

怎么又想到这些？他暗骂了自己一句，打算翻个身继续睡。

奇怪的是，身体竟然动弹不得。

猛然间，他的意识完全恢复过来。

不，我没有睡觉。

就在刚才，他一边喝着啤酒，一边瞪着血红的眼睛浏览黄色网站。这是唯一不会出现他和那辆该死的车的地方。然后……停电了。

他在黑暗中足足愣了半分钟，直到房间内的事物逐渐在视线中凸显出来。看上去，每一样都像那个女人——和她竭力伸展的四肢。

他慌乱起来。不，我得在有光的地方呆着，否则，她会跟着我，跟着我……

站起身去寻找手机的时候，他意外地发现，对面那栋楼里，仍然稀稀拉拉地亮着点点灯光。

又跳闸了？他稍稍放心，看来不用在黑暗中熬过这漫长的一夜了。他拿起手机，借助屏幕上的一点微光，摸到门前去查看走廊里的电箱。

后来……

骤然扑上的黑影。口鼻上透出刺鼻气味的湿布……

他彻底清醒过来，发现自己正躺在自家的地板上，双手被反绑在身后。虽然仍不清楚到底发生了什么，但是，本能促使他试图站起来。然而，挣扎了几下之后，他发现自己的努力只是徒劳。从感觉上判断，缠绕自己双手的应该是胶带，而胶带的另一端，延伸进身后的布艺沙发下面。

他和沙发紧紧地靠在一起，而那段胶带的长度又很短，这使他只能保持侧身半躺的别扭姿势。他试图分开双腿，用膝盖造成一个支点。可是，他随即就发现，自己的双脚也被胶带牢牢地缠在一起。

“你还是安静一点吧。”

突然，一个陌生的声音在室内响起。他吓了一跳，本能地循声望去。一个黑影站在落地窗前，从他嘴边的暗红色光点来看，他正在吸烟。

“我把你绑在沙发的托架上了。我刚才摸了一下，应该是钢的。”黑影嘴边的红色亮点忽明忽暗，“沙发品质不错——花了不少钱吧？”

他感到冷汗忽地一下从全身的毛孔里冒了出来。

“你……你是谁？”

黑影轻轻地笑了一声，转过身去不再理他。

他不敢再有大动作，暗自用力挣扎着。很快他就绝望了，足足缠绕了十几层的胶带根本无法挣脱。

他咂咂嘴，感到嘴巴里几乎已经干透了。

“我的手机是刚买的……3000多块……钱包在上衣里……卧室的床头柜里还有一些现金……”

黑影毫无反应，依旧靠在窗边，似乎在向外张望着。

“……还有银行卡，也在钱包里……你放了我，我告诉你密码……一切好商量。”

沉默。

“你……你到底想要……”

“你瞧。”黑影打断了他的话，夹着烟的右手指向东南方，“在这里能看到她的家。”

谁的家？他最初还有些莫名其妙，几秒钟之后，他的眼睛一下子瞪大了。

是的，那是她的家，一个近日来让他不敢注视的地方。

破碎的窗户。焦黑的墙壁。扭曲的栅栏。

他又拼命扭动起来，沉重的沙发被拽得嘎吱作响。

“你是谁？她的老公，还是她弟弟？”

黑影不再作声，只是把手里的烟摁熄在烟灰缸里，随即，小心翼翼地把烟头放进自己的口袋。

这个不祥的动作似乎预示着某种结局。他一下子恐惧到了极点，一边继续挣扎，一边哀求着：

“我真的不是有意的……你放过我吧，我再也不敢了……我可以赔钱……”

黑影没有理会他，自顾自地在房间里四处走动，脚下不时传来奇怪的沙沙声，听上去，似乎他的脚上套着塑料袋。

随着他的走动，各个房间里陆续传来关窗及拉动窗帘的声音。很快，黑影又返回他的身边，这一次，他拉上了客厅里的窗帘。

“好像有点闷，是吧？”黑影的语气轻松，似乎在讨论一件与眼前的情景完全无关的事情。

他已经彻底失去挣扎的力气，只能大口喘息着看着对方。

黑影摸到门前，拎起一个方形的物体，从黑影的动作来看，那东西似乎很沉重。

紧接着，黑影走到窗帘前，举起那物体上下挥动起来，随着他的动作，一股刺鼻的气味在室内蔓延开来。

他吸吸鼻子，大脑里瞬间就一片空白。

是汽油。

黑影不停地挪动脚步，客厅里的各个角落都被泼洒上那致命的液体。

最后，他把剩余的汽油统统倒在沙发上。

“抱歉，用了你车里的汽油。”黑影有些气喘，把那个方形物体放在他的身边。是一个白色的塑料桶。

“灰色五菱，对吧？”黑影笑了笑，“明天恐怕你不能开车了——当然，如果你还有机会开的话。”

他已经意识到黑影要干什么，一边本能地向后缩，一边拼尽全身力气喊起来：“救命啊！救命……”

刚喊了两声，黑影就把一只手按在他的嘴上。他感到了针织物的柔软，看来，黑影戴了手套。

也正是此时，他才真正近距离看到那个人。然而，在一团漆黑的室内，他只能分辨出一双闪着寒光的眼睛。

黑影的声音同样冰冷：“别逼我做我不愿做的事情，好么？”

他的眼泪流出来，呜咽着点头。

“老婆和孩子呢？”

“去……去娘家了。”他哭出声来，“发生了那件事，家里……家里已经没法呆了。”

“很好。”黑影点点头，语气平缓，“说到那件事，平心而论，不能完全怪你。”

“是是。”他似乎感到一丝生的希望，忙不迭地说道，“我真的不是有意的，如果我知道会出那么大的事，我怎么也不能……”

“来打个赌吧。”黑影打断了他的话，“看看你会不会幸运一些。”

说罢，黑影掏出一部手机，他看了看，正是自己那部。

黑影在键盘上按下“119”三个数字，随即，手上又多了一把刀子，看上去非常眼熟。

“在厨房借用的，不介意吧。”黑影把刀抵在他的脖子上，颈动脉附近的皮肤立刻传来刺痛感，“报火警，多余的话一句都不要说，听明白了么？”

他直直地盯着黑影，连连点头。

黑影按下了拨通键。

很快，听筒里传来一个冷冰冰的女声。

“119报警台……”

“火灾，快来救火，救救我……”他急忙叫起来，“快点派人来，快点！”

“火灾发生地点？”

“富都华城A区9号楼633，快点来人救我！”

“什么类型的火灾，电火还是油火……”

接线员话音未落，黑影已经挂断了电话。

“很好。”黑影似乎很满意，甚至安慰似的拍了拍他的肩膀。

随即，他就在衣袋里摸索起来。

他很清楚黑影要做什么，也知道已经无法阻止他。在极度的恐惧与绝望中，只能苦苦哀求着：

“别这样……求求你……我知错了……”

黑影自顾自地走到窗前，掏出打火机，点燃了已经浸透了汽油的窗帘。

火噌地一下烧起来，黑暗的客厅里霎时亮如白昼。

“如果我没估算错的话，你大概还有不到5分钟的时间。”黑影走到门口，打开房门，“看看你的运气如何吧。”

他笑了笑，在火光的映衬下，瘦削的面庞棱角分明。

“不知道这一次，会不会有人像你那样，把车停在消防车道上。”

说罢，他就转身带上房门，临走时，又加上一句。

“现在，你可以呼救了。”

宁静的午夜被消防车的刺耳啸叫打破，铁东区消防大队的消防员们迅速赶到了富都华城A区门口。对他们而言，扑救火灾并不稀奇。稀奇的是，在半个月之内，同一居民小区连续发生两起火灾。

更稀奇的是，居然又有一辆面包车停放在消防车道内。

而最稀奇的是，他们对这辆面包车非常熟悉。

“他妈的，见鬼了。”中队长不敢相信自己的眼睛，他跳下消防车，反复看了那个车牌几遍。没错，就是这辆该死的灰色五菱面包车。

他对闻讯赶来的保安吼道：“车主呢？赶紧让他把车挪开！消防车开不进去！”

保安面如土色，浑身筛着糠：“联……联系不上，这大半夜的……”

中队长骂了一句，指挥队员们下车，步行前往火灾地点，寻找小区内的消防栓准备灭火。同时，他要求保安员配合他们尽快疏散9号楼里的居民。

不远处，9号楼633室里，凶猛的火苗正翻卷出来，贪婪地舔舐着楼体，大团大团的黑烟从破碎的窗户里涌出。即使相隔几十米，爆裂的玻璃脆响仍清晰可辨。

中队长的眉头越皱越紧，即使现在调重型吊车也无济于事。等吊车赶到现场，拖走这辆该死的面包车，火灾早就无法控制了。

不到几分钟，9号楼下已经挤满了被疏散出来的居民。大多数人都披着床单或者被子，也有人拎着皮包、电脑等贵重财物。大家的目光却出奇地一致，都看着正熊熊燃烧的633室。

消防员们已经找到了消火栓，正七手八脚地连接水带。这时，人群中突然挤出一个披头散发的女人，一把拽住中队长，带着哭腔喊道：“那是我家，我老公还在里面……快救人哪……救人哪！”

中队长既无奈又烦躁：“消防车被堵在外面了，怎么救？”

女人茫然的目光投向那辆堵住消防车道的灰色面包车，突然瞪大了眼睛。

“撞开它，撞开它！”她连滚带爬地跑到车旁，“你们用消防车撞开它！”

中队长咬咬牙，耐住性子好言相劝：“你别着急，我们正在联系车主……”

“不用联系了，”女人已经几近疯狂，满脸都是恐惧，“这台车是我家的！我能做主！”

“什么？”中队长难以置信，他看看火光熊熊的633室，又看看那辆灰色面包车，“堵住消防车道的……是你家的车？”

几分钟后，消防车强行撞开那辆堵路的车，几股高压水龙终于喷射到6楼。然而，由于火势太大，整整20分钟后，火势才被完全控制。

等到大火被彻底扑灭，消防员进入火灾现场后，天色已微明。

之前，女人已被明确告知，火场里的人已无生还可能。女人顿时晕厥过去，被送往附近医院抢救。

经过消防员的搜索，在起火点633室内发现一具被烧焦的男尸。经初步鉴定，起火原因为汽油遇明火燃烧。结合死者手腕及脚踝处未燃尽的胶带残留物，初步判定为人为纵火。案件遂移交至当地公安机关。

警方接管案件后，立刻着手进行调查。

经查，死者吴兆光，男，36岁，生前系C市西城电子市场私营业主，经营电脑配件。11月3日凌晨1点左右，吴兆光家中发生火灾，吴兆光死在火场中。

中心现场为铁东区富都华城A区9号楼633室，亦即死者吴兆光的私宅。住宅为三室两厅结构。入户门为单侧内开铁制防盗门，门锁完好。门口鞋柜下方有一只塑料拖鞋（左脚）。起火点在客厅。除卫生间及北卧室外，室内大多数物品均遭焚烧。客厅东侧有一组布艺沙发，经火烧后仅剩钢质框架，且部分塌陷。沙发下方有另一只塑料拖鞋（右脚）。沙发西侧80厘米处有一融化变形的塑料制品，初步判断为塑料桶，从中提取到汽油焚烧后的残留物质若干。死者尸体位于沙发的西侧，呈侧卧状，头北脚南，尸体上面覆盖大量火烧后的衣服残骸。在死者手腕及脚踝处均发现半融化胶状附着物，怀疑死者生前曾被胶带束缚手脚。

从尸检情况来看，全身大面积烧伤，以左侧为重，已呈焦炭状。躯体右侧身下衣物尚存，全身上身残存衣着由外向内依次分为卫衣和棉质背心两层，下身穿家居裤、衬裤、内裤等三层，脚穿棉袜。

尸检情况表明，尸体表面有红斑及水泡，部分皮肤炭化，皮肤裂开呈直线，创口表浅，无出血。尸体四肢蜷曲，呼吸道、胃、十二指肠内有吸入及咽下的烟灰颗粒，呼吸道内有热灼伤，呼吸道黏膜充血水肿，组织坏死并形成溃疡。在心脏及大血管内的血液中均检出一氧化碳的成分。此外，尸表无明显外伤。舌骨及甲状软骨无骨折，颞骨岩部无出血。未见损伤性颅骨骨折。毒物化验未见异常。上述尸体征象表明死者系被焚烧致死。

现场已遭焚烧，加之火灾扑救中高压水龙冲刷，原始形态已遭破坏。经现场勘查，未提取到有价值的痕迹。

据负责扑救现场火灾的铁东区消防大队第二中队相关人员介绍，凌晨1点左右，他们接到指令前往火场扑救火灾。消防车行至富都华城A区9号楼附近，发现唯一的消防车道被一辆车牌号为CA3589E的灰色五菱面包车堵住，无法抵达9号楼楼下。鉴于火势较大，消防员只能徒步前往火场并用园区内的消防栓展开扑救。后死者家属抵达现场，在她的要求下，消防车强行撞开灰色五菱面包车，但为时已晚。

耐人寻味的是，阻挡消防车通过的那辆面包车，恰恰就是死者吴兆光所有。

警方在119报警台调取了报警录音，经死者家属辨认，确定报警者即为吴兆光本人。这成为本案的重大疑点之一。从现场勘查及尸检情况来看，死者生前曾被束缚手脚，那么，他是如何拨打电话报警的?

另一个疑点是，警方经过对死者的调查，认为死者当晚将车辆停放于消防车道内的可能性极小。这个结论，来自死者的特殊身份。

半个月前的一个下午，富都华城A区7号楼632室（顶楼）发生火灾。居民侯永梅在家中洗澡时，客厅里的香熏蜡引燃了茶几上的报纸。待侯永梅发现时，客厅里已是火光熊熊。她急忙扑救，却毫无成效。慌乱之下，她先后拨打了火警及丈夫的电话，随后，躲到阳台上呼救。

铁东区消防大队接警后，迅速赶到火灾现场。但是，由于7号楼下的消防车道被一辆车牌号为CA3589E的灰色五菱面包车堵住，无法及时展开扑救。

此时，7号楼632室内的火势已经非常猛烈，火舌已翻卷至阳台上。侯永梅在阳台上无处躲藏，加之为预防犯罪分子从楼顶入室，侯永梅在阳台上加装了防盗栅栏。即使消防队员在楼下铺设充气垫，侯永梅也无法逃出。

在后背灼热的炙烤下，侯永梅只能竭力把四肢伸出护栏外，凄厉绝望的惨呼声让人不忍去听。

等面包车的车主吴兆光匆忙赶到现场，将车开走的时候，侯永梅已经被烧得面目全非，卡在防盗栅栏里，一动不动了。

经消防员奋力扑救，火灾于两小时后被彻底扑灭。将死者侯永梅的尸体从防盗栅栏上解下的时候，她已经几乎被烤熟了。一名刚入伍不久的消防员当场呕吐不止。

死者的丈夫程原在火灾发生后就赶到了现场，失去理智的他几次欲冲入火场拯救妻子，都被消防员拦住。因此，他只能眼睁睁地看着妻子在惨呼中慢慢悄无声息，变成一具焦尸。

事发后，据吴兆光讲，他购车时，园区内已无多余停车位。所以，他只好尽可能在园区内寻找空地停车。案发当天，吴兆光和生意伙伴中午在外用餐，还喝了不少酒。回家后，他把车停靠在7号楼下，即返回9号楼的家中睡觉。被园区内的嘈杂声惊醒后，他下楼看热闹，这才发现是自己的车堵住了消防车。

据铁东区消防管理部门调查，富都华城建成至今已有6年的时间，园区内的停车位已经远远不能满足业主的需求。因此，在园区内胡乱停放机动车的现象非常普遍。不仅是7号楼，几乎所有的消防车道都被业主们的私家车占据。根据这一情况，铁东区消防管理部门向富都华城的物业公司下达了限期整改的通知，并处以2万元罚款。重罚之下，物业公司也对园区内的乱停车现象进行了集中整治，好在业主们目睹了惨烈的火灾之后，对物业公司的整改措施都表现出积极配合的态度。

与此同时，C市的新闻媒体对这一惨剧先后作出深入报道，呼吁市民改变陋习，保证拯救生命的消防车道畅通无阻。C市消防管理部门也在全市范围内对占据消防车道的现象进行专项治理，先后有多家单位被责令限期整改并被处以罚款。

在这一背景下，吴兆光再次把车停在消防车道上，而且是自家楼下，显然是不可思议的。

然而，同一个园区，同样的事故，同一辆阻碍消防车的灰色五菱面包车，让本应畅通的生命通道再次变成死路。

在警方掌握了上述情况之后，第一时间排除了死者吴兆光自杀的可能。首先，吴兆光生前手脚均被束缚，不符合自杀现场的常理；其次，被活活烧死是最为痛苦的死法之一，如果吴兆光想自杀，大可以采用别的方式；再次，吴兆光曾拨打了火警，如果他一心求死，并采用如此惨烈的自杀手段，就不可能再向消防队求救；最后，如果把吴兆光再次堵住消防车道的行为理解为阻碍消防队对自己施救的话，同样不合情理——倘若吴兆光只求速死，跳楼是最直接的办法，何必要放火呢?

而且，从吴兆光在7号楼发生火灾后的表现来看，以死谢罪的可能性不大。死者的丈夫程原多次找到吴兆光，要求他赔偿火灾导致的经济损失、死者的丧葬费用以及精神损失费共计170余万元。同时，受火灾影响的7号楼其他住户也要求吴兆光承担经济赔偿责任。吴兆光坚持认为自己没有责任，即使有，主要责任也在于物业公司未能提供足够的停车位。至于赔偿，吴兆光只肯拿出1万元，作为“人道主义慰问金”给程原。对于其他住户的索赔要求，吴兆光一律拒绝。

吴兆光的强硬态度引起程原和其他受害者的强烈不满，情绪激动之下，吴兆光家的玻璃先后多次被砸坏，自家的防盗门也被砸出几个大坑。吴兆光为保家人安全，让妻子带着女儿回了娘家，自己留下看家，并声称，要去法院控告那些破坏自己财产的人。

这样一个人，怎么会不惜以自焚的手段来向死者谢罪呢？

因此，警方将本案定性为入室纵火杀人，并展开侦查。而就在此时，有人提出，再次抽调省公安厅犯罪心理研究室的方木配合侦查。

这个人，就是杨学武。

第十一章

同态复仇

杨学武的突然造访让方木感到有些意外，本能地以为那两起杀人案有了新的线索。当杨学武表明来意后，他更加惊讶了。

一起纵火杀人案，为什么要自己参与侦破呢?

等杨学武把案情简单陈述了一遍之后，方木也迅速做出了自己的判断。

“凶手把车开到了消防车道，对么？”

杨学武点点头。按照他的推断，凶手虽然和平入室，但是从死者的鼻腔内验出了乙醚的成分。这说明凶手并非死者熟识的人，而是采用骗死者开门，进而通过麻醉死者的方式入室。至于欺骗的手法，杨学武认为和走廊里的电箱有关。因为在进行现场勘查的时候，警方发现部分灯具呈开启状态，而走廊里的电闸却被拉了下来。遂推断是凶手拉断电闸，趁死者出门查看时，用乙醚将死者麻醉后，拖拽入室。门旁的左脚拖鞋也可以验证这一推断。

据分析，凶手在室内曾停留过一段时间，包括束缚死者及泼洒汽油，并胁迫死者拨打火警电话。纵火后，凶手将死者的灰色五菱面包车停放至消防车道，而后离开。

如果杨学武的上述推断成立，那么凶手的动机就是一个谜。

倘若他想杀死吴兆光，将其麻醉后，可以轻而易举地置其于死地。就算他希望吴兆光死于极其痛苦的焚烧，浇上汽油点火便是，何必放一把火，又让他拨打火警电话呢？更何况他还特意把车停在消防车道上，阻碍消防队进场救火。

就在方木思索凶手作案动机的时候，心底竟隐隐泛起一种似曾相识的感觉。

杨学武已经体会到方木的困惑，伸手从包里掏出厚厚一大沓打印纸递给方木。

方木接过来，发现那是一些网页的复印件，看上去，有些是新闻网页，有些是论坛，在某个主题后面，都附随着长长的回帖。

他连看几张，脸色竟起了变化。再抬头时，发现杨学武正意味深长地看着自己。

“你的意思是？”

“对。”杨学武显然已经对方木的想法了然于心，“是他做的。”

随着调查工作的展开，部分线索被陆续汇总至警方。其中，死者吴兆光的妻子之所以能在案发后迅速赶到现场，是因为在凌晨时分接到了发自丈夫手机的短信。信息内容只有短短几个字：家里着火了，快来救我。吴兆光的妻子回拨过去之后，已经无人接听。

案发第二天，这部既拨打了火警电话，又发送了短信的手机在园区内的花坛里找到。同时找到的，还有面包车的钥匙。手机仍处于开机状态，来自死者妻子的未接来电达十余个。那种仍带着一丝侥幸的绝望，可以想见。

经过对手机的检查，除了死者吴兆光的指纹之外，没发现有价值的线索。

警方分析，那辆灰色五菱面包车，应该是被凶手开至消防车道的。这辆车作为物证被警方暂时扣押，已拖至分局地下停车场保管。警方对整车进行了勘验和检查，特别是车门把手和方向盘及离合器、油门、刹车等部位，但是，没有发现有价值的线索。由此可以推断，凶手在作案时应该戴了手套和脚套。

又是一桩无迹可寻的谜案。

如果从案件的表象特征上无法找到突破口的话，也许，分析凶手的心理痕迹就成为最后一条可以尝试的思路。

方木认为，凶手的作案手法体现出明显的“报复”动机。这一点，也得到了大多数人的认可。实际上，警方从侦查伊始就将嫌疑人锁定在侯永梅的丈夫程原身上——不会有人比他更加憎恨死者吴兆光。然而，调查结果显示，程原在目睹妻子被活活烧死后，一直处于精神崩溃的边缘。由于住宅遭遇严重焚烧，短期内并不适合居住，况且那黏附着妻子皮肉的防盗栅栏依旧立在窗前。所以，程原在火灾发生后一直借住在母亲家里。案发当天至次日，程原一直没有离开母亲家。这一点，已经得到程原母亲的证实。此外，程原并不具备驾驶资格，也不会开车。警方曾考虑程原雇凶杀人的可能，然而，对程原近期的手机通话记录及交往人群进行排查后，发现并无异常。

在方木看来，虽然可以把凶手的动机确定为报复，但是，这起纵火案显然不同于一般的报复杀人。在某种程度上，凶手非常完美地“复制”了第一起火灾。

首先，死者均被困于室内，无法逃脱。

其次，火灾无法得到及时扑救的原因都是消防车道被堵住，而且，罪魁祸首是同一辆车。

最后，死者家属都在火灾后抵达现场，目睹亲人被活活烧死。

尤其是最后一点，用吴兆光的手机向死者妻子发出短信的，应该是凶手本人。因为死者双手被绑，没能力操作手机。即使有能力，也会直接拨打电话而不是发送短信。从电信部门调取的通话及短信详单证实，凶手发出短信的时间在吴兆光报火警之后。彼时，火灾很可能已经发生。那么，凶手发送这样的短信，其目的并非救人，而是让死者的妻子来火场“欣赏”丈夫被烧死的过程。

死者在火场内，感受到同样的绝望与恐惧。

死者的家属在火场外，感受到同样的焦急与痛苦。

消防员在扑救过程中，感受到同样的愤怒与无奈。

这样一来，凶手的作案手段就表现出强烈的“以其人之道还治其人之身”的味道。一个人，因为自己的无公德心的行为，导致另一个人惨死。而同样的报应，最终纤毫无差地落在自己身上。

这种在犯罪现场呈现出来的气质，与D中案及富民小区案何其相似！

据此，方木向负责侦办此案的单位郑重提出，要将三起杀人案合并侦查。理由是：

其一，三起案件反映出嫌疑人相似的犯罪心理定势。因体罚而导致学生自杀的教师（D中案）；因贪利而将生母逐出门外的逆子（富民小区案）；因忽视公共安全而致他人惨死的车主。在凶手看来，这三个人身上都有某种“恶”。这种“恶”，并非寻常意义上的大奸大恶。然而，对凶手而言却是不可饶恕的。虽然从现有的证据资料来看，凶手与这些死者并无生活上的交集，甚至连那些“恶行”的间接被害人都算不上。然而，在他的内心，也许已经把自己当做一个惩罚者，并拥有让这些所谓“作恶者”自食其果的权力。也就是说，他似乎对那些死者的“恶行”感同身受，并竭力想把这种感受，反作用于作恶者身上。这是一种非常简单的、近乎直线般的作恶——报应的思维。在某种意义上，它非常符合人类复仇文明中的一种——同态复仇。亦即以牙还牙，以血洗血。而与这种比较原始的报应观念相关的另一个词是：公平。换句话来说，凶手用这种“以其人之道还治其人之身”的手段，来实现他内心中的所谓公平与正义。

于是，魏明军像于光一样，用计算数学题与时间和生命赛跑。

姜维利应验了自己的狂妄，重回“子宫”，并在温暖的“羊水”中宛若婴儿般倒悬。

吴兆光的车再次堵住了生命之路，只不过，这一次死于熊熊烈火的是他本人。

此外，这三起案件引起的社会轰动效应也恰恰是凶手最希望看到的。当那三名被民众口诛笔伐的“作恶者”相继以极具宿命感的方式死去时，拍手称快者大有人在。似乎整个社会的激烈情绪都从这些命案中得以宣泄。他得到了肯定，甚至是赞扬，似乎也更加确信自己的行为并不违反道德，至少是维护公平与正义所必需的。在某种程度上，凶手的犯罪心理定势在这种外部环境中再次得到巩固和加强。他敢于在短短几个月时间内多次犯案，也印证了这一点。

其二，被害人相似。从表面意义上来看，三起杀人案的被害人的自身属性几乎毫无相似之处。除了性别相同之外，被害人的职业、学历程度、家庭成员情况、社会交往关系、经济状况都有很大差异。然而，在对三名被害人进行被害风险评估之后就能够发现，在遭受侵害的风险程度上，三名被害人有高度相似之处。

那就是，三名被害人都曾是“名人”。这种突如其来的“名声”，都来自死者生前的所谓“恶行”。经新闻媒体披露后，他们的所作所为都被展示在公众的视野之内，并迅速成为街头巷尾讨论的热点。在媒介的引导及渲染下，他们的“恶行”都被无限放大，从无心之失或者一意孤行变成千夫所指。严厉谴责者有之，喊打喊杀者有之。一面倒的舆论让这些普通人一夜之间成为全民公敌。魏明军和姜维利的“臭名昭著”自不必多言，在侯永梅被烧死后，吴兆光同样在舆论的重压下苦不堪言。除了纸质媒体连篇累牍的报道之外，电视、广播中也将他和那辆灰色五菱面包车反复曝光。特别是在网络上，好事者对吴兆光的相关信息进行人肉搜索后公之于众。从手机号码、住宅电话号码到家庭住址、工作单位，甚至吴兆光的妻女及亲属的信息数据都被公开。从杨学武下载并打印出来的那些网页来看，几乎每个门户网站的国内新闻中，都有关于吴兆光的相关链接。各大搜索引擎中，“吴兆光”与“五菱车主”“消防车道”等都是热门关键词。尤其是网络论坛，每个关于富都华城火灾的帖子下面都附随着大量回复。其中，“烧死他全家”“无良车主必须付出代价”“人渣！去死！”等触目惊心的字眼数不胜数。如果把公众发泄到吴兆光身上的愤怒换算成热能的话，他何止会成为一具焦尸，连一点骨头渣子都不会剩下。

这种全民皆言可杀的社会效应，在魏明军、姜维利和吴兆光身上都有明显的体现，而恰恰是这种共性，让三名被害人成为凶手彰显“公平与正义”的目标。不可否认的是，被害人所有的这种舆论背景，大大强化了凶手的作案动机。在某种程度上，凶手的意图与公众情感宣泄的需要高度契合。换句话来说，凶手之所为，即是公众之所想。实际上，凶手似乎成为公众意愿的代言人和执行者。也许，不仅在凶手心目中，甚至在整个社会的视线里，杀死这三个人，虽已触犯刑法，但并不有违道德。于光的母亲直呼其为“大侠”，或许恰恰就是这种心态的体现。

其三，犯罪手法相似。从表面上来看，这三起杀人案的手法各不相同。三名死者分别死于失血性休克、溺死及火灾。然而，透过表面征象，仍可以发现其中的共性。首先，凶手在作案时都戴了手套以及帽子，并着意清除足迹。其次，因每次犯案时都需要携带一定数量的犯罪工具，例如保险箱、水囊、水桶及油桶等等，凶手疑似驾驶机动车辆前往犯罪现场。再次，部分犯罪工具性质相同。在富民小区杀人案及富都华城纵火案中，凶手都曾用乙醚来麻醉被害人，并用相同（或相似）的黄色胶带束缚被害人的手脚。值得注意的是，在D中案中，凶手用木棍敲击的方式使被害人丧失反抗，而在后两起案件中则使用了乙醚。这似乎表明凶手在系列作案中，对作案手段的风险及可靠系数进行反思，并有意升级，进而选择更有效、保险的手法。最后，凶手在三起案件中，都采用了非常不必要的繁琐程序来完成杀人。从现场重建分析的情况来看，在致被害人死地之前，凶手都已将被害人彻底制服。此时，杀死他们实在是易如反掌。然而，凶手甘愿冒着在现场停留时间过长，随时可能暴露罪行的风险，费时费力地安排了非常复杂的“仪式”来杀死对方。于是，魏明军被迫用自己的血当作墨水来解题以获得密码。姜维利重回“子宫”并溺死于“羊水”之中，以实现“就当你从未生过我”的狂言。在吴兆光身上，则几近完美地重现了侯永梅被烧死的整个过程。这种“仪式化”的现场传达出来的意义是，死者曾给他人带来的痛苦，最终都报应在自己的身上。以凶手的缜密心思，不可能不知道这样一个道理：他在现场进行的活动越多，留下痕迹物证的风险越大。他之所以仍然坚持这么做，乃是他希望借此实现所谓“公平”的强烈意愿所致。换句话来说，单纯杀死三个被害人，并不能充分满足凶手的内心需要。置其于死地，固然是凶手追求的目标。然而，相对于死亡这一结果，凶手显然更看重死亡的形式。而且，通过这些极具宿命感及形式化的“仪式”，凶手一方面得到了某种情绪及心理的宣泄，另一方面，他也试图借此向整个社会传达这样一个信息：善恶有报。

尽管方木提出的以上依据与传统的并案侦查条件并不完全符合，且多是出于主观推测，然而，在杨学武的大力支持下，市局最终还是同意了方木的主张，并从市局及案发地所属的数个公安分局抽调人员，成立专案组。

三起案件的相关证据材料被统一整合，集中到专案组做分析处理，力求在最短的时间内确定侦查方向及范围。与此同时，方木也接受了一个任务：为凶手做心理画像。

简单地说，方木要根据已经掌握的情况，对凶手的动机、行为、目的及其心理特点进行相关分析，进而对凶手的相关属性进行描述。这种描述，将为警方提供一份较为直观的嫌疑人特征描绘提纲，以便缩小排查范围，并预测新的犯罪可能性及其特点，在确定侦查方向的同时，也提出防范工作的重点。

在一般情况下，犯罪心理画像所依据的信息主要来自现场勘查以及对被害人、现场感知人（例如目击者）的分析研究。从这三起案件来看，几乎不存在现场感知人。而且，凶手在现场留存的明态痕迹少之又少。然而，没有信息，本身就是一种信息，也能在某些方面说明嫌疑人的心理属性。

从现有情况来看，这项任务无疑是很艰巨的，而且，它的意义在于能够指明侦查方向。否则，一切侦查活动都只能是无的放矢。于是，专案组只给了方木5天时间。

所有人都在期待，他，究竟是一个什么样的人？

第十二章

他的样子

你曾经留意过身处其中的这座城市么？

其实，它每天都在变化。只是行色匆匆的我们，很少愿意停下来仔细分辨它的每一处变化。或许，在不经意间，我们会突然意识到旁边的一座高楼已经拔地而起，或是熟悉的一条街路已经面目全非。这些会给我们带来小小的讶异，然而，在我们漫长的一生中，这些许变化实在是太不起眼了。

我们是如此的熟悉它，以至于常常忽略它。

不过，对于某些人而言，这座城市简直是完全改变了模样。

这是一个再普通不过的夜晚，一个再普通不过的居民小区里，有一间再普通不过的临街商铺。

“玫瑰物语”西点屋的女老板有些不安地看着门外，就在5分钟前，那个蓄着浓密胡须的瘦弱男人第四次经过门口。

她看看手表，时针已经指向9点15分，早已过了关门打烊的时间。可是，她不敢出去。

今天下午，这个奇怪的男人来到了她的西点屋。她热情地迎上去，却发现这个顾客的兴趣并不在柜台里那些糕点上。相反，他在店里转来转去，不停地翕动着鼻翼，似乎在寻找某种味道。

等她第三次问道：“先生，你想买点什么？”

那男子仿佛才如梦初醒似的回过神来，定定地看了她几秒钟后，反问道：“这里……以前是一家麻辣烫，对么？”

她的心一沉，年初以难以置信的低价租下这间商铺的时候，她就曾心存疑虑。之后，在街坊们的零星议论中，她知道这间商铺曾被查封，似乎还和几起凶案有关。

她还来不及做出回应，蓄须男子就转身出了店铺。在接下来的几个小时里，他几次返回，却并不进来，只是远远地站在外面打量着自己，似乎在等待着什么。

她从好奇、疑惑，最终变得慌乱。于是，她打电话给男友，让他来接她下班。

就在她即将失去耐心的时候，男友终于气喘吁吁地赶来。在她的嗔怪中，男友赔着笑脸关灯，拉下铁门，挽着她离开了西点屋。

她没有看到，就在不远处的楼胺里，一双失望的眼睛目送她和男友消失在夜色中。

蓄须男子扔掉烟头，一直蠢蠢欲动的身体更加燥热。他抬头看看悬挂在天边的月亮，伸手解开了领扣。一股晚秋才有的寒冽空气灌进来，他打了个激灵，浑浊的双眼也有了些许光亮。

蓄须男子把手插在衣袋里，慢慢地向路边走去。

这一走，就是几个小时，直到子夜时分，路人渐稀的时候，他还在不知疲倦地走着。

这种漫无目的的行走，似乎是这段时间以来他唯一能做的事情。经过三年多的治疗之后，他似乎找回了曾经的自己，又似乎没有。唯一能肯定的是，他已经对这个城市彻底陌生了。

于是，在每天的大部分时间中，他都选择在城市里游荡。既为寻找眼熟的痕迹，也为慢慢熟悉陌生的新事物。在此期间，他有过那些久违的冲动，比如今天在西点屋里遇到的女孩。然而，他并没有冲动到就地按倒她们。一来条件不允许，二来，他总是会想起那些电击和束身衣。

那会让他躁动的身体瞬间就委顿下来。

直到双脚已经酸胀到再难以行走的时候，他才踏上回家的路。

他并不愿意回家，相对于那个冷清、简陋的房子，他更愿意呆在外面。好歹还有阳光、热闹的商场、车流穿梭以及那些打扮漂亮的女人。而那个只有四面白墙和简单家具的老屋，容易让他想起被囚禁了三年多的精神病院。更何况，警察会时不时地找上门来，粗暴地询问他最近做了什么，去了哪里，和什么人见过面。

然而，他必须找个地方去睡觉。

凌晨2点半，蓄须男子宛若孤魂野鬼般回到同发热力公司家属区。此时已是万籁俱寂，他摇晃着穿过那些漆黑一片的楼群，不时被脚下的杂物绊得踉踉跄跄。在他的脸上看不到多余的表情，只有疲惫与麻木。那浓密的胡须仿佛荒草一般，在他的皮肤里吸取了所有的养分，以至于那张脸宛如面具一样毫无生气。

好不容易挨到自家的楼下，他仰起头来分辨了一会儿，似乎在他离家的大半天时间里，这栋楼也变得陌生了。

他摸出钥匙，借着一点微弱的月光，寻找着钥匙孔。

“你回来了？”

耳边忽然响起一声轻轻的问候，他回过头去，看到一个人影在如墨的夜色中慢慢浮现。

他并不害怕，只是感到疑惑。等到那张脸在月色中渐渐清晰的时候，记忆中的某扇闸门也悄然开启。

哦，是那个人。

郁燥的情绪。颠簸的长途客车。白色。一杯递到手里的水。轻缓低柔的声音。在另一个肩头之上对他凝望的双眼。

以及他第一次看到“渝都麻辣烫”那个破旧的招牌。

三年之前，他在自家楼下与这个人重逢。而在三年之后，几乎是同样的场景再次上演。

零星的记忆片段在他的脑海里慢慢拼接在一起，他放松下来，似乎眼前这个人，意味着某种安详与释放。

他卷起嘴唇，露出一口黄黄的牙齿，笑了。

方木的工作进行得并不顺利。其一，现有的证据资料太少，尤其是明态线索，几乎无迹可寻。而且，犯罪现场信息分析也会对犯罪心理画像的结论形成影响。然而，火灾现场的勘查要比一般犯罪现场更加耗时费力，单是火灰的收集整理就很不容易。有时，现场物证信息一旦发生变化，犯罪心理画像的结论也要随之修正。因此，方木只能从凶手的心理属性入手。不过，这需要一定时间的揣摩与体味。其二，时间太短——专案组只给了自己5天时间。然而，方木别无选择。整个侦查方向的确定有赖于自己的分析结果。越早拿出分析意见，离凶手落网就越近一步。

于是，方木在办公室里闭门不出，每天都工作到很晚才回家。廖亚凡倒表现得很勤快，不仅一直等着方木，还主动帮他清洗换下的衣服。方木心里有些不忍，就提出要在单位住几天。然而这个想法遭到廖亚凡的强烈反对，还以再次出走相威胁，一定要方木回家过夜。方木拗不过她，只好同意。

就这样披星戴月地过了几天，第四天下午，方木忽然接到廖亚凡的电话，说是要请他和杨敏吃饭。

尽管廖亚凡只上了不到两个星期的班，在发工资的日子里，她还是拿到了半个月的薪水。虽说只有800块，但毕竟是第一次通过劳动拿到的报酬，听得出廖亚凡还是挺兴奋。

一切都在朝好的方向发展。方木觉得有必要鼓励一下廖亚凡，所以，尽管手头的工作让他忙得焦头烂额，方木还是答应了廖亚凡的邀请。

晚餐订在一家中档餐厅。方木比预定的时间稍晚些赶到，廖亚凡和杨敏已经在等候他了。不过，让方木大感意外的是，邢璐也来了。

他刚刚进门，邢璐就连蹦带跳地跑过来，牵着方木的手又摇又晃。她长高了许多，双眼清澈明亮，曾经病态的警惕神色早已消失不见。看上去，和那些健康、活泼的女高中生并无二致。

落座后，邢璐和杨敏坐在一侧，方木和廖亚凡自然就坐在另一侧。点菜的时候，杨敏显然考虑到廖亚凡的收入情况，只点了几个中档菜。后来在廖亚凡的坚持下，又加了油爆大虾和海参捞拌。

等菜的工夫，方木笑着问邢璐："你怎么也来了，今天不用上晚自习么？"

"要啊。"邢璐一脸得意，"不过我妈说，亚凡姐要请我吃饭，我当然要来了。"

"是啊。"杨敏笑着指指廖亚凡，"亚凡非要见见邢璐，让我一定要带着她。"

方木有些小小的疑惑，扭头看了看廖亚凡。她只是抿着嘴笑，瞥了方木一眼之后，就把目光重新投向对面的邢璐身上。

菜很快上齐，廖亚凡还要了两瓶啤酒。方木还得开车，所以只肯喝水。啤酒分别由杨敏和廖亚凡负责消灭。几杯酒下肚，餐桌上的气氛热烈起来。杨敏和廖亚凡聊着医院的事。邢璐则一直在跟方木说自己的情况，大到将来考警校的事，小到同桌如何抠门，事无巨细，絮絮叨叨的。方木一律笑呵呵地听着，但仍能感到廖亚凡的目光不停地在自己和邢璐的脸上游移。

聊到最后，话题又转移到方木的身上。毕竟，这三个女人都曾和方木有着千丝万缕的关系。赞赏之词是不可或缺的，邢璐这小丫头更是直言将来"要和方叔叔一起当警察"。

杨敏也很喜欢方木。她过去从邢至森嘴里，就知道方木是个业务能力很强的小伙子。暗河一案之后，方木为了帮老邢翻案，不惜多方奔走，甚至甘冒生命危险。老邢最终得以恢复名誉，女儿邢娜大仇得报，主要依赖方木的仗义之举。这更让杨敏将方木视作亲弟弟一般。

"说实话，你也老大不小了。"杨敏细细端详着方木，"上次赵大姐还跟我说起过，该帮你物色个对象了。"

方木立刻想到身边的廖亚凡，心一惊，把一口茶水呛到喉咙里。正在咳嗽的时候，就感到胳膊被廖亚凡的手臂死死挽住。

"方木还没跟您说吧？"廖亚凡的声音甜得有些做作，"我们已经在一起了，很快就会去登记。”

杨敏吃惊得几乎把下巴掉到桌子上，过了半晌才结结巴巴地说：“你……你们？”

方木尴尬得无以复加，本能地想把胳膊拽出来，立刻感到廖亚凡也加大了手上的力度。

“是啊。他几个月前就向我求婚了。”廖亚凡转过头盯着方木，眼中充满笑意，却带着一丝不容辩驳的顽固，“是吧，方木？”

方木点头也不是，摇头也不是，倒是邢璐拍起巴掌来。

“好啊，好啊。”她看上去比廖亚凡还要兴奋，“以后我就不能叫你亚凡姐了，叫你嫂子……不对不对，我叫他方叔叔……方婶？”

廖亚凡似乎对这两个称呼都挺受用，挥手叫服务员给邢璐加一瓶汽水。

杨敏却不说话了，表情复杂地看看方木，又看看廖亚凡。

回家的路上，方木一直沉着脸，只是把车开得飞快。廖亚凡也一反刚才的张狂劲儿，始终默不作声地看着窗外。

回到家，方木的心情依旧很差。他把钥匙和背包扔在餐桌上，自顾自地脱衣躺好，闭眼准备睡觉。廖亚凡却始终站在门口，面无表情地看着方木的动作。良久，她开口问道：

“怎么，惹你生气了？”

方木不想理会她，翻了个身，把被子蒙在头上。

廖亚凡“嗤”了一声，慢慢踱到桌前，伸手从方木的包里翻出烟，点燃一支抽了起来。尽管方木蒙着头，仍然能感到廖亚凡在看着自己：

“你根本就不想和我结婚，是吧？”

方木在被子里紧紧地闭上眼睛。他不想和廖亚凡讨论这个问题，至少是现在。

很快，按动打火机的声音再次响起——廖亚凡又点了一支烟。

“以前说过的话，都不算数了，是吧？”

方木窝在被子里一动不动，竭力想排除杂念，也指望廖亚凡能知趣地离开。不料只过了几秒钟，眼前突然有了光感，身上也有一阵凉气袭来。

廖亚凡掀掉了他身上的被子，夹着烟的手倔强地指着他：“回答我！”

方木手忙脚乱地拉起被子遮住身体，抬头看看廖亚凡。后者满脸通红，胸脯剧烈地起伏着，神色间又是那个粗野、蛮横的样子。

方木忽然心念一动，一股火气涌上来，冷冷地说道：“你今天是特意把邢璐叫过来的吧？”

廖亚凡毫不掩饰地承认：“对！”

“结婚的事——也是故意说给她听的？”

“对！”廖亚凡突然暧昧地笑笑，“你不就喜欢年轻的么？”

简直不可理喻！方木咬咬牙，耐着性子解释道：“她才高二，你吃她的醋——未免也太没有道理了吧？”

“你少装好人了。”廖亚凡对方木的话嗤之以鼻，“我当年不就是这么大么？你干吗对我那么好？要不是赵阿姨盯着，你早就想把我办了吧？”

“你少他妈胡说！”方木忍无可忍，爆了粗口，“我是……”

“我胡说？”廖亚凡打断了方木的话，“又是邢璐，又是陆海燕，哪个不是年轻漂亮的小丫头？你表面上挺老实的，背地里培养了这么多小情人啊——现在我变成这样了，你就看不上我了，是不是？”

泪水突然盈满廖亚凡的眼眶，她的语气也哽咽起来。

“你有那么多女人，我呢？”她一把拽住方木的胳膊，“我只有你！”

这句话触到了方木心底最柔软的部分，也让他的怒火一泻而空。他无力地随着廖亚凡的动作摇晃着，直到后者忽然放开他，跌坐在椅子上大哭起来。

方木又坐了一会儿，等到廖亚凡哭声渐轻，才艰难地起身拿了一盒纸巾，塞进她的手里。

廖亚凡不客气地接过来，擦眼泪，擤鼻子，随后又把纸团扔在地上。

“我告诉你方木，”廖亚凡的声音还囔囔的，带着浓重的鼻音，“不想结婚趁早说——我不用你可怜我。今后你该干吗干吗去，少管我，没有你我照样活！”

方木想了想，觉得还是息事宁人为好。

“亚凡，我答应你的事情一定会兑现。”他的声音嘶哑，“只不过，我现在的工作太忙了。等我做完手头的事，一定认真考虑结婚的事，行么？”

廖亚凡没有回答他，只是静静地坐在椅子上抽泣。也许是方木的话让她感到些许安慰，情绪也慢慢平复下来。

“我问你一句话。”她站起身来，不停地用手背擦着眼睛，“你喜欢我么？”

方木怔怔地看了她几秒钟，最后移开目光。

“太晚了，睡吧。”

这间一室一厅的小房子重归平静。黑暗中，方木瞪大双眼望着天花板，久久难以入睡。隔壁的卧室里，廖亚凡翻身的声音清晰可辨。也许，对他们来讲，今夜注定无眠。

方木的心情差到了极点。长久以来一直回避的事情，突如其来地摆在眼前，而且是以令人如此尴尬的方式。他无意去责怪廖亚凡。诚如她所说的那样，方木有工作，有朋友，有同事，有充满刺激与挑战的疑案。廖亚凡除了他，什么都没有。在她心目中，唯一能依靠和把握的，只有方木而已。

然而，他又不能不对她心生怨气。看来，廖亚凡当初提出想去公安厅工作，最直接的目的就是“监控”自己，顺便监视米楠，当然，她不知道米楠并不是方木的同事，而是在分局工作。在得知不可能去公安厅的时候，廖亚凡退而求其次去了市人民医院，多半也是出于对邢璐的兴趣。

方木终于知道在得知陆海燕已经皈依佛门的时候，廖亚凡为什么忽然对她表达出善意。

在她的心目中，米楠、陆海燕和邢璐都是她的竞争对手。如今，陆海燕已经不存在威胁。米楠的生活圈子和她毫无交集。唯一可以接近并“打败”的对手，就是同样年轻的邢璐。

对廖亚凡这种幼稚到近乎愚蠢的想法，方木却不觉得可笑。在她出走的那几年之中，险恶的环境和生存条件让她的本性中仅留下动物般的掠夺和占有欲。把握住方木这样一个男人，无疑是廖亚凡唯一的生活目标，其他异性对她而言，统统可以当做敌人。

好在她没把年近50岁的杨敏也视作情敌——方木悻悻地想到，否则指不定会在医院里弄出多大的乱子。

想到杨敏，方木的心情更加低落。如果她把廖亚凡的话转述给赵大姐，赵大姐又会作何反应?

刚刚理顺的生活轨迹，又被搅得像一团乱麻。

凌晨3点左右，方木才迷迷糊糊地睡着。再睁开眼睛，已经是天光大亮。

他睡眼惺忪地爬起来，一眼就看到餐桌上的粥和煎鸡蛋。方木想了想，推开卧室的门看看，廖亚凡已经不见踪影。方木有些发慌，以为廖亚凡又出走了，可是看到衣服和鞋子什么的还在，稍稍放下心来。

他给廖亚凡发了一个短信，只有三个字：在哪儿?

廖亚凡很快回复，也只有两个字：上班。

方木彻底安心，呆坐了一会儿就匆匆洗漱。喝了一碗粥，吃了两个煎鸡蛋之后，他出门上班。

今天的目的地不是公安厅，而是宽城分局。虽然市局已经认可对系列杀人案进行串并案侦查，但是方木在陈述理由时仍然有所保留。因为他不能确定，那个神秘的胶底足迹是否再次出现在火灾现场。

米楠看到方木的时候，神色明显一怔。

“你怎么了？”她看着方木脸上大大的黑眼圈，“脸色这么差？”

方木无心跟她解释，直截了当地问道：“有发现么？”

米楠摇摇头。

“室内现场经过焚烧和水龙扑救，已经被彻底破坏了。”米楠的语气也显得很无奈，“走廊里和楼下也被多人踩踏过，一点勘验价值都没有。”

“那辆车附近呢？”方木不甘心，又追问道。按照警方的推测，凶手本人将车开到消防车道上，那么，在车辆附近也许会留下足迹。

“我考虑过这种可能。不过，凶手在作案时肯定戴了脚套，因为在驾驶座下方只提取到死者吴兆光的足迹。另外，火灾发生后，多人到车辆附近查看，最后还把那辆车生生撞开，地面痕迹肯定被破坏掉了。”

方木大失所望。米楠察觉到他的表情变化，想了想，又补充了一句：“没发现那个足迹，并不意味着他没到现场，不是么？”

这只是安慰。从证据的角度来看，只有发现并提取到那个足迹，才能证明系列案件为同一人所为，而不是相反。

再留下也没什么意义，方木起身告辞，米楠送他到门口，问道：“心理画像做得怎么样了？”

“分析得差不多了。”方木随口说道，“明天开案情讨论会，你去么？”

“去。”米楠的神色犹豫，一副欲言又止的样子。

方木心里一动，停下脚步，用眼神询问她。

“你有没有想过，”米楠斟酌着词句，“像凶手那么谨慎的人——甚至在有些现场还用了脚套——怎么会留下足迹呢？”

自2011年9月份起，本市接连发生三起手法诡异的杀人案，经警方分析认定，可初步判断三起案件系同一人所为。

从生理属性来看，凶手为男性，年龄在25岁—35岁之间。身高在1.7—1.75米之间，体重在75—80公斤左右。体格健壮，体表特征及步幅特征不详。惯用手为右手，肢体无残疾。

对凶手的生理属性的分析结论较为模糊。原因在于凶手除了半枚残缺足迹外（在D中案现场提取），并没有在现场留下可供鉴证的痕迹。因此，只能大致描绘出凶手的身高及体重。不过，从三起凶杀案件的现场来看，凶手曾有徒手制服死者及负重等情节，方木据此推断凶手为体力较好的青壮年。从其中两起案件中，束缚死者手脚的胶带缠绕方向，可推断出凶手的惯用手为右手。

从社会属性来看，凶手未婚或已离异，没有子女，独自居住，或另有住处。居住地物品摆放有序，环境整洁。经济状况尚可。主要依据是凶手往往要为犯罪做大量准备活动，如果与他人同居会有诸多不便。另外，现场的种种痕迹表明凶手拥有可自行支配的机动车辆，据此可推断凶手的经济状况。

凶手有较高学历或通过自学而具有相当文化程度。关注社会动态。有阅读报纸及新闻的习惯。可能从事技能型工作或自营职业，有一定可供自由支配的时间。其中，凶手所处的环境可能接触到非常用类药品，例如乙醚等强效麻醉剂。凶手有相当程度的反侦查能力，可能专门学习过刑事侦查策略或曾受过打击处理，在日常生活中，可能比较偏爱刑侦涉案类题材的文艺作品。

从地域属性来看，三起杀人案件均无现场感知人，因此，无从得知凶手的口音、衣着打扮等信息。但是，三起杀人案件均发生在本市，且分散于不同地区。据此，可以推断凶手为本市居民。凶手非常熟悉作案现场的周边环境，现场出入口都经过精心安排。因此，凶手可能已在本市居住10年以上。

对凶手的心理属性分析是方木的犯罪心理画像的重点。在方木看来，凶手具有异于常人，且相对稳定的心理素质。有独特的报应观念，相信恶行与恶果之间的必然联系。从认知风格来看，偏爱独立且细致入微的思考方式，很少征求他人意见。敏感，多疑，自我控制能力强。对作案现场条件有较高的观察力，应变能力及行动能力较强。情感丰富，有独特且强烈的善恶观。可能有宗教信仰。行事风格谨慎、周详，执行果断。

尽管上述分析表明凶手是一个内心强大的人，然而，方木仍然认为他存在某种程度上的心理异常。鉴于三起杀人案中均无女性被害人，且现场信息中并没有性行为反常的因素，因此，方木认为凶手的心理异常主要反映在人格障碍上。

首先，凶手的作案手法具有高度破坏性和攻击性，行为受较原始的报应观念（以牙还牙，以血洗血）驱使。以凶手自身的素养而言，不可能不知道魏明军、姜维利及吴兆光的所谓“恶行”仅仅是一般违法行为、轻微刑事犯罪，甚至只是违反道德。然而，他仍然固执地认为他们必须付出生命的代价方可消弭其罪过。在这个过程中，凶手可能在内心完成自我道德辩护，消除自我约束的屏障。同时，也可能对死者进行丑化，甚至将其视为实现其价值观念的工具，而不是一个活生生的人，从而一再强化杀死对方的动机。值得注意的是，富都华城纵火杀人案反映出凶手开始有意将犯罪手段升级，从危及单个人生命安全扩展至公共安全。换句话来说，为了实现其内心的所谓“公平”与“正义”，不惜威胁到吴兆光以外的其他住户的生命和财产安全。这是一种比较典型的反社会型及偏执型人格障碍。

其次，凶手有意选择一些引起较大社会反响的新闻事件的当事人作为加害目标。然而，从案发期间来看，具有轰动效应的负面新闻何止这三起？从工程事故到食品安全，在全市乃至全国范围内层出不穷。凶手只选择在本市发生的新闻事件，且只选择魏明军等三人则耐人寻味。一方面，凶手可能因工作或其他原因导致无法长时间离开本市，难以扩大其“以恶制恶”的范围；另一方面，同期发生的、具有较大社会反响的负面新闻中，有相当一部分当事人为女性，例如虐待公婆的儿媳、抛弃亲生女儿的母亲等等，从“恶行”的程度来看，丝毫不亚于魏明军等三人，凶手为什么只选择这些男性当事人下手呢？方木认为，这在某种程度上反映出凶手自我评价很高的心态。也许在凶手看来，残害女性是相当低级且有违道德的行为。换句话来说，凶手将杀害与自己同样性别、同等体力、同样具有攻击本能的男性视为实现自我价值的一种方式，而杀害女性则不能带来同样的成就感。他甚至会觉得以女性作为杀害目标是一件有损个人尊严、耻辱的事情。因此，他不屑或者不愿选择那些女性新闻当事人。这似乎意味着凶手同样带有一定程度的强迫型人格障碍。反映在日常生活中，凶手应该是一个性心理及性行为正常，格外尊重异性，对女性彬彬有礼的人。这也可以在某个角度对凶手进行外貌刻画：头发整洁，注重外表和衣着，相貌中等偏上，至少不惹人讨厌。

此外，方木认为，凶手即使是刻意选择男性被害人，魏明军等三人最终成为目标也具有某种典型意义。如果将三名被害人的所谓“恶行”进行总结的话，分别是过分惩罚、忤逆和漠视他人安全。

在道德底线一再跌破的当下，人们似乎早已对各种背德行为习以为常。在案发期间，媒体刊载的国内社会新闻中，有70%以上属于负面新闻。令人气愤难平的社会现象并不罕见。凶手为什么单单对这三种行为产生过激反应呢？根据方木的推测，也许是凶手曾深受类似“恶行”之苦，因此才会比其他看客更有“感同身受”的体会。这也是方木推测凶手没有子女的原因。因为同期还发生一起幼儿园为儿童提供过期、变质食品的事件，相关责任人同样推卸责任，态度恶劣。然而，凶手似乎对这种“恶行”毫无反应。如果方木的推测成立，那么凶手的早期经历应该比较坎坷，也许曾经历家变、父亲一方的虐待、学校开除以及就业困难等。

最后，凶手的犯罪重点在于形式，而非结果。实际上，他所追求的是一种"报应仪式"的表演。表演，就必然要在万众瞩目下进行。为了达成这种表演的效果，凶手可谓不遗余力。他并不刻意隐瞒罪行，而是竭力让犯罪现场原貌展现在公众面前。D中案中，尸体被摆放在教室里。富民小区杀人案中，寓意为子宫的水囊被悬挂于室外走廊。富都华城杀人案是唯一一起主现场位于室内的犯罪，也采用了纵火这种势必产生轰动效应的手段。凶手有渴望被公众认知的强烈愿望，并宣称自己有加以惩罚的权力，而这一点又与其谨慎的行事作风矛盾。据此，方木认为凶手似乎有某种人格分裂的趋向。表面上，他是一个内向、沉默、待人接物彬彬有礼、人际交往正常的人，而在他的内心深处，有独特的价值观念，渴望被瞩目及认可，同时表现出对他人的漠视，甚至物化心态。

从凶手的既往犯罪属性来看，方木认为D中案并非凶手初次作案。他应该有犯罪前科，并可能受过刑罚。此外，方木还重点分析了凶手在现场实施的惯技行为、标记行为以及反侦查措施。

所谓惯技行为，是指犯罪行为人在犯罪过程中逐渐形成的，相对固定的行为模式。从这三起系列杀人案来看，凶手习惯单独作案，且犯罪前经过周密策划，精心选择作案时间及地点。并且，凶手都对死者进行过一段时间的守候与跟踪。从犯罪手段来看，凶手都采取了先控制（钝器敲击及药物麻醉），继而杀害的过程。在方木看来，凶手这么做并不是出于对自身犯罪能力的不自信，而是不让搏斗破坏"报应仪式"的完美。以D中案为例，如果直接置魏明军于死地，恐怕就会使犯罪现场的震撼效果大打折扣。至于加害方式，三起案件有一个明显的共性，那就是凶手都不曾直接杀死被害人，而是借助某种外力使被害人慢慢死去，即失血、溺水、纵火。魏明军和吴兆光在死前都处于意识清醒状态，即使是姜维利，也曾在水囊中有过短暂的挣扎。这似乎意味着凶手在剥夺死者的生命之前，曾给对方追悔的机会。然而，这种追悔并不是为了减轻报应程度，而是增加被害人临死前的心理恐惧，以及增加公众对这种"报应仪式"的心理震撼效果。上述惯技行为能够证明凶手与被害人之间并无生活上的交集，且犯罪预备活动充分，作案手法愈加熟练，自居为惩罚者的心态强烈。

所谓标记行为，则是指犯罪行为人为了满足某种心理上或情感方面的需要而实施的一种特殊行为方式。从有据可查的连环杀人案件来看，凶手在现场留下标记行为的不胜枚举。例如“恶魔的门徒”理查德·拉米雷兹，他在1984至1985年期间，在美国洛杉矶连续犯下多宗命案。在犯罪现场，他都会留下特殊的标记——一个倒转的五角星。再如“约克郡屠夫”彼得·萨特克里夫，他在1975至1980年期间，在英国多地杀死13个女人。作案后，他喜欢在被害人手里塞入一张五英镑面值的钞票。这些标记行为的一个共同点是，它们并非实现犯罪目的所必需。因此，可以明显地反映出犯罪行为人的特殊心理需要。那么，在这三起系列杀人案中，凶手的标记行为是什么呢？从表面上来看，犯罪现场并没有留下凶手的明态标记。从潜态标记来看，最能够反映出凶手特殊心理需要的，恐怕就是那些个性鲜明的“报应仪式”。无论是用血墨水解题获取密码，还是寓意为子宫的水囊，再到完美复制的火灾，都反映出凶手对“善恶有报”的执意追求。一方面，凶手表达出自己对死者的憎恨与愤怒，另一方面，他也通过这种报应仪式宣告自己有报复的权力。在某种程度上，也可以视为是对自身犯罪能力的展示。反映在凶手的日常生活中，他可能是一个具有强烈的道德感，善恶观念分明，对任何侵犯自身的行为均无限放大，甚至带有强迫观念（例如联想、回忆、对立思维等），进而图谋报复，等等。

从凶手实施的反侦查措施来看，他具有相当程度的反侦查意识及能力，且呈不断升级的形态。在三起杀人案的现场均未发现指纹、头发及完整足迹。从清除现场痕迹的手段来看，凶手在前两起案件中采用了事后清扫的手段，而在第三起案件中，有合理理由怀疑凶手使用了脚套。这会缩短他在现场停留的时间，且不会因再次接触器物留下新的痕迹。这表明凶手的作案手法日益娴熟，并具有一定的总结和提高能力，时时修正和改善犯罪手段。在生活中，凶手也许对司法活动及法制事件高度关注，并通过自学或其他途径了解刑事侦查策略与措施。

根据上述对凶手的属性分析及描述，方木认为凶手将再次犯案，目标是引起社会强烈反响的新闻事件当事人。犯罪地点为公开场合。犯罪手法取决于新闻事件的内容与性质，但一定体现出“报应仪式”的特点。同时，方木不无担忧地提出，凶手为了追求更强烈的轰动效应，很可能再次采用危害公共安全的手段。

尽管方木对凶手的犯罪心理画像已经做到尽可能详尽，然而，圈定犯罪嫌疑人仍然存在相当大的难度。专案组经过研究，做出如下工作安排：

第一，协同交通管理部门，查看三个案发现场附近的道路视频监控录像，寻找在案发期间同时出现的可疑车辆。

第二，通知网监部门，查找针对三起新闻事件及三起杀人案的网络评论中，内容措辞激烈，带有引导性及预测性（例如新闻媒体并未公布的案件细节）的发言人。

第三，采取新闻封锁措施，案件侦破进展要绝对保密。同时，会同宣传部门，要求新闻媒体尽量减少对负面新闻的宣传与渲染，减少新闻当事人被害风险。

在现有线索有限的情况下，上述侦查活动纯属不得已而为之，其范围之广，工作量之大可以想见。于是，各路人马按部就班，纷纷忙碌起来。相比之下，方木暂时清闲下来。然而，在他心中却总有隐隐的不安，似乎自己忽略了什么。

几天下来，汇总至专案组的情报少之又少。一些专案组成员甚至动用了自己的刑事耳目。一张无形的大网悄悄地在C市拉开，然而，那条鱼，却依旧毫无踪影。

方木无意全盘否定这些侦查措施，不过，在他看来，针对这样的犯罪人，常规的侦查思路很难发挥作用。在某种意义上来讲，本起系列杀人案相当于无动机案件。在没有明确嫌疑人范围的前提下，任何侦查活动都无异于大海捞针。如果能进一步缩小嫌疑人的范围——

方木觉得，自己还需要做点什么。

宽城分局地下停车场总面积为1800平方米左右，主要用来停放公务用车。其中，有一块区域专门用来停放作为物证的车辆。在那片围着警戒线的区域里，方木很快找到了那辆灰色五菱面包车。

上汽通用五菱出产，1.3升排量，2009款标准型。方木围着这辆车转了几圈。尽管车身上已经蒙上了薄薄一层灰尘，但是看得出，这辆车还是得到了车主的精心保养。除了车尾处被消防车撞开所造成的几处破损外，其他部分基本光亮如新。

仔细观察，在车门把手上还能看到残留的粉末和胶带粘取过的痕迹，想必现场勘查人员已经对整车进行了仔细的勘验。方木想了想，戴上手套和脚套，打开车门坐进了驾驶座。

车内基本保持了原貌，看上去也十分整洁。座椅外罩皇马球衣样式的座套，看来车主是皇家马德里队的拥趸。车内放置的物品已经被勘验人员拿走，从现场图片来看，只有一副太阳镜和几张票据。车内烟灰盒里的烟蒂和烟灰均已被提取，但是方木认为不会发现有价值的线索。以凶手的谨慎性格而言，除了将车停在消防车道内的必要动作之外，他不会碰车内的任何东西。

就是这个人，将吴兆光获救的时机无限延后。

当他坐在驾驶座上，堵住那条生命通道的时候，不远处的9号楼633室内正火光熊熊。彼时，他在想些什么呢？

方木把钥匙插进点火开关，轻轻一拧，发动机的轰鸣声立刻在幽静、昏暗的停车场里响起。方木把手按在方向盘上，静静地注视着前方。那里是一片灰黑色的墙壁，墙角还长着在阴暗潮湿的环境下才会出现的苔藓。

午夜的富都华城小区一片寂静，林立其中的楼房里，只有稀疏的几点灯光。凌晨时分，小区内的路灯陆续熄灭。园区内的所有事物都隐藏在黑暗中，只剩下轮廓若隐若现。因为刚刚下过一场雨，空气清冷，土壤潮湿，落叶渐渐腐败的味道更加明显。一辆灰色五菱面包车宛如幽灵般悄悄驶入消防车道，车灯扫过之处，平整的绿地上仍有雨水闪闪发亮，几只出来觅食的老鼠纷纷钻入已经泛黄的草丛中，不见踪影……

方木细细体味着凶手的每一点心思变化，随手打开了车灯。

眼前的一切应该是宁静的、惬意的，而凶手肯定无心欣赏这些。相反，他的注意力应该一直集中在周围的环境里，随时准备应付突发情况，例如一个夜归的业主，或者一个巡逻的保安。

也许，他既警惕，又满足，急于脱身的同时，也不忘回头欣赏一下那件“作品”。他知道，用不了几分钟，这宁静的园区将会陷入一片混乱。有人惊恐，有人慌乱，有人会感到恶有恶报的畅快，有人会感慨宿命的必然。

这，就是他想要的。

方木把手肘拄在方向盘上，静静地看着前方被车灯照亮的墙壁。突然，他发现那一片光斑中有些异样，似乎有些排列整齐的黑色斑点。

来不及多想，他拉开车门跳了出去，径直走到那面墙壁前，刚伸出手去，就看到那些黑色斑点又出现在自己的手背上。

他回过头，在炫目的强光中凝视着灰色五菱面包车的车灯。

几分钟后，一组现场勘查人员就集中到地下停车场，这个平日里幽静、昏暗的地方顿时热闹起来。

在面包车的左右前车灯上，分别发现了两组字母和数字。位于左侧车灯上的是XCXK02，位于右侧车灯上的是917013。这些字母和数字呈黑色，字体细小，似乎是用细芯的签字笔写上去的。用相机拍照的方式将这些字母和数字提取下来之后，勘查人员动手将车灯拆卸下来，准备拿回去仔细勘验。

方木站在原地，抱着肩膀看着勘查人员忙碌着，面色平静，其实脑子里已经翻江倒海。

在富民小区杀人案中，水囊上就写有一串神秘的字母和数字，而类似的编码又在这辆车上出现了。这是巧合，还是一条隐藏的线索？

如果是凶手有意留下的，那么，这串编码意味着什么？凶手展示这串编码的意图又是什么？

难道是凶手对死者的编号？可能性不大。到目前为止，凶手只有三次犯案，即使要编号，也只能是个位数。

抑或代指下一个目标？可能性同样不大。凶手选择的目标主要取决于媒体对某起新闻事件的关注程度，这是几乎不可预测的。

很快，方木意识到自己的猜想是没有意义的。当务之急是尽快确定这串编码是不是某种巧合。

半小时后，吴兆光的遗孀匆匆赶到分局。对于这些字母和数字，她同样毫无印象。而且，经过辨认之后，她很肯定地告诉方木，这些字迹绝非出自吴兆光的手笔。

如果不是吴兆光及其家属所为，那么最大的可能就是凶手本人。

这时，一直在旁边默不作声的米楠操起电话，直接拨通了铁东区消防大队。找到当天出火警的负责人之后，米楠问了几句话，随后就拎起足迹箱。

“去停车场吧。”米楠对方木说，“找个千斤顶和卸车轮的工具。”

米楠的想法是，如果有人在车前灯上写下那些字母和数字，那么书写者必须要蹲在车头前方。案发当天刚刚下过一场雨，而面包车停放的位置是一片泥地。书写者的足迹应该就留在了那片泥地上。案发时，查看车辆的人的活动区域主要集中在车后侧和驾驶座一侧，车头前面的足迹也许得到了保留。

那么，消防车从后将面包车顶撞开，前轮转动后，轮胎花纹可能会嵌入地面的泥块。警方在扣押这辆面包车当做物证的时候，为了避免破坏车体上的微量物证，采用将面包车吊起放在拖车上，直接运至停车场的办法。也就是说，那些泥块可能还保留在轮胎的花纹中尚未脱落。

如果在那些泥块中找到书写者留下的足迹，也许可以为侦破案件提供一些线索。

听了米楠的分析，方木有些兴奋。可是当他返回停车场，把注意力放在车轮上的时候，不免又大失所望。

“你确定……”方木指指轮胎上的花纹，缝隙间只有不足2厘米的距离，“……在这里能提取到足迹？”

“照我说的做吧。”米楠的面色依旧平静如水，“先别问为什么。”

按照她的指示，方木和另外三个同事用千斤顶把车顶起，然后把左右两个前轮小心翼翼地卸下来，平放在足迹箱上。

米楠半跪在地上，仔细观察着车轮。的确，诚如她所言，那片泥地的胶性很强，车轮花纹中嵌着不少泥块，有些地方甚至连成了片。然而，方木仍然怀疑从中提取到足迹的可能性。

从米楠的脸上看不出情况是喜是忧，她爬起来，拍拍手，指示方木和其他同事把车轮抬到足迹室去，并再三强调不要滚动，避免碰撞。

把沉重的车轮从地下停车场一直抬到四楼的足迹室，虽然借助了电梯，四个男人还是累得满头大汗。另外三个同事喘着粗气先后告辞，方木却留了下来。他很好奇米楠究竟要做什么，米楠却相当沉得住气。她穿上白大褂，拿着放大镜上下观察着车轮，不时用镊子试探泥块的硬度。方木也凑过去看，还学着米楠的样子去摸泥块，被米楠毫不客气地把手打了回去。

“你在这儿也帮不上什么忙，先回去吧。”米楠头也不抬地说，“有消息我会马上通知你。”

方木揉着被打疼的手背，想了想，小心翼翼地问道：“你到底想找什么？”

米楠没有回答，只是报以一个神秘莫测的微笑。

第十三章

地下室

他今天的心情似乎很好。

即使是女店员第四次向他抱怨，那个胖男孩又去客人的盘子里抢薯片吃，他仍是一脸微笑地听着，不时点头，发出“哎呀”“真是”这样的感叹词。最后他看看坐在角落里，用手抓着奶酪蛋糕往嘴里塞的胖男孩，颇为真诚地对女店员说道：“那怎么办，你多体谅他吧。”

他用手在自己的脑袋旁边画了几个圈。

“他这里不好使——别跟他一般见识。”

女店员识趣地闭上嘴，然后就高高兴兴地跑了——老板允许她提前半个小时下班。

店里还有两桌客人，都是前来约会的情侣。他们面前的咖啡杯已经见底了，他想了想，又煮了一大壶咖啡，免费给他们续杯。

在情侣们的声声感谢中，他回到吧台，一边守着香气四溢的咖啡壶，一边拿起当天的报纸细细看着。

店堂里很安静，除了情侣们的窃窃私语，只有胖男孩不时发出的咿呀声。他的嘴角还残留着蛋糕的碎渣，正抓着一辆玩具车扭来扭去。

在他自己的世界里，他力大无穷，是万物的主宰。

夜色很快如期降临，这条小街上的商铺依次亮起灯光。很快，那些油炸及烧烤类食品的味道飘散过来。他皱皱眉头，起身关好了店门，把烟气和喧嚣声都挡在了门外。

这条街位于大学城外，紧挨着C市师范大学。每天，前来闲逛的大学生络绎不绝。于是，各种出售快餐及小玩意儿的商铺遍布其中。像这样的咖啡吧和书吧也不少，竞争也颇为激烈。然而，在同行和学生们的眼中，他无疑是一个古怪的店主。

他的店里不出售正餐，只有咖啡和一些小食，无形中就失去了很多营利的机会。此外，和其他商铺通宵达旦营业不同，每晚10点半，他就会准时闭店。时间长了，他的店里反而因这种特殊的气质吸引了一批固定的客人。那些自诩为有些品位和格调的学生和教师，都喜欢来他的店里坐坐。

沿墙而列的书架，浓郁的咖啡香气，整洁的店堂，沉默却和善的老板，与一门之隔的喧嚣和世俗生活相比，这里更像是可以享受宁静的世外桃源。

然而，咖啡和甜点不能当饭吃，就像爱情不是生活的全部一样。临近7点，最后两桌客人先后离去，直奔对面的一排快餐店。他放下报纸，收拾好咖啡杯和碗碟，清洗干净后，挂在架子上沥水。

胖男孩还在不知疲倦地玩着，他走过去拍拍胖男孩的脑袋，后者毫无反应，注意力一直在手中的玩具上。

他笑笑，起身点燃了一支烟，信步走到门口，隔着玻璃门向外面张望着。

这个时段，是这条街上最热闹的时候。各种摊贩把本就狭窄的街道挤得满满当当，叫卖声此起彼伏。大学生们背着书包，拎着水杯，购买零食和各种小商品，不时和商贩们讨价还价。女孩子们把刚买到的发卡别在头发上，让同伴评价好坏。男孩子们则紧张地看着价格签，还得装作一脸从容镇定。

他突然感到一种欣喜，似乎很想投身于这种充满烟火气的欢快生活。然而，面前的玻璃门倒映出咖啡吧里的内景。靠近东北角的那张桌子上，“预定”的桌牌分外醒目。

他的心，瞬间就冷却下来。

丢掉烟头，他慢慢地走到那张桌前坐下，以手托腮，默默地看着桌牌。它在那里已经摆放很久了。拿起桌牌，落着一层浮灰的桌面上留下一道浅浅的痕迹。他抽出一张纸巾，把桌面擦拭干净，又把桌牌放了回去。

店里的女孩不止一次问过他，是谁预定了那张桌子，为什么一直都没有来。他只是笑笑，并不回答。即使在咖啡吧里没有空座的时候，他也不允许任何顾客占用那张桌子。

因为，那是为她预定的。

他总觉得，有一天，她还会像初见一般，推开那扇玻璃门，对他嫣然一笑，随后就点上一杯咖啡，坐在那张桌子前静静地看书。

渐渐地，他知道她是图书馆的临时工，正在学校里准备研究生入学考试，和他一样，无父无母，在这个城市里无依无靠。

没有什么能阻挡这样的两颗心慢慢靠拢。

在他动荡的前三十几年中，那段日子是难得的平和时光。他们像那些恋爱中的男女一样，卑微又甜蜜。在很多时候，他都觉得她像一把利剑，劈开他的外壳，直刺柔软的内心。她带他探索、反思，最后了解，乃至坚信。

在一次暴风骤雨般的性爱之后，她捧起他汗水淋漓的脸，定定地看着他：

“告诉我，你是一个什么样的人？”

只经过了片刻的挣扎，他就把自己的秘密全盘托出。听罢，她把他冷却的身体紧紧抱在怀里：

“你做得没错。你有这个权力——在这个世界上，没有人可以无缘无故地伤害另一个人。”

他忽然大哭。这么多年的忍耐、躲藏，像狗一般的只为生存，是不是就为了这样一个温暖的怀抱？

“你，是你的神。”

8点之后，店里又陆陆续续来了几拨客人。他依旧沉浸在回忆中难以自拔，无心招呼他们。端上咖啡和甜点后，就任由他们在店堂里低声私语或独自发呆。他自己则躲在吧台后面，漫不经心地翻看账本，间或走到门外吸一支烟。

10点刚过，他就在门外挂起了打烊的牌子，老主顾们都了解他的习惯，纷纷识趣地结账走人。此时，早已在墙角睡着的胖男孩也饿醒过来，哇哇大叫着从扶手椅上爬下来。

他把店堂内的灯一一熄灭，牵着胖男孩只有两根手指的右手，慢慢走上阁楼。

吃过简单的晚饭，胖男孩又缩在床铺上看电视、摆弄玩具，很快就悄无声息。等他洗好碗筷，收拾停当之后，胖男孩已经歪倒在床上酣然入睡。

他给胖男孩盖好被子，起身下楼。

打开一盏小小的顶灯，他在店堂里四下巡视了一圈，确认所有的门窗都已锁好之后，慢慢走到吧台后面，伸手打开了电脑。

连接互联网，打开经常浏览的几个网站和论坛，他一页页地翻看着，手中的鼠标劈啪作响。很快，他意识到自己的注意力并不在这些网页上。因为那张桌子引起的情绪，依旧挥之不去。

他下意识地向东北角望去，那张桌子隐藏在黑暗的角落里，只有桌上的白色桌牌隐约可辨，似乎也在默默地回望着他。

这一切，原本可以不必这样！

他的心脏猛烈地跳动起来，几乎不假思索地弯下腰，掀起那块地毯。

地毯下是一扇活板木门。他伸手扣住左侧的黄铜把手，用力拉开——一个黑洞洞的方形洞口出现在脚下。

他探脚下去，踩到坚实的木质楼梯后，小心翼翼地侧身而下。心中默数到五之后，他伸出左手在墙壁上摸索着，很快就触到了电灯开关。

顿时，狭窄的地下室被暖黄色的灯光盈满。他跳下剩余两节台阶，站在地下室里扫视了一圈。

地下室只有二十几平方米，天棚、地面以及墙壁都是平整的水泥，四面墙边都摆着铁质货架，大大小小的箱子摆放其上，外面罩着厚实的深蓝色布帘，看上去整洁有序。他径直走向地下室北侧，搬开货架之后，一扇铁门出现在墙壁上。

他从衣袋里摸出钥匙，打开铁门上的门锁。铁门的边缘都包着一层薄薄的海绵，在无声的摩擦中，铁门缓缓打开。

一股古怪的味道扑面而来。他探进半个身子，伸手在墙壁上摸索着，很快，这小小的隔间里也充满了灯光。

隔间只有10平方米左右，四壁却是瓷砖铺就，虽然破旧，看上去却比外间要讲究一些。隔间内陈设简单，一侧的墙角是一张钢丝床，上面摆着一个长条塑料工具箱，另一侧的地面上则整整齐齐地摆着几块木板。

当初毫不犹豫地盘下这家店，就是看中了这个小小的私密空间。前任店主毫不避讳地告诉自己，大学城兴建之前，这里是一家足疗店。说穿了，就是个卖淫嫖娼的窝点。地面上做足疗，价钱谈好了，就去地下室行事。如果客人需要，里面的隔间还能洗鸳鸯浴。

尽管这龌龊的勾当让他恶心，不过，他还是喜欢这个地方。越是隐蔽、阴暗的地方，越是让他感觉安全。那小小的隔间，仿佛能安放他的秘密与往昔。

接手这家店面之后，他拆掉了地下室里的木质隔断，把它改造成库房。里面的隔间只是彻底消毒，仍旧保持着原样。每隔一段时间，他还会到这个隔间里坐上一会儿，细细体味远离人间的感觉。那种彻底隔绝的寂静，让他安心。

他吸吸鼻子，脸上的阴冷骤现，随即，抬脚向那些木板走去。

随着距离的缩短，那种古怪的气味越发浓烈。等到他走到木板旁边，蹲下身子的时候，双眼已经被刺激得泪水涟涟。

他用手背擦擦眼睛，动手挪开了那些木板。

一个长宽各3米有余，深达1米多的水池露了出来，浑浊的液体中，一个肿胀发黑的人体，面朝下，四肢张开，无声地沉浮着。

他蹲在水池边，饶有兴趣地看了它几分钟，随即，从墙角拎起一把铁钩，伸手勾住尸体的后脖颈，把它拖了出来。

被福尔马林溶液浸泡过的尸体显得异常沉重，他费了好大的劲儿，只能把它拖到水池边缘。这似乎增加了他心中的怒火，气喘吁吁地抬脚踢了过去。尸体的头被踢得扭向一旁，湿漉漉的头发扬起一片水花。

他靠在墙上喘息了一会儿，抬脚走到那张钢丝床前，拎起搭在床头的一条铁链，又折返到尸体旁边。

尸体上的溶液流淌到地面上，在灯光的照射下，泛出黯淡的光泽。尸体表面的大块破损也显露无余，有些地方甚至露出了黄白色的骨头。

他站直身子，双眼熠熠生辉，脸上的表情因为兴奋而变得扭曲。

"啪！"

沉重的铁链狠狠地打在尸体的背部，肿胀的皮肤上立刻裂开一道口子，没有血，只见惨白的肌肉组织外翻出来。

尸体的残破似乎让他更加兴奋，手中的铁链也一下紧似一下地抽打上去。

受刑者无能为力地趴在地上，毫无血色的肉体随着抽打不时颤动着。那股刺鼻的气味再次蔓延开来，伴随着沉闷的"啪啪"声，默默地盘旋在密室上空。

一大早，方木就接到了米楠的电话，让他到分局来一趟。方木心急火燎地赶到，却在足迹室前和杨学武不期而遇。

杨学武对方木的出现有些尴尬，右手不自觉地往身后藏。然而，当方木下意识地看过去的时候，杨学武却理直气壮地把右手拿了出来。在他手里，拎着一份肯德基早餐。

方木移开目光，抬手去敲门，随口问道："没吃早饭？"

"给米楠买的。"杨学武毫不避讳地承认，"她昨晚在这里工作了一夜，你不知道？”

说罢，他就推开门，大步走了进去。

米楠对两个人同时出现并不意外，接过杨学武手中的早餐，冲方木指指办公桌上的几份复印件，示意他自己看。

复印件上是一些毫无规则的花纹，上面标记着编号和尺寸。方木仔细辨认了一会儿，发现几处花纹和富民小区杀人案中提取到的残缺足迹很像。只不过，这些不出头的“大”字形花纹要小得多，而且有相当程度的变形。

他有些失望，指着那些花纹问道：“这能说明什么？”

米楠把手中剩余的汉堡三口两口塞进嘴里，刚要开口，就被噎住了，不住地捶着胸口。杨学武急忙把豆浆递给她，同时不满地对方木说道：“好歹人家忙活了一宿，你说话客气点行不行？”

方木也觉得自己有些过分，看着杨学武给米楠敲后背，心里更是泛起一股酸意。几次也想上去帮忙，都生生忍住。

米楠却觉得不自在，被杨学武敲了几下之后就躲开了。等到呼吸平复了一些，她简单地介绍了一下情况。

在面包车的两个前轮中，米楠各提取出一些泥块，经过清理和鉴别，找到了几处“大”字形花纹。这些泥块都嵌在纵向花纹和侧花纹中，经过挤压和碾压，这些“大”字形花纹都发生了变形，只有一大块粘连在车轮侧面的泥巴中，有一个相对清晰一些的。

这种清理和鉴别工作肯定需要大量时间和精力，而且需要相当程度的耐心和细致。想到这些，方木越发觉得自己刚才的态度对米楠不公平。于是，他尽量舒展开紧皱的眉头，对米楠点头说道：“多谢了，你辛苦。”

米楠淡淡地一笑：“我知道你在想什么，这些痕迹连残缺足迹都算不上，根本不能当做证据——我也没指望会有重要发现。”

方木有些不解：“那你为什么还要做这么多工作呢？”

米楠收起笑容，正色道：“为了验证我的一个设想。”

“哦？”方木和杨学武同时来了兴趣，“你说说看？”

“我觉得，犯罪现场还有另一个人出现过。”

在米楠看来，之前警方对凶手的描述，都以凶手独自作案为基本思路。同时，作案现场基本无迹可寻，也说明凶手是一个极其谨慎、小心，思维清晰，反侦查能力很强的人。然而，在D中案现场提取到的半枚残缺足迹，让人怀疑凶手作案时穿着一双类似匡威牌（亦可能仿冒）的帆布鞋。这似乎与凶手的性格不符。姑且将其认定为凶手百密一疏的话，在接下来的两起杀人案现场，却都发现了疑似帆布鞋底花纹的痕迹。以他呈不断完善化的犯罪技能来看，不可能再次留下痕迹。这不得不让人产生怀疑，现场，真的只有一个人么？

“你的意思是……”杨学武沉思片刻，问道，“两个人协同作案？”

“不会。”米楠摇摇头，“如果是你，你会选择这么粗心的同伙么？”

“那就奇怪了。”杨学武摊开双手，“两个人先后来到现场，彼此还不认识——你觉得这可能么？”

米楠的脸色微红，垂下双眼说道：“我也无法解释这一点，所以这只能算是我的一个设想。不过，我觉得，在车灯上写字的人应该不是凶手。”

方木和杨学武同时问道：“为什么？”

“面包车是用死者的钥匙开走的，这说明凶手先入室，控制住死者后，才能拿到钥匙。我觉得凶手多次折返的可能性不大，因为那样会增加被人发觉的风险。所以，他应该是纵火后才下楼将面包车停在消防车道上。这个时候，火已经在现场烧起来了，他应该要尽快撤离才是。如果一定要留下那些字，为什么不直接写在车里，反而要下车写在车灯上那么麻烦？另外，我们怀疑凶手戴了脚套，所以在车里没发现任何足迹，而车前的泥地上却有——你觉得他会拽下脚套，再下车写字么？”

杨学武连连点头。方木也觉得米楠的分析有道理，但是结论太不可思议了。

两个人，在没有事先联络的前提下先后来到现场，当凶手将面包车停在消防车道上之后，另一个人蹲在车灯前写下那组编码。

他到底想干什么？

如果米楠的推测成立，那么，在富民小区杀人案中的水囊上写下那串编码的，会不会是同一个人？

忽然，方木想到一件事情。

在D中案中，会不会也留下了类似的编码呢？

他来不及向米楠和杨学武解释，只说了句“等我一下”就匆匆跑了出去。

物证室在三楼，方木急于去查看D中案的物证，沿着楼梯一路小跑，对身边走过的人视而不见。刚转到三楼的缓台上，余光中忽然闪过一个人影，紧接着，他就感到自己的脖子被人牢牢勒住。

身后尾随而至的杨学武大惊，几乎同时扑了过来：

“你要干什么？”

方木猝然被袭，本能地抬脚去踩对方的脚背，同时右肘向后击出。没想到脚踩了个空，右肘也被抵住。

杨学武正要上来帮忙，袭击者忽然嘿嘿地笑了。

“你小子，长本事了啊。”

这熟悉的声音让方木又惊又喜，同时，脖子上的力道也松了下来。他转过身，冲着对方就是一脚：

“你他妈的想勒死我啊？”

笑着躲避的高大男子，是邰伟。

杨学武目瞪口呆地看着抱在一起又拍又打的他们，直到方木回过头来，对邰伟说：“这是分局的杨学武。”

邰伟笑着伸出手去：“刚才这哥们都急了，看上去身手不错。”

方木又对依旧一头雾水的杨学武说：“这是J市市局的邰伟，我的老朋友了。”

杨学武这才露出笑容，握着邰伟的手连连摇晃：“叫我小杨就行。”

给双方介绍完毕，方木问邰伟：“你怎么来了，有事？”

“开个会。”邰伟忽然露出一丝笑容，“忘了告诉你了，我被调到C市铁东分局锻炼一年，副局长。”

“哦？”方木有些兴奋，“这么说，你小子要升了？”

“哪里，回去还得看领导安排。”

邰伟嘴上谦虚，其实大家都心知肚明。公安人员被提升要职之前，通常都要到地方锻炼。一年之后，邰伟的职务估计就是J市公安局副局长了。

方木真心为他高兴，当下就约定中午一起吃饭。邰伟说好，散会后电话联系，说罢就直奔五楼会议室而去。

方木和杨学武转身去三楼的物证室，直接调取了D中案的所有物证。杨学武不解地问道：“你要找什么？”

“编码。”方木又翻出水囊和面包车车灯的照片，“跟这些类似的。”

在方木看来，尽管现有证据显示书写者和凶手并无同谋，但是他连续两次在现场留下那些编码，似乎也与案件有关。如果在D中案现场也发现类似的编码，就能够证实书写者与案件有莫大的关系。即使他与凶手没有同谋，也有极大可能与凶手相识。更重要的是，他留下了足迹和笔迹。相对于凶手的谨慎小心而言，他的反侦查能力显然要更逊一筹。也许，找到这个人，将成为案件的重要突破口。

然而，这种查找的难度要远远超乎他们的想象。当几大摞原始物证和照片堆在桌子上的时候，两个人都傻了眼。

当时魏明军拼命地做数学题，试图得到保险箱的密码，所以，在现场发现的A4白纸上到处都是数字和字母，想找到那些类似的编码谈何容易。

两个人做了简单的分工，方木负责在A4纸上查找，杨学武负责在其他原始物证及照片上进行分辨。

虽然凶手给魏明军留下的时间不足以让他逃生，可是提供的演算草纸倒是足够，方木看着那厚厚几大摞A4白纸，足有两整包之多。定定神，他戴上手套，耐心地一张张翻看起来。

这不是一件让人愉快的工作，尤其当方木想到，这些纷乱的字迹是用被害人的血来写就的。经过几个月的存放之后，这些血字已经变成深褐色，然而，仍有若有若无的甜腥味直冲鼻腔。每隔一段时间，方木就不得不点燃一支烟，以驱散那令人不快的味道，也能让自己重新集中注意力。

魏明军的字迹零乱、扭曲，伴有大量的涂擦痕迹。他当时的恐惧与绝望可以想见。有些数字下画有横线或是圆圈，想必是一些阶段性的演算结果。还有几张草纸上的字迹骤然变粗，笔迹也断断续续。方木想了想，也许是凝固的血液无法再从笔尖里渗出，魏明军为了节省时间，只能用手指来代替。

看到这些，方木的心情愈加沉重。为了得到密码，魏明军需要更好的书写工具和墨水，然而，那墨水却是自己不断流淌的鲜血。算得越快，血流得越多。这是一个死循环，魏明军没有取舍的资格，更没有选择的机会。

杨学武那边的工作同样不顺利，他拿着放大镜，几乎把鼻子凑到照片上，竭力寻找每一丝相似的痕迹。心烦之余，不免也在唠叨。

“要我说，这魏明军也是个傻蛋。”他揉揉发酸的眼睛，点燃一支烟，“他肯定目睹了凶手的外貌，还不如把凶手的特征写下来，好歹也能帮帮我们。”

方木苦笑着摇摇头，在那种环境下，魏明军想到的只能是尽快脱困，也许，还有一丝对自己计算能力的侥幸心理。生存和报仇，他首先选择的肯定是前者。也许他曾想过要留下最后的遗言，但是，估计那时他已经气若游丝了。

两个小时后，杨学武把手边的物证和照片反复查看了几遍，确认没有留下编码。于是，他过来帮助方木。然而，直到中午，两人依旧一无所获。不是数字的位数不够，就是缺少开头的字母。看看余下那些演算草纸，杨学武先放弃了。

“找人帮忙吧。”他一屁股坐在椅子上，使劲揉着发酸的脖颈，“只有咱俩，两天两夜也看不完。”

方木无奈，也只能点头同意，正想打电话叫人，衣袋里的手机就响了。

午餐选在分局附近的一家海鲜酒楼。方木想了想，除了邰伟和杨学武之外，又叫上了米楠。米楠推脱了几次，挨不住方木一再坚持，也只能一同前往。

因为是工作时间，几个人没敢喝酒，但是丝毫不影响气氛。算下来，方木和邰伟也有大半年没见面了，免不了互相打听一下对方的近况。方木还是老样子，寥寥数语就介绍完毕。邰伟去年负了伤，立了个二等功，提了职，孩子也一岁多了，席间还不忘拿出照片来显摆。

只不过，两个人都心照不宣地回避暗河一案。

方木心里清楚，如果不是邰伟从J市赶来帮忙，那个局也不会如此天衣无缝。邰伟却从未提起过这件事，即便是完全不了解前因后果的情况下，也毫不怀疑地按照方木的指示行事。一是避免再旁生错节，二是没有让方木报答的打算。个中情义，早已远远超过了友谊的范畴。

谈及早上方木的匆忙表现，邰伟大大调侃了方木一番。

“怎么着，你小子连我都认不出来了？跑得跟飞一样。”

方木笑笑说手头有个案子，急着去查看物证。出于职业本能，邰伟立刻问是什么样的案子。方木和杨学武互相看了一眼，面露难色。按照专案组的工作部署，侦查工作对外是严格保密的。好在邰伟也了解工作纪律，不再追问，拍拍杨学武，说道：“有这老弟协助你，破案没问题。”

杨学武却对“协助”二字颇为敏感，看看米楠，委婉地表示自己才是专案组负责人之一。

方木不以为意，只是招呼大家吃菜。

米楠还是一脸倦色，胃口也不太好，很快就放下筷子，静静地听大家聊天。邰伟觉得方木特意叫她一起出席，肯定不是同事那么简单，于是也格外留意她。趁米楠离席去洗手间的时候，邰伟挤眉弄眼地问方木：

“怎么，你小子有情况？”他朝米楠的背影努努嘴，“这姑娘不错。”

“你胡说什么啊？”方木红了脸，“人家就是我一个同事，昨晚帮我做了半宿鉴定。本来要请她吃饭的，你才是来蹭饭的懂不懂？”

“你拉倒吧。”邰伟大大咧咧地点上一支烟，“你还怀疑哥们的眼力啊？点菜的时候，你一直看着她的反应，人家打个哈欠你都紧张兮兮。”

方木正要反驳，杨学武忽然开口了：

“你还真说错了，邰哥。”他意味深长地看看方木，“米楠不是方木的女朋友，他都要结婚了，是吧？”

“哦？”邰伟大为惊讶，转头瞪着方木，“这么大的事，你小子居然不告诉我？”

方木不无怒意地看了杨学武一眼，后者不动声色地呷着茶水，一副泰然自若的样子。眼看米楠已经从店堂另一侧走了过来，方木急忙把话题岔开，问邰伟要不要再来点鲅鱼馅饺子。

邰伟显然对方木的婚姻大事更为关心，连连追问：

“新娘子多大了？干什么工作的？漂亮不？”不等他回答，邰伟又看看手机上的日历，“打算什么时候办婚事？趁早啊，哥们在这边还能帮你忙活忙活。”

米楠重新落座，看看邰伟，又看看方木，显然已经听懂了刚才的话题，脸上却看不出什么变化，只是低头把玩着茶杯，不时抬眼瞟向方木，似乎也想听听他的答复。

方木却无心继续，抬手叫服务员结账。

一行人在分局门口分手，米楠向邰伟告别后，就脚步匆匆地走进了办公楼。杨学武跟邰伟打了个招呼，也尾随其后。停车场里只剩下邰伟和方木。

邰伟还为方木的婚事耿耿于怀，不停地抱怨着：

“你他娘的，要结婚了也不通知我一声，还把我当兄弟么？”

“行了行了。”方木听得不耐烦，伸手去推他，“赶紧滚蛋吧。”

邰伟不甘心地坐进驾驶室：“今天没喝酒，不算啊，改天你还得请我吃饭，记得把弟妹带过来让我瞧瞧。”

方木心说瞧你个头，目送邰伟的车驶离大院后，转身向办公楼走去。

刚穿过旋转门，就看到杨学武站在电梯旁，似乎在等他。

“刚接到通知。”杨学武冲他扬扬手里的电话，“下午开案情分析会。”

“哦。”方木按下电梯键，随口问道，“几点？”

杨学武没有回答他，而是定定地看了方木几秒钟，忽然说道：“我喜欢她。”

“嗯？”方木一愣，随即就意识到那个“她”是谁，立刻移开目光，“这关我什么事？”

“当然关你的事。”杨学武立刻说道，“我想和你谈谈。”

方木不想理他，电梯门打开后，抬脚就进。不料，杨学武一把抓住了他。

方木甩了几下，竟然甩不脱，不由得心头火起。

“你要干吗？”方木沉下脸，“我记得刚才你没喝酒。”

“跟喝不喝酒没关系。”杨学武的表情坚决，“我希望你离她远点。”

“这你说了不算！”方木的声音大起来，“我和谁接触，轮得到你指手画脚么？”

“我是说了不算，但是，你能给她什么？”杨学武顿了一下，“刚才，米楠哭了。”

方木愣住了，几秒钟后才喃喃说道：“哭了？”

“嗯。”杨学武咬了咬下唇，“她上楼时，我看到的。”

方木无语，只是木然地站着，任由杨学武死死地拽住自己的胳膊。

“我喜欢她，可是，傻子也能看出来，米楠喜欢的是你。”杨学武的语气恳切，还带着一丝哀伤，“你已经有未婚妻了，不可能对她负责的。所以，我希望——不，我恳求你离她远点，别给她那些若即若离的希望，那会让她更痛苦。”

良久，方木轻轻地叹了口气。

“现在不是谈这些的时候。不过，你放心。”方木的声音暗哑，“我不会伤害她的。”

下午的案情分析会上，专案组首先总结了近期的侦查进展情况，还对新发现的线索作了分析。

在交通管理部门的协助下，警方对案发前后三个犯罪现场附近的车辆活动情况进行了排查，共发现相同或相似车辆167辆。在方木的建议下，对其中的家庭类用车进行重点排查。由于监控视频的清晰度高低有别，加之考虑到凶手有临时更换车牌的可能，进一步缩小排查范围仍需要时日。不过，黑色捷达轿车、白色捷达轿车、银灰色别克轿车、银灰色通用科鲁兹轿车及深灰色宝来轿车，共5类75辆曾在三个案发现场附近出现。估计凶手所驾驶的车辆就在此范围之内。

网监部门提供的情况更不乐观。在针对三起杀人案件及相关新闻事件的网络评论中，没发现可疑言论，但喊打喊杀者、拍手称快者占评论者的九成以上。即使是那些IP地址位于本市内的发言者也足有上万人。针对他们进行逐一核对根本没有可能。

至于对新闻媒体的公关则遭遇了彻底失败，差点还酿成更大的新闻事件。警方委托市委宣传部门，要求下属新闻媒体尽量减少对负面新闻的报道和渲染，尤其是发生在本地的新闻事件。没想到，这一要求招致新闻媒体的强烈反对。媒体工作者们显得既愤怒又委屈。以往，针对大型企业、国家机关和国家工作人员的违法违规行为，宣传部门会要求新闻媒体噤声。现在连一般的负面社会新闻都不让报道了，难道每天唱赞歌？几家媒体单位甚至联名写信给市人大，要求追查市公安局粗暴干涉新闻自由的违法行为。市人大相关部门对此高度重视，专门约谈了市公安局及专案组的相关负责人，要求作出合理解释。听取汇报后，上级领导表示可以理解，但做法欠妥。几番争取后，警方只能妥协。然而，新闻媒体不知从什么渠道得知了警方的真实意图，并以此作为新闻热点进行报道。于是，本来就引起市民高度关注的三起杀人案再次成为街头巷尾热议的话题。尽管这些报道措辞巧妙、观点含糊，然而，已经向公众告知了警方侦查活动中的核心秘密：凶手杀害的目标是负面新闻的当事人，亦即公众眼中的恶人。

一时间，针对凶手的种种推测和评论在各种平台上流转开来。其中，以网络上的反应最为热烈。在平淡得近乎枯燥的生活中，这样一个人的横空出世，无疑像一剂强心针，远远超过了那些悬疑大片所带来的刺激和新奇。特别是那些饱受生活的苦难与折磨的人，似乎一下子找到了可以发泄内心愤懑的代言人。

“下次杀几个城管！”

“无良医生最该死！”

“杀了那些卖毒奶粉的！”

……

类似的呼声，在网络上铺天盖地。

“也未必是坏事。”分局长翻看着那些充斥着暴力幻想的网页的复印件，不无嘲讽地咧咧嘴，“这下大家动歪脑筋之前都得合计合计了——没准就是下一个倒霉蛋。”

专案组成员们相视无语，只能苦笑。

至于方木在车灯上发现的编码，则引起了专案组的重视，并把它当做一个线索进行追查。在方木的建议下，专案组安排几名警员彻查D中案现场提取到的物证，寻找那个可能隐藏在演算草纸中的相似编码，一旦发现，立刻进行笔迹鉴定，与其他两个现场提取到的编码做同一认定。

这条新线索的出现，无疑使本就扑朔迷离的案情更加复杂。在某种意义上来讲，侦破的难度也进一步加大。分局长的脸色很不好看，专案组成员们也感到了前所未有的压力。事情已然闹大，接下来肯定会引起省厅甚至是公安部的高度关注。虽然经费和警力调度方面的困难肯定能得到解决，但是专案组必须要拿出一个结果来。而这个结果，似乎遥遥无期。

会上，方木一直留意着米楠的神情。在她脸上，完全看不到曾经哭过的痕迹，始终泰然自若，也不对方木的注视给予任何响应。一散会，她就混在人群中匆匆离去。杨学武看了方木一眼，似乎在警告方木别跟过来，见他坐在椅子上不动，就一言不发地跟着米楠走了。

方木坐在空无一人的办公室里，忽然感到心情差到了极点。

第十四章

似曾相识

转眼又是几天过去。方木每天去公安厅上班，按照边平的安排筹备那本案例汇编。手里忙着，心思却不在这本书上。他在等待着专案组那边的消息。同时，他也时刻关注本地媒体，除了要把每天的报纸翻来覆去地看几遍，也时时浏览网上的本地新闻栏目。

下一个被害人，会是谁?

不过，从近日来的新闻性质来看，分局长的戏言竟然变成了现实——负面新闻的数量有所减少，从恶劣程度来看，也多是一些鸡毛蒜皮的小事。

方木相信这绝不是因为媒体对此类新闻的报道和渲染有所收敛。在他们看来，具有爆炸性和轰动效应的新闻才是最有价值的。在某种意义上，这就是新闻工作的生命线，也和媒体工作者的前途与经济效益直接挂钩。有时，为了追求新闻效应，甚至仅仅是为了迎合民众的心理，他们会失去客观公正的立场，片面夸大甚至是虚构某些“事实”。在一切皆可以产业化的时代，为了吸引眼球而不择手段，实在是他们无奈却又必然的选择。

不过，就像分局长所说的那样，这“未必是坏事”。一个所谓“仗义出手”的惩罚者，的确在某种意义上可以让作恶者有所顾虑。C市的市民们似乎重新理解了这样一句古谚：善有善报，恶有恶报，不是不报，时候未到。这个城市的道德水平仿佛一下子提高了很多。不知道有多少恶言在出口前生生憋住，不知道有多少恶行在下手前心生犹豫。也许他们的行为不至于招致司法机关的严惩，但是谁知道会不会被“他”选作目标呢?

毕竟，谁也不想让报应落在自己身上。

今天下午，方木去C市师范大学开了个碰头会，和心理研究所的课题组成员商讨课题进度和分配任务。会议很快结束，方木看时间还早，就在C市师大校园里溜达了一圈。虽说是母校，但是几年没有回来，校园里的变化让人惊讶，很多地方都不再熟悉。正所谓物是人非，看看校园里那些比自己足足小了十多岁的大学生们，方木很快就感到索然无味。现在回公安厅，坐不到一个小时就会下班。如果去分局，一来无事可做，二来也不想引起杨学武的误会。想了想，方木决定去接廖亚凡下班。

来到住院部的护工休息室，房间里却只有一个中年女护工。方木四下看了一圈，问道："廖亚凡在么？"

"小廖啊，出去了，好像在杂物间。"女护工上下打量了方木几眼，"你贵姓？"

"姓方。"

"哦哦……你是小廖的男朋友吧。"女护工顿时热情起来，忙不迭地让方木坐下，"小廖经常提起你，你们要结婚了是吧？"

方木的脸腾地一下红了，支吾了几句就急忙退了出来。

所谓杂物间，不过是楼梯下面隔出的一个小小空间，平时用来存放拖布、水桶之类的保洁工具。刚走下楼梯，方木就看到廖亚凡坐在最后两级台阶上抽烟。

她一脸倦容，穿着淡蓝色的护工服，头发盘在脑后，挽成一个髻，两条长腿随意地搭在楼梯上，膝盖并拢，右手的食指和中指间夹着一支烟，已经快要燃尽。

看到方木，廖亚凡愣了一下，右手本能地往身后藏。不过，她的神色很快又放松下来，嘬了一口烟头后，扔在地上踩灭。

"还有烟么？"她向方木伸出手来，"再给我一支。"

方木皱皱眉头，还是掏出烟盒递给了她：

"怎么躲到这里了？"

"医院里不让抽烟。"廖亚凡抽出一支，熟练地点火，"憋坏了。"

方木瞄瞄楼梯上方，不时有人匆匆而过。他低下头，看着以手托腮，喷云吐雾的廖亚凡：

“少抽点吧。”

“这盒烟我都抽了一个星期了。”潜台词是：已经够给你面子了。

方木无语，只能耐心地站着等她把烟抽完。

转眼间，那支烟就消失了大半。廖亚凡看看方木，语气冷淡：“你怎么来了？”

“哦，今天下班比较早。”方木耸耸肩膀，“顺路接你回家。”

廖亚凡“哦”了一声就不再开口，一心一意地吸烟。两个人沉默地站在楼梯间里，无聊地看着烟雾在彼此之间升起、消散。

“你先回家吧，我可能得晚点走。”廖亚凡扔掉烟头，起身拍拍裤子上的灰尘，“今天送来了好多病人。”

“没事。我可以等你。”

廖亚凡看看方木，似乎对他突如其来的耐心感到意外：

“你随便吧。”

说罢，她就钻到杂物间里，拎出一个水桶和两个拖把。方木从她手里拿过这些工具，示意她在前面带路。

廖亚凡伸手去抢：“你干吗啊，让班长看到该不高兴了。”

“正好我也没什么事，”方木伸手把她的胳膊挡开，“你也挺累了，我可以帮你干点活儿。”

廖亚凡忽然笑了。

“你可拉倒吧。”她不由分说地抢过水桶和拖把，“你这种身份的人，怎么能干这个？”

方木不知道这句话是出自真心还是讽刺，既然廖亚凡坚持不用他帮忙，也只好顺从。沿着楼梯拾阶而上，两个人又回到走廊里。廖亚凡去卫生间接了一大桶水，费力地拎出来，见方木还站在走廊里，就对他说：“你去休息室等我吧，我擦完地就……”

话音未落，廖亚凡的眼睛就一下子瞪大了。

方木吓了一跳，随即就发现廖亚凡正直勾勾地看着自己的身后。他下意识地也回头望去，走廊里是脚步匆匆的医生和步履蹒跚的病人，间或有手持各种化验单和票据的患者家属穿梭其中，个个神情焦急、面色苍白。不远处，一个男人的身影刚好消失在楼梯旁。

不等他细细分辨，身后就传来“咣当”一声巨响。随即，方木就感到一股水流漫至脚边。

廖亚凡丢掉手里的水桶和拖把，沿着走廊飞快地跑了过去，边跑边喊道：

“站住……你等等……”

方木不知道廖亚凡看到了什么，来不及收拾倾倒的水桶，也跟着她匆匆跑了过去。

一路上，廖亚凡不知道撞到了多少人。经过电梯时，又被一个刚刚推出来的术后患者挡住了去路。廖亚凡急得直跳，恨不得从病床上飞过去。好不容易跑到楼梯口，她却突然停下四处张望起来，似乎刚才的追逐目标已经消失无踪。

方木拽住她，气喘吁吁地问道：“怎么了？你在追谁啊？”

廖亚凡用力甩脱方木的手，脸色焦急，迟疑了几秒钟之后，又沿着楼梯一路向下，向住院部大楼外跑去。

跑出楼外，视野更加开阔，人流却更密集。廖亚凡伸长脖子，像只没头苍蝇一样到处乱找。

方木追上她，大声问道：“到底怎么回事？你……”

“我看到他了！就在楼梯口……”廖亚凡的眼中噙满泪水，嘴里语无伦次，“肯定是他……不会错的……”

话音未落，廖亚凡小小地“啊”了一声，拔腿向停车场跑去。

停车场北角，一个高大男子站在一辆白色捷达轿车旁，正准备伸手从挎包里拿车钥匙。也许是听到了身后的奔跑和呼喊声，男子下意识地回过头来，看到一个年轻女护工正飞奔而来，他立刻转身，同时把一直牵在手里的小男孩挡在身后。

廖亚凡跑到男子身前，不由分说地去拽那个躲在男子身后的小男孩。

“这孩子……”

男子毫不客气地推开廖亚凡，语气和善却很坚决：

“别动他，他损坏了什么东西？我赔。”

廖亚凡急得团团转，不停地绕着男子左看右看，一心要把男子身后的小男孩拉出来。

此时，方木也追到了这里，看到这三个人宛若老鹰捉小鸡一样的架势，不免心生疑惑。

廖亚凡却像看到救兵一样，一把拽住方木，带着哭腔，指着男子身后连连说道：“那是二宝啊，不会错的，肯定是二宝！”

“嗯？”方木的眼睛一下子瞪大了，他伸手掏出警官证在男子面前一晃，“先生，我是警察，请你配合——我要看看这孩子。”

男子依旧显得莫名其妙，不过，看到警官证之后，还是顺从地把小男孩从身后拉了出来。

一看到男子牵在手里的只有两根手指的小手，方木的心头就一阵狂喜。真的是二宝！

廖亚凡呜咽一声，几乎是扑过去，一把将二宝搂进怀里。

尽管在失踪的大半年时间里，二宝的相貌有了很大的变化，不过稍加分辨，方木就认出他的确是那个和自己玩猜拳游戏的孩子。

面对这个女孩的拥抱，二宝显得迷惑且不知所措。等到二人四目相对，二宝的脸上也渐渐露出了似曾相识的笑容，仅有四根手指的双手也抱上了廖亚凡的肩头，“哦哦”地欢叫起来。

男子一直皱着眉头看着廖亚凡和胖男孩，当他意识到二人确实相识时，脸上也露出了笑容。

“原来你叫二宝。”他伸手在男孩的头顶揉了揉，“终于找到亲人了。”

方木也很高兴，看到男子对二宝充满善意，主动伸出手和男子握了握。

“二宝怎么和你在一起？”

“嗐，那就说来话长。”男子搔搔脑袋，“大概是今年三四月份吧，我在桂林路那边看到他的，当时是夜里，他在一个垃圾箱旁边捡东西吃……”

一直蹲在地上的廖亚凡又哭出声来，把二宝抱得越来越紧。

“……我也是一个人居住，看这孩子挺可怜的，就把他带回家了。”

方木听了，连声道谢。廖亚凡站起身来，拉着二宝向住院部大楼走去。

“走，姐带你买好吃的去——再也不让你受委屈了。”

“等等。”男子一把拽住廖亚凡，脸上的神色平静，却充满警惕，“对不起，我还不知道你们和这孩子的关系……”

方木对男子的谨慎态度很赞同。他向男子简单解释了一下三人的关系，特别提到了二宝走失前一直被收养在天使堂福利院。

听罢，男子微微点头，不过仍然坚持要看到相关的收养手续才行。方木连说没问题，立刻打电话给赵大姐，嘱咐她尽快带着二宝的资料来市人民医院。一来证明二宝的身份，二来这样的好消息，必须第一时间让赵大姐知道。

通完电话，方木请男子耐心地等一会儿。男子爽快地答应了，还拿出烟来递给方木。廖亚凡则跑去买了一大堆零食，带着二宝坐在男子的车里，边吃东西边聊天。

方木和男子站在车外吸烟，聊了半天，才想起还不知道男子的姓名。

“我叫江亚。”男子微笑着说，“长江的江，亚洲的亚。”

半个小时后，赵大姐心急火燎地赶到。看到二宝后，她连哭带喊地把他抱在怀里，再也不愿放手。仅仅几个月的时间，走失的两个孩子先后回到她的身边，三个人免不了又是抱头痛哭。

方木把二宝的身份证明和收养手续递给江亚，后者看得很仔细，最后轻轻地吐出一口气：

“太好了。”

赵大姐一手抱着二宝，一手紧紧地拉住江亚。

“谢谢你，小伙子……”赵大姐说着话，眼泪扑簌簌地往下掉，“谢谢你照顾他，这孩子都胖了……”

江亚连连摆手，又要了福利院的地址和赵大姐的电话，说过几天再把二宝的衣服和玩具送过去。

赵大姐一定要请江亚吃饭，以表谢意。江亚推辞了一下，见赵大姐非常诚恳，也欣然同意。

晚餐的气氛很愉快，久别重逢的三人紧紧地挤在一起，仿佛有说不完的话。只不过，二宝的精力还是集中在面前的食物上，自顾自地大快朵颐，对廖亚凡和赵大姐的问话，一律只以嗯啊回应。

两个女人都吃得很少，大多数时间，都眼含泪花看着二宝闷头吃喝。招呼客人的任务，自然就落在方木的身上。他本来不善言辞，不过好在江亚是个很好相处的人。一顿饭的工夫，大家已经十分熟络了。江亚知道方木在公安厅工作，而方木也了解了江亚的大致情况：他父母早亡，独自一人在C市生活，目前在大学城附近开有一家咖啡吧。

眼前这个人让方木觉得似曾相识，无论是说话的语气还是表情动作，如果再加上一副眼镜……方木很快就暗自摇头，命令自己把这些奇怪的念头扔出脑海。

“你带着二宝在医院……”方木递给江亚一支烟，斟酌着词句，“……家里有人生病了么？”

“是的。”江亚脸上的笑容稍稍收敛了一些，“我女朋友需要长期住院。平时二宝就在我的店里。最近，这小家伙有点淘气。”

说着话，江亚隔着桌子摸了摸二宝的脑瓜。

“小家伙的胃口很好，有几次去抢客人的东西吃。没办法，我就只能把他带在身边。”

赵大姐颇有些过意不去：“这孩子一定给你添了不少麻烦吧。”

“没有没有。我只不过照顾了他几个月而已。”江亚摆摆手，“倒是您值得敬重，长年把精力放在这些可怜的孩子身上。”

几个人又聊了一阵，最后把话题落在二宝的去向问题上。赵大姐说，现在福利院的床位有点紧张，不过没关系，可以让二宝先和自己挤一挤，床位的困难将来再想办法解决。商定之后，方木悄悄地去结了账。江亚也提出得早点回去闭店。

走出饭店，江亚和方木三人一一握手告别，并约定电话联系，以送还二宝的衣服和玩具。最后，江亚蹲下身子，拍拍二宝的肩膀。

“叔叔得回家了，你和阿姨回去吧，过段日子叔叔再来看你。”

不料，二宝却一把搂住江亚的脖子，两根手指指向江亚的白色捷达车，嘴里咿咿呀呀地念叨着，听上去，似乎是“回家，回家”。

江亚的目光变得柔和，他伸手抱住二宝，不停地在他后背上轻轻拍着。

“听话，你得回自己的家了，那里有好多小伙伴陪着你。”

二宝似乎对这种拍打十分享受，扭动着小小的身体，双手抱得更紧。

赵大姐的眼睛红了，伸手去掰二宝的小手。江亚却轻轻地推开了她。

“这小家伙，还舍不得我呢。”他抱着二宝站起身来，吃得饱饱的孩子仿佛困意袭来，趴在江亚的肩膀上，眼睛半睁半闭。

“要不，让二宝再和我住一段时间吧。”江亚和赵大姐商量，“这几个月，二宝已经习惯住在我家了。再说，我那里吃的，用的，也比福利院要好一些。”

赵大姐无奈，权衡再三，只能点头同意。随即，她掏出300块钱，递给江亚，说是孩子的生活费。

江亚把钱挡了回去，态度坚决。

“我的经济条件比您稍好些，这钱，您留着给别的孩子。”他看看歪倒在自己肩膀上的二宝，“其实，是这孩子在陪着我。我一个人住，也怪寂寞的。”

赵大姐见他说得恳切，也只能作罢。此时，二宝已经发出均匀的鼾声。江亚对众人笑笑，伸手在耳边做了一个电话联系的手势，就轻手轻脚地抱着二宝上了白色捷达车。

目送江亚离去，天色已经很晚了，空气也越来越凉。方木裹紧身上的衣服，催促赵大姐和廖亚凡上车。赵大姐没动，等廖亚凡上车后，把方木拉到一边，显然有话要对他说。

方木以为赵大姐是为了他结账的事嗔怪自己，没想到赵大姐劈头就问：“听说你想和廖亚凡结婚，是真的么？”

方木一愣，随即就意识到是杨敏告诉了赵大姐。他想了想，决定还是别对赵大姐隐瞒。其实，这件事也瞒不住，早晚会被她知道的。

得到方木肯定的答复后，赵大姐反而沉默了，在她脸上，既看不到同意，也看不到反对。

良久，赵大姐轻轻地叹了一口气，低声问道：“你……你真的喜欢她么？”

方木不知该怎么回答她，不过，赵大姐似乎也无意深究这个问题。

“喜欢不喜欢，倒真不是什么大不了的事儿。”赵大姐看着远处若有所思，“大姐是过来人。我们那个年代，有几个是因为真心喜欢才结婚的？感情这东西可以慢慢培养。不过……”

她转过头，盯着方木的眼睛，缓缓说道：“亚凡是个苦命的孩子，还曾经……”

方木知道她指的是廖亚凡那段不堪的经历，“嗯”了一声。

“你比她大很多。如果你真心想娶亚凡，大姐不反对。你是个好人，把亚凡交给你，大姐也放心。不过，你能不能跟大姐保证，永远不要瞧不起她，也不要欺负她？”

方木看着赵大姐充满希望，甚至是恳求的双眼，缓缓点了点头。

吉普车飞驰在公路上，赵大姐和廖亚凡相拥在后座，低声说着一些体己话。方木手握方向盘，目光漫无目的地在车窗外扫视。

在月光的映射下，前方的公路显得灰白、漫长。离开主城区，身边的建筑变得低矮稀疏，统统隐藏在浓墨般的黑暗中。间或有一星半点的灯光，也在车窗旁一闪而过。不知什么时候，后座上再无声息。方木向后视镜看去，廖亚凡靠在赵大姐肩膀上，已经沉沉睡去。一缕蓝色的头发从脑后的发髻中散开，飘落在腮边，在粉白色的脸颊上分外显眼。

方木放慢车速，同时伸手打开暖风。减速让后座上的廖亚凡身体前倾，迷蒙的双眼睁开，看了一眼方木之后又再次闭合。

方木移开目光，重新面对前方那似乎没有终点的公路。

此刻，他前所未有地思念着一个人。

第十五章

城市之光

一大早，杨学武就被一阵电话铃声吵醒。他迷迷糊糊地拿起手机一看，刚过凌晨4点。杨学武半闭着眼睛一边小声咒骂，一边按下接听键，只听了几句，整个人就精神起来。

半小时后，杨学武已经赶到C市公安局技侦支队所在的办公楼。此刻，大半个城市还在沉睡之中，然而，网监处的机房里却灯火通明。一进门，杨学武就闻到一股强烈的咖啡混合烟草的味道。看看那些双眼通红的网监人员，他心中的怨气早已烟消云散。

网监处的陶副处长，一边喝着浓咖啡，一边挥手叫过一个头发蓬乱，满脸都是油汗的网监人员。

“小毛，给学武介绍一下情况。”

据小毛讲，今日凌晨3时左右，网监处在进行日常网络安全监察活动时，本意是查找一起网络贩卖仿真枪案的线索，却在无意中发现一条可疑信息。经分析后，网监处认为这条可疑信息与前段时间发生的系列杀人案有关，遂通知了专案组负责人之一的杨学武。

杨学武急忙问道：“什么样的信息？”

小毛把液晶显示器转向他：“你自己看吧。”

那是一个叫“C市信息港”的网页，从子栏目来看，是在线论坛。一条名为“无良法官枉法裁判齐媛案，您怎么看？”的网帖挂在论坛的首页，点击及回复都已接近千次。

杨学武伸手点开这个网帖，这是个投票帖，字数寥寥。除了题目和一个网页链接之外，一共只有三个选项，分别是：

1. 法官也是人，应当允许犯错，情有可原；

2. 应该剥夺他的法官资格，逐出司法队伍；

3. 无良判决再次拉低道德底线，不杀不足以平民愤。

杨学武皱皱眉头，继续下拉网页，查看网友的回复。粗略浏览了前两页之后，发现网友的参与热情颇高，大多数人都在投票后发表了自己的看法，愤懑之情在字里行间弥漫。

杨学武转身问小毛：“能知道投票的结果么？”

小毛接过鼠标，操作一番后又把显示器转向杨学武。杨学武一看之下，不由得暗自咂舌。在参与投票的947人中，竟有758人选择了“3”。

他立刻把目光投向发帖人的ID。

城市之光。

杨学武反复念叨着这四个字，又问道：“能查到发帖人的相关信息么？”

陶副处长摇摇头：“这个论坛是不需要邮箱注册的，所以只知道发帖人的这个ID和他使用的电脑的信息。”

“发帖地点呢？”杨学武不甘心，“能查到么？”

“这个可以。”小毛打了个哈欠，又在计算机上操作起来，过了几分钟，他凑近屏幕，逐字念道，“西郊路176号—2，是家麦当劳餐厅。”

杨学武拉上小毛立刻起身，同时让110指挥中心派两名在附近的巡警一同前往。

尽管距离发帖时间已经足足过了5个多小时，杨学武还是想去那里看看。20分钟后，四个人在那家麦当劳餐厅门口集合，立刻入店查看。

餐厅里只有两个用餐的顾客。杨学武安排那两个巡警逐一核对他们的身份，自己则拉着小毛进了后厨。店里共有六名工作人员，两男四女，其中一名稍年长的男子是本店的店长。他矢口否认曾用店内的电脑发过投票帖，小毛对电脑进行检查后，证实了店长的说法。

此时，巡警对那两名顾客的身份查验也已经完毕，没发现可疑情况。杨学武心生疑虑，难道找错了地方？小毛倒是一副见怪不怪的样子，他指指墙角的无线路由器说道：“发帖人应该用了店里的无线网络。”

据店长介绍，这家通宵营业的餐厅为了方便顾客，特意在店里设置了无线网络，以供客人在用餐的时候也能上网娱乐。杨学武在餐厅里四下观察了一下，很快就发现门旁的天花板上装有监控摄像头。他立刻要求查看店内的监控录像。在店长的配合下，监控录像很快被调取出来。杨学武让小毛把录像的时间选取在发帖前后，共发现店里有顾客九人，但是没有携带笔记本电脑的，低头查看手机的倒是有五个。杨学武指示店长把录像暂时封存，回局里办理相关手续后再行扣押。

小毛觉得发帖人未必在这几名顾客之中，因为无线网络的覆盖力完全可以透过墙壁，发帖人站在与麦当劳餐厅一墙之隔的街道上上网发帖，也并非完全没有可能。

处理完毕，杨学武看看跟着自己忙活了半天的三个伙计，买了几包炸鸡分给他们。两名巡警推脱了几下，就带着纸包回去了。值了一宿夜班的小毛则坐在车里，大口吃起来。

此时已是天色微明，街边的行人也渐渐多起来。杨学武靠着警车抽了一支烟，最后还是不情愿地拨通了方木的电话。

方木第一时间赶到了市局，在麦当劳餐厅提取到的录像带恰好也同时送到。查看了几遍录像后，方木就肯定发帖人并不在那五人之中。因为从动作来看，其中三个人明显仅在浏览，而非写字。其余两人虽然有长时间操作手机的动作，但看年龄和衣着，应该是附近中学的学生。

杨学武想了想，说道："如果发帖人事先把文档存在邮箱里，再粘贴到网站上呢？同样也不需要有写字及按键的动作。"

方木摇摇头，指指录像画面说道："这几个人，都没有掩盖自己外貌特征的任何行为。如果他能想到用无线网络，而不留下固定IP地址的话，就不可能不考虑监控视频带来的风险。"

换句话来说，方木的意见和小毛一样，发帖人当时应该就位于麦当劳餐厅之外，利用覆盖过来的WiFi信号上网发帖。

遗憾的是，那条路上并没有安装视频监控设备。所以，对发帖人的其他情况依旧一无所知。

方木问小毛："发帖人使用的电子设备是否还在继续连接网络？"

"没有。"小毛摇摇头，"我们一直在监控这台设备。发帖后，它就断开网络了。"

这是一个明显要掩盖自己身份和位置的行为。

而那个投票帖，依旧处于在线论坛的首页。早上8点之后，访问论坛的用户开始激增，投票人数已达3445人，从投票结果来看，九成以上的网友都选择了"3"。

无良判决再次拉低道德底线，不杀不足以平民愤。

"法官""齐媛案""判决"这几个词让方木感到似曾相识。他抬头看看杨学武，后者显然已经对他的疑问心领神会。

"就是那个案子。"杨学武抬手指指投票帖题目下的网页链接，"都在这里了。"

打开网页链接，是"C市信息港"网站对不久前发生的一起民事案件所做的新闻专题，包括案发始末、当事人资料以及庭审、宣判的整个过程。发帖人似乎想让网民先了解本案的具体情况再投票，看上去还有一丝客观公正的味道。

案件发生在2011年9月初，一名67岁的胡姓老太乘坐208路公共汽车前往南京街，下车的时候，被身后急于下车的乘客撞倒。另一名也在本站下车的女乘客齐媛（女，20岁，C市税务学院会计系大三学生）见状，急忙将胡老太搀扶起来。此刻，撞人的乘客已经不知所踪。胡老太起身后，感到右臂和腰部疼痛难忍。公交车随即开走，其余乘客也无人伸以援手。齐媛在征求胡老太意见后，用自己的手机拨打了120急救电话，待医务人员到达现场后，方才离开。

不料几日后，齐媛忽然接到了来自胡老太的儿子熊某的电话，得知胡老太已被诊断为右前臂尺骨骨折，右侧胯骨骨裂。不过，熊某来电的意图并不是对齐媛表示感谢，而是要求齐媛赔偿医疗费用、营养费用、精神损失等共计12万元。齐媛大为吃惊，忙追问对方索赔的理由。熊某答曰，胡老太认为正是齐媛撞倒了自己。

从救人者一下子沦为撞人者，气愤、委屈之余，齐媛断然拒绝了熊某的索赔要求。不过，事情并未就此偃旗息鼓。五天后，齐媛接到了和平区人民法院民事一庭的传票，胡老太将齐媛告上了法庭。

只能应诉的齐媛在老师和同学的帮助下，找到了C市公交公司208路车队，要求案发时当班的司机为自己提供证词，以证清白。公交司机以没看到事发经过为由拒绝作证。眼见开庭日期渐近，绝望中的齐媛只得求助于新闻媒体。

C市电视台新闻栏目及本地的多家媒体对齐媛进行了采访。齐媛坚称自己是做好事，而不是撞人者。在讲述整个事发经过之后，齐媛还通过电视节目，恳请当天的目击者能为自己出庭作证，如果撞人者肯出来承担责任，则再好不过。

镜头中，已明显消瘦的女孩委屈万分，声泪俱下地恳求当天在场的好心人能还自己一个清白。观者无不动容。然而，几天过后，拨打电视台公布的热线电话的观众倒是不少，但都是表达愤怒心情的，愿意作证的目击者仍然没有出现，至于真正的撞人者更是杳无音信。

女孩不甘心，来到事发地点，打出横幅寻找目击证人。然而，围观者大多表达出同情和愤怒，甚至还有当场捐款的，就是无人愿为齐媛作证。

而原告胡老太一方则始终拒绝接受采访，声称一切以法院的判决为准。

2011年10月，备受媒体和民众关注的齐媛案在和平区人民法院民事一庭开庭审理。庭上，原告胡老太一口咬定是齐媛撞倒了自己。拿不出证据的被告齐媛则百口莫辩。当时询问胡老太的一句“大娘你没事吧？”也被原告认为是齐媛承认撞人的证据。庭审结束前，主审法官任川问双方当事人是否愿意接受调解，原告胡老太表示同意，被告齐媛则坚决拒绝调解。庭审当日，没有当庭作出宣判。

据媒体报道，当原告一方走出法院时，遭到院外民众的围堵和辱骂。胡老太在儿子熊某的搀扶下，狼狈不堪地上了一辆出租车。当司机得知这两位乘客就是齐媛案的原告时，当即表示拒载。胡老太和儿子只得再次躲进法院，待人群散尽后才敢出门回家。

一个月后，和平区人民法院民事一庭做出判决：现有证据无法充分证明齐媛撞倒了胡老太，但也不能完全排除这种可能，故判决齐媛承担40%的民事责任，判赔胡老太各种费用共计48000元。判决书经媒体公开后，刚刚淡出公众视野的齐媛案再次引发市民热议。这一次，则将矛头直指做出判决的法院及主审法官任川。

重压之下，任川法官接受了媒体的采访，并对判决的理由做出了解释。在他看来，撞人者立刻去搀扶及查看被撞者的情况，乃是常理。齐媛与胡老太之间的对话，也显示她与老人被撞倒之间存在某种联系。此外，一位年近七旬的老人，应该不会恶毒到去讹诈救人者。故此做出齐媛承担部分责任的判决。

记者追问是否会有冤枉好人的可能，任川法官则面露难色，犹豫了一下之后，不无尴尬地说道："当今这个社会……见义勇为的人应该不多了吧。"

此言一出，立刻引发民众的一致声讨。尤其在网络上，质疑声、辱骂声铺天盖地。

齐媛在接到判决书的时候当场晕厥过去，醒来后不食不语，整天以泪洗面。在乡下务农的父母特意赶到学校来照顾她。待情绪稍稍好转后，齐媛委托律师提出上诉。当她再次出现在新闻镜头中的时候，这个女孩已经和之前柔弱、委屈的样子判若两人，眼神中尽是愤怒与仇恨。

记者问她："如果再遇到这种情况，你还会选择救人么？"

齐媛犹豫了一会儿，缓缓地摇了摇头：

“不会了。我再也不相信别人了……我家经济条件不好，救了她，都要倾家荡产了……”

然而，这一切依旧没有终结。这份判决书带来的社会效应正在向越来越坏的方向发展。连日来，C市先后出现两起老人倒地无人救助的悲剧。其中一位70多岁的老人在附近公园散步时，突然因心脏病发而昏厥。围观群众多达上百人，无一人上前伸出援手，也无人拨打急救电话。老人在冰冷的地面上躺了足足4个小时后，慢慢地死去。围观群众受访时，直言不讳地说之所以选择漠视，是怕遭到讹诈。

“不帮他，我对不起自己的良心；帮了他，法律对不起我！”一位受访的中年男子如是说。

这份判决，彻底摧毁了民众对他人仅存的一点善意。

看完全部资料，方木反而沉默下来。杨学武抱着肩膀等了一会儿，见他不开口，忍不住问道：“你觉得是他么？”

方木沉思了一会儿，点了点头。

“我有个疑问。”杨学武指指显示器，一脸无辜的胡老太面对镜头摊开双手，似乎在辩解着什么，“你不觉得这老太太更可恨么，为什么凶手不选择她？”

方木摇摇头：“事情发展到现在，情况已经起了变化。当前公众的焦点在那个判决书上，而不是讹人的老太太。”

不管怎样，被救者反咬一口毕竟只是个案。然而，当代表司法权威的判决书默许了这种讹诈，其负面社会效应就远远超过了讹诈案本身。试想，如果法律都不能匡扶正义，那民众还能指望什么？

此外，从方木对凶手的心理分析来看，他是“不屑于”将妇女和老人当做杀害目标的。一个年近七旬的老妇和一个代表公权力的法官，显然杀害后者更能满足他的心理需要，也能显示出他超常的犯罪能力。

而且，凶手在网上公开投票帖，也在某种程度上验证了方木的预测。即，他将不断提高犯罪的公开性和手段的精妙性，进一步扩大犯罪的影响力。他已经把本应私下里进行的报应仪式升级成与网友互动的杀人游戏。他变得越来越狡猾、强大，在他的内心，自我认可和评价的程度已经上升了一个层次。

比如，他将自己命名为“城市之光”。

城市之光，这部给卓别林带来巨大声誉的电影，在凶手看来，显然有其他含义。也许在他的想象中，已经把自己当做一缕强光。它刺破笼罩在城市上空的层层阴霾，直抵每一个渴求公平的人的内心深处。

杀戮，即惩罚，即正义。

“你们来看。”正在全神贯注盯着电脑屏幕的小毛突然开口，“这投票帖传播得太快了。”

方木和杨学武同时扑到电脑前：“什么？”

小毛半是无奈半是恼怒地说道：“我们想到的，市民也想到了。”

在线论坛的首页上，除了那个依旧显眼的投票帖之外，还有几个网友发表的帖子。从内容上来看，已经有网民怀疑这个“城市之光”就是前段时间连杀三名“恶人”的凶手。这些网帖都得到大量点击和回复，甚至不乏赞美、鼓励之词。

方木当即建议，请示上级领导，通知“C市信息港”网站的相关负责人删除投票帖。一来，可以制止事态进一步扩大，防止煽动民众的暴戾情绪；二来，方木认为“城市之光”的意图是吸引更多人的关注，如果一个网帖仅仅存在了十几个小时就被删除，肯定不会满足他的心理需要。他一定会再找机会上网发帖。他使用的电子设备越频繁地接入互联网，被网监部门锁定的机会就越多。

一个小时后，投票帖被删除。针对“城市之光”的评论帖及回复也被删除。小毛问方木要不要也把“城市之光”的ID注销。方木想了想，摇头说不。

这是一着险棋，因为警方仅仅删除网帖，却保留ID的话，引蛇出洞的意图就十分明显了。现有证据显示，这个“城市之光”是个当晚刚刚注册的新用户，并且发了投票帖之后立刻下线。如果“城市之光”再次发帖，就证明他并不是仅为哗众取宠的普通网民。而且，他有足够的把握让警方无法追踪到他的物理位置。

那就可以肯定，“城市之光”就是警方一直在寻找的连环杀人凶手。

警方在冒险，“城市之光”也在冒险。

现在能做的，就是等待。

在网监部门的安排下，小毛带领两名网警对“城市之光”使用的电子设备进行24小时监控。一旦发现它接入互联网，立刻锁定它的位置。同时，警方也再次领略到互联网传播速度的可怕之处。

仅仅一个上午，全国多家网站都出现了网友自发转载的相关信息，其中还有“全民公投决定法官生死，主办者疑似连环杀人凶手”这样指向性极强的题目。省厅过问此事后，立即联系多省市的网监部门，请求协同作战，避免消息进一步扩散。然而，被传播至微博、网站及在线论坛的“杀人投票”依旧多如牛毛。

“城市之光”已经在全国范围内掀起一场不小的风波。

就在专案组忙于搜索、查看各种网上信息的时候，第三天上午10点47分，被监控的电子设备突然又接入互联网。“城市之光”登录“C市信息港”的在线论坛后，又发了一条一模一样的投票帖。1分11秒之后，“城市之光”下线，其使用的电子设备也与互联网断开连接。不过，小毛等人已经迅速锁定了他的位置。专案组立刻调集警力前往他发帖的地点——C市图书馆。

C市图书馆是一栋三层建筑，连同院落，总占地面积近6500平方米。杨学武等人看着图书馆里进进出出的读者，不仅心灰意冷。尽管认为“城市之光”已经不可能继续留在原地，杨学武等人还是耐着性子对整栋楼进行了搜查，没发现任何有价值的线索。一名警察拿出自己的智能手机进行测试，结果发现无线网络信号足以覆盖至图书馆墙外。他完全可以不留痕迹地上网发帖，然后从容离开。

警方不得不承认，实际上，“城市之光”在牵着警方的鼻子走，在这种形势下，围捕根本不会有任何效果。

方木也对这种应对措施不抱什么希望。“城市之光”既然敢公开下手目标和杀人意图，就有十足的把握不被警方追踪到。不过，这种自信和狂妄也给警方提供了一个机会。至少，现在已经知道了凶手的下一个目标人物。

几个小时后，“城市之光”新发布的投票帖就已经有几千人参与，从结果来看，选择“3”的网友仍然占九成以上。同时，转载和评论帖也在网络上迅速蔓延开来。有好事者甚至将任川法官的照片、家庭住址、手机号码和毕业院校都贴在了网上。

方木看看投票帖里不断增加的参与人数，苦笑了一下，转头对杨学武说：“见见这个法官吧。”

杨学武同样一脸凝重：“你的意思是？”

“对，把他保护起来。”方木顿了一下，“说句不好听的，他也是个饵。”

虽然目前对“城市之光”的下手时间还不能确定，不过，从他的作案习惯来看，他事先一定会对任川法官的背景资料及行踪调查得一清二楚。“城市之光”肯定已经预测到警方会对任川进行保护。虽然己方在明，对手在暗，但是他既然已经公开了自己的意图，就绝对不会轻易放弃。如果他围绕任川展开调查，也许就会留下蛛丝马迹。

正说着话，杨学武的手机突然响起来。他拿起电话说了几句之后，站了起来。

“不用去找任川了。”杨学武指指门外，“他已经来了。”

推开五楼会议室的门，方木暗自吃了一惊。几乎所有专案组的成员都来了，大家或坐在椅子上，或靠桌而立。长条会议桌的另一侧，孤零零地坐着一个人，正是任川法官。

分局长见方木和杨学武进来，挥挥手，示意把门关好。

走廊里的嘈杂声被隔绝在门外，会议室里一下子静得出奇。不知为什么，大家都选择和任川相对的位置，并且一言不发。从那些或疑惑，或厌恶的眼神中，方木已经猜出个中端倪：没有人愿意和这样的一个人坐在一起。

身处这样的氛围之中，任川显得坐立不安。看得出，这是一个很注重个人形象的家伙：偏分发型纹丝不乱，深色西装质地考究，黑色皮鞋一尘不染。只不过，他的神情与这身标准的公务员打扮不符，目光慌乱，脸色苍白，冷汗涔涔。

大家都不说话，只是默默地看着这个已经被“城市之光”和C市市民宣判了死刑的人。的确，就连方木也不知该对他说些什么。任川的所作所为，每个人都心知肚明。劝慰和开解都是毫无意义的，相信不止一个人会有这样的想法：这样的人，着实该死。

在大家的注视下，任川更加局促。他不停地在专案组成员的脸上来回斜睃，每次目光接触后，都忙不迭地低下头。

分局长也觉得尴尬，清清嗓子之后，指着他说了一句：“这位是任川法官。”

大家还来不及作出回应，任川就像被火燎了似的跳起来，一躬到底，额头几乎都碰到了桌面：

“给大家添麻烦了。”

有人窃笑起来，气氛也稍稍缓和。分局长颇沉得住气，慢条斯理地点燃一支烟，开口问道：“为什么来找我们？”

任川掏出一包纸巾，擦擦额头上不停向下滚落的汗珠，略定定神，结结巴巴地说起来。

齐媛案宣判以来，任川就面临着巨大的压力。判决书千夫所指，媒体连篇累牍地报道。这些都给他的生活和工作带来很大的影响。宣判当天，他的车窗就被人砸坏了。之后，他的办公电话和手机每天都会接到大量的骚扰及辱骂电话。法院领导曾建议他暂停工作，任川拒绝了。一来，他不想让公众觉得他为了这个判决感到心虚；二来，他相信随着时间的推移，公众会慢慢淡忘这一事件。

当投票帖第一次出现在网络上的时候，任川觉得这是个别网民的哗众取宠，并没有放在心上。然而，当各大网站和在线论坛、微博对投票帖开始疯狂转载时，他感到了一丝担忧。尤其是当他得知，近九成网民投票选择让他去死的时候，他开始害怕了。投票帖第二次出现后，任川的同事私下里告诉他，警方已经对投票帖开始关注，并且第一时间前往“城市之光”发帖的地点展开抓捕。这说明，投票帖绝不是一起恶作剧。而且，任川在网络上对“城市之光”的种种评论和猜测中，已经意识到这个人很可能就是前段时间连杀三人的凶手。他彻底慌了神，考虑再三后，决定向警方求助。

“现在，大家看我的眼神……”任川勉强挤出一个笑容，“就像看一个死人一样。”

说罢，他充满希望地看看大家，似乎想听到“别那么想”“没那么严重”之类的话。然而，没有人开口，大家依旧默默地盯着他。

这意味着，即使在警方眼里，任川也已经是一个至少“死”了一多半的人了。

他的笑容随即消失，整个人也微微地抖起来。

分局长把烟头摁灭，沉吟了一下，开口问道：“我们能帮你什么？”

任川打起精神，试探地问道：“我能不能知道你们的侦破进展？”

“那不可能。”分局长干脆利落地拒绝。

“那……那个人的基本特征呢？”任川还不死心，“他长什么样？或者……”

有人笑起来，随即毫不客气地打断他：“如果我们知道他长什么样，早就抓住他了。”

任川有些失控了，大声追问道：“如果你们什么都不知道，怎么保护我？我怎么办？”

分局长皱皱眉头：“谁说我们要保护你了？”

任川一怔，结巴了半天说道：“我打算申请……警方对我的人身安全进行保护。”

“人身保护令？”分局长依旧不动声色，“那只限于离婚类案件——你媳妇是‘城市之光’？”

大家哄笑起来。

任川的脸一下子红了，越发语无伦次。

“不是……我的意思是……”

“行了，你的意思我明白。”分局长一挥手，“这事我说了不算，得上级领导研究决定。不过，我个人对你提几点建议，仅供你参考：第一，尽量不要外出，尤其是人多的地方，最好下了班直接回家；第二，如果有身份不明的人敲门，绝对不要开门，别管他是收电费的还是推销保险的；第三，减少外出就餐，用自己的杯子和餐具；第四，最好记一下你家附近的派出所的值班电话，如果有管片民警的手机号就更好了，如果出了意外，110出警没有你想的那么快，还不如直接找派出所；最后……”分局长顿了一下，“祝你好运吧。”

任川一直用心听着，听到最后，脸色又是一变。他定定神，舔舔干裂的嘴唇，似乎还有话想说，可是眼见分局长已经垂下眼皮，拿出烟来抽，也只能道谢后起身离开。

任川刚走出会议室，就有专案组成员鼓起掌来。

“解气，真他妈解气！”

分局长嘿嘿地笑了几声，招呼大家坐下。

“这混账东西，应该有人敲打敲打他。不过，他说的事我们还得重视。”分局长正色道，“‘城市之光’已经公开了他的下手目标，这对我们来讲，既是挑衅，也是机会。其实，不用任川申请，我们也打算对他采取监护措施。”

接着，他和几个负责人开始研究对任川进行监护的细节。谈了几句，分局长发现大家的情绪不高，不是低头查看手机，就是吸烟发呆，不由得大为光火。

“都给我精神点！”分局长敲敲桌子，“这次无论如何不能再让‘城市之光’得手。人家已经指名道姓告诉你要杀谁了，如果任川死了，咱们还有脸混下去么？”

的确，任川该不该死尚在其次，既然已经知道凶手的意图，身为警察，就得把个人好恶放在一边，全力保护任川，同时力求把凶手缉拿归案。

于是，大家都打起精神，商讨对任川的监护措施，会议室里的气氛又热烈起来。

方木静静地坐在一旁，倾听着每一个人的发言。很快，他意识到，大家都已经习惯把那个人称作——城市之光。

习惯这个称呼的不仅是警方。每当C市的市民谈及那个连杀三名“恶人”，为无辜者“伸张正义”的连环杀人凶手时，也是用“城市之光”来称呼他。这个名字的热度越来越高，某网站的贴吧上甚至出现了“城市之光吧”，且访客络绎不绝。在大多数民众的眼里，这个当代的“梁山好汉”、21世纪的“侠客”，似乎真的像一缕强光一般，让这个城市的黑夜来得晚一些。

有些警察私底下打趣道，干脆别抓这家伙了，有了他，警方省了多少麻烦。

也许，唯一希望这个名字尽快消失的人，只有任川。他约见专案组的两天之后，上级就布置了针对他的专门监护措施。据说，是和平区法院的院长亲自带着他来到公安厅，要求警方提供人身保护。专案组早有准备，很快就拿出一整套监护方案。其中，一组四人暗中跟随任川，监护范围从他的工作地点覆盖至私宅；同时，要求任川随身带着手机，并实行24小时定位。而且，刑技部门在任川的手机上设置了快捷键，直拨一条专用线路，按键即可接通，并派专人值守。

方木也被编入其中一个小组，第一次执勤是白班，从早8点至晚6点，也就是任川到达法院至下班到家这一时间段。

当天，天色阴沉，气温骤降。方木被手机闹铃叫醒时，看看窗外依旧漆黑一片的天空，还以为是手机出了问题。反复确定了时间之后，方木这才意识到，已经要入冬了。

房间里很冷，方木哆哆嗦嗦地披衣下床，看到餐桌上放着盖好的碗盘。掀开一看，白粥和煎蛋还冒着热气。廖亚凡的鞋子却不在门旁，也许已经上班去了。

方木的脸上露出笑容，心底却轻叹一声。

吃过早饭，方木径直开车到和平区人民法院，在停车场入口处恰好遇到任川的车。他显然已经习惯了这种贴身监护，锁好车门后，就朝停车场里张望着。几乎是同时，一辆黑色商务车里跳下一名男子，四下观察一番之后，慢慢向任川走去。

任川的脸上挤出一个难看的笑容，动作僵硬地向黑色商务车里挥挥手，就和男子一前一后地向法院大楼走去。

方木把车停好，转身走向黑色商务车。此时，另一辆灰色吉普车也停在了商务车旁边。一脸疲惫的杨学武拉开车门跳了下来，随着他的动作，一股浓重的烟雾从车内冒了出来。杨学武吐掉即将燃尽的烟蒂，从口袋里掏出一个皱巴巴的本子递给方木，声音粗哑地说道："交班。"

方木抬头瞄了一眼吉普车内，三个警察东倒西歪地靠在车座上睡得正香。他接过本子，翻了翻，上面记录了任川昨天下班后的活动情况。看来，这家伙还挺听话，到家后就闭门不出。

方木签好日期和自己的名字，看看不住地打哈欠的杨学武，拍拍他的肩膀说道："赶紧找个地方休息吧。"

"休息个屁！"杨学武没好气地说，"查验笔迹那帮人快整理出结果了，我得去看看。"

被专案组安排查验D中案物证的小组曾反映，在单张演算草纸中没发现类似的编码，怀疑被凶手写在呈叠放状态的数张纸上。并且，即使写有编码，也可能被血迹覆盖。因此，小组又临时借调了几名笔迹勘验人员，在近百张演算草纸中进行组合，查找不属于死者魏明军的字迹。这项工作耗时且费力，不过好在就要出结果了。

方木点点头，说了句"你辛苦"。杨学武摆摆手，转身上车驶离法院停车场。

方木则上了那辆黑色商务车，和其余两名警察打了个招呼，让他们一一在记录本上签字后，开始了枯燥的监护工作。

说它枯燥，其实一点也不夸张。每隔半小时，方木等人就要和贴身保护任川的警察进行通话，得到的答复却几乎一致。

"任川在办公室看案卷，无异常。"

"任川和其他法官探讨案情，无异常。"

"任川做开庭前准备，无异常。"

最后，大家都懒得细说，回答一句无异常就挂断步话机。

闲得无聊，方木就和另外两个同事聊天。东拉西扯了半天，话题自然就回到任川身上。一个年轻警察抱怨道："真是的，大好时光浪费在这个混球身上。老百姓如果知道我们花了这么大精力、这么多钱保护这个狗官，指不定怎么骂我们呢。"

"就是。"另一个警察附和道，"让那个'城市之光'宰了他得了，大家都省心——当然，最好不是我们当班的时候。"

大家都笑起来。方木也跟着苦笑连连，目光不由得瞟向四楼右起第三个窗口。那正是任川的办公室。正在埋头工作的他，相信也是满心忐忑不安。在全民对他皆言可杀的当下，如果任川知道警察也恨不得他早点死的话，不知该作何感想。

真的怪不得这些警察，虽有职责在身，可是每个人都有自己的善恶观。怒其判决不公的，绝对不仅是那些网民。其实，大多数参与侦办此案的警察都有这样的困惑："城市之光"真的错了么？保护这样的人，就是对的么？

对还是错，对警察而言其实没有意义。只要触犯刑法，不管是什么人，都得承担刑事责任。相应地，只要生命安全面临威胁，不管是什么人，都应该加以保护。

只不过这枯燥且让人质疑其正当性的工作，着实无聊。上午10点左右的时候，贴身保护任川的警察主动进行通话，听声音颇有幸灾乐祸之感。

任川即将出庭审理一起民事案件，被告方得知主审法官是他，居然当庭提出要任川回避，理由是怀疑他不能公正地审理此案。

"这小子脸都绿了，哈哈。"

吉普车里的警察听了，也是窃笑不已。

时近中午，天色更加阴沉，伴随着一阵紧似一阵的大风。午饭之后，今冬的第一场雪，在C市上空缓缓飘落。

雪越下越大，天地间顿时呈现出一片苍茫之色。方木靠着车窗，静静地看着大风卷集着雪花飞舞。街上的行人都脚步匆匆，似乎对这场突如其来的暴雪都没有心理准备。一个打扮入时的女子几乎是跳着脚奔向街边的出租车，脚下那双薄薄的皮鞋显然已经无法抵御降雪所带来的刺骨寒意。

方木的心里一动。

他忽然想到，廖亚凡一直还穿着网面的运动鞋，这样的天气，肯定会冻坏的。他不由得连连责怪自己粗心，随即又为自己开解：最近工作太忙了，每天只能在下班后见廖亚凡一面，对她有所忽略也是难免。然而，想来想去，还是无法摆脱越来越强的内疚感。

方木看看手表，现在还不到12点半，还是法官们午休的时间。他犹豫了一会儿，委婉地跟另外两个同事说要出去办点事，并保证很快回来。他们正闲得发慌，很痛快地答应了方木的要求。

方木立刻跑去发动自己那辆吉普车，开到附近的一家商场，买了一件紫色的羽绒服和一双棉皮靴。买鞋的时候，他实在不知道现在流行的款式是怎样的，第一个想法居然是打给米楠咨询一下。刚摸出电话，方木就意识到万万不妥，也被自己的念头吓了一跳。

方木情绪随之黯然，再也无心挑选，随便买了一双就马不停蹄地奔向市人民医院。

廖亚凡却不在护工休息室。几个中年女护工显然知道方木就是廖亚凡嘴里的“未婚夫”，一边带着笑意不住地打量他，一边掩嘴窃窃私语。最后，还是上次那个女护工告诉方木，廖亚凡在二楼19号病房里。

方木道谢之后，拎着购物袋又去了219病房。

这是一间单间病房，廖亚凡正在擦地。凑巧的是，江亚也在病房里，站着和一个女护士说话。

看到方木进来，廖亚凡非常惊讶。

“你怎么来了？”她下意识地掏出手机看看时间，“这才几点啊？”

江亚和女护士也齐刷刷地把目光投向方木。在这样的注视下，方木显得很不自在，他拎起手中的购物袋，结结巴巴地说：“下雪了……我给你送衣服和鞋子……”

廖亚凡的脸腾地红了，看上去却很愉快。她接过方木手里的购物袋，有些不好意思地对女护士说：“南姐，我去试一下，很快就回来。”说罢，她就放下拖把，一路小跑出了病房。

南护士笑着答应了，转身打量着方木。

“你就是小廖的男朋友吧？”南护士的眼神中透出一丝欣赏和羡慕，“你对她可真好。”

“上次见面时我就觉得奇怪，不过没好意思细问。”江亚也说道，“方警官你眼光不错，小廖是个挺好的女孩。”

方木不知该说什么好，只能挤出一个微笑作为响应。

“那就这样，你放心吧。”南护士又转向江亚，“后天一早就回来，是吧？”

“对。”江亚的表情恳切，“给你添麻烦了。”

“别客气。这也是我该做的。”说罢，南护士冲方木摆摆手，转身走出了病房。

房间里只剩下方木和江亚两个人。四目相对，江亚先笑了笑，拉过一把凳子示意方木坐下：

“今天是特意来给女朋友送衣服和鞋子？”

方木搔搔后脑勺：“算是吧。”

江亚轻轻地笑起来：“真是个好男人啊。”

“哪里。”方木摆摆手，目光投向躺在病床上的女人，“和你相比，我可差远了。”

“唉，我是没办法。”江亚坐到床边，拉起女人枯瘦的手慢慢摩挲着，“总不能丢下她不管。”

女人虽然一直沉睡，脸色却还算红润。也许是肌体的本能感应到江亚的动作，双颊各飞起一片潮红，呼吸也略略急促。

江亚伸出手，在她的额头和脸颊上温柔地抚摸着。

“我相信，她能听到我说话。”江亚的动作轻缓，似乎女人是一件无比珍贵、脆弱易碎的瓷器，“总有一天，她会醒来的。”

方木下意识地看看病床前的患者卡片。魏巍。

他忽然觉得这个名字似曾相识，不自觉地轻声读了出来。

江亚察觉到方木的异样，笑了起来。

“是呀，《谁是最可爱的人》。”他转头面向女人，似乎在自言自语，又像是在跟女人聊天，“你就是最可爱的人。”

看到这令人心酸的一幕，方木的心下也有些黯然。

“她这样……”方木试探着问道，“已经多久了？”

“半年多了。”江亚平静地说，“医生说，她恢复得挺不错的。”

“什么原因造成她昏迷的，疾病，还是事故？”

“她这里长了个瘤子，需要动手术。”江亚指指自己的脑袋，“结果，下了手术台之后就再没醒过来。”

“哦？”方木瞪大了眼睛，“为什么？”

“不知道。”江亚摇摇头，“我要求主治医生解释的时候，才发现病历什么的，统统都被修改了。”

“这么说，医院有责任？”

“我觉得是。不过医院不承认，只是答应留院观察，费用全免。”江亚轻叹一声，“我手里没有证据，也只能听医院的安排。”

方木见他说得无奈，心下也颇为不忍，想了想，岔开了话题。

“刚才听你和南护士聊天——怎么，要出门？”

“是的，进一批货。”江亚很快就调整好情绪，“委托南护士帮我照顾魏巍。好在时间不长，最多一天而已。”

“嗯，如果南护士忙不过来，亚凡也可以来帮忙。”

江亚笑笑：“好，谢谢了。”

“不过，二宝怎么办？”方木想了想，“要不，先接到我家去？”

“没事。我让我的店员照顾二宝。”江亚拍拍方木的肩膀，“你放心吧，只要给小家伙准备足够的食物，他很乖的。”

方木半是好笑半是无奈地摇摇头，说道：“这小家伙，馋猫一个啊。”

正说着话，廖亚凡兴冲冲地闯进来。她穿着新羽绒服和棉皮靴，站在病床前转了一圈：

“怎么样，好看么？”

方木上下打量了一番，看衣服还勉强合身，就问道：“鞋子合脚么？”

“还行。”廖亚凡倒是挺大度，“稍微有点大，不过没关系。”

“方警官很细心。”江亚笑着说，“亚凡够幸福的。”

廖亚凡粲然一笑，双眼闪闪发亮地盯着方木。方木慌忙垂下眼睛，看看手表说：“那我先走了，下午还得上班。”

说罢，他和江亚挥手告别，走出了219病房。刚迈出几步，就听到身后一阵清脆的脚步声。

方木回过头，廖亚凡连蹦带跳地跑过来，一把挽住他的胳膊，笑嘻嘻地说：“我送你出去，顺便把衣服换下来。”

“换了干吗？”方木稍稍挣扎了一下，“就这么穿着吧。”

“不，干活时穿这个怪可惜的。”廖亚凡低头瞧瞧光可鉴人的皮靴，“反正医院里也不冷——下班后再穿。”

“行，随你。”方木无奈地摇头。

直到方木的车开出很远，还能看到廖亚凡在冲自己挥手。漫天风雪中，她很快就变成一个紫色的小点，最后完全消失了。

方木从后视镜里收回视线，廖亚凡收到礼物时的欣喜若狂让他感到更加歉疚。这个女孩在叛逆、狂躁的外表下，隐藏着一颗卑微到极点的心。

从今天开始，对她好点。

方木对自己说。

大约15分钟后，和平区法院的大楼出现在前方。因为这场突如其来的暴雪，交通显得有些拥堵。在一个路口足足等了5分钟之后，绿灯终于亮起。方木刚踩下油门，衣袋里的手机就响了。方木瞄了一眼，是同一监护小组的同事，他拿起耳机塞进耳朵，又按下接听键。

“喂？”

“快回来，出事了！”

方木心头一凛，脚下也猛然发力。吉普车在湿滑的路面上晃了一下，风驰电掣般向和平区法院驶去。

方木一直把车开到法院大楼门口，跳下车的同时，他向停车场方向扫了一眼，那辆黑色商务车还停在原地，车门却大开。是什么让他们慌张到连车门都来不及关？

他的心头忽然涌起一股不祥的预感，上午还戏言让“城市之光”把任川宰了得了，不会这么邪门吧？

方木来不及多想，拔腿就往楼上跑。刚跑上二楼，就看到几个法警像没头苍蝇一样在走廊里团团乱转。方木抓住其中一个，掏出警官证在他眼前一晃，厉声问怎么回事。

那个法警一脸惊慌，结结巴巴地说：“我也不知道……是你们的人说……任川失踪了。”

方木骂了一声，指示法警立刻封锁法院大门，任何人都不许出去。这时，杨学武的电话又打进来了。

电话刚一接通，他就直接告诉方木，从手机定位的结果来看，任川的手机还在法院里，位置在大楼东侧。手机呈接通状态，但是没有人说话，只听见隐隐的水声。

方木的大脑飞速地转动着，转身向四楼跑去。跑到三楼缓台的时候，正好看见负责贴身保护任川的警察从楼上跑下来。看得出他精神高度紧张，手里拎着的92式手枪机头大张。方木急忙拦住他询问情况。后者已经跑得说不出话来，按着胸口喘了好一阵，才断断续续地把情况说明白。

大约10分钟前，他见任川还在办公室里看案卷，一切平静如常，就溜到楼梯间抽烟。一支烟还没抽完，忽然接到专案组的电话，说任川的手机突然拨通了那部专线报警电话。他立刻返回任川的办公室，发现已经人去屋空。他慌了神，急忙通知楼下接应的同事立刻上楼搜寻任川。

“他们俩呢？”

“应该还在楼里。”

方木让他用步话机联络其余两名同事，搜查三楼到一楼，重点放在东侧卫生间里，自己则快速跑向四楼东侧卫生间。

这是距离任川办公室最近的卫生间。然而，卫生间里空空如也。方木迅速查看了一下，没有搏斗和厮打的迹象。他吸吸鼻子，在淡淡的空气清新剂味道中，似乎也没有乙醚之类的残存气味。

他没有多停留，拔腿又向五楼跑去，东侧卫生间里也是空无一人。此时，方木已经跑得两腿发软，他不敢休息，咬着牙，沿着楼梯直奔六楼而去。

刚跑到六楼的卫生间门口，方木手机又响起来。

“找到他了，二楼东侧卫生间。”同事的声音如释重负，却透着一丝怒意，“那混蛋没事！”

方木应了一声，感到浑身的毛孔瞬间张开，汗水一下子就湿透了衬衫。

他靠在墙上喘了几分钟，才迈开酸痛的双腿，慢慢地下楼。

刚转入二楼走廊，方木就看到杨学武带着几个人大步走来。他的脸色铁青，见到方木也只是微微点头，低声问道："人呢？"

方木指指东侧卫生间。小组的其他三个同事站在门口，脸色悻然，见杨学武过来，都自觉地让开一条路。

杨学武看也不看他们，径直走进卫生间。任川一脸紧张地靠窗而立，手里还捏着那部惹祸的手机。

杨学武一脚踢飞了摆在门旁的水桶，半桶清水哗啦一声泼洒出来，转眼就流到了任川脚边。

任川本能地躲开，却没躲过杨学武的手。他一把拽住任川的衣领，鼻子几乎要凑到对方的脸上。

"你搞什么鬼？"杨学武的声音虽低，却透出刺骨的寒意，"玩我们，是吧？"

任川的脸憋得通红，连连否认："不小心按到的……刚才上卫生间……真的，我不是有意的……"

大家急忙上前把杨学武拉开，生怕他会动手打人。杨学武甩开众人的手，先是扫视一圈，最后从紧抿的嘴唇里蹦出几个字。

"继续吧。"随后，他伸出一只手，冲任川点了点，却什么都没说，只是狠狠地瞪了他一眼，转身走了。

方木始终抱着肩膀冷眼旁观，看杨学武离开，也招呼小组的另外三个同事下楼。

回到车里，两名同事忍不住大骂任川。方木的心情也很不好。任川摆明了是在考验警方的反应能力，否则不会从四楼跑到二楼去上卫生间。他既要依靠警方的保护，还不信任警方。估计"城市之光"发出的死亡威胁已经快把他折磨得精神分裂了。

终于挨到下班，5点之后，法院大楼内的人陆陆续续地走了出来。很快，方木就看到任川提着公文包走向停车场，身后是那个依旧板着脸的警察，紧跟着任川坐进了他的蓝色马自达轿车。

方木拍拍趴在方向盘上打瞌睡的同事。随即，两辆车一前一后驶离和平区法院。

一路无话。半小时后，任川和监护小组回到了任川居住的蓝岸名苑小区。

A座17号楼下，一辆白色面包车早已停在车位上。随着黑色商务车驶近，面包车的前灯闪烁了几下。商务车也作出同样的回应。

停好车后，方木下车，任川把车锁好之后，老老实实地站在楼门前，等待面包车上的人。一个警察跳下面包车，和方木打了个招呼。三个人一起上楼。

电梯停在18楼。三人鱼贯而出，任川打开家门后，方木先进门，在房间里四处查看一番后，对站在客厅门口的任川和那个警察说无异常。

任川这才脱鞋入室，把风衣和公文包甩在茶几上，随即，整个人就缩在沙发里不动了。

方木掏出记录本，和那个警察交接后，抬眼看看任川，说了句先走了，就准备出门。

忽然，任川从沙发上站起来，语气颇为恳切地说道："方警官，能不能和你聊几句？"

方木有些惊讶，想了想，示意那个警察先下楼：

"麻烦你告诉那三个哥们，不用等我了。"

那警察看看任川，应了一声就转身离去。

任川关好房门，冲方木笑笑，指着餐厅里的椅子说："坐吧。"说罢，他就自顾自地忙活起来，几分钟后，一瓶威士忌、冰桶、两个杯子、一盒中华烟和烟灰缸已经摆在餐桌上。

方木一直没动，直到任川往自己面前的杯子里倒酒时才抬手阻止他：

“对不起，我不喝酒。”

任川也不勉强他，自己倒了半杯威士忌，加冰之后一饮而尽。方木看着那张脸从苍白慢慢变得潮红，想了想，开口问道：“你怎么知道我姓方？”

“呵呵，公检法不分家。”因为酒精的作用，任川的眼神变得飘忽起来，“我有几个朋友在公安系统，也听过你的大名。”

对这种客套话，方木既没表示出谦虚，也没欣然接受，接着问道：“你想跟我聊什么？”

任川没说话，抽出一支烟点燃，又把烟盒推向方木：

“是这样，我听说你在专案组里负责给那个凶手做心理画像。”任川深深地吸进一口烟，“能不能告诉我，这个‘城市之光’是个什么样的人？”

方木没动他的烟，面无表情地说道：“男性，年龄在25岁—35岁之间。身高在1.7—1.75米之间，体重在75—80公斤之间。”

方木一开口，任川就全神贯注地听着，听到最后，满脸仍是期待的表情，见方木低头点烟，似乎再没有开口的意思，脸上的希望瞬间变成失望：

“就这些？”

“对，现在我只能告诉你这些。”方木直截了当地回答他，“也许将来会收集到更多的信息……”

“什么时候？”任川打断他的话，手中的杯子也重重地顿在桌面上，“等他把我干掉之后？”

方木不再说话，默默地盯着他吸烟。

任川也自觉失态，坐着喘了半天粗气之后，忽然咧嘴笑笑：

“抱歉，我有点失控了。”他又倒了半杯酒，抿了一口，“请你理解我，等死的滋味……太不好受了。”

“我理解你。不过，情绪再激动也无济于事。”方木平静地说道，“你现在能做的，就是尽可能配合我们的工作。只要你服从我们的安排，别再玩什么花招，我们可以保证你没事。”

任川听出方木的弦外之音，脸上红一阵白一阵。然后，他尴尬地笑笑，低声说：“下午的事……实在很抱歉。”

方木移开目光，鼻子里轻轻地哼了一声。

“可是，我就是搞不明白，这个‘城市之光’为什么要杀我？”任川又喝了一口酒，“我把身边的人翻来覆去地捋了好几遍，还是想不出我到底得罪了谁。”

“你不用费那个劲了。”方木说道，“他不是你认识的人，甚至和你没有半点关系。”

“那他为什么要杀我？”任川瞪大通红的双眼，“就为了那个判决？”

方木不说话了，只是意味深长地看着他，显然已经默认了他的结论。

任川一脸愤懑加无奈：“那可真他妈是冤枉我了。”

方木有些不解：“冤枉你？”

“绝对是冤枉我！”任川急赤白脸地说道，“那判决是审判委员会定的！”

方木点点头，似乎已经知道任川为什么觉得委屈了。

所谓审判委员会，是我国特有的审判组织形式，也是法院审判工作的一个集体领导机构。通常，审判委员会可以讨论以及决定重大、疑难案件的结果。换句话说，审判委员会可以改变合议庭做出的判决，且合议庭必须服从，并以合议庭成员的名义发布。按照中国现行法律，审判委员会实行集体负责制。这个“集体负责制”意味着，没有人需要为决议负责，出了事，由“集体”扛着。

“我们那个破法院，上头放个屁都当响雷听着。”谈到齐媛案，任川满腹牢骚，“今年，有家权威法制刊物发了篇文章，叫《司法活动不应被社会舆论绑架》。我们院那个重视啊，专门组织法官们学习、讨论、写心得体会。让我们不要被社会舆论左右，必要时要敢于对舆论说不。齐媛的案子起诉到法院之后，我是真心觉得这小姑娘没说谎，那老太太就是想讹俩钱，弥补一下经济损失。所以，我最初拟定的判决是小姑娘没责任。可是，坏就坏在这案子的社会反响太大，院里讨论了一下，决定拿这个案子开刀，说是坚决维护司法机关权威。你们不是嚷嚷小姑娘是见义勇为么？好！我们就判她赔钱给老太太，让你们知道知道，法院究竟是谁说了算！”

任川越说越气，双眼几乎要凸出眼眶，嘴角也满是飞沫：

“我找领导谈了好几次，说这么判不行，老百姓肯定不干。领导说没事，司法权威大于个人利益，出了问题有审判委员会担着——担着个屁！最后还不是我他妈背这个黑锅！”

听罢，方木点点头。对于这个判决的形成过程，外界乃至新闻媒体是不可能了解的。不管任川对判决结果的意见有多大，最终仍然要以他所在的合议庭的名义发布。面对镜头时，暴露在公众视野之下的也只能是他。

想到这里，方木有些同情这个委屈的法官。一个违背其本意的判决，却给他带来了死亡威胁。然而，事到如今也只能承受，他总不能去电视上大声疾呼：“做出判决的是审判委员会，‘城市之光’，你杀错人了，去宰了我们院长吧。”

连珠炮般地说出一大段话，任川有些气喘，却依旧余怒未消。他一口气把杯子里的酒喝光，又慢慢倒上一杯。刚要举起，就被方木拦住了。

“别喝了。”

任川顺从地放下杯子，双手按住额头，不停地向后捋着头发，曾经纹丝不乱的偏分发型已经乱得像一蓬荒草。

良久，他停下双手，直勾勾地看着方木，声音嘶哑：“你说，我该怎么办？”

“我跟你说过，只要你配合我们的工作，我们就可以保证你没事。”方木想了想，缓缓说道，“你保住命，其他的事情我们来做。”

任川点点头，情绪似乎放松了一些，甚至还挤出了一个难看的微笑。

他递给方木一支烟，又帮他点燃，试探着问道：“我听说，你在给‘城市之光’的心理画像中，对他的下一步行动，提出了一些预测？”

方木犹豫了一下，点点头。

“城市之光”目前的所作所为，已经在某种程度上验证了方木的推测。第一，他再次选择具有轰动效应的社会新闻当事人作为下手目标；第二，犯罪再次升级：他这次选择的被害人不再是普通人，而是代表国家司法权威的法官；第三，“城市之光”在网络上发布的投票帖，实际上是一种杀人预告，其公开性已经远超前三起案件。

任川看到方木的肯定答复，显得十分兴奋。他把椅子拉近，凑到方木身边，很不必要地压低声音问道：“‘城市之光’会怎样……嗯……对付我？”

“这只是我的推测，未必准确。”方木决定还是对他透露一些，“‘城市之光’是个追求轰动效应的人，所以，他会在万众瞩目的情况下，采用一种公开性很强的方式……对付你。”

两个人都心照不宣地回避“杀”这个可怕的字眼，任川是因为觉得晦气，方木则不想再引起他的情绪波动。

“所以，如果你按照我们的安排，尽量减少出入公共场所，他就难以寻找到他认为最合适的时机加害你。”

任川“嗯”了一声，又问道：“如果他一直找不到下手的机会，会不会就此放弃？”

方木很想安慰他说也许会，话到嘴边，还是摇了摇头。给他不切实际的希望，还不如不给。

任川的脸上看不出失望的神色，似乎在思考着什么。方木见状，起身告辞。任川漫不经心地请方木留下吃晚饭。方木摆摆手，拒绝了。刚走到门口，任川又在身后叫住他：

“刚才跟你说的那些话，都是气话，别告诉别人行么？”任川有些尴尬地笑笑，“如果这次大难不死，我还得在这个圈里混。”

方木点点头，又交代了几句注意事项，转身走了。

接连几天，“城市之光”都没有进一步的动作，似乎彻底消失在网络上。警方虽然被监护工作拖得疲惫不堪，却也不敢有丝毫懈怠。每个工作小组都在紧张地忙碌着，虽然收效甚微，但总算是取得了一定的进展。

首先，负责外调的小组经过大海捞针般的排查，终于确定了富民小区杀人案中的水囊来源。经查，水囊是由浙江的一家橡胶制品厂生产的。因为并非管制物品，所以买主只留下了自己的手机号。收到预付款后，厂家委托货运公司将水囊送至C市并约定由买主自提。警方经调查后得知，买主汇款时所使用的身份证件系伪造，手机号码在打电话订货及接到电话取货后就再没有使用过。通过对货运公司的询问，工作人员称已无法回忆起买主的样貌，只记得是男性，中等身材。

其次，在笔迹鉴定人员的协助下，对D中案现场的物证已鉴定完毕。其中，在编号为8、39、44号的演算草纸上，提取到一组字母与数字的组合。经排列及对照前几个现场中提取到的编码，最大可能为XCXJ02718425。经死者魏明军的家属辨认及笔迹鉴定人员的勘验后，确定这些字迹并非魏明军所写。之后，警方将在三起杀人现场提取到的相似编码进行笔迹鉴定，结论为可做同一认定。

这一线索显然使案情变得更加扑朔迷离。专案组几经讨论后，设想了无数种可能，却仍然无法参透这组编码的含义。方木考虑再三，动员米楠提出了自己的设想，即凶手与书写编码者为不同的两个人，且彼此并无犯意联系。

这种设想没有得到专案组的认可，不少人甚至认为米楠纯属异想天开。几番辩论下来，尽管方木和米楠提出若干论据，专案组的大多数成员仍然认为此时不应把精力浪费在这组编码上。因为“城市之光”的杀人预告已经为警方提供了最佳的抓捕时机。一旦抓捕成功，这组编码的秘密自然水落石出。

散会后，方木对米楠略感歉意，因为会上对这种设想的否定意见不乏过激，甚至是嘲讽的言辞。不过，米楠似乎对此并不在意，对方木结结巴巴的道歉，只是淡淡地说了句没事就回足迹室了。

倒是杨学武跑来质问方木，指责他不应该让米楠陷入那么尴尬的境地：

“人家好歹是个女孩，你看她当时委屈的……”

方木很想告诉杨学武，以米楠的性格，可能对他人的否定意见有千万种不服，唯独不会有委屈的情绪。她的内心之强大，可能是杨学武和方木都无法想象的。然而，话到嘴边还是咽了下去。

自从那天一起吃饭之后，方木再没有单独和米楠联系过。一来是觉得尴尬，二来是怕引起杨学武不必要的误会。有时在专案组里遇到，也是公事公办，客客气气。其实杨学武追求米楠的意图已经十分明显，组里的大多数同事都看出来了。领导对此没有过多干涉，毕竟两个人都是年轻干警中出类拔萃的人物，彼此有好感也纯属正常，只是叮嘱别影响工作就行。于是，工作累了的时候，年长些的同事常常拿两人开玩笑，杨学武半真半假地回应，米楠却始终不动声色，面沉如水。有时恰逢方木在场，他的婚事也成为大家调剂情绪的目标。也许对这些不明就里的警察来讲，没有比促成一场恋爱和操办喜事更能让他们暂时摆脱案件所带来的沉重压力了。对那些善意的哄笑，方木一律以含混的哼哈回应。有时忍不住偷偷地去看米楠的反应，她却永远只保持一种姿势：低头、垂目，查看手边的案卷或者检验报告，既不参与，也不回应。

这其实也是一种态度：如果你不能爱我，请让我保留不自我伤害的权利。

这种态度让方木常常感到心烦意乱，甚至强迫自己不要去想这些。然而，他很快发现，逃避自己的内心，比什么都难。

第十六章

死期

天气逐渐转凉，地处东北的C市已经迎来了真正意义上的冬季。对天使堂福利院来讲，这是最难熬的一个季节。不仅要考虑采暖成本，采购有更多热量的食物和冬储菜，还要及时给孩子们找出冬装及拆洗棉被。

这么繁重的工作，仅靠赵大姐等几个护工是很难做到的。所以，每到这个时候，方木就会去天使堂帮忙，再加上一些志愿者组织的协助，还可以勉强应付过去。今年入冬的时候，虽然有“城市之光”的案子压着，方木还是尽量找时间去帮赵大姐一把。

廖亚凡也很体谅赵大姐，特意请了半天假去天使堂。方木心想她对福利院的各项工作都挺熟悉，更难得的是这份心意，也就很痛快地答应了。

当天下午，方木去医院接廖亚凡，然后开车去天使堂。廖亚凡带了不少东西，除了吃的用的，还有给赵大姐的一副羊毛护膝。

最近她的情绪很好，不知道是不是因为方木多加关心的缘故，整个人都变得活跃起来。一路上，廖亚凡都在叽叽喳喳地讲着医院的事儿。方木心不在焉地听着，不时微笑，或者简单地响应。

天气很好。道路宽敞。同车的女孩也罕见地乖巧可爱。方木突然有一种错觉，是不是未来的几十年都会这样过去？

真希望一下子就变成耄耋老人，跳过所有挣扎、纠结的年代，跳过所有心动、难过的时刻，跳过所谓爱情变为亲情的过程，直接以平静、淡薄的心态面对那个同样老去的女孩，像亲人一样，像兄妹一样，像父女一样。

是不是就会省去那些难以割舍和兀自不甘的情绪？

吉普车开进天使堂的院子，堆得像小山一样的白菜赫然在目。这是现在最便宜的蔬菜，也是天使堂的孩子们在漫长冬季里的主要副食。廖亚凡兴高采烈地跳下车，颇为沉醉地吸吸鼻子，似乎白菜的清香触动了内心的某段美好回忆。

“赵阿姨！”

来不及进屋，廖亚凡就大叫起来。几乎是同时，白菜“山”的后面探出一张脸，正是满脸汗水的赵大姐。

随即露出的第二张脸，是米楠。

廖亚凡的笑容瞬间就凝固在脸上，脚步也随之放缓。

方木也很惊讶，一时间竟不知该说些什么。赵大姐把手在围裙上擦擦，一路小跑过来，一把抱住了廖亚凡。

“你这孩子，来了怎么也不提前打个电话？我好准备点好吃的……今天怎么没上班？工作忙不忙，累不累？”

面对赵大姐的一连串问题，廖亚凡却无心回答，只是皱着眉头上下打量着米楠。米楠倒是一副平静的样子，冲方木和廖亚凡分别点头致意后，就坐下来继续剥着手里的白菜。

赵大姐热情地拥着廖亚凡走进小楼。方木在院子里转了几圈，摆弄摆弄晾晒的被褥，蹲下看看光秃秃的菜园，最后，鼓足勇气走到米楠身边：

“忙……忙什么呢？”

“准备腌酸菜。”米楠抬头看了方木一眼，又低下头忙活着。

“你怎么来了？”

“我不知道你会来。”

答非所问，却传达出另一层意思：如果知道你会来，我就不来了。

方木有些尴尬地搔搔脑袋，想了想，又试探地说道：“我帮你吧。”

米楠没说话，只是朝旁边挪了挪，让出一块位置。

方木如释重负地坐下，随手拿起一棵白菜，慢慢地剥起来。

气温虽低，阳光却很好，照在身上暖洋洋的。方木一边剥白菜，一边偷偷地打量米楠。

她似乎瘦了一些，脸侧的线条分明。长发随意地扎成马尾，高高地悬在脑后。警用作训服没有佩戴任何标志和警衔，看上去不像干练的女警，倒真像一个勤劳、沉默的女工。不加修饰的双手冻得通红，却灵巧地在白菜叶间上下翻飞，转眼间，一棵棵处理好的白菜就整整齐齐地码在身边。

“喂，我们是要腌酸菜，不是炒白菜叶。”冷不防地，米楠开口了，“你是来捣乱的么？”

方木急忙看看手里的白菜，几乎只剩下白菜心了。大片完好的白菜叶散落在地上，乱七八糟地堆在一起。

米楠夺过方木手里的白菜心放在一边，又把白菜叶拢到一起。

“真浪费。”米楠指指小楼，“你别在这里帮倒忙了，去陪陪廖亚凡吧。”

“不用。其实我们……”方木有些手足无措，“不是你想的那样……”

“你不用跟我说这些。”米楠转过头，继续剥白菜，“跟我没有关系。”

一瞬间，方木很想冲过去抓住她的胳膊，盯着她的眼睛，一字一顿地说：“我们并没有在一起，我心中……”

冲动到此戛然而止，方木脑海中的另一个自己也停在原地，仿佛电影画面中的定格。

他心中到底怎样，岂是三言两语能说清的？

小楼门口传来踢踢踏踏的脚步声，廖亚凡和赵大姐一前一后地走来。廖亚凡脚步匆匆，边走边挽起袖子，眼睛一直在米楠和方木身上扫来扫去。赵大姐则一脸满足的笑容，白色羊皮护膝套在裤子外面，分外醒目。

廖亚凡一屁股坐在米楠和方木中间，先甜甜地叫了一句“米楠姐”，然后就不由分说地抢过米楠手中剥了一半的白菜：

“我来帮你干。”

廖亚凡突如其来的善意让方木和米楠都吃惊不小，迅速对视一下之后，米楠先露出笑容。

“好。”

廖亚凡看看地上的白菜叶，转身拍了方木一下。

“肯定是方木干的吧？”廖亚凡意味深长地瞟了方木一眼，“他呀，什么都不会干。家里做饭、打扫卫生、洗衣服都是我一个人。”

说罢，她推推方木，言语间宛若一个娇嗔的小媳妇。

“去吧去吧，找地方歇着去，别在这捣乱了。我和米楠姐干就行。”

方木先是惊愕，随后就意识到廖亚凡是在演戏。在那些“假想敌”一一排除之后，遇到米楠这个货真价实的对手，廖亚凡自然不会甘拜下风。

赵大姐当然不了解这些，推推方木的腰，吩咐道：“你去把酸菜缸刷一刷，再帮我们码堆。这边让米楠和亚凡干就行——这本来也不是你们男人应该干的活儿。”

方木只好服从。刷完酸菜缸，他就蹲在一边百无聊赖地吸烟，间或把处理好的白菜堆在墙角。廖亚凡手脚麻利地干着，嘴里也不停地絮叨。看上去两人在亲亲热热地聊天，实则米楠很少插嘴，偶尔嗯啊地回应一声。

方木一边干活，一边倾听两人聊天的内容。廖亚凡说的主要是她和方木之间的事，其中不乏夸张之词，方木听了都觉得脸红。

“这鞋漂亮吧？那天下雪了，老方看我还穿着单鞋，当时就急了，立马跑到商场里买了靴子和羽绒服送过来——特意送过来的啊。我说这靴子太贵了，他说没事，你别冻着就行，多花点钱不算啥——老方，这靴子多少钱来着？”

方木头也不抬，闷声闷气地回了一句“忘了”。

不明就里的赵大姐拍拍方木，眼神中满是欣慰和赞赏。

方木移开视线，心想我他娘的从方叔叔到方木，再到老方，称谓变得倒挺快的。

几个人手脚不停，终于在天色彻底黑透之前把酸菜缸装满，剩余的白菜也整整齐齐地码放在墙脚。

空气寒冽，混合着白菜特有的甜香，吸进鼻子里令人心情舒爽。赵大姐早早就炖上了五花肉和白菜、豆腐，院子里香气四溢。米楠洗过手脸之后就要告辞，被赵大姐死死挽住，非要她吃过饭再走。米楠拗不过她，只好同意。

在那张熟悉的长条餐桌旁，大家悉数就座。喧闹的气氛宛若几年前，只不过廖亚凡已经青涩不再，赵大姐华发频生，而那个慈祥的老院长再也不会出现了。

孩子们对食物的热衷却毫无二致，喷香的饭菜一端上桌，就引起小家伙们的哄抢。不到一分钟，每个孩子都捧着冒尖的饭碗开始大快朵颐。

开饭前，廖亚凡曾经没了踪影。十几分钟后，她拎着一大袋啤酒、熟食回来了。赵大姐兴致很高，嗔怪了廖亚凡几句之后就招呼大家喝酒吃菜。

廖亚凡拉开一罐啤酒，不由分说地塞进方木手里。方木急忙拒绝："我开车呢，不能喝。"

"你是警察你怕什么啊？"廖亚凡不以为然，"没事。"

说罢，她又递给米楠一罐，眼盯着她说道："米楠姐，你又不开车——没问题吧？"

让方木感到意外的是，米楠只是犹豫了一下，就拉开啤酒，仰脖喝了一大口。

廖亚凡的情绪更加高涨，分发一圈之后，除了信佛的陆海燕，就连崔寡妇也捏着一罐啤酒小口啜着。

孩子们对酒没有兴趣，吃饱之后纷纷下桌，留下几个大人边吃边聊。饭菜很快一扫而光，廖亚凡又拿出刚买回来的熟食，切了几盘权当下酒菜。陆海燕陪着大家聊了一会儿就回房间诵经，不胜酒力的崔寡妇也早早回房休息。餐桌旁只剩下方木、廖亚凡、米楠和赵大姐四人。

酒的确是放松身心的好东西，尤其是经过紧张的劳作之后。方木只喝了半罐啤酒，就感到全身舒坦，疲劳和倦意也一扫而空，连骨头缝里都暖洋洋的。不过他不敢有丝毫懈怠，始终提心吊胆地看着这几个推杯换盏的女人。

廖亚凡喝得最多，面前堆了好几个空啤酒罐，粉白的脸颊已是一片潮红。说到动情处，还抱着赵大姐又哭又笑。大概是因为难得放松一下，赵大姐也没少喝，倒不怎么说话，只是噙着眼泪，抱着廖亚凡一遍遍摩挲她的头发。

米楠一反常态，松开了一头长发，对廖亚凡等人的敬酒也是来者不拒，眼看着面前的空啤酒罐和廖亚凡不相上下。她很少开口，只是笑，间或看看方木，又飞快地移开目光。眼波流转间，少有的妩媚清亮。

方木心下惊异，忍不住说道："想不到你还挺能喝的。"

米楠把啤酒罐贴在红热的脸上，白了方木一眼："你想不到的事情多了。"

廖亚凡从赵大姐的怀抱中挣脱出来，摇摇晃晃地打开一罐啤酒，重重地和米楠碰了一下，大着舌头说道："米楠姐，你……没说的，漂亮！人也好！不管哪个男人娶了你，都是天大的福气……"

方木皱皱眉头，下意识地看向米楠。米楠却看也不看他，依旧一脸微笑地看着廖亚凡。

"姐，你就是我姐姐。"廖亚凡喝了一口酒，又擦擦嘴角溢出的泡沫，"我一定得帮你找个好男人……特别好的那种——老方，你说好不好？"

方木还来不及回话，赵大姐就一把夺过廖亚凡手中的啤酒罐，笑骂道："你个小兔崽子，自己的婚事还没定下来呢，先替人家操上心了。"

说罢，她又转向方木，语气温柔："小方，你们打算办婚事的时候，一定得提前告诉我。大姐没什么钱，但是可以出力。"

赵大姐看看廖亚凡，眼中又有泪花闪动。

"亚凡就跟我的亲闺女一样，我一定得让她风风光光地嫁出去。"

方木不知该说什么，只能摇头苦笑。

“赵阿姨，你放心吧，我和老方肯定好好过，明年就给你带个外孙子过来。”

廖亚凡越说越离谱，还大大咧咧地拿过方木的烟盒，抽出一支烟就要点燃。刚刚拿起打火机，米楠就一把夺了过来。

“那就先祝福你们。”米楠依旧面色如水，笑意盈盈，“不过亚凡你得先把烟戒了，如果想要一个健康的宝宝，你需要……”

“戒烟？行呀，没问题。”廖亚凡突然眯起眼睛，整个人也不再摇摇晃晃，似乎一下子从醉意中清醒过来，看上去竟像一把蓄势待发的弓，“我知道我一身臭毛病，但是我好歹把第一个孩子留给我老公了。”

餐桌边瞬间一片寂静。

所有人的表情和动作都凝固下来，只有窗外的风声清晰可辨。

几秒钟后，方木才又惊又怒地暴喝一声：“廖亚凡！”随即就把目光投向赵大姐。

米楠曾怀孕并遭抛弃的事情，只对方木和赵大姐说过。方木从未对廖亚凡提起，肯定是赵大姐告诉她的。

赵大姐也受惊不小，悔意、尴尬、歉疚的神情一股脑地出现在她的脸上，反而使她张口结舌，一句话也说不出来了。

米楠直勾勾地看着廖亚凡，脸上的笑容犹在，只是变得僵硬。她的手还举在半空，几秒钟后，一阵咔嚓声从手中的啤酒罐上传出来——铝罐渐渐变形，大股啤酒溢出，又啪嗒啪嗒地落在餐桌上。

廖亚凡毫不示弱地回望着米楠，伸手拿过烟，挑衅似的点燃，深吸一口后缓缓吐出。

暴怒的方木噌地一下站起来，手指廖亚凡，刚要责令她对米楠道歉，衣袋里的手机就响了。

突如其来的欢快旋律让餐桌边的气氛更加诡异，也把一句脏话生生地憋在方木的喉咙里。他咬紧牙关，狠狠地对廖亚凡指了几下。后者却是一副满不在乎的样子，悠然自得地吐着烟圈。

方木摸出手机，因愤怒而痉挛的手指把手机的塑料外壳捏得咯吱作响。

“喂？”

“你在哪儿呢？”杨学武的声音焦躁不安，“赶紧过来，有情况！”

直到被方木跌跌撞撞地拽上吉普车，米楠依旧处于一种失神的状态，脸上甚至还挂着一丝微笑。她只是呆呆地看着前方，似乎对周围的一切都失去了感知力。

任何一个人，被这样当众羞辱，都无异于揭开愈合已久的伤疤，又撒上盐后恣意揉搓一番。其痛楚，即使是坚强如米楠者也难以承受。

此时，任何安慰和道歉都是没有用的。方木咬着牙，不声不响地把车开得飞快。进入市区后，方木突然感到身边有异。扭头一看，米楠全身僵直地坐在副驾驶座上，大颗大颗的泪珠从脸上滑落。

那不是一般意义上的流泪，作训服的胸前已经是一大片亮晶晶的泪渍，而且范围还在不断扩大。米楠全身的水分似乎都已经通过泪腺喷涌而出，顺着脸颊而下，在下巴上形成一条不间断的泪流。

方木心中大骇，甚至怀疑她很快就会因为脱水而失去意识。他手忙脚乱地从衣袋里翻出纸巾递给米楠，却被她挥手打开。

“我要下车。”说罢，米楠竟不管不顾地伸手去拉车门。

这可是70公里以上的时速！方木急忙拉住她的手腕，触摸之下，只感到一片冰凉。

米楠剧烈地挣扎，吉普车也随之摇晃起来。方木无奈，只好减速，把车停在路边。

不等车停稳，米楠就拉开车门跳了下去。也许是僵硬的姿态保持过久，刚一落地，她的脚就一软，几乎扑倒在地上。方木解开安全带，也跳下车，把她搀扶起来。

米楠的眼中仍是一片茫然，死死地别过头去，看也不看方木，手上的力气却大得出奇，一下子就甩开了方木。

方木又上前一步，紧紧地拽住她的胳膊。

“你别这样……我们先回局里，学武说那边出了情况……”

“和我没关系！”米楠突然歇斯底里地大吼起来，整个人也剧烈地颤抖着，透过被泪水粘在脸上的乱发，布满血丝的双眸里射出刺骨的寒光，“任川死了和我有什么关系！你们统统死了，跟我也没有关系！”

方木已经心乱如麻，却只能好言相劝：“要不我先送你回去……对不起……我真的不知道……”

米楠不再开口，只是狠狠地看了方木一眼，再次重重地甩开他，几步跑到路边，抬手拦下一辆出租车。

眼看着出租车一溜烟开走，方木叉着腰，站在路边喘了半天粗气，才脚步沉重地回到车上，拿出警灯装在车顶，脚下发狠似的猛踩油门。

十几分钟后，吉普车开进市局的院子。方木一路小跑着上楼，杨学武已经早早地在办公室里等候。见到方木，杨学武径直带着他去了网监室。

当天晚上9点13分，“城市之光”曾使用的电子设备再次接入互联网，并登录“C市信息港”网站，1分11秒后下线。小毛等人迅速锁定他的位置，专案组已经派人前往“城市之光”的上网地点，尚未得到信息反馈。不过，根据以往的经验，这次恐怕又是无功而返。

方木问道：“他发布消息了么，又是投票帖？”

“不是，”杨学武的脸色突然变得凝重，伸手把显示器扭向方木，“你自己看吧。”

方木弯下腰凑过去，又是那个熟悉的页面，一条网帖高高地显示在论坛首页上，点击率及回复都已超过4000人次。网帖的内容却很简单，只有区区几个数字。

1129。

方木的第一个反应就是抬腕看表，今天是11月26号。他想了想，一抬头，恰好遇见杨学武的目光。

“还有三天。”杨学武意味深长地看着方木，“你也觉得这是日期？”

“对。”方木点点头，“而且就是‘城市之光’要下手的日期。”

“肯定是了。”一直坐在显示器前的小毛突然开口，“网民也猜到了。”

“呵呵。”方木笑笑，“又是万众瞩目——符合他的风格。”

杨学武骂了一句脏话，脸颊上突起一条硬冷的肌肉：

“真他妈嚣张！”

半小时后，前往“城市之光”上网地点的警察收队归来。根据他们的汇报，这次接入互联网的位置是城西一家美式咖啡馆，“城市之光”利用的同样是无线网络。经调取店内监控录像，没有发现异常，怀疑他还是沿用老办法，利用覆盖至街面上的无线信号上网发帖。

杨学武立刻向专案组领导做了汇报，领导指示，除了负责保护任川的一组人马之外，所有专案组成员马上返回市局开会。

临近午夜，市局第三会议室灯火通明。刚刚从被窝里爬出来的专案组成员们，虽然大多衣衫不整，但个个精神抖擞。让方木没想到的是，米楠居然也来了。她已经换上一身便装，脸色却依旧苍白，眼皮也肿得厉害，引得杨学武不住地打量她。

方木也偷偷地瞄了她几眼，可是米楠进了会议室就垂着头坐在墙角，膝盖上摊开一个笔记本，看也不看方木一眼。

听完杨学武的汇报后，专案组成员们先是惊讶，继而愤怒——这他妈摆明了是挑衅！

分局长倒是挺沉得住气，抽了半支烟之后，低声问方木："有没有这种可能——'城市之光'是虚晃一枪，把犯罪时间提前或者延后？"

方木略想了想，摇头否定。

"城市之光"既然敢公然向警方挑衅，肯定是有必然的把握杀死任川。虽然他所依据的优势条件尚不明确，但是从他在前几起案件中表现出来的心理痕迹来看，"城市之光"不是一个轻言放弃的人。而且，他十分享受这种万众瞩目的感觉，相信他此刻正使用别的电子设备，在网上得意洋洋地看着网民疯狂的点击、回复以及转载。他乐于让"城市之光"这个称呼在社会上广为流传，乐于让民众相信他是掌握惩罚大权的制裁者，并沉浸于这种肯定与崇拜。如果"城市之光"想维系这种地位与身份，就必然不能失信于民众。换句话来说，既然他已经公布要在11月29日这天杀死任川，他就一定会这么做。

听完方木的陈述，分局长的表情反而轻松下来。

"怎么样，伙计们？"分局长敲敲桌子，"'城市之光'已经公布了作案的日期，也确定了被害人。如果这样我们还不能阻止他，那我们就是一群傻子了。"

专案组成员的情绪一下子被点燃起来。

接下来的问题就是："城市之光"会在几点几分，用什么手段，在哪里杀死任川？

案情分析会一直开到凌晨，针对目前的情况制定了如下方案：

第一，对任川的监护措施升级，增派人手，并携带更好的通讯设备与武器装备。必要时，将其转移至秘密地点保护起来。

第二，鉴于"城市之光"的最新杀人预告已经在网络上铺天盖地，通知相关网站和论坛负责人组织删帖，尽量避免事态进一步扩大。

第三，根据方木的推测，“城市之光”的犯罪手段将会进一步升级。在富都华城案中，凶手不惜采用纵火的方式达到目的。那么，在本案中，“城市之光”很可能采取破坏性更大的手法实施杀人行为。故此，警方将在全市范围内集中开展危险物品整治活动，至11月29日24时之前，对爆炸性物质、易燃物质、有毒物质、活性化学物质实行管制，所有交易行为必须报当地公安机关，并在两小时内报专案组备案。

第四，全市公安干警取消休假，实行24小时备勤，在11月29日当天通知消防、卫生及排爆部门随时待命。

方案事无巨细，不可谓不精细，然而，其中部分措施并非公安机关可自行决定的范畴，需要协同其他政府部门联合执行。而且，这样的应对方案在C市历史上尚属首次，势必耗费巨额资金，并且会影响到社稷民生的方方面面。单单就审批程序一项，就不知道要历经多少时日。因此，专案组也不指望在11月29日当天，所有的方案细节都能全部落实。就像分局长所说的那样——“不要依靠别人，就靠我们自己，撑也要撑过29号午夜！”

不过，第二天，令人意想不到的事情还是发生了。

任川并没有按照警方的要求，尽量排除网络信息对自己的干扰。相反，每天下班回家，他做的第一件事就是打开电脑，搜索关于“城市之光”和自己的所有信息。在任川看来，这也许是一种自保行为。所以，昨天他第一时间就发现了“城市之光”的最新杀人预告，也从网民的评论中猜出了“1129”的确切含义。一个不眠之夜后，当强作镇定的任川发现监护小组的人数骤增时，立刻慌了手脚，几乎是胁迫监护人员，要求面见专案组领导。

分局长代表专案组单独会见了任川，具体谈了什么不得而知，但是从会议室里不时传出的咆哮来看，任川已经彻底失去了理智。半个小时后，一脸恼怒的分局长大步迈出会议室，吩咐两名干警进会议室看住任川。

“他妈的，这小子已经吓疯了。”分局长一口气喝下半瓶水，“刚才居然威胁说要自杀，说宁可自己死也不让‘城市之光’得逞。”

整整大半天，专案组都在焦躁不安的情绪中度过。分局长和杨学武不停地打电话、接电话，每隔几个小时就楼上楼下地参加各种会议。任川在会议室里也没闲着，据看守他的警察讲，他和一个人足足通了将近两个小时的电话，说到情绪激动时，居然涕泪俱下。正当大家纷纷猜测是谁让任川如此牵挂的时候，这个人自己来到了公安局。

然而，让大家万万没有想到的是，这个人居然是齐媛。

齐媛甫一到场，任川就把她拉进会议室，并且对看守措辞强硬地要求和她单独面谈。在征得领导同意后，两名干警撤出会议室。

这一谈，就是足足半个小时。方木几次来到会议室门口，看到两名干警依旧守在门口，也是一脸好奇。

“还没出来？”方木皱皱眉头，“他们干什么呢？”

“不知道。”一个干警耸耸肩膀，“反正两人一直在说话，就是不知道在说什么。”

方木想了想，抬手在门上敲了敲，却无人回应。方木失去了耐心，直接推门而入。

空荡荡的会议室里，任川和齐媛坐在长条会议桌一角，姿势却颇为滑稽。任川只有半个屁股搭在椅子上，一条腿几乎半跪在地上，握着齐媛的手连连摇动，从脸上的表情看，充满了悔意与感激。

方木心下惊异，忍不住问道：“这是？”

齐媛闻声回过头来，双眼噙满泪水，声调发颤：“任法官都跟我解释清楚了，那个判决真的不是他的责任，我原谅他了……你们千万要好好保护他……别让他出事。”

方木更糊涂了，急忙把视线转向任川。任川却连连摇头，已经哽咽到说不出话来。

方木心想这是唱的哪一出啊，随即就听到走廊里传来一阵急促的脚步声。转眼间，杨学武就闯了进来。

杨学武气得脸色发青，手指着任川连连抖动，半天才说出话来：“你……你他妈的无论做什么，能不能提前和我们商量一下？”

原来，就在几分钟前，“C市信息港”网站突然出现一段视频。其中的男女主角正是任川和齐媛。视频中，齐媛言辞恳切地表示那个不公正的判决不能全怪罪任川法官，自己已经原谅这个身不由己的人，并呼吁民众——尤其是“城市之光”放过任川。任川自己则涕泪俱下地向公众致歉，甚至语无伦次地求“城市之光”饶自己一命。

视频一出，立刻引来网民的狂热点击与转载。不到20分钟，这段视频就已经出现在近百家网站上。好事者甚至将这段视频命名为“无良法官求连环杀手饶命”。

方木啼笑皆非。这段视频想必是刚才和齐媛面谈时，任川用手机拍摄并发送到网络上的。任川求生心切尚可理解，但是一个法官不信任警方，却向凶手告饶，又让警方情何以堪呢？

分局长很快就看到了视频，暴怒之下，将任川臭骂一顿之后，安排警察把齐媛护送回校。单纯的小姑娘临走时还百般恳求分局长一定要保护好任川。

“我承认我当时恨不得杀了他，可是，他不该死……你们……”

分局长突然打断她：“你参与过投票没有？”

齐媛愣住了，半天才红着脸点了点头，紧接着又分辩道：“我那时是气不过，可是……”

早已失去耐心的分局长挥挥手，示意让她快点离开，自己也转身走了。

方木看看坐在桌旁、一脸委顿的任川，苦笑着摇摇头，正想离去，任川就一把拽住方木的衣服，带着哭腔恳求道：“方警官，能不能和你说几句话？”

方木想了想，拉过一把椅子坐下，问道：“说什么？”

任川局促不安地绞着双手，低声说道：“我知道我给你们丢脸了。可是，你就当我认怂行不行，就当我怕死行不行？换作是你……”

“换作是我就相信警察！”方木提高了声调，“你以为这么做就会打动‘城市之光’么？不是每个人都像齐媛那么好心！”

“是啊，是啊，小姑娘真是好人。”任川的情绪更加烦乱，“我刚才也给胡老太太打电话了，没等我说完人家就把电话挂了，再打过去，连电话都不接了。”

“行了。”方木不想再跟他纠缠下去，“你只要老老实实听话，就没事。”

任川抬头看了方木一眼，目光中却尽是闪躲之意，吭哧了半天，他结结巴巴地说：“能不能就让我呆在公安局？关在这里最安全，留置室都行。”

方木想了想，说道：“我去跟领导申请一下。”

任川的想法不无道理，从当前的形势和“城市之光”的决心来看，无论是任川的私宅还是工作单位都不够绝对安全。相比之下，戒备森严的公安局是一个不错的监护场所。

然而，让方木没有想到的是，分局长没有同意任川的要求。

“把他保护在公安局，的确是万无一失，不过——”分局长目光炯炯地看着方木，“你是想保护任川一个人，还是想一举抓住‘城市之光’？”

方木一时语塞。

“不让任川出事当然是我们的主要目的。不过，以后怎么办？总不能让他一直待在公安局吧？而且，难保将来不会出现张川、李川。”杨学武也劝方木，“这件事已经把大家折腾得够呛了，不如趁这个机会拿下‘城市之光’——一劳永逸。”

说穿了，就是把任川当“饵”，钓出“城市之光”这条凶猛的食人鱼。

方木依然觉得不妥，尽管他也曾动过利用任川引出“城市之光”的念头，然而从目前的情况来看，这么做，一来对任川不公平，二来风险很大，搞不好就让食人鱼吞饵而逃。

不过，分局长的心意已决，当即就命令第二天把任川转移到其他场所保护起来。

此时，已是11月27日下午6点40分。距离“城市之光”公布的死期，只有50多个小时了。

第十七章

公决

他把最后一个盘子擦干，放进橱柜里，然后，倚在台面旁抽了一支烟。

胖男孩坐在地板上，双手撕扯着一只炸鸡腿，吃得正香。他边抽烟，边微笑着看着胖男孩。

这臭小子，食欲可真好。不过不能怪他，我像他这么大的时候，能有一只鸡腿吃，简直是天大的福分了。

一支烟抽完，他起身走向墙角的柜子，绕过胖男孩的时候，拍拍他的脑袋。拉开柜子，他从成堆的衣服下面拽出一个大旅行背包，从他吃力的动作来看，这东西很沉重。他把旅行背包拖到床边，打开，先是小心翼翼地查看了一下背包里的东西，随即又拽过床头柜上的一个电脑包，取出一台笔记本电脑塞进了背包里。

还没等他拉好背包，就听到楼下传来一个清脆的女声：

“老板，我来了。”

他应了一声，匆忙下楼。女孩已经对老板的外出习以为常，只是站在吧台后面静等老板的安排。他今天的指示和往日无异，无外乎招待好客人，照顾那个胖男孩吃饭，别让他骚扰客人，等等。最后还加了一句，如果他回来得很晚，女孩可以自己关店回家。

安排完今天的事情，他又回到楼上，刚走上阁楼，就看到胖男孩坐在那个背包旁边，拉开袋口，好奇地向里面看着。

他立刻惊出了一身冷汗，几步跑过去，一把拽起男孩甩在旁边。男孩的屁股重重地摔在地板上，不满地大哭起来。

他来不及理会男孩的哭闹，迅速查看了一下背包里的东西，确认安然无恙后才放下心来。

想到刚才的一幕，他不禁后怕，冲着胖男孩厉声斥责道：“告诉你多少遍了，不要随便动我的东西！”

话一出口，自己却觉得好笑。如果胖男孩能听懂他的话，又何必需要他的照顾呢？

胖男孩受此惊吓，哭声更大。他急忙换上笑脸，连拍带哄，最后从冰箱里拿出一根香肠递给他，哭声这才戛然而止。

他又好气又好笑，站着看了男孩一会儿，抬腕看看手表，时间已经不早了。

任川被转移至郊区的一家小宾馆里。之所以选择这里，警方主要考虑到地点偏远，不容易被人发现，而且，万一“城市之光”得手，采用破坏力更大的手段杀人，这里远离闹市区，也不至于造成过分严重的后果。

任川对离开公安局十分不情愿，几乎是被警察架着上车的。不过，警车距离那家小宾馆越近，任川反而越发安静，不停地透过车窗向外张望着，似乎在分辨什么。

小宾馆过去是郊区一家化工厂的招待所，只是个三层小楼。化工厂迁走后，这家招待所转让给了个人。从外观上看，经营得也不怎么样。不过据当地民警私下透露，这小宾馆并不指望通过正常经营渠道获取利润，怀疑一直被当做赌博及卖淫嫖娼窝点。大概是这个缘故，当地警方提出要征用此地，小宾馆的经营者连半个不字也没说。

任川被安排在二楼居中的207房间，饮食都由警方在指定餐馆预订。207房间上下左右四个房间都有警察入住，方便监视及保护。院子及小楼周边都有警员24小时巡逻，三人一组，佩戴两支92式手枪、一支79式微型冲锋枪以及电警棍、警用匕首、无线电等装备，两个小时一换岗。

11月28日上午相安无事。任川在房间里闭门不出，两餐都由警方送到房里。当天下午3点左右，突然有一辆轿车开至小楼附近，驾车者看到巡逻的武装警察时，立刻掉头逃窜。如临大敌的专案组出动三辆警车11名警察将嫌疑车辆逼停。将车上人员带下查验时，发现只有一男一女。那个西装革履的中年男子看到儿支指向自己的冲锋枪，立刻吓尿了裤子。另一个浓妆艳抹的年轻女子也是全身筛糠。核对过两人身份后，警察大概搞清了他们的意图。这不过是一对来老地方交易的嫖客和失足妇女而已。鉴于没有掌握双方从事卖淫嫖娼的确凿证据，专案组也无心去处理这种鸡毛蒜皮的小事，遂勒令他们滚蛋了事。

不过，据保护任川的警员讲，当四名警察持枪冲进任川的房间，不时从无线对讲机中了解不明车辆的情况时，任川以为是“城市之光”来了，吓得一头钻进床底。直到警戒解除，他才战战兢兢地爬出来。这让警察们感到又是好笑，又是憎恶。

直到当晚，小楼附近仍然毫无动静。每隔一个小时，小毛所在的网监处就要向专案组汇报情况。“城市之光”始终没有在网络上出现。不过，对他的猜测却在网络上越传越热，不少网民已经确定“城市之光”将要在明天下手杀死任川，甚至相约在网络上全天守候，等待无良法官丧命的消息。

专案组不敢松懈，因为，真正的战斗即将开始。

11月29日一早，专案组召集全体成员开了一个会。会上没什么新内容，只是把各组的任务重新确认一遍。其实大家对各自的职能早已烂熟于心，所以开会的时间很短。一散会，恰好早餐送到，各组人分批吃饭。方木端着一份早餐给任川送到房间里。

敲了几下门，房内毫无动静，门镜里闪动的阴影却表明，任川在房里偷偷地观察着自己。方木不耐烦了，提高声调说道：“是我，开门！”

任川这才把门打开，一股混合着烟草和体臭的刺鼻味道扑面而来。方木皱皱眉头，一手端着托盘，一手半掩口鼻，走了进去。

任川头发蓬乱，衣衫不整，一天一夜没洗过的脸上泛着油光，估计他昨天连衣服都没敢脱，就这么和衣躺了一夜。

“就放那儿吧。”说罢，任川就颓然跌坐在床上，指间还夹着半截点燃的烟。方木看看桌上，昨天送来的晚餐几乎原封未动，烟灰缸里倒是乱七八糟地插满了烟蒂。

“昨晚没睡好？”

“不是没睡好。”任川垂着头，有气无力地答道，“是压根儿没睡。”

“这可不行，你最好吃点东西，再睡会儿。”方木斟酌了一下词句，“今天……很关键，你得保留必要的体力和精力。”

“再说吧。”任川抽了口烟，布满血丝的双眼被呛出了泪水。他擦擦眼角，扭头瞧瞧托盘里的早饭：“我吃不下去，怎么看都像断头饭似的。”

方木被气乐了：“给死刑犯吃的才是断头饭！‘城市之光’不能判你的死刑，他不是法官，你才是。好好吃饭，养足精神！”

任川只是瓮声瓮气地“嗯”了一声就不再开口了。

时间一分一秒地过去，转眼就过了大半天。“城市之光”依旧毫无动静，似乎一下子销声匿迹了。

任川这边倒是状况不断。上午吵着要见见自己远在甘肃农村老家的母亲，中午要纸和笔写遗书，下午又发了疯似的要求检查所有警员的弹药是否充足。

这些几近癫狂的举止让本来就紧张的气氛更加焦灼。

“妈的，给他打一针镇静剂得了。”杨学武骂道，“太他妈烦人了。”

分局长已经打开了第三盒烟，看得出他也同样烦躁无比。

“再忍忍。”他抬腕看表，“已经快6点了。”

夜幕即将降临，这个城市将要结束一天的喧嚣与吵闹，重新归于平静。

那一缕杀机毕现的光，却始终没有出现。

然而，黑夜的来临却并没有让警察们感到放松，反而加倍警惕起来。

黑夜是什么，是未知，是掩盖，是肆无忌惮。

小楼里灯火通明，所有房间，不管是否有人，都打开了电灯。院子里也加了几只雪亮的大灯泡。外围的空地上，不时有强光手电筒扫来扫去。

几乎每隔十几分钟，方木就要看看手表，感觉时间慢得可怕。漆黑一片的天空中，看不到云朵流转，似乎天地万物都停滞了一般。

身边的人，话语慢慢变少，小动作却越来越多。分局长看着电视节目里的京剧，手指在膝盖上轻轻敲着，却完全合不上拍子。杨学武一遍遍地调整枪套的位置，似乎在琢磨如何能让出枪速度更快。

除了无线电里偶尔传来的巡逻情况通报之外，小楼里一片寂静。也正是因为如此，分局长的手机突然响起的时候，大家都吓了一跳，一个年轻警察更是蹦了起来，同时把手扶在腰间的枪套上。

分局长不满地瞪了他一眼，自己先定定神，伸手按下了接听键。没听几句，他的脸色剧变，说了一句“随时向我汇报”就挂断了电话。

大家正在诧异的时候，分局长已经抓起外套，拿起无线电说道：“任川左右两个房间的伙计不要动，原地待命，其他人马上下楼上车！”

杨学武赶紧问道：“怎么了？”

“我们他妈的上当了！”分局长的脸色很不好看，“‘城市之光’的目标是胡老太太！”

在飞驰回城的车上，方木终于搞清了事情的原委。

“城市之光”发出投票帖之后，胡老太一家人并没有在意。然而，随着任川被连环杀手索命的事情越闹越大，胡老太和儿子熊某也感到了一丝不安。尽管任川曾经“帮”过他们，胡家人还是坚持多一事不如少一事。不仅对外界拒绝评论这件事，任川打电话过来，要求胡老太出面，和齐媛一起拍视频求“城市之光”饶命的时候，胡家人也一口回绝。11月29日是“城市之光”公布的死期，熊某半是担心半是看热闹地等了一整天也没发现任何消息。下班后，已经认定这是个恶作剧的熊某和几个朋友喝了点酒。晚上7点多回家的时候，熊某在自家门口（原造纸厂职工宿舍22号楼二单元301室）突然被绊了个跟头。由于楼道里并没有声控灯，熊某用手机照明后，发现绊倒自己的是一段长绳，看上去很像导火索，另一端在自家门口的酸菜缸里。熊某大着胆子揭开酸菜缸，赫然发现几根貌似雷管的东西，周围摆放着一圈塑料瓶，里面满是泛红的液体。熊某立刻报警。110指挥中心得知熊某和胡老太的身份后，马上通知了专案组。

苦守了几天几夜的专案组成员们兴奋起来，同时又是欣慰又是后怕。欣慰的是，“城市之光”尽管有意误导警方，可是百密一疏，还是前功尽弃；后怕的是，如果不是熊某偶然发现导火索，大批警力都集中在任川那里，一旦出事，根本来不及做出反应。

方木却始终沉默不语，他觉得太蹊跷了。

“城市之光”用了一招调虎离山，的确符合他心思缜密的特点。不过，他把杀害目标从代表国家司法权力的法官，变成普通的老妇，未免会让他的罪行的“轰动效应”大打折扣。此外，如果方木对“城市之光”的心理分析与其人基本吻合的话，这是个相当固执、说到做到，并且极端重视他人对自己评价的人。之前在网上大肆发出杀人预告，事到临头却虚晃一枪，转而加害手无寸铁的老妇，这无论如何也对不起他自封的“城市之光”名号。

再者，从“城市之光”以往的作案手法来看，他是不会在现场留下任何痕迹的。这一次不仅留下了，而且还是如此之大的一个破绽。怎么看，这都不像“城市之光”所为。

眼看着警车越开越远，方木再也坐不住了，他起身探向后座，直截了当地对分局长说：

“头儿，我觉得不对劲儿。”

分局长正拿着手机联络消防和排爆部门，挂断电话后才问道：“怎么不对劲儿？”

方木把自己的理由简要地陈述了一遍，分局长听后，想了想，说道：“我觉得问题不大。这么诡计多端的人，搞个障眼法也在情理之中。另外，他只是发出了杀人的日期，并没有说要杀谁，如果干掉胡老太太，也算对得起‘城市之光’的粉丝——不算丢人。”

“可是，我觉得他一直在针对任川发投票帖，搞出这么大动静，却去杀别人，这已经有违他的……”

“那是你觉得！”分局长毫不客气地打断他，“一个是推测，一个是活生生的事实，你说我该相信谁？”

方木正欲分辩，开车的杨学武拍了拍他。

“方木，你之前把这个人想得太复杂，也太神了。”杨学武一副胸有成竹的样子，“事实证明，这王八蛋也不过如此。再说，退一万步讲，就算他在误导我们，任川身边还有两个人，两支枪，怕什么？”

方木想想，不再开口，心绪却始终平静不下来。

20多分钟后，几辆警车接连开进造纸厂职工宿舍区。22号楼的居民已经被全部疏散，先期赶到的警察将现场封锁起来，大量居民围在警戒线外看热闹，似乎眼前的不是危险，而是好戏。

分局长第一个跳下车，首先询问胡老太母子的情况，得知二人已经被安置妥当之后，立刻带领杨学武和方木一干人等直奔二单元三楼而去。

赶到中心现场时，排爆武警正在将爆炸物从酸菜缸中小心翼翼地取出，随即，六瓶装在小号可乐瓶里的液体也被依次从缸里拿了出来。

在场的警察无不屏住呼吸，生怕那捆雷管突然爆炸。排爆武警倒不怎么紧张，三下两下拔除导火索，把雷管扔进身边的金属箱里，就挥手示意道：“上来吧，没事了。”

方木看看箱子里的爆炸物，这是一捆用黄色胶带缠好的雷管，共有四根。中间是用同样的黄色胶带包裹的方形块状物，估计是炸药。随即，他又拧开一个可乐瓶，凑到鼻子下闻了闻，是汽油。

他想了想，拉住那个正在脱下防爆服的武警，问道：“这玩意儿威力怎么样？”

“老实说，不怎么样。”排爆武警一脸轻松，拍拍301室的铁质防盗门，“加上汽油，能引起一定程度的爆炸，不过冲击力有限，不会直接危及屋里的人。”

“也就是说……”

“对，我怀疑犯罪分子是想制造火灾，而不是爆炸。”

“火灾……”方木的眉头皱起来，思索了一会儿之后，他拉住正在指挥搬运汽油的杨学武。

“学武，我还是觉得不对劲儿。”

“又怎么了？”杨学武一脸不耐烦，“这不明摆着么——‘城市之光’想烧死胡老太太和他儿子。跟你推测的一样，又是危害公共安全的手法。”

“问题就出在这儿，”方木急忙说道，“富都华城杀人案中就是纵火，这一次还是纵火——‘城市之光’追求的是一种强烈的仪式感，而且要反映出‘善恶有报’的主题。你觉得他会甘愿重复自己么？如果目标是胡老太太，他选择的手法肯定和讹人这件事有关！”

杨学武听得直愣，想了半天才说道：“你的意思是——‘城市之光’要杀的还是任川？”

方木坚定地点点头：“对！”

“那怎么办？我们都到这儿了。”杨学武看看楼下，“要不先跟领导请示一下？”

方木心中的不祥预感越来越强烈，他掏出手机，拨通了留在任川身边的一个警察的电话。

电话很快接通。

“方木？你们那边怎么样？”

“任川在不在？你们两个立刻带着武器去他的房间。”方木看看手表，此刻已是晚9点10分，“我们马上回去。”

“好好好。”听筒里传来衣服摩擦以及开门和脚步声。几秒钟后，敲门声响起。

“任川，任川，开门，是我们。”

然而，方木没听到任何响应。

另一个声音响起：“会不会是睡了？”

“不能吧。”接电话的警察声音犹疑，“刚才分局长他们撤离的时候，这小子还吓得要死要活的。”

方木却没有耐心再等下去，大吼一声：“把门踹开，快点！”

对方慌忙答应，几声沉闷的撞击声伴随着木板碎裂声之后，他的声音立刻变得慌乱。

“任川不见了！”

几分钟后，数辆警车已经飞驰在路上，杨学武一手紧握方向盘，另一只手捏着电话向分局长汇报。

开出去好远，杨学武才想起来问道：“直接回去？这小子已经跑了，去哪里找他？”

方木已是心乱如麻，心中连连告诫自己要镇定之后，果断说道：“先回去！你联系一下附近的派出所，派人先在附近搜索一下。”

杨学武答应一声，立刻打电话找人。方木则操起电话联系技侦部门，要求立刻对任川的手机进行定位。定位结果很快就回馈回来，任川的手机仍然留在小宾馆里，看来他离开时并没有带上手机。

任川为什么要走？怎么走的？是主动离开还是被人掳走？如果是后者，为什么守卫在两侧的警察毫无察觉？

一连串的问号涌入方木的脑海。

此时，C市的街道上灯火通明，一盏盏路灯和川流不息的车流将路面映得宛如白昼。不远处，那些高低错落的建筑中也是灯火点点，灿若繁星。

吉普车经过一条喧闹的街道，临街的一家网吧中，隐约可见人头攒动，热闹非凡。

方木突然意识到，那缕强光，已然降临。

他们赶到小宾馆时，从附近派出所调来的警察已经把三层小楼里里外外地搜了个遍。207房间里，任川的手机静静地躺在床头柜上。窗边的暖气管道上系着一条床单，另一侧垂在洞开的窗户外。

米楠也在，见到方木进来，直截了当地说道："窗台有蹬踏痕迹，外层墙体上也有。不过只有一个人的足迹——任川是自己离开的。"

"楼下呢？"

"也有落地后的足迹。"米楠显然已经知道方木要问什么，"他朝东南方向走，已经安排人去追了。"

方木疾步走到窗前，向东南方向望去。这里地广人稀，视力所及之处都是一片漆黑，只能在远处看到几处稀疏的灯光。

任川去哪里了？

杨学武合上电话，走过来说道："已经派人去任川家里了。"

方木点点头，心想其实意义不大。任川把手机都丢在房间里，逃避警方追踪的意图已经十分明显，肯定不会回家的。

正想着，衣袋里的手机突然响起来，方木急忙拿起来一看，是小毛。

"喂，方警官么？"小毛的声音透出难以掩饰的慌乱，"'城市之光'上网了。"

"哦？"方木立刻紧张起来，"又发帖了？"

"对。不过，不是一般的帖子。"小毛结巴了一下，"他……他在进行现场直播。”

“什么！”方木感到难以置信，“现场直播？”

“对，任川……任川在他手里。”

现场直播。方木的大脑快速运转着，这么说，“城市之光”使用的电子设备应该一直连接在互联网上。

“查出他上网的位置。快，要快！”

话音未落，方木已经冲下楼了。

吉普车朝小宾馆的东南方向疾驶，在车上，关于“城市之光”的消息陆续传来。

几分钟前，“城市之光”突然登录“C市信息港”网站，发布了一条网帖，内容是一段文字和一条网络链接。

那段文字是：

11月29日，你就是城市之光。

网络链接则是国内某知名视频网站的一个视频页面。视频是同步传输的，画面下方是一个五位数的网络投票器。旁边配以文字说明，主要内容是齐媛案的始末以及因不公判决引发的一系列无人搀扶跌倒老人的惨剧。最后一句话是：如果你认为这个无良法官该死，你就是裁判者，你就是这个城市的正义之光！

视频里的主角，正是任川。

网监部门已经锁定了“城市之光”上网的位置，而且，传输视频画面的电脑正是“城市之光”一直使用的电子设备。找到这台电脑，就等于找到了任川。

只不过网监部门提供的位置只是一个大致范围，与实际位置仍然存在一定误差。方木等人驱车赶到时，发现这里正是方木在窗口看到的那一片灯火所在地，与小宾馆的直线距离居然不足两公里。

这是城乡接合部的一片棚户区，低矮的平房遍布其中，大大小小足有几十户。逐一搜查肯定要浪费不少时间。方木第一个跳下车，直奔最近的一家民房而去。

这里的居民依然保留着日出而作日落而息的习惯。早早睡下的户主被来势汹汹的警察吓得不轻。方木连问了几遍，他才结结巴巴地说出村主任家的位置。

“城市之光”设置了五位数的网络投票器，应该是以达到固定投票数量作为下手杀人的时机。方木推测这个数量应该是10000。至于“城市之光”杀人的手段目前不得而知，但肯定是破坏力很大的手法。所以，当务之急一是寻人，二是疏散群众。

没有时间耽搁了，杨学武立刻带人挨家挨户疏散村民，方木则让那个农民带路去村主任家。

方木看不到视频，但是从小毛的描述来看，任川所处的位置应该是室内。那就意味着，任川就被囚禁在这些民房之中的一间里。有人居住的地方肯定不适合下手作案。最大的可能是那些空置以及出租的民房。

村主任很快就指明了空置及出租的民房所在地。方木指挥几名同事分头去搜查，并特意嘱咐一旦发现立刻汇报，不许擅自采取行动。任务下达完毕，方木自己向村西北角跑去。

此时已来不及申请搜查令。方木来到第一家出租的民房，屋主出来开门后，方木拿出警官证晃了一下，就疾冲入室。在衣衫不整的屋主老婆的连声尖叫中，两间不足40平方米的民房已经快速搜查完毕。没有异常。方木也不跟怒气冲冲的屋主解释，急忙赶往下一家。

下一家是空置房，方木直接破门而入，迅速查看一圈之后，又扑了空。

第三家还是出租屋，是带院落的两间瓦房。方木在院子的铁门外连喊了几声，屋内却无人回应。不过，从西侧瓦房的窗户中，隐隐看到一丝光亮，从大小和形状来看，竟像是一台显示器。

方木的心一动，忙不迭地翻过铁门，跳进院子里。西侧瓦房的木质门上挂着一把铁锁。方木四下踅摸了一圈，捡起墙脚的一块砖头，三下两下砸掉了锁头。

拉开木门，方木略定定神，拔枪冲入室内，刚推开内屋的门，就被眼前的一幕惊呆了。

任川被反绑在椅子上，嘴上封着黄色胶带，涕泪横流的脸被面前的显示器照射成一片惨白。

在他身上，密密麻麻地缠绕着各色电线，尽头连接着一个被黄色胶带缠得严严实实的包裹，正紧贴在他的胸前。

方木咬咬牙，上前撕掉任川嘴上的胶带。任川立刻长出一口气，紧接着就剧烈地咳嗽起来，边咳边含混不清地叫道："快快……快救我！"

方木没时间理会他，冲步话机里大吼："快找排爆人员来！"随即，几步走到窗前，伸出手去冲天连开两枪。

向同事们报明自己的位置后，方木把枪插回腰间，转身蹲在任川身前，一边查看任川身上的包裹，一边急切地问道："你怎么会在这里？"

"这……这是我前段日子偷偷租下来的，如果'城市之光'真要杀我，我就……就藏在这里。"任川呜咽起来，"刚才你们全撤了，我以为你们要把我当诱饵……我害怕了，就跑了出来。没想到……他居然会在这儿。"

方木这才明白，任川被带至小宾馆时，为什么会突然安静下来——他在辨别自己安排的藏身地的位置。

任川身上的包裹肯定是爆炸物，不过却没看到定时器，一条电缆连接着任川面前的笔记本电脑。方木凑近显示器，看到的正是那家视频网站的页面。上面的视频图像中，方木的半张脸清晰可见。

真的是现场直播！

视频窗口下方的网络投票器上显示，已有8725人投票。

“什么时候起爆？”方木立刻转身问任川。后者已经抖得像秋风中的树叶，双眼直勾勾地看着投票器上不断增长的数字。

“他说……10000……投到10000就爆炸……”

方木的大脑飞速转动着，虽然目前还不知道起爆装置的工作原理，但是如果和网络以及投票数相关的话，关闭电脑或者切断网络也许就能阻止起爆。

可是，这么显而易见的破绽，“城市之光”会想不到么？

方木把视线投向那台笔记本电脑。这一次，“城市之光”并没有借用WiFi，当然，此地也不可能有WiFi，他使用了一只USB无线网卡。方木看着那个网卡，正在犹豫要不要拔除，任川就看出了方木的意图，恐惧地大叫起来：

“别拔！也别关电脑——他……他说了，这都会直接引爆炸弹。”

方木大骂一声，掏出手机拨通小毛的电话，刚一接通，他就大吼起来：“赶快通知网站关闭投票，还有，找人破解那个投票器，投票人数绝对不能超过10000！”

“马上马上。”电话那头清晰地听到劈里啪啦的打字声，紧接着，小毛的声音又传来，“方哥，我看到你了，你快撤吧，按照这个投票速度……根本来不及。”

方木扫了一眼投票器，选择让任川去死的人已经超过9000了。

这时，杨学武冲了进来，立刻明白了任川所处的局势，急忙挥手制止身后的同事继续进入。

“所有人都出去，离这里远点！”

“排爆专家呢？”方木急忙问道。

“来不及了，都在胡老太那边呢。”杨学武脱下外套，挽起袖子，

“咱们自己来吧。”

“别动别动！”任川看杨学武凑过来，恐惧地喊起来，“‘城市之光’说，这个拆不了，一碰就炸！”

“你他妈给我闭嘴！”杨学武已是满脸油汗，小心翼翼地拨弄着那些电线，嘴里低声嘀咕着，“他妈的他妈的，哪根才是……”

方木也凑到包裹前面，他完全不懂得爆炸物应该如何拆除，也不知道杨学武了解多少。眼看着杨学武捏住一根电线，犹豫了一下，又选择了另一根，心中更加焦急。

突然，方木的余光中闪过一个人影。他下意识地扭头看去，米楠拎着足迹箱冲了进来。

“谁让你进来的？”方木又急又气，伸手扳住米楠的身子，“赶快给我出去！”

米楠一把推开他，把足迹箱摆在任川脚下打开，拿出镊子、剪刀和裁纸刀递给杨学武。

“现在没有排爆工具，这些你应该能用得上。”

说完，她就拿出一张A4纸，在上面刷刷地写了几个字之后，双手举起，放在摄像头前。

视频画面里立刻出现一张白纸，上面写着：

现场还有警察，不要投票了，你们在杀人！

顿时，投票的速度明显降低。

米楠争取的时间宝贵，方木和杨学武也不敢有丝毫耽搁。他们拿着剪刀和裁纸刀，小心翼翼地剥开包裹外层的黄色胶带纸，一大包炸药露了出来。

杨学武咬着牙，一根根拨弄着那些密密麻麻的电线，终于选择了一根，看了看方木，又看了看米楠。

米楠点点头，伸手握住了方木的手。

这个动作让杨学武的表情一变，随即，决绝的神情又回到脸上，手上一用力，电线被拔了出来……

任川呻吟一声，闭上了眼睛。

这一秒钟宛如一个世纪那样漫长，然而，平安无事。

杨学武似乎摸到了一些规律，手上的动作更快，转眼间，又有几条电线被拔了出来。

难道真的能创造奇迹？方木的心底涌起一丝希望。可是，米楠突然叫了一声。

方木急忙凑到屏幕前，刚刚减慢的投票速度又飙升起来，网络投票器上的数字已经变为9547。

米楠急了，在摄像头前连连摇动那张A4纸，脸上几乎是恳求的表情。

杨学武已经猜出身后的情形不妙，双手颤抖起来。

“停！停下！”任川突然大叫起来，“方警官，手机！录音！”

方木一怔，随即就明白了任川的意图。

“谢谢大家，可是，来不及了。”任川依旧满脸是泪，声音却稳定下来，“‘城市之光’是个男性，戴着口罩，不知道样貌，不过他身高1.74米左右，中等体态，手上的力气很大，穿黑色运动衣裤，黑色棒球帽，没有口音……对了，单眼皮，浓眉……我能想到的就这些。谢谢你们，告诉我妈妈……”

他说不下去了，瞄了一眼投票器，上面的数字已经变为9763。

“快走，快走！”任川大吼起来，全身剧烈地颤抖着，“来不及了！”

只剩下200多张票了，在全国范围内投票，达到10000只是几秒钟的事情。

杨学武大骂一声，伸手拽起米楠和方木，转身朝屋外冲去。方木挣扎着回头，看到任川热泪盈眶地看着自己，眼中是无限的留恋和惋惜，嘴唇翕动着：

“告诉他们，我不是无良法官！”

几乎是同时，任川的最后一句话被淹没在巨大的爆炸声中。

方木三人只来得及跑出瓦房，就被身后猛烈的冲击力掀翻出去，重重地摔倒在院子里。

足足几分钟后，方木的身体才在一阵麻木中渐渐恢复知觉。剧痛随后袭来，仿佛刚刚被疾驰的火车迎头撞上。方木的嘴磕在硬冷的地面上，嘴唇破裂，鲜血流在嘴里，一股甜腥的味道直冲鼻腔。

耳朵里仍然是嗡嗡的回响，脑子里也变得混乱无比。方木艰难地爬起来，大块的碎砖和木片从身上掉落。他顾不得查看身上的伤势，半跪着爬过去拽起米楠。米楠满头满脸都是灰土，头发也散乱开来，整个人蜷缩在地上，手上也是伤痕累累。方木颤抖着拨开她的头发，上下打量着，所幸没在头部看到重伤，躯干和四肢似乎也安然无恙。他强撑着半坐起来，紧紧将米楠搂在怀里。

米楠的身体先是僵直，随即颤抖，最后完全瘫软下来。泪水从她脸上滚滚而下，嘴巴半张，不知道是呻吟还是痛哭，方木已经完全听不到了。

杨学武踉跄着爬起来，又跌倒，最终只能坐在地上，愣愣地看着抱在一起的方木和米楠。

几只手先后伸过来，拍打着方木身上的灰土和碎砖，又把他们搀扶起来。方木的眼前是到处晃动的人影和手电光束，以及那间已经被炸塌，正在冒着滚滚浓烟的瓦房。

十几分钟后，方木和杨学武、米楠分别被抬上一辆救护车，送往附近医院急救。在车上，救护员忙着给方木测血压、量心跳、输液。方木一动不动地任凭他们摆布，似乎已经被刚才的猛烈爆炸震糊涂了。

救护车开进市区，街道两侧一下子明亮起来。各种声响也渐渐传进方木的耳朵，从弱到强，逐渐清晰。他从担架上勉强坐起身来，趴在车窗边向外张望着，感到意识正一点点回到身上。

爆炸。现场直播。任川。网络投票。城市之光……一个个支离破碎的词汇闪现在方木的脑海中。

车窗外，这个城市还没有睡去。各色霓虹招牌依旧绚丽夺目，街道上依旧繁华喧闹。穿着入时的男男女女们或结伴而行，或行色匆匆，或笑逐颜开，或凝神不语。

一个小贩推着铁车一路叫卖，车上的糖炒栗子热气腾腾。

一对男女在街角深情相拥。

一个孩子看着色泽鲜艳的冰糖葫芦垂涎欲滴。

一个少女在明亮的橱窗前流连忘返。

11月29日，一个再普通不过的日子。

对一些人而言，却是生命中的最后一天。

救护车拐入一条街道。临街，一块不停变换颜色的霓虹招牌一闪而过。

方木突然大吼一声："停车！"

救护车的驾驶员被吓了一跳，本能地踩下刹车。救护车在路面上滑了一下，最后摇摇晃晃地停在路边。

方木面无表情地站起来，任由手背上的针头被生生拔出，血珠立刻冒了出来，凝成红红的一点。

他推开救护车的后门，跳下车，踉踉跄跄地朝街对面走去。

"E网情深"的招牌下，一扇玻璃门半开半掩。方木抬脚踹开，径直闯进了网吧。

管理员目瞪口呆地看着这个浑身灰土和血迹的闯入者，正要出言阻拦，一张警官证就戳到了眼前。

除了门旁的几个人，大多数正在上网的顾客并没有注意到这个摇摇晃晃，似乎随时可能跌倒的警察。他们依旧守在显示器前，一脸兴奋地浏览着、评价着，大呼小叫，声浪此起彼伏。

“我操，真炸了，炸了炸了！”

“牛B啊，太狠了……”

方木拽起身旁的一个网民。这个十八九岁的男孩正在玩魔兽争霸，他一脸迷惑地看着这个形如疯癫的男子，手上还“咔哒咔哒”地点击着鼠标。

方木把他推倒在椅子上，转身去看另一个网民。这个头发稀疏的中年男人正一脸激动地看着视频画面：米楠举着A4白纸焦急地晃动着，身后是忙碌的杨学武和全身僵直的任川。

方木一把拽住他的脖领，硬把他拉了起来。中年男人猝然受袭，本能地挣扎着。

“你……你干什么？”

“你投票没有？”方木逼近他的脸，几乎碰到了他的鼻尖，“说！你投票没有？”

中年男人惊恐万状地看着眼前这张满是泥灰血渍的脸，颤抖着说道：“你……你神经病吧你……”

“投没投票？”方木大吼起来，还带着血沫的唾液喷射到中年男人的脸上。

“……投了……投了。”

中年男人话音未落，方木已经把他反剪双手，面朝下按倒在电脑桌上，紧接着，“咔嚓”一声上了手铐。

中年男子杀猪一般地号叫起来。网吧里的其他上网者也被惊动了，纷纷离座而避。很快，在方木身边出现一个无人区。

“还有谁？”方木摇晃着，似乎被刚才的动作消耗掉了全身力气，“还有谁投票了？”

人群中霎时一片静默，随即，惊恐的声音在各个角落里响起：

"快报警啊。"

"这肯定是精神病……"

"是不是那个法官的亲属啊……"

突然，方木拔出手枪，直直地指向面前一个少年的额头：

"你投没投票？"

少年几乎被吓哭了，全身哆嗦着向人群中缩去，嘴里含混不清地嘟哝着"没有没有"。方木转身，枪口又指向另一个人：

"你呢，你投票了没？"

那个人夸张地用双手遮挡着头脸，连连后退：

"我没杀人啊，杀人的是'城市之光'……"

"你就是凶手！"方木已经几近疯狂，手中的枪轮番指点着眼前那些面目可憎的脸，"凶手！你们都是！都是凶手！"

网吧管理员躲在柜台后，拿起电话按下三个数字。

"喂，110么？快来吧，我们这里有一个拿枪的疯子……"

不等他说完，一只手已经夺过话筒，重重地摔在话机上。

杨学武转身向方木走去，一只手抱住他的腰，另一只手去夺他手里的枪。

"方木，算了。"杨学武出乎意料地没有发火，语气中充满悲怆，"你冷静点……"

方木一把甩开杨学武，看清来人后，疯狂地在杨学武身上翻找着：

"学武……手铐……快……把他们都抓起来……他们都是杀人犯……"

杨学武无奈地抵挡着，方木却不依不饶地向他要手铐：

"手铐……抓人……快点！"

杨学武苦笑着摇摇头，向身后的两个警察使了个眼色。那两个警察心领神会，动作麻利地上前抓住方木，夺下他的枪，拽住他的双臂向外拖去。

方木拼命挣扎着，双腿在地上胡乱踢踏，直到被拖到门口，还冲着或恐惧或窃笑或麻木的人群嘶声怒吼：

“凶手！你们都是凶手！都是凶手！！”

第十八章

掌印

他心满意足地斜靠在椅子上，逐条查看着视频网页中的回复及评论。无论是动作和表情，都显得慵懒，看似漫不经心，实则全神贯注，有些词句甚至轻轻读出声来，反复咀嚼。

呵呵。最后，他笑了起来。

漂亮。这一次，干得真漂亮。

他不想在独处的时候仍然保持毫无意义的谨慎。此刻，咖啡吧里空空荡荡，女店员在临走时进行了精心的打扫与整理。放眼望去，物品摆放整齐有序，桌椅餐具一尘不染。一切都让人心情愉快，就连坐在墙角摆弄玩具的胖男孩都比平时可爱好几倍。

明天就给她加薪。他暗自提醒自己。多好的一个姑娘。

在这间门窗紧闭的咖啡吧里，除了他和胖男孩，再无他人。然而，那种前所未有的满足感让他有一种冲动，竟然急切地想和另一个人分享这种喜悦。这个突如其来的念头让自己吓了一跳，立刻温和地自责道："不要这样，要冷静。"如果别人知道"城市之光"是这样一个浅薄的人，会怎么想呢？

及时的自省让他对自己更加满意。那种急于分享的冲动却越发强烈起来，他终于忍不住，站起身来，原地转了几圈，走到那个胖男孩身边，蹲下身子拍拍他的脑袋。

"知道么，小家伙，我今天干了件大事。"他的语气中充满笑意，"很大很大的一件事。"

胖男孩只是抬起头来看看他，眨了几下眼睛，又低下头奋力扭动着手里的小汽车。

"你能看懂那些话就好了。"他指指吧台里的电脑，"他们都在夸赞我，崇拜我，把我称为光，当作这里的守护神。别看我只是一个小小的咖啡吧老板，但是我并不寻常。知道为什么吗？我做了他们只敢想想——甚至想都不敢想的事情。你真该看看那个法官的表情，哈哈，像看到死神一样。你觉得死神这个名字怎么样？不好，是吧？嗯，太邪恶了，而且太普通了。‘城市之光’呢？这个很好，对吧？像一道光，‘咔嚓’一声劈开黑暗！”

他站起身，伸手做了一个闪电的手势，重重地劈向斜下方。

胖男孩却毫无反应，依然全心全意地对付着手里的塑料玩具。

他看看男孩，不由得哑然失笑。我这是怎么了？跟一个傻子手舞足蹈地炫耀。

他脸上的笑容稍稍收敛，心中再次为自己的得意忘形稍感羞愧。不过，他仍然觉得有理由犒赏一下自己，哪怕只有今晚。于是，他拍拍男孩的头，朝自己嘴边做了一个扒饭的动作。

“走，我们去弄点好吃的。”

这才是对胖男孩最有吸引力的事情，男孩“哦哦”地欢叫着，起身拽着他的衣角向楼上爬去。

他心满意足地微笑着，任由男孩拉着自己。踏上楼梯的一刻，他看看东北角的那张桌子，以及桌上静静伫立的桌牌。

明天，我一定要告诉你今天发生了什么。你一定能听得到。我相信。

排骨炖小白菜，红烧鸡翅，清蒸鳜鱼，水果沙拉。

迟到的晚餐直到晚上11点多才开饭。胖男孩一直眼巴巴地盯着他做饭，不时踮着脚尖从餐桌上偷一个鸡翅或者一块排骨吃。等到所有的菜都摆上桌后，男孩已经吃得半饱。不过，他还是把所有的盘子都划拉到自己眼前，像个贪吃的小狗一样大嚼起来。

忙活了半天，他反而没了食欲。吃了几块鱼肉，他就放下筷子，倒了半杯酒，边喝边微笑着欣赏胖男孩的吃相。

这是难得的休闲时光。很久以来，他都没有心情做这么多菜，也没有人陪他一起慢慢吃完。这个胖男孩虽然智力低下，只保留了动物一般的本能，然而，却给这间小小的阁楼增添了一丝生气。

两个人，总比一个人要温暖许多。

食物的香气与酒的芬芳在阁楼上蔓延开来，这气味让人迷醉，几乎想在扶手椅上一直瘫软下去。连日来的筹备与奔波，让他觉得从骨头缝里向外渗出的疲惫愈加沉重。他的眼皮渐渐垂下去，开始无比渴望一夜好眠。

此时，胖男孩终于吃不下去了，手里虽然还捏着半只鸡翅，却只是小口啃着。旺盛的食欲正在和小小的肚皮作斗争。

他笑了笑，伸手夺下鸡翅，又拍了拍胖男孩的小屁股，示意他赶快上床睡觉。

回头看看杯盘狼藉的桌面，实在提不起精神去清理，还是明天拜托小姑娘来打扫吧。虽然他现在就想一头扎到床上睡觉，可是，该做的事情却绝对不能耽搁。

他摇摇晃晃地走下阁楼，也许是因为放松的神经，也许是因为那半杯酒，他的脚步虚浮，几乎在台阶上打了滑。走到吧台后面，他先是清理掉电脑上的浏览记录，随即，又从吧台下拎起那个旅行背包。早上它还是鼓鼓囊囊，沉重无比，现在却干瘪下去，也轻巧多了。他把背包甩在肩膀上，忽然感到里面还有个硬硬的东西。想了想，应该是那本电路设计方面的书。

这本书，陪伴了他几天的时光。今天傍晚，他还在那间民房里，对照着这本书，反复检验了自己的成果。当然，那一声巨响之后，这本书已经再无用处。他想了想，从吧台上拿起打火机，又从包里拎出那本书，向卫生间走去。

此时当然不用再戴手套，因为用不了几分钟，这本书就会化成几片黑灰，消失在下水道里。

这让他感到轻松，蹲在便池边，边哼着歌，边掀亮打火机，把书掉转，书页朝下，凑向那一缕火苗。

然而，触摸之下，他却立刻感到指尖处传来一阵滑腻感。他一愣，火苗却已经把书点燃。

他急忙把书按在地上，摁熄火焰，然后，把还在冒烟的书凑到眼前，小心翼翼地挪开手指。

光滑的压膜书面上，一小块凝固的油脂清晰可辨，鼻子凑近嗅一嗅，油炸食品的味道犹在。

这是怎么回事？他已经一整天没有吃过东西了。

他蹲在地上，疑惑地看着封面上的油渍。忽然，他的眼睛一下子瞪大了。

今早，刚吃过鸡腿的胖男孩曾经拉开过这个背包。那么，这块油渍应该是他留下的。

如果胖男孩碰到了这本书，那么，也许他也碰到了……

他一下子清醒过来。

11月29日晚10点17分，C市红园区大柳村发生一起爆炸案。村民曹启富的两间瓦房被炸塌，刚刚租下这两间瓦房的承租者任川被当场炸死。

死者任川，男，31岁，研究生学历，生前系C市和平区人民法院民事一庭的法官，亦即此前轰动一时的齐嫒案的主审法官。曾在C市犯下多宗连环命案的“城市之光”在网络上数次发出杀人预告，警方亦针对任川采取了相应保护措施。不料，当晚发生的一连串意外让警方对任川的保护功亏一篑。

当晚7点30分左右，齐嫒案的另一方当事人胡老太家附近突然发现爆炸物，警方抽调警力赶赴现场后，排除了爆炸危险。几乎是同时，停留在藏身地的任川失踪。近两小时后，警方发现任川被囚禁于大柳村的一间民房中，身上亦缠有爆炸物，并通过网络现场直播被杀的整个过程。三名警员进入现场后，拆除爆炸物未果。当晚10点17分，任川被炸死。所幸三名警员仅受轻伤，附近居民亦未遭严重损害。

进入现场的三名警员曾与任川有过对话，结合在两处现场提取到的相应物证，案情大致还原如下：

任川在“城市之光”对其发出死亡威胁之后，深感自己被害的可能性极大，为求自保，私下来到大柳村租下了村民曹启富的两间民房，以作将来藏身之用。此时，警方尚未对任川采取全天候的监护措施，“城市之光”很可能对任川的活动进行了跟踪调查，并事先掌握了藏身位置。案发当晚，“城市之光”先来到胡老太家布置了爆炸现场，并有意被人发现。将警力和排爆专家吸引至胡老太家后，“城市之光”来到任川的藏身地，静候任川自投罗网。任川一直对警方的监护措施极不信任，并怀疑警方有意将其作饵，借机将“城市之光”抓捕归案。因此，当大量警力被抽调至胡老太家时，任川难以控制自己的紧张情绪，跳窗而逃。只不过，他不知道自己赖以求生的藏身地正是大大的陷阱。

“城市之光”将任川制服后，将爆炸物固定在他的身上，并通过网络视频直播，待投票数达到10000时就起爆炸弹。就像法官们投票决定齐嫒案的判决结果一样，“城市之光”让网民们决定任川的生死。以彼之道还治彼身。完美的仪式。

值得注意的是，“城市之光”在设置好炸弹后，并无隐藏罪行的想法。相反，他在向全体网民公开整个杀人过程的同时，实际上也向警方告知了被害人的所在地。他这么做，一来有足够的把握确信警方无法及时拆除炸弹，二来也希望警方眼睁睁地看着费尽心思去保护的被害人灰飞烟灭。

至此，警方的保护行动彻底失败。不仅“城市之光”仍然逍遥法外，任川也在万众瞩目的情况下被炸成碎片。

按照分局长的话来讲，11月29日，是C市警方的耻辱日。

然而，比耻辱更强烈的感受，是深深的无奈。

调查结果显示，“城市之光”发布了作案日期之后，11月29日竟然成了网民们日夜期盼的日子，相约观看无良法官惨死的人比比皆是，简直比世界杯决赛还要引人关注。案发当天，有几十万人上网守候关于“城市之光”的杀人进展。不少人甚至在电脑前等候了整整一天，一遍遍刷新着网络页面。从网络评论来看，绝大多数人都抱着一种幸灾乐祸，甚至是赞叹的心态。“城市之光”的杀人视频直播公布到网上之后，C市的网络流量瞬间达到顶峰。有些得到消息的网民甚至等不及回家观看，纷纷跑到附近的网吧。

更让这些网民感到兴奋莫名的是，自己居然就是掌握生杀大权的裁判官。于是，那些生活得小心翼翼，处处受制于人的人们躲在各自的ID后面，生平第一次痛痛快快地发泄对生活的不满与愤怒。

一次点击，一次投票，就把任川脖子上的绞索扣紧一分。

也许，他们杀死的并不是任川，而是处事不公的领导、百般刁难的客户、步步高升的同事，抑或刚刚给自己贴了罚单的交警。

每个人都有切齿痛恨的对象，然而，他们只能选择隐忍在心。因为让一个人去决定另一个人的生死，是一件相当困难的事情。但是，当他们身处在一个癫狂的群体的时候，这件事就变得容易得多。你已经不再是你，而是这个集体的一分子。这就意味着，你不必为你的行为负责。此时，你即全民，全民即你。

那么，我为什么不可以把这个全身缠满炸药的人想象成那个我恨不得除之而后快的人，然后，偷偷地轻点鼠标呢?

“城市之光”给他们体内不断膨胀的戾气提供了一个出口。来吧，杀掉那个令你痛恨的人，不必负责，不必歉疚。他堕入地狱后，你大可以洗洗睡了，第二天一大早，你还是那个衣冠楚楚的好人。只有你自己知道，那扣紧的绞索中，有你加上的一分力。

那个游走于城市中的惩罚者，是梦想，是希望，是光!

没有什么比这个更让人感到愤怒和无奈。怎么办？把每一个参与投票的人都抓起来，然后定罪量刑？这显然不可能。然而，不可否认的是，“城市之光”并没有亲手杀死任川，而是把选择权交给了公众。

案发第二天，专案组接到了来自市局警务投诉举报中心的一份投诉材料。材料中证实方木曾有持枪恐吓群众，并扰乱“E网情深”网吧营业秩序的违法行为。分局长扣下了投诉材料，没有公开处理方木，而是私下里询问方木当时的情况。

方木的脸上还带着烧伤和淤青，他并没有直接回答分局长的话，而是直直地看了对方几秒钟，突然开口问道：“你听说过玛丽娜·阿布拉莫维奇么？”

分局长一愣，随即摇了摇头。

“她是一名行为艺术家。1974年，她表演了一场名为《节奏0》的行为艺术。这是一次现场互动，观众可以任选包括枪、菜刀、皮鞭等72种危险道具，对她做任何他们想做的事情，阿布拉莫维奇承诺不做任何反击。直到有人用一支上了膛的手枪顶住她的头部……”方木平静地说道，“她的结论是：一旦你把决定权交给公众，离丧命就不远了。”

分局长目瞪口呆地看着方木，最后摇了摇头，把投诉材料扔进抽屉里。

“这件事我会处理。”他拍拍方木的肩膀，“你……你先安心工作吧。”

案情讨论会的气氛沉重得像追悼会。案子彻底搞砸了，专案组的相关负责人员肯定要受到一定处分。然而，分局长依旧不动声色。他先是主动对指挥失误做了检讨，把大部分责任揽到自己肩上。随后，他又对全体与会者说道：“上面怎么处理我，还没有拿出最后的意见，所以，暂时还是由我来主持工作。不管怎么说，这次咱们丢了脸，要把这个面子挣回来，还得靠大家一起努力。我把话放在这儿，如果破不了这个案子，不用领导处分我，我自己辞职——告老还乡。”

分局长的话让大家稍稍提起了精神，案情讨论会也转入正题。

大柳村爆炸案的相关物证资料正在逐步清理和提取中，各种勘验结论也源源不断地汇总到专案组。

根据现场目击者的描述，爆炸发生的时间可以确定。从现场遗留的爆炸所致的缺口和坑洞，可以确认爆炸点为西侧瓦房内中心。现场勘查人员发现炸坑里残留涩味，并有灰色烟痕。由此，初步推断爆炸物为固体硝铵炸药。根据方木、米楠和杨学武等人的证词以及对现场爆炸抛出物的分析，起爆器材为延期电雷管。

从大柳村和胡老太家附近发现的爆炸物，均由黄色胶带包装及捆扎。这种黄色胶带与前几起案件中提取到的胶带相同。结合警方掌握的现有证据材料，可以肯定几起案件为同一人所为。

法医组的工作既复杂又简单。复杂的是，任川的尸体已经被炸成碎片，对其进行收集、整理需要假以时日；简单的是，任川的死因明显为爆炸导致的高温和冲击波，即使未能出具完整的尸体检验报告，也可以确认这一结论。

从“城市之光”以往的作案手法和越发丰富的作案经验来看，专案组并不指望他会在现场遗留可供提取的、有价值的痕迹。更何况现场经过爆炸以及紧急搜救，原始形态已被破坏殆尽。米楠在经过短暂治疗后，重返案发现场，也无法提取到任何具有勘验价值的足迹。不过，在前几起案件中一直碌碌无为的手印组却有了一个不小的发现。

在现场进行视频直播的是一台笔记本电脑，在爆炸中已经被彻底破坏。不过，这台笔记本电脑外壳为金属所制，仍然在现场留下了大小不等的残片若干。在其中一块残片上，手印组提取到一枚右手掌印。

这个发现让专案组兴奋不已。分局长迫不及待地问道：“清晰么？马上录入指纹库进行比对。”

“比对倒是可以。不过，”手印组的老陶搔搔脑袋，脸上是一副迷惑不解的表情，“这掌印很奇怪。”

“奇怪？”分局长马上问道，“什么意思？”

“掌印很小，不像是成年人的。而且，”老陶拿起掌印的复印件，向大家展示，“这个人的右手只有两根手指。”

始终低头不语的方木突然抬起头来。

天气越发寒冷。持续的低温让这个地处东北的城市进入了气象意义上的冬季。街头巷尾，已经看不到那些衣衫轻薄、身材窈窕的年轻女人，大多数人都把自己包裹得严严实实，走在路上，看上去个个动作迟缓，憨态可掬。一瞬间，这个城市显得拥挤了很多，而低温也让一切变得坚硬、脆弱，这给人一种错觉，似乎稍加碰触，周围的事物就会碎成粉末。

冬季是各种心脑血管疾病高发的季节，因此，上了岁数的人们对气温格外敏感。除了早早地换上冬装，适当的户外运动也是不可缺少的。过了交通早高峰期，街上的老人们多了起来，或独行，或结伴，纷纷聚向那些视野开阔、日照充分的地方。

横贯C市的俪通河是本市唯一一条河流，水势在丰水期尚显汹涌，到了枯水期，河道只剩下窄窄的一条，上面还覆盖了薄薄的冰层，看上去，和普通的水沟无异。

相比之下，横跨其上的俪通河大桥就显得格外高大巍峨。这里地势平坦，又没有树木遮挡阳光，冬日里，是附近的老人们扎堆聊天、晒太阳的好去处。

老年人聚在一起，话题多围绕着儿女、天气、健康和物价。大家在臃肿的冬装下奋力挥舞着手脚，生怕在漫长的冬季中，让本就不怎么灵光的四肢彻底涩滞下来。

常来的某位老人已经好久没露面了，估计是生病住院了。

某某的孙子考上了清华大学，昨天还带了糖果和大家分享。

鸡蛋已经涨到了3块钱一斤，香菜居然达到了10块钱一斤。

最后，话题聚焦到今年的春节上。老人们都无比期盼着这个最寒冷时分的传统节日，度过那一天，似乎就意味着自己又活过了一年，多吃了一年的饭，多拿了一年的退休金，想一想，就让人感到占了天大的便宜。

正当大家激烈地讨论着今年春节的确定日期，以及连续多少年没有年三十的时候，一个老人却离开了人群，独自趴在大桥的栏杆上，静静地看着脚下那条勉力流动的河。

老人们很快注意到被冷落的他，纷纷招呼他过来。然而，他却转过身来，挥手让大家到桥边来，脸上是因为恐惧而带来的一丝兴奋。

“你们瞧，那是个什么东西？”

七八个老人伸长脖子，眯起早已昏花的老眼，竭力向他手指的地方看去。然而，那里只是一片灰黑色的河床，覆盖着乱七八糟的水草和各种垃圾。薄冰之下的河流缓缓流淌着，在阳光下反射出刺目的光芒。在那片令人炫目的亮白中，有一个青白色的物体嵌在冰里，若隐若现。

老人们看了半天，仍然不明就里。一个心急的老太太索性拉住一个骑着自行车路过的年轻人，让他帮忙分辨那究竟是什么东西。

莫名其妙的年轻人被拽到桥边，只看了一眼，脸色就剧变。

“那不是一个人么？”

“Lost in Paradise”咖啡吧的女店员惊恐地看着这个面容焦急的警察，本能地把手里的抹布举在身前，仿佛那是一面盾牌。

“你老板呢？”方木伸手夺下那块抹布扔在一边，“二宝在哪里？”

“我老板去医院了。那孩子……跟他在一起。”

方木上下打量着她，又回头瞧瞧挂在门口的“暂停营业”的牌子。咖啡吧里弥漫着一股寒气，目光所及之处都是湿漉漉的。

“这是怎么了？”

“老板帮那孩子清洗玩具来着，后来……后来出了点事。”女店员犹豫着，似乎不知道是否该告诉他实情，“他忘了关水龙头——就变成这样了。”

方木瞪大了眼睛：“出什么事了？”

半小时后，方木带着几个人匆匆闯进市人民医院的急诊大楼里，刚走到外科诊室门口，就看到江亚带着二宝走了出来。

二宝还在抽抽搭搭地哭着，双手从手掌至手肘，都包着厚厚的白色纱布。

方木停下脚步，愣愣地看了二宝几秒钟，随后把目光投向了江亚。

江亚也看到了方木，他略直起腰，充满歉意地对他苦笑了一下。

方木奔到二宝身边，托起他的两条胳膊，上下查看着。刚刚碰到纱布，二宝就尖叫一声，死命地向后躲着。

“他怎么受伤的？”方木放开二宝，逼视着江亚。

“昨天，我在家里清洗他用过的玩具，准备消消毒。”江亚轻轻地叹了口气，“二宝可能是闻到了炉灶上的骨头汤的香味，就爬上去捞肉吃……那可是滚开的汤啊……”

说罢，他伸手去摸二宝的头，孩子却避开了，眼神中满是恐惧。

方木看看二宝，又看看江亚，强压怒火问道：“伤势严重么？”

“烫伤。”江亚平静地回答，“具体情况我也不了解，你问问医生吧。”

方木朝老陶使了个眼色，后者立刻钻进诊室。其余两名警察则站到江亚身后，和方木形成了合围之势。

江亚朝身后看了看，居然笑了笑：“我承认我监护不力，不过，用不着这样吧。”

“你清楚我为什么这么做。”方木上前一步，死死盯住江亚的双眼，“你已经察觉到了，是吧？”

江亚毫不退缩地回望着方木，脸上依旧是若有若无的笑意：“我不明白你的意思。”

这时，老陶出现在诊室门口，挥手示意方木进来。

“情况怎么样？”方木一进去就反手关好房门，迫不及待地问道。

“双上肢重度烫伤。”老陶一脸沮丧，“手掌有表皮剥脱。”

“能进行比对么？”

“试试吧。”老陶看上去毫无信心，“可能性不大。”

一股怒火噌地一下蹿上方木的心头，他转身冲出诊室，径直奔向一脸平静的江亚。江亚还来不及做出反应，衣领就被方木牢牢揪住，整个人也被按在了墙壁上。

“你这个畜生！”方木咬牙切齿地吼道，“这么小的孩子……你怎么下得去手！”

“我……我跟你说过了，”江亚不住地挣扎着，脸色憋得通红，“这是个意外……”

“意外？你发现二宝碰过那台笔记本电脑，是吧？”方木的手上越发用力，“我该叫你什么，嗯？‘城市之光’？”

江亚忽然停止了挣扎，依旧涨红的脸上渐渐露出一丝充满揶揄的笑容。

“方警官，我不知道你在说什么。”他平静地说道。

这笑容彻底摧毁了方木最后一丝残存的理智，他挥起拳头就要冲那张得意的脸打下去，这时，一个熟悉的声音突然在身后响起。

“方木，江大哥……你们在干什么？”

方木下意识地回过头去，廖亚凡拎着拖把和水桶，目瞪口呆地看着扭在一起的他们。

几秒钟后，方木放下高举的拳头，另一只手也松开了江亚的衣领，站在原地喘着粗气。

廖亚凡已经看到了二宝，惊叫一声就扑过去，上下打量着男孩。

“二宝，你这是怎么了？”她扭过头，焦急地看看方木，又看看江亚，“你们说话啊，二宝怎么了？”

没有人回答她。方木狠狠地盯着江亚，后者却看也不看他，自顾自地整理着弄皱的衣服。

“我这就去申请搜查令。”方木突然举起一根手指，直直地点向江亚的鼻子，“我不信二宝在你家里一个掌印都没留下。”

江亚点点头，充满嘲弄的眼神里只写了四个字：悉听尊便。

然而，这眼神只是稍纵即逝。当他面向廖亚凡的时候，脸上又是痛惜和歉疚的表情。

“我真的很抱歉。我知道，现在说什么都没有用了。而且，你们也不会再信任我了。”江亚想了想，“你可以把二宝领走，不过，他的医疗费用由我来承担。”

廖亚凡不知道到底发生了什么事，然而，她从方木的表情里猜到二宝的烫伤绝不是意外那么简单。她把二宝紧紧地抱在怀里，充满警惕地看着江亚，既不点头，也不摇头。

搜查令很快就申请下来，方木却并不指望能获取有价值的线索。“城市之光”在犯罪现场尚能冷静地清除掉所有痕迹，在自己家里则会更加从容。所谓清洗玩具、家里发水，听上去合情合理，其目的却肯定是擦除二宝留在家里的掌印。至于二宝手上的烫伤——

他不愿去想江亚究竟用了什么手段让二宝的手伤成那个样子。

命运就是这样令人惊叹。几天前，江亚还是一个照顾残障儿童的好心人，转眼间就对那个可怜的孩子痛下毒手。更让方木万万想不到的是，那个令全市警察头疼，令千万市民膜拜的连环杀手，居然就是自己认识的人。

生活，你还能再戏剧化一些么？

对江亚的咖啡吧以及私宅的搜查结果没有出乎方木的意料。警方几乎把室内所有可能留下掌印的地方都仔细检验了一遍，却没有发现任何可供比对的痕迹。就好像二宝从未在此生活过一样。米楠也告诉方木，在江亚家里没有发现类似的帆布胶鞋。通过对江亚所穿的鞋子的检验，发现其鞋码、鞋底磨损类型及行走习惯都与D中案现场提取到的足迹不符。

看上去似乎可以排除对江亚的怀疑，实际上，专案组的大多数成员也对方木的推测大为不解。分局长拿着江亚的照片，反复端详了许久，还是难以掩饰内心的惊讶。

“那个‘城市之光’，”他抖动着手里的照片，“就是这样一个小白脸？”

的确，江亚看上去太不起眼了。而且，从现有证据来看，根本无法构成对江亚的合理怀疑，说服检察院批准逮捕江亚完全不可能。即使是那个将嫌疑目标指向江亚的二指掌印，目前也无法做同一认定。说到底，一切只是方木根据自己的经历所做的推测。从表面来看，这仅仅是巧合。

尽管有的专案组成员建议先对江亚采取刑事拘留，然后再围绕他慢慢搜集证据，实在不行，逐步变更强制措施的种类，从取保候审到监视居住。如果再找不到突破口，就狠狠心，对江亚上手段。

这个所谓“手段”，自然是一些见不得光的勾当。分局长断然拒绝了这种提议。抓不到凶手，还让“城市之光”在万众瞩目下干掉了任川，已然是大丢脸面。如果再通过非法手段获取“证据”，对江亚屈打成招，那就不是丢面子的问题了，搞不好就会扒警服，蹲监狱。

尽管专案组的结论是排除江亚的作案嫌疑，然而，在方木的强烈要求下，还是针对江亚展开了一些调查。

江亚，男，36岁，初中学历，户籍所在地为C市东城区学子路176—8号，未婚独居，目前经营一家名为“Lost in Paradise”的咖啡吧。令人惊讶的是，江亚在C市的所有档案数据只有区区几页纸，有据可查的资料都始于2000年。也就是说，江亚在25岁之前的个人经历是一片空白。警方几经辗转，找到了当时为江亚办理户籍的部门和办事人员。他们早已回忆不起江亚本人，只是记得在2000年进行第五次人口普查的时候，C市有大量外来务工人员，其中有相当一部分人无法说清自己的原籍。为了完成人口普查任务，办事机构只是简单核对他们是否有刑事前科以及排除网上逃犯的可能后，就统一办理了居民身份证。江亚这个名字及其学历也是由其本人申报，当时的户籍所在地被登记为C市红园区开运街26—9号，2003年迁居至现住址。

C市红园区开运街26—9号在2000年时还是一家烘焙店，现在已经变成了一家川菜馆。当年的老板和员工早已散去无踪。不过，街对面的一家福彩投注站老板娘还是对江亚留有一些印象。当时，她还是一家面馆的服务员，和老板有了私情之后，挤走了老板的前任妻子，顺理成章地上位成了老板娘。2004年之后她说服丈夫关闭面馆，开设了这家福彩投注站。十几年前，烘焙店的小工们经常来面馆吃面，一来二去，身为服务员的她和那些年龄相仿的年轻人成了朋友。只不过，江亚属于他们之中很不起眼的一个，她对江亚的印象也只有些零散的片段。

“手脚挺勤快的，不像那些小伙子只是混日子，有那么五六年吧，他每天跟着大师傅偷偷学手艺，挨骂了也只是笑笑。”已经发福的老板娘边嗑瓜子边回忆道，“不太爱说话，听口音好像是Y市那边的。”

线索到此中断。专案组仍然认为难以将江亚列为重点嫌疑对象，也不相信一个只有初中学历，一直靠打工糊口的人能犯下那么多无迹可寻的凶案。经过研究，专案组决定还是从那个二指掌印入手，责令老陶尽快拿出更详细的检验报告，然后在全市范围内查找具有类似特征的人。此外，硝铵炸药和延时电雷管都属管制物品，虽然“城市之光”在获取上述犯罪工具时留下蛛丝马迹的可能性很小，但仍有必要在C市范围内进行彻查，需要时，拟动用刑事特情。

方木却不这么想。他坚持认为“城市之光”就是江亚。尽管现在几乎没有证据能证实这一点，然而，他相信自己的推断不会错。

在医院里四目相接的那一刻，方木就肯定了这一点。

就是那种眼神：聪慧、自信、骄傲、凶狠，带有令对手无奈的嘲弄。属于“城市之光”的眼神。

让方木更感兴趣的是，江亚，到底是怎样的一个人？

他来自何方，有怎样的父母和家庭环境，在25岁之前究竟发生了什么，以至于让他背井离乡，隐姓埋名？

专案组并不认同方木的观点，因此，想搞清楚这些，不可能得到官方的协助。然而，事已至此，任由什么都无法阻止方木了。

特别是在听到任川最后的呼号和目睹二宝手上的白纱布后。

方木申请休假一个星期，理由是养伤。鉴于“城市之光”目前没有大的动作，专案组很痛快地批准了方木的休假请求。收拾停当之后，方木没有急着出发，因为还有些私事需要安排。

毕竟，现在已经不是一个人生活了。

去C市人民医院，廖亚凡又不在护工休息室，方木看看手表，现在是上午9点半，她应该还在病房里工作。

刚要上楼，就看见廖亚凡拎着空水桶走下来。见到方木，廖亚凡的脸上没有露出吃惊的神色，而是疲惫地冲他摆摆头，示意方木跟她走。

两个人一前一后地走进楼梯下的杂物间，廖亚凡打开电灯，一屁股坐在倒扣的水桶上，伸手向方木要烟。方木把烟盒递过去，自己也点燃了一支。

杂物间狭窄逼仄，灯光昏暗，由于没有采暖设备，到处透出一股潮气。物品倒是摆放得整整齐齐，水桶、拖把、塑料手套、扫帚倚墙而立。墙角处是一个大号纸箱，里面塞满了破旧的鞋子，看上去各种款式和颜色都有，不过，以胶底布鞋居多。

“那是什么？”方木边吸烟边朝那个纸箱扬扬下巴。

“护士和医生们在医院里的鞋，方便脱穿的那种。”廖亚凡扫了纸箱一眼，“这都是穿坏的，准备拿去卖废品——你找我有什么事？”

“哦，我要出几天远门。”方木拿出钱夹，掏出几张百元大钞递给廖亚凡，“这几天……你就照顾好自己吧。”

廖亚凡犹豫了一下，还是接过那几张钞票：“我自己的工资够花，这些钱，给二宝买些营养品吧。”

这几天，廖亚凡都很晚才回家，下了班之后就去天使堂看望二宝。为了不至于引起不必要的麻烦，方木并没有把二宝受伤的真实原因告诉廖亚凡和赵大姐。她们也一直以为这只是个悲惨的意外。只不过，赵大姐也不再相信江亚能照顾好二宝，坚决把他接回了天使堂。廖亚凡对江亚则充满怨气，死活不要江亚拿出的医疗费，还几次说要拿魏巍给二宝出气。

方木对此倒不怎么担心，廖亚凡只是嘴上说说，从本质上看，她还是个心地善良的好姑娘。不过，对江亚这种报复心极强的人还是少惹为妙，于是，他提醒廖亚凡绝对不要对江亚和魏巍做出格的事。

廖亚凡沉默了一会儿，突然又问道：“大概几天能回来？”

“说不准，三四天吧。”

“哦。”廖亚凡想了想，试探地问道，“和谁去？”

方木知道她在想什么，心中觉得好笑，脸上也露出一丝微笑：“我一个人去。”

看到他的笑容，廖亚凡也像被窥破了心事的小女孩一样红着脸笑了，她轻松地站起来，拍了拍身上的灰尘，看着方木说道：

“你放心去吧，我能照顾好自己——注意安全。”

走出医院大楼，方木的心情好了很多，廖亚凡正变得越来越懂事，这让本来宛若一团乱麻般的生活渐渐理出了头绪。他走到停车场，发动汽车，刚刚开到医院门口，就看到路边站着一个人。

居然是米楠。

米楠显然对方木出现在医院里并不意外，直接拉开车门跳了上来，随手把一个背包甩在后座上。看得出她是一路疾奔而来，脸色潮红，微微气喘，待呼吸稍稍平复后，就简单地吐出两个字：

“开车。”

方木吓了一跳，本能地向后看看，生怕廖亚凡发现这个不速之客，刚才“一人出行”的承诺不就成了有意欺骗？

米楠已经猜到了方木的反应，依旧不动声色地坐在副驾驶位上，面色平静。

方木急踩油门，把车开出很远一段才开口问道：“你怎么来了？”

“我和你一起去。”

“嗯？”方木犹豫起来，嘴里也结结巴巴，“其实……用不着的……”

“如果你取得证言，需要两名警察在场。”

这个回答合情合理，更合法。只不过，方木心里清楚，米楠的潜台词是：没有人相信你，但是我相信。

他不由得微笑起来，心中温暖了许多：

“怎么跑出来的，跟组里打招呼了么？”

“休假。别忘了，我也受伤了。”

方木扭头看看米楠，恰好她也望过来，四目相对，一切已在不言中。

正在此时，方木的手机不合时宜地响起来。是杨学武。

“你在哪里？”杨学武的声音低沉暗哑，直截了当。

“在外面。”方木不想过多透露自己的行踪，只是简单作答。

“哦。”听筒里沉默了几秒钟，杨学武似乎在犹豫，“米楠……和你在一起么？”

“嗯。”隐瞒反而会带来更大的猜疑，方木决定还是说实话。

令他惊讶的是，杨学武既没有追问他们的去向，也没有任何情绪激动的表现，只是报以更长久的沉默，足足半分钟之后，他才重新开口：

“不管你们去哪里，做什么，注意安全——照顾好米楠。”

说罢，他就挂断了电话。

在大柳村的爆炸现场共同经历了生死关头之后，杨学武一直表现得很消沉。一方面，大概是因为对任川的监护行动彻底失败；更多地，是因为杨学武在拔除第一根电线的时候，亲眼看到米楠主动拉住了方木的手。

没有人知道下一秒会发生什么，也许是平安无事，也许是灰飞烟灭，但是不管结局如何，米楠在那一刻选择了和方木在一起。

对于杨学武而言，这才是最大的打击。

杨学武不想知道的问题，却是米楠关心的。吉普车开上高速公路后，米楠开口问道：“我们去哪里？”

这个所谓“哪里”，看似无迹可寻，然而在方木心中，却早已有了一个大致的范围。

方木去医院给廖亚凡送羽绒服和皮靴那天，曾经和江亚偶遇。当时，他对那个护士提及自己要出门，一天之内就能返回。现在回想起来，方木认为他是去外地准备炸药和延时电雷管等犯罪工具。因为在C市本地，购买到这些管制物品并不是轻而易举的事情。不管怎么掩饰，留下痕迹的风险都非常大。根据那家福彩投注站的老板娘回忆，江亚在早年曾带有Y市的口音。如果他是Y市人，出生后应该会有相关的户籍资料登记在册，不至于身份成谜。即使是因某种意外离家流浪，其家人也肯定会报告公安机关，不会一点线索也没有。因此，最大的可能是：江亚的原籍在Y市周边的四个郊县之一。

而且，大柳村爆炸案的现场物证表明，“城市之光”对炸药的性能和制作延时炸弹非常有一套。江亚在20岁左右的时候一直在烘焙店里当小工，其工作范围和爆炸物完全无关。这种技能很可能是在他20岁，亦即他离开原籍之前掌握的。以“城市之光”的性格来看，他不会去做那种无必然把握，且容易暴露自己的事情。如果想取得像爆炸物这种受到严格管制的东西，他肯定会选择自己熟悉的地方，以避免打听、寻找、委托中间人这样的多余环节。

那么，他获得炸药的地方，会不会就是他生于斯长于斯的地方呢？

在C市高速公路管理处那里，方木并没有发现江亚所驾驶的白色捷达车曾进出C市的记录。如果他携带炸药和电雷管乘坐火车，肯定过不了安检这一关。因此，他乘坐的应该是长途汽车。那么，从地理位置及距离来看，能让江亚乘坐长途汽车从C市前往该处，并能在一天内往返的，只有Y市的F县。而方木心中认定的调查重点，正是F县下属的罗洋村。

罗洋村附近，就是省内闻名的大角煤矿。

第十九章

老宅

尽管对女店员解释说，之所以会有警察兴师动众地找上门来，是因为那个胖男孩是警察的亲戚，而女店员也充分表示了理解，并跟着他痛骂警察滥用职权，然而，当她请求提前下班回家时，他还是在她脸上看到了一丝怀疑和恐惧。

走吧，走吧。他神色淡然地表示同意。

尽管这是个不错的女孩，然而，人和人的相聚又能维持多长时间呢？

就像那个一直躺在医院里的女人，就像那个只有两根手指的男孩。

也许，所有的相聚，都只是为了在某一天别离。有人说，为了不让自己过分痛苦，最好在相聚时别投入太多感情。然而，又有几个人能真正做到呢？在耳鬓厮磨，尽展欢颜的时候，你愿意想象对方形容枯槁或者反目成仇的样子么？

今天，他不愿，也无心再经营咖啡吧。女店员走后，他就关闭店门，把打烊的牌子挂在了门外。拉下卷帘门之后，咖啡吧里彻底黑暗下来。他站在一片寂静的店堂中，一时间有些无所适从。来回踱了几步之后，他双手插兜，慢慢地走上楼梯。然而，只迈出几步，他突然意识到楼上也是空无一人，那个只会咿咿呀呀的胖男孩再也不会出现了。

巨大的孤独感突然袭来，漆黑的阁楼竟让他有些望而却步。他手扶栏杆，怔怔地看着那一片寂静的所在，最后，缓缓地转身，坐在了楼梯上。

店内的潮气依旧没有散去，鼻腔里是清新又带有一丝凉意的味道。闻上去，却并不让人感到心情愉快。这里是洁净的，却毫无生气。这里是安全的，却令他更加不安。

终究，自己还是一个人。

该埋怨谁呢？此刻，他不想去回忆那个胖男孩，尤其是当他牵着男孩的手走向汤锅的时候，男孩那毫无戒备的眼神。

他曾想过让胖男孩“失踪”，对于一个曾走失的智障儿童，再次走失并不是什么怪事。然而，他放弃了这个想法。毕竟，男孩只是威胁到他，并没有伤害他。

而伤害了自己的那个家伙，不得不让他从地下室的水池中重见天日。尽管警方并没有发现那个密室，然而，他不能让自己再次冒险。

遗憾的是，他再没有可供发泄怒火的玩具，只不过，他不愿就这么便宜了那个家伙。

想到这里，他突然来了兴趣，起身下楼，拿起一件外套后，又在吧台下翻出一把小小的铁铲，走出了咖啡吧。

半小时后，他拎着一个被层层包裹的黑色塑料袋，挤过门前如潮的人群和摊贩们，返回了咖啡吧。关上门，杂乱的喧嚣声和烟气就被挡在了身后。同时，一股新鲜的泥土混合着腐败落叶的味道在店堂里弥散开来。

他拎着塑料袋径直上楼，把它扔进洗菜池里，打开水龙头冲刷着。很快，那个塑料袋的表面就黑亮如新。他拿起一把剪刀，一边耐心地剪开塑料袋，一边哼着不成调的小曲。渐渐地，塑料袋里的东西露出了全貌。他满意地看到，因为持续的低温，那东西并没有发生太大的变化。

他把它从水池里提出来，摆在餐桌上，又给自己倒了半杯威士忌，拉过一把椅子，静静地坐在它的对面。呷了一小口酒之后，他突然笑笑，举杯向它致意：

“嗨，我都有点想你了。”

它毫无反应，只是端端正正地躺在餐桌上。

两个小时后，方木和米楠抵达Y市长途汽车站。和大多数中小城市一样，Y市的长途汽车站嘈杂不堪，兜售食品、饮料和手机充值卡的声音此起彼伏。车站东侧停放着一排中巴车，售票员半挂在车外，捏着一沓零钞大声吆喝着。

在他们的吆喝声中，方木依稀辨得“罗洋”二字，他停好车，向那排中巴车走去。

司机们很热情，方木很快就弄清了发车时间和沿途各站点的情况。前往罗洋村的中巴车很多，最晚一班车返回是晚7点，8点左右抵达Y市长途汽车站，而Y市长途汽车站发往C市的末班车是晚9点。也就是说，如果江亚一早就出发，一天之内往返是可能的。

米楠对方木的推断持怀疑态度，一个城市，四个县城，下属十几个村落，江亚有可能在其中任何一个地点购买炸药和延时电雷管，未必会选择罗洋村。

方木的想法是，无论在哪里，爆炸物和起爆器材都是管制物品。在稍大些的县城的确可以私下购买到上述物品，但是那样做的风险也很大。而且，非法买卖爆炸物是刑事犯罪，如果不是熟人，卖家们不会轻易出手。“城市之光”一向单独作案，通过中间人购买爆炸物的可能性很小。

罗洋村距离大角煤矿最近，那里天高皇帝远，散落在村民手中的爆炸物也为数不少。在那里取得爆炸物，是相对最安全的。

米楠想了想，同意了。在调查力度有限，调查时间也紧张的情况下，从最有可能的地点查起，也许是最佳选择。

吉普车开进罗洋村的时候，已经是下午2点了。方木开着车在村子里草草转了一圈，心中不免有些惊讶。这里虽说是个村落，但是从规模及繁华程度来看，不亚于一个小镇。尤其是村中那条双向四车道的柏油马路，两侧店铺林立，从超市到旅馆，从按摩院到洗头房，应有尽有。

煤炭，宛若深埋地底的黄金，给这个小村子带来蓬勃的生机和财富。

赶了大半天的路，方木和米楠早已饥肠辘辘。两人商量了一下，决定先找个地方住下，填饱肚子再说。不料连去几家旅馆，个个爆满。想必是因为此时恰逢煤炭购销旺季的原因，小旅馆们都被来自各地的采购员们占据一空。方木和米楠几乎找遍了整个村子，最后才在一家又破又旧的小店里找到了落脚处。

说是小店，价格却一点也不便宜，一个双人标准间就要360元，更令人头疼的是，只有这一个房间。方木正在犹豫，米楠就拍了板：

“就住这里吧。”

房间里和小旅馆的外观一样破旧，到处透出一股霉味。也许是靠近矿山的原因，从床单到地面上都是一层薄薄的黑灰。两人相视苦笑一下，也只能将就了。

在驾驶室里坐得太久，方木一头栽倒在床上放松筋骨，身下的弹簧床垫立刻发出不堪重负的呻吟声。米楠则站到窗边，刚想拉开窗子透透气，就看到窗台上积了厚厚的一层煤灰，犹豫了一下，还是放弃了。

两人稍稍休息了几分钟，就下楼吃饭。

小旅馆里没有餐厅，就餐只能到外面。好在这条街上的饭馆不少，放眼望去，冠以某某大酒店的铺面比比皆是。方木和米楠选了一家看起来相对干净些的店面，点了几个炒菜，边吃边研究下一步的行动。

这条街上有不少经营爆破器材的小店，相信其中有相当一部分并不具备经营资质，在这种小店里，无需出示正当手续就可以购买到爆炸物。但是调查起来会非常困难，即使江亚真的在此地购买了炸药和延时电雷管，卖家也不会承认。大家干的都是非法勾当，谁也不想惹祸上身。

正说着话，一个七八岁的小男孩跑进了小饭店，跟柜台后面算账的老板娘打了个招呼后，就扔下书包，一头钻进后厨。片刻，小男孩端着一大盘炒面，毛手毛脚地送到方木的桌子上。

不知道是因为烫手还是盘子太重，炒面放到桌上时，小半盘面条都洒了出来。老板娘见状，立刻走过来骂道：“你娘个腿的，不能当心点？”

“没事没事。”米楠急忙打圆场，“烫到你没有？”

小男孩唆唆手指，红着脸摇头。

“对不起啊。”客人没发作，老板娘倒有些不好意思了，“我给你们换一盘吧。”

“不用了。”米楠把面条挑回盘子里，“这是你儿子？”

“是啊。”老板娘一脸骄傲的笑容，“小学二年级了，班长。”

“真是个好孩子。”米楠笑眯眯地摸着小男孩的头，“这么小就帮家里干活了。”

“唉，没办法。”老板娘的面色黯淡下来，“他爸爸前年在矿上出了事故，死了。就我们娘俩相依为命。”

米楠连连感叹不容易，老板娘见米楠言语和善，又不追究小男孩的过错，心下大生好感，索性拉了一把椅子坐下聊起来。

扯了半天闲话，老板娘好奇地打量着方木和米楠，问道：“你们俩来做啥的？”

方木看看米楠，含含混混地反问道：“你看呢？”

“你俩不像来买煤的。”老板娘颇为肯定地说道，“那帮业务员我见多了，你们俩不像。”

方木想了想，低声说道：“大姐，我们是来找人的。”

“找谁？”老板娘更惊讶了，“矿上的？”

“不是。”方木凑近她，“你知不知道这里哪有卖炸药的？”

“知道啊。”老板娘直起身子，冲窗外扬扬手，“那边不就有好几家么？”

“我指的是……不用手续的那种。”

“那我可不知道。”老板娘顿时警惕起来，随即起身离座，说了句“慢慢吃”，就回到柜台后面了。

方木有些泄气，匆匆吃完后就结账离开了。走到街面上，他看着那些经营爆炸物的店铺，眉头皱了起来。

米楠看出他的情绪，轻轻地笑了起来："你太直接了，人家肯定以为我们是暗访的记者。"

没办法，只能一家一家地问。方木的想法是，先试试能否不用手续就买到炸药，如果可以，就拿出江亚的照片来询问对方是否见过这个人。如果能取得江亚曾在此地购买爆炸物的人证当然最好，如果不能，查清他的身份也不失为一大收获。

然而，事情远远没有方木想象得那么顺利。趁着天色未黑，方木和米楠先去附近的几家商铺打听。卖家们倒是很热情，待方木说明来意后，伸手就要公安机关的批文。一听说没有，脑袋都摇得像拨浪鼓似的。方木不死心，拐弯抹角地提出愿意出高价，卖家们还是丝毫不肯让步。方木最后拿出江亚的照片，对方更是连看都不看，边说没见过边挥手赶他们走。

连碰了几个钉子，太阳也远远地隐藏在大角山后了。眼见暮色愈加深沉，沿街的爆破器材店纷纷关门打烊。饭馆、按摩院、洗头房和KTV却热闹起来，街面上一下子出现了好多人，从衣着打扮上来看，既有采购煤炭的业务员，也有从矿上前来消遣的工头，还有一些煤矿里的年轻工人。他们刚刚洗净了手脸，头发里还带着煤屑，就来村里挥霍刚刚拿到手的血汗钱。也许对他们而言，刚刚还在深深的矿井里命悬一线，当然更有理由享受地面上的灯红酒绿。

街面上的男人居多，沿街的店铺里则是女人为主。刺鼻的脂粉香气一下子取代了煤灰，在这条街上弥散开来。在充满原始欲望的人群中，方木和米楠显得格格不入。特别是很多男人肆无忌惮地上下打量着米楠，嘴脸中尽显贪婪。方木就要忍无可忍的时候，米楠拉拉他，平静地说道："今天就到这儿吧，先回旅店。"

回去的路并不长，却因为熙熙攘攘的人群耽误了很长时间。路过那家饭馆的时候，方木看到老板娘一边满脸堆笑地招呼客人，一边大声呵斥着流连在门口的儿子。小男孩正倚在门旁看几个孩子玩遥控飞机，听到母亲的召唤，忙不迭地往店里跑，不时回头看那架悬在半空的小直升飞机。

方木在对这喧闹的时刻感到怅然的同时，竟有一丝小小的熟悉与喜悦。不错，这就是生活本身。

充满欲望，未知，生机勃勃。

推开那间所谓标准间的门，首先看到的是一地花花绿绿的纸片，估计是从门缝里塞进来的。有本地煤炭公司的广告，也有上门提供“特殊服务”的名片。方木的心情很差，把它们踢到一边就合衣躺在床上发愣。

米楠却没闲着，先用电水壶烧了一壶开水，泡上两杯茶水之后，就拿着洗漱包进了卫生间。哗哗的水声让方木回过神来，突然意识到，今晚，将和米楠共处一室。

他顿时慌了起来，急忙从床上坐起，拽过床头的电话拨叫旅馆总台。连拨几次，都是忙音。正要再拨时，米楠擦着湿漉漉的头发走出了卫生间。

“你在干吗？”

“我……”方木嘴上支吾着，人已经向门口走去，“我去问问还有没有空房。”

“别折腾了。”米楠把毛巾搭在椅背上，抬头看看窗外，街面上依旧人来人往，嘈杂声不绝于耳，“这个时候，不太可能有空房。”

方木搔搔脑袋：“要不，我去车里睡吧。”说罢，就去自己的背包里翻手机充电器和剃须刀。

米楠静静地看着手忙脚乱的方木，突然开口说道：

“你是害怕我，还是嫌弃我？”

“我？”方木的脸腾地一下红了，“怎么可能……我没有别的意思……就是……”

米楠却不想听他解释，“嗖”地一下把毛巾甩过去，命令道：“快去洗洗，然后睡觉——看你一头一脸的灰！”

方木接过毛巾，愣头愣脑地站了几秒钟，乖乖地照做了。

从卫生间里出来的时候，方木特意穿戴整齐，先是偷偷摸摸地探出半个脑袋，看到米楠躺在靠窗的床上，全身都罩在被子里，手握电视遥控器正在换台，这才轻手轻脚地走到靠门的床边，掀开被子钻进去，躲在里面费力地脱衣服。

米楠只是扫了他一眼，就继续全神贯注地看电视。

冬季的衣服厚且多层，加上被子的覆盖，方木只脱了外衣、长裤和袜子就累得够呛。他略喘口气，继续奋力对付毛衣和绒裤。本就破旧不堪的弹簧床垫更是吱呀作响，地动山摇。

突然，另一张床上的米楠“噗嗤”一声乐了。

方木正把毛衣掀到脑袋上，听到米楠的笑声，忽然觉得身上的力气一松，就那么套着半件毛衣，也哈哈地笑起来。

两张床，相隔不到一米，一对男女，为了一件微不足道的小事，笑作一团。

这一笑，就是足足一分多钟。待笑声渐止，方木也觉得自己想得太多，索性从被子里探出上半身，三下两下除去毛衣和绒裤。

米楠以手托腮，侧身躺在被子里，静静地看着方木，嘴边仍是一丝掩饰不住的笑意。渐渐地，她的目光专注起来，眼前这个男人似乎值得百般揣摩：

“你爱她么？”

冷不防地，米楠低声问道。

方木一愣，本能地反问一句：“你说什么？”

“没事。”米楠立刻转身，把被子盖到肩膀，只把一头黑发冲着方木。

方木看着她的背影，即使在厚厚的棉被覆盖下，仍能看出米楠身体的玲珑起伏。他轻轻地叹了口气，低声说道：“那天的事，我得对你说声抱歉。”

米楠的背影沉默不语，半晌，才有沉闷的声音传来：

“你不必道歉，更不必替她道歉。”

“可是……”

“廖亚凡说得没错，在有些事上，我的确不如她。我曾经走错过路，这是我的命。一个残缺的女人，本来就不应该奢望更多的。”

在那一瞬间，方木突然很想冲她吼一句：“不是，不是这样的！”然而，他只是张张嘴，挥挥手，最后一拳砸在柔软的棉被上，悄无声息。

米楠的声音继续传过来：“亚凡是个好女孩，好好对她，别辜负她——这是你的命。”

说罢，她就再不开口，一切重归寂静。

方木垂着头坐了一会儿，抬手熄灭了电灯。

陷入黑暗的一刹那，方木突然意识到眼前的一幕无比熟悉。几年前，S市开往哈尔滨的长途列车上，同样的狭窄空间，同样的共处一室，同样的话题，涉及同一个女人。

同样心有不甘的追问，同样心照不宣的回避。

一夜无话。方木再睁开眼睛的时候，已经天光大亮。他撑起身子，环视过后，这才发现米楠那张床上已经空无一人，只有叠得整整齐齐的被子放在床头。

他伸手去拿放在床头柜上的衣服，突然看见一张纸条摆在上面，是米楠的字迹。

我在昨天的饭馆里等你。

方木不敢耽搁，草草洗漱完毕之后就穿衣下楼。

大概是周末的缘故，街面上的人不多，饭馆里也冷冷清清的。一进门，方木就看到了米楠。她正拉着那个小男孩的手聊着什么，小男孩的注意力却不在米楠身上，双眼热切地盯着桌上的一个大塑料盒子，在那里面，是一架崭新的遥控直升飞机。

“这怎么好意思呢？”老板娘一边在围裙上擦着手，一边端着面条走过来，“这东西挺贵的，他要了好几次，我都没舍得给他买——得攒上大学的钱呢。”

“没事，我一看见这孩子就喜欢上了。”米楠把遥控飞机递给小男孩，他一拿到手，就迫不及待地拆开包装，把玩起来。

“这孩子，也不知道说声谢谢。”

小男孩半是兴奋半是羞涩地说了声“谢谢阿姨”。米楠笑着摸摸他的头，说道：“多好的孩子，快去玩吧。”

看着小男孩高高兴兴地拿着飞机跑出门去，米楠的脸上却换了一副哀伤的表情：“我儿子和他差不多大，可惜，再也玩不了遥控飞机了。”

方木把一口面条呛在喉咙里，吃惊地看着米楠。

老板娘也很惊讶，随手拉过一把椅子坐下来：“怎么了？”

米楠从包里拿出一张照片递给老板娘，老板娘接过来一看，立刻小小地惊叫了一声。

“我的天啊，怎么伤成这样？”

方木凑过去，那正是二宝的照片。虽然看不到他的脸，但是从手肘到手掌处包裹着的厚厚的白色纱布却分外刺眼。

“炸的。”米楠的眼睛里有了泪光，“我们那边有个小作坊，说穿了就是鞭炮黑加工点，我儿子去那边玩，正好赶上一起事故，就……”

她说不下去了，低头抽泣起来。

老板娘也听得泪花闪动，伸手在米楠肩上轻拍着，连连安慰她。

方木也觉得心下黯然，倒不是为了配合米楠，只是想到二宝无辜的样子就觉得难过。老板娘看在眼里，更加坚信这是一对遭遇不幸的夫妻，感同身受之余，言语间也更加关切：

“孩子现在怎么样了？”

“右手只剩下两根手指了。”米楠不停地揩着眼角的泪水，“最可气的是那个老板，死活不承认自己在鞭炮里加了炸药，你想想，普通火药能有那么大的威力么？我和我老公这次来，就是要找到他买炸药的证据，无论如何，我也得为我的孩子讨个公道！”

“老公”沉默不语，只是坐着闷闷地吸烟。

老板娘也是气愤难当，不时看看门外欢天喜地玩着遥控飞机的儿子，由己及彼，陪着米楠掉了不少眼泪。

“大姐，你说我该怎么办？查了一整天，什么也没查到。”米楠说着，哭声又起，“我怎么对得起我儿子，他这辈子就算完了。他也爱玩遥控飞机，可是现在，连拿筷子都费劲了……”

女人和女人之间，最容易在孩子的问题上找到共同语言，尤其在彼此都遭遇生活的艰辛之后。很快，米楠和老板娘之间就像姐妹一样亲密起来。老板娘更是向她列举了这条街上所有出售炸药的店铺。在她的介绍下，方木这才知道，除了那些公开经营爆破器材的店铺之外，几乎每家小店都私下里出售爆炸物。这在当地，已经是一个半公开的秘密。

“不用去那些大商店问，没有用的。我见过不少做鞭炮的，他们需要的药量都不多，又拿不出手续，大商店不会搭理他们——去那些小店，只有他们敢卖。”老板娘站起来，颇为仗义地说道，“去吧，你就说是我何红梅的妹妹，肯定好使。”

来到街面上，米楠擦擦眼泪，小声问方木：“我拿二宝做幌子，你不会责怪我吧？”方木连忙摇头说不会。米楠轻叹口气，说道：“我是真心疼那孩子，太遭罪了。”

虽然有了老板娘的指点，事情却依然不顺利。方木和米楠走遍了这条街上所有私下出售爆炸物的小店，却没有人对江亚留有印象。只有一家杂货店的老板看着江亚的照片说面熟，问他此人购买了什么，老板却支吾起来，最后吞吞吐吐地说好像是雷管。米楠偷偷地拿出手机录音，让老板再确认一下的时候，老板立刻警觉起来，对之前的话矢口否认，搬出老板娘何红梅的名字也不管用了。

方木不死心，又带着米楠把所有公开经营爆破器材的商店走了一遍。结果还是一样。卖家听到何红梅的名字，态度有所改观，但是仍然没有人指认江亚曾在店里购买过炸药。

事已至此，结论无外乎两个：一是这些店家没有说实话；二是方木的推测是错误的，江亚并没有在此地出现过。方木不免有些沮丧，如果在这里还查不到线索的话，到别处去查，无异于大海捞针。

米楠安慰方木说，她觉得刚才那家杂货店的老板说的是实话，只不过怕惹祸上身才改口的。然而，即使事实如此，这也只能算是一条小小的线索，根本构不成证据。

调查无功而返，时间也到了下午。方木和米楠一脸沮丧地回到那家饭馆，老板娘立刻迎了上来，询问情况。得知毫无结果后，老板娘也觉得有些难过，一边为他们张罗饭菜，一边想了想，对米楠说：“那个害你儿子的人长什么样？我在这里好几年了，如果他来我店里吃过饭，我应该会有印象。”

方木虽然觉得希望不大，还是抱着姑且一试的心态，把江亚的照片递了过去。

老板娘仔细看了一会儿，眉头皱了起来，似乎在回忆什么。

“这人……怎么看着有点眼熟呢？”

“哦？”方木一下子兴奋起来，“他来你店里吃过饭？”

“不是。”老板娘犹豫了一下，起身离座，“你等等。”说罢，她就向后屋走去，几分钟之后，老板娘捧着一个相册走了出来。

“你们看。”老板娘从相册里抽出一张照片，“他像不像这个人？”

那是一张集体照，几十个孩子挤在一起，盯着镜头笑逐颜开，从他们胸前的红领巾和背景来看，这应该是一张小学毕业照。

老板娘指的那个人在第二排左起第六位，留着平头，眉头微蹙，从面容来看，的确和江亚有几分相似之处，但是由于年代久远，照片早已泛黄，那个孩子的脸也模糊不清，无法确认到底是不是江亚。

“还有别的么？”方木急切地问道，“关于这个人的照片。”

“有。”老板娘在相册里翻找了一会儿，又抽出一张照片。

这是一张双人照，从时间来看，应该是和那张毕业照同期拍摄的。照片上是两个男孩子，十一二岁的年纪。稍白胖些的揽住另一个男孩的肩膀，笑得很开心。而后者还是那副眉头微蹙的样子，身型略有佝偻，穿着明显不合身的破旧衣服，眼神中除了抹不去的童稚，还有一丝警惕和忧郁。

“这个是我老公。”老板娘指着那个白胖些的男孩说道，“结婚后，他告诉我，这是他和好朋友在小学毕业时的留念。呵呵，他是个挺念旧的人……”

“你见过这个人么？”

“没有。”老板娘摇摇头，“我和我老公是在Y市打工的时候认识的，2004年才来到这里。”

“也就是说，这个人和你老公是小学同学。”方木想了想，“他也是罗洋村的人。”

“应该是。”

“他的老家就在这里？”

“不是。”

“嗯？”方木有些惊讶，“这里不是罗洋村么？”

“是罗洋村，不过这里是新址，大角山发现煤矿后，这里才慢慢建立起来的。”老板娘耐心地解释道，“老村子在东边，距离这里大概两三里地，不过已经没什么人住了。2000年以后，大家就陆陆续续地搬到这里了。”

方木立刻站了起来，对米楠说道：“走吧，去老村子看看。”

“别急，先吃饭。吃过饭我让我儿子带你们去。”老板娘转身朝门外喊道，“江（姜）勇天，过来！”

方木突然心里一动，开口问道：“你老公姓江（姜）？”

“对啊。”

“哪个江（姜）？”

“江河湖海的江。”老板娘有些不解，“怎么了？”

“这里姓江的人多么？”

“不多，就我们一家。”

方木的心脏狂跳起来，几乎是追问道：“你老公叫什么名字？”

老板娘被方木的表情吓住了，嗫嚅了半天才说道：

“他叫江亚。”

老村子距离这里不远，沿着主街开到尽头，上了土道，再有几分钟车程就到了。方木远远地看着那一片低矮的平房，就让江勇天先下车。

“妈妈让我送你们到村里的。”

“不用了，叔叔自己能找到。”方木拍拍男孩的头，“天快黑了，你早点回去，要不你妈妈该担心了。”

男孩惦记着店里的玩具飞机，没有再坚持，跳下车就要走。米楠一把拉住他，往男孩的手里塞了500块钱。

男孩连连摇头，说妈妈不让他要别人的东西。米楠摸摸他的脸，笑着说道："我是阿姨啊，又不是别人。这是给你上大学的钱，好好学习，将来孝敬妈妈。"

男孩红着脸接过钱，匆匆向米楠鞠了一躬，转身跑了。

几分钟后，吉普车开进罗洋老村。方木看看手表，此时已是下午4点。

老村名副其实。从地势上看，罗洋村位于大角山脚下的一片洼地中，看得出这里也曾人丁兴旺，大大小小的房屋足有上百间。不过，砖瓦房少之又少，大多数屋宅都是土坯房。方木开着车在老村里转了一圈，一个人也没遇到。整个村庄寂静无声，只是偶尔传来几声远远的犬吠。

仔细去看，几乎家家户户的门上都有一把铁锁，有些已经锈迹斑斑。门上所贴的春联早已褪尽颜色，只能依稀可辨"人和""福临"之类的字样。院子里也是杂草丛生，一片凋零破败之相。

方木自言自语道："这简直是鬼村啊。"

米楠前后看看，言语中颇为无奈："一个人都没有——该从哪里查起呢？"

"别急。"方木又看看手表，"再等一会儿。"

转眼间，天色就暗沉下来。寂静的村庄上空飘浮着矿山吹来的煤灰，遮天蔽日。宛若起了一场大雾，那些破败的老宅子静静地伫立在浓雾中，若隐若现，似乎到处都隐藏着秘密。然而，不远处的罗洋新村里却延续着前一日的热闹景象，各色霓虹招牌依次亮起，不时有嘈杂的声音隐约传来。

一个寂静，一个喧嚣。一个死气沉沉，一个生机勃勃。同一个名字的村庄，却似乎身处不同的时空。如同那些从这片土地上走出去的人们，在几番辗转中，不知道得到了什么，又失去了什么？

"城市之光"，午夜梦回时，你可曾想起这个地方？

渐渐地，随着夜幕降临，老村里也显露出一丝活泛的迹象，似乎在挣扎着向罗洋村新址证明自己尚未彻底消亡。几栋老宅子的上空升起袅袅炊烟，但是在同样铅灰色的天幕下显得很不起眼，飘浮一阵后就消散无踪。

方木把烟头丢出车窗，抬手发动了吉普车，朝最近一栋升起炊烟的老宅子开去。

老宅子里只有一对老夫妇。老妇躺在堂屋中的一把木质摇椅上，脸色蜡黄，双眼紧闭，如果不是胸口略有起伏，方木几乎认为她已经没了呼吸。老汉倒是还可以佝偻着行走，正在饭锅里搅着面汤，估计那些漂着菜叶和土豆块的黏糊糊的东西就是他们的晚餐。方木连打了几声招呼，老汉只是缓慢地转过身来，用一双浑浊不堪的眼睛盯着他看了几秒钟，又继续慢腾腾地搅和着那锅面汤。方木还想再问，米楠就拉住了他的手，用手在自己耳边比画了几下。

“别费劲了，他听不见，估计也糊涂了。”

正说着，老汉抬起右手，用手里的饭勺指指西侧。既像指明方向，又像逐客令。

方木无奈，说了声“打扰了”，就带着米楠退了出来。

西侧也是一栋带着院落的老宅，屋顶冒着断断续续的黑烟，院子里虽说不太整洁，但是仍能看出有人居住的迹象。

方木在铁门上敲了几下，屋内很快有人出来响应。是一个60多岁的老者，披着灰色羽绒服，边走边剔着牙：

“找谁啊？”

“大爷，我是外地的。”方木挤出一个笑容，隔着铁门递过去一支烟，“到这儿打听点事。”

“买煤么？”老者接过烟，看了一下牌子，夹在耳朵后面，“直接去矿上就行啊。”

“不是买煤。”方木又递过一支烟，帮他点燃，指指刚才去过的老宅，“那里的老爷子让我来的。”

“嗐，老六啊。问他也是白搭，他耳朵背，人早就糊涂了。”老者抽着烟，上下打量着方木，“你想打听什么事儿啊？”

此时也没必要隐瞒了，方木掏出警官证，简单说明了来意。老者倒没显得紧张，拿着警官证查验一番，抬手打开了铁门，让方木和米楠进屋细说。

老者一个人居住，屋里陈设简单，还算干净整齐。坐在炕头上，方木先和老者闲聊了几句。交谈中，方木得知老者姓田，曾是罗洋村的村支书，丧偶独居，有一个儿子在大角山开矿。老头不习惯新村的生活环境，所以一直住在这里。

怪不得叫老六的老人让他们来这里打听。方木心里想，这老头一副见多识广的样子，原来当过村干部的。

“你们来这里有什么公干？”田书记弹弹烟灰，同时招呼米楠从一个笸箩里拿干枣吃。

方木想了想，问道：“田书记，你在这里住了多久了？”

“那可长了。”老人呵呵地笑起来，“我就是在这儿出生的，今年68岁了，你算吧。”

“好。”方木单刀直入，拿出江亚的照片，“你认识这个人么？”

“你等等啊。”田书记找出花镜戴上，拿着照片仔细端详着，半晌，犹犹豫豫地说道，“看着眼熟，就是……就是想不起是谁。”

“那这张呢？”方木又把那张两人合照递过去，“这两个人你认识么？”

老人只看了一眼，立刻说道：“这胖小子不是老江家的大小子么，叫什么来着，好像是个挺雅的名……”

“江亚？”

“对对对。”田书记拍拍脑门，“这是个好小子，人厚道，也孝顺，可惜死得早。”他指指门外，“和老六家的儿子一起死在矿里了。”

“另一个呢？”方木急切地问道，“你能认出来么？”

“这个……”老人皱起眉头，大口吸着烟，手扶额角冥思苦想，“眼熟……是谁呢？”

“他也是你们村的，家里条件不好。”方木提示道，“和江亚是好朋友。”

“和江亚是好朋友……”田书记自言自语道，突然一拍大腿，“想起来了，这是老苟家的小子啊。”

说罢，他又拿起另一张照片，端详了几眼之后肯定地说道：“就是这小子，没错，那股倔哄哄的劲儿，还没变。”

“他叫什么？”方木立刻问道。

“嗐，这小子没大号。”田书记笑道，“他爹姓苟，就这么一个儿子，整天狗蛋狗蛋地叫。我们也叫他狗蛋，连学校里的老师都这么叫他。就为这个，我记得他还跟老师干过仗，结果让老师给收拾得够呛。”

狗蛋。方木和米楠交换了一下眼神。这名字也忒寒碜了。

“这小子咋了？”田书记看看方木，又看看米楠，“犯事儿了？”

“嗯，出了点事。”方木含混地答道，又问道，“他家里还有人住在这里么？”

“早没了。”田书记又拿起一支烟点燃，“狗蛋他娘死得早，好像是他14岁那年吧，跳了井。”

“自杀？”米楠吃惊地瞪大眼睛，“为什么？”

“这事说来可就话长了。”田书记一副津津乐道的样子，“狗蛋他爹是矿上的工人，娶了他娘之后，能有个五六年吧，就是怀不上。狗蛋他爹对外说是老婆不下蛋，整天鼻子不是鼻子脸不是脸的。有一年冬天，村里唱大戏。戏班子走了之后，狗蛋他娘居然怀上了。狗蛋他爹乐坏了。可是孩子生下来以后，跟狗蛋他爹一点都不像，反倒像那个戏班子里演张生的戏了。大伙私下里都说这肯定是狗蛋他娘和戏子的种儿。狗蛋他爹心里也犯合计，回去把媳妇儿吊起来打。那老娘们就是不承认，死活都说这是狗蛋他爹的儿。”

“后来怎么样了？”

“还能怎么样？”田书记吐出一口烟，捏起一颗干枣在嘴里嚼着，“孩子都生出来了，狗蛋他爹只能养着。可是自打那以后，这娘俩可遭了罪了。三天小揍一顿，五天大揍一顿。孩子都上小学了，连个名字都没有。他爹说就叫狗蛋。大伙说，这是骂那个戏子呢。狗蛋狗蛋，狗的种儿！狗蛋小学毕业那年，他娘实在受不了了，跳了井。媳妇儿没了，狗蛋他爹消停了一年，第二年开春，就带着狗蛋出去打工了。这一走，就是20多年没回来。”

方木想了想，又问道：“他们去哪里打工了？”

“不知道。”田书记摇摇头，“我们都没看到他带狗蛋走，还是江亚他爹告诉我的。说是狗蛋临走之前特意和江亚告了个别，两个小家伙还抱头痛哭了一场。”

方木若有所思地点点头，又琢磨了一会儿，开口问道：“狗蛋家……你还记得在什么地方么？”

罗洋老村西北角，两间孤零零的土坯房，外围是小小的院落，院子里有一棵高大的苹果树，枝叶落尽，荒草疯长的地面上隐约可见干瘪发黑的落果。

方木绕着院子走了一圈，然后回到车里拿出手套，和米楠戴好后，又拎起撬杠走到院门外。铁制院门已经锈迹斑斑，摇摇欲坠，有些铁条甚至已经彻底烂断。他托起门上的铁锁，拧亮手电筒查看一番后，对米楠说道：“铁锁上的灰尘有擦拭痕迹。”

米楠点点头，取出一个塑料袋罩在铁锁上，只留下锁臂露在外面。方木把撬杠插进两条锁臂中间，略一用力，锈蚀不堪的铁锁就应声而开。

方木把罩着塑料袋的铁锁拿在手上，深吸一口气，和米楠一前一后走进院子里。

院子不大，站在中央就能将一切尽收眼底。院子西侧是一排用碎砖和木桩搭起的苞米仓，由于年久失修，已经倒塌了大半。苞米仓旁边是一个简易旱厕，看上去也只剩一堆碎砖和烂木头。院子东侧是一片小小的菜地，曾种植过什么已经无从考证，沟壑几乎被二十几年间的腐败落叶填满。

院子中间是一条布满杂草的红砖甬路，尽头就是那两间土坯房。方木和米楠走到门前，看看木门上的铁锁，同样的锈迹斑斑，同样没有灰尘。

有人曾回来过，还带着二十几年前的钥匙。

如法炮制。木门很快也被打开，方木和米楠走进室内，用手电筒四下扫射着。此刻身处的地方应该是堂屋兼厨房，右侧地面上有一个半人高的灶台，一口几乎朽烂的大铁锅摆放其上。其余地方空旷却杂乱，早已辨不清颜色的破布和各类杂物散落了一地。米楠拉拉方木的衣袖，又指指地面。

地面上原本积了厚厚一层灰土，明显可以看出用扫帚之类的东西清扫过，之前的造访者细心地清除了自己的足迹。

方木看看手心里的两把铁锁，苦笑一下就丢在了地上。“城市之光”既然能够想到清除足迹，自然也就不会蠢到留下指纹。

了解到这一点，两个人反而放开了手脚。提不到任何痕迹，也就没有保护现场的必要。他们扫视了一圈，决定先从东侧房间查起。

这是典型的东北农村卧室，南侧是一铺土炕，北侧是倚墙而立的柜子，上面还摆着暖水瓶、茶杯、烛台、酒瓶和半盒烟，件件都落满灰尘。墙上是几个相框，有狗蛋的满岁照，也有全家人的合影。照片里，狗蛋的妈妈瘦削、清秀，也有和年龄不符的苍老，一脸病容。狗蛋的爸爸其貌不扬，眼神中是掩盖不住的粗俗与无知，僵硬的神态中看不出温情，更多的是屈辱和恼怒。坐在妈妈膝上的狗蛋则一脸天真无辜，眉眼间的确与其父毫无相像之处。

房间东侧是几个衣柜，方木拉开其中一个，刺鼻的霉味立刻扑面而来，柜子里堆满了乱七八糟的衣物，看上去潮湿沉重，纠结在一起，早已看不出质地和颜色。

炕上的情形也好不了多少，一个肮脏的枕头搭在炕沿，被老鼠咬坏的洞里露出发黑的糠皮。同样潮湿破旧的褥子上遍布鼠粪，散发出恶臭的味道。一条勉强看得出花色的被子凌乱地堆在上面，也是千疮百孔，棉花都被扯了出来。

方木看了一圈，不由得心生疑窦：从房里的情况来看，完全不像出门打工的样子，更像是一场仓皇逃亡。

而且，这间像房主卧室的房间里，为什么只有一个枕头呢?

他想了想，示意米楠跟他到西侧的房间。相对于东屋的凌乱不堪，这里虽然也是处处布满灰尘，却显得整齐许多。

房内陈设简单，只有一个衣柜、一张写字台和一张木床。衣柜里的东西很少，同样潮湿腐朽。方木用撬杠挑起几件摊在地上，依稀可以分辨出是背心、长裤和一条红领巾。写字台上则空空荡荡，抽屉里只有几根铅笔、破弹弓、石子和圆珠笔芯。木床上被褥皆在，虽然脏污不堪，早成了老鼠的家园，却叠得整整齐齐，两个枕头放在床头，上面还盖着颜色褪尽的粉色枕巾。

如果没想错的话，这里应该是狗蛋的房间。而且，他曾和母亲长期住在一起。

方木又仔细查看一圈，再没发现多余的东西。这很让人想不通：父子双双出门打工，狗蛋的个人物品基本都被整理带走，狗蛋的父亲却几乎连换洗衣服都没带，被褥甚至还保持着刚刚起床时的样子。

难道，当初离开的不是父子二人，而是只有狗蛋一个人?

方木正在思考，就感到米楠轻轻地拉了一下自己：

“你看。”

方木顺着她手指的方向看过去，只见地面上仍留有被扫帚清扫过的痕迹，那些划痕一直延伸到木床底下。

方木的心里一动，难道“城市之光”在重返老宅时，曾爬进过床底？

木床下有什么？

方木试着用手推推木床，感到并不沉重，于是招呼米楠合力把木床挪到了一边。顿时，一大堆黑乎乎的物件显露出来。方木用手电筒照了一下，只见几个敞口木箱摆在地上，里面装的都是一些日常杂物，例如旧书、棉皮鞋、废旧自行车零件等等。方木用撬杠在箱子里拨弄了半天，没发现什么特殊的物品，正感到失望，忽然发现木箱下面的水泥地上，灰尘有擦蹭的痕迹，似乎这些木箱被挪动过。

他伸手拽住一只木箱，用力拖动，同时用手电筒向木箱下面照去。

半扇木门赫然出现在地面上。

旁边的米楠发出一声小小的惊呼，随即就过来帮忙把其他木箱挪走，很快，一个一米见方的地窖入口暴露在手电光下。

木门上没有锁，只有一个锈成绿色的黄铜把手。方木看看米楠，半弯下腰，拉住黄铜把手用力向上拉，沉重的木门伴随着一阵刺耳的吱呀声豁然洞开。紧接着，一股呛人的恶臭扑面而来。

方木吸吸鼻子，眉头立刻皱了起来，他用手电照了一下，脚下是一架锈迹斑斑的铁梯。方木试着踏上去，稍稍加力，铁梯晃了晃，似乎还不至于立刻坍塌。他把手电筒咬在嘴里，试探着一阶阶爬了下去。几秒钟后，他就站在了地窖的中央。

地窖有十几平方米的样子，高两米左右。中间是一大片空地，三面墙边都是朽烂的木箱，上面堆放着乱七八糟的油纸包。方木凑过去，小心翼翼地拨开其中一个纸包，里面是一大盘导火索。他又拨开另一个，纸包几乎是空的，只剩下一小堆透明块状的结晶体。

米楠随后顺着铁梯走下地窖，看到方木站在那些木箱边，也走过来查看。

“这是什么？”

方木捏起一小块结晶体，用手电筒反复照射着。结晶体在亮光下熠熠生辉，煞是好看。他把它放在鼻子下闻了闻，没有明显的味道。

方木看看导火索，又看看其他木箱，低声说道：“可能是硝铵炸药。”

米楠听罢，立刻掏出一个塑料袋，接过方木手里的结晶体放了进去。

狗蛋的父亲是矿工，家里存放一些爆炸物的确在常理之中。难道“城市之光”使用的硝铵炸药并不是在外面购得，而是自家的存货？

这样一来，“城市之光”曾重返老宅的可能性再次提高。以他的性格，神不知鬼不觉地从自家地窖里取得炸药，相对于在外购买而言，风险小了许多。

正想着，方木突然意识到身边的光线一下子黯淡下来。他刚要回头，就感到一只冰冷的手伸了过来，啪的一下关掉了他手中的电筒。地窖里顿时陷入一片黑暗。方木正在奇怪，那只手迅速搭上他的肩膀，生生地把他拽蹲在地上。

“别出声。”米楠的声音细微得难以听清，伴随着竭力压抑的急促呼吸，“地窖里有人。”

方木的头发一下子竖了起来，他本能地缩紧身体，手里死死地握住撬杠，同时尽力睁大双眼，眼前却依然是木箱在视网膜上留下的残像。

“在哪里？”好不容易适应了眼前的黑暗，方木凑到米楠耳边，轻声问道。

“我们的正前方。”尽管完全看不到米楠，方木仍能感到她在发抖，“12点钟方向。”

方木不再开口，竭力屏住呼吸，直直地盯着正前方的一片黑暗，脑子里却在不停地运转着。

刚才他们进入老宅的时候，门被上锁，窗户紧闭，这个人是怎么进来的？而且，从室内的痕迹来看，除了“城市之光”以外，完全看不到再有他人进入的迹象。难道他是凭空出现的？

方木暗自提醒自己要冷静，同时在米楠的手上轻轻按了按。很快，米楠的呼吸也平复下来。方木竖起耳朵，竭力捕捉着空气里的每一丝声响。然而，除了他和米楠的气息外，小小的地窖里再无第三个人的呼吸声。

没有呼吸的人？

尽管现在最好的选择就是按兵不动，等对方暴露自己的位置，方木却没有耐心再等待下去。他凑到米楠耳边，轻声说道：“5秒钟后，打亮手电筒。”米楠在他手上按了按，表示听懂了。

方木半伏在地上，悄无声息地向斜前方爬过去，边爬边在心里默念着，数到5的时候，他已经爬出去两米多远，距离对方大概有一米半左右的距离。

此时，左侧前方突然亮起一道光柱，直指自己的前方。方木一跃而起，手中挥起撬杠，举到半空，整个人却愣住了。

他的眼前依旧空空如也，只有一排木箱。不过，在那电光石火的一瞬间，方木还是看到在那排木箱后面，露出一双人腿。

只不过，那双人腿上的布片已经腐败殆尽，黄白色的腿骨清晰可见。

米楠也看清了那双腿的样子，小心翼翼地走过来，言语间是掩饰不住的惊讶：

“怎么……是个死人？”

方木打亮手电筒，走到木箱边，被掩盖在后面的尸体露出了全貌。

这是一具成年男性的尸骨，仰面，头北脚南，已呈白骨化。尸骨表面还覆盖着少许尚未完全腐败的衣物，看上去似乎是红色的棉质内衣和蓝色秋裤。尸骨下方是软组织液化后留下的干涸痕迹，越走近，恶臭

的气味越发明显。

方木用手掩住口鼻，凑近尸体仔细观察着。尸骨表面没有明显外伤，头骨却损伤严重，前额处有一大块塌陷，下颌骨掉落在一旁。左侧眉骨几乎粉碎，两只眼窝似乎一开一闭，仿佛在做着鬼脸，看上去非常诡异。

米楠看看散落在尸骨旁边的碎骨和牙齿，并没有和那些已经干涸的液化软组织粘连在一起，不由得皱皱眉头。

“这些……似乎是死后才形成的。”

“嗯。”方木用撬杠轻轻拨动头骨，“而且就在不久前。”

随着方木的动作，尸骨似乎很不情愿地转过头来，头骨左后方，骨折线呈放射状，断骨的茬口呈暗黄色，中间一大片明显的凹陷显露无余。看来，这才是他的致命伤。

方木看看四周，再没发现死者的其他衣物，尤其是鞋子。从死者的穿着来看，应该是死后被移至地窖内的，而且致其死地的第一现场不会太远。

方木抬头看看地窖出口。刚才，在东侧房间里，他一直猜想当年并不是父子一同出门，而是只有狗蛋一个人。眼前这具尸骨再次坚定了他的猜想。如果他的推断没错的话，这具尸骨正是狗蛋的父亲。

当年下手杀死他的人，很可能就是狗蛋。

眼前是这样一幅景象：年幼的狗蛋满眼泪水，一手捂着指印明显的脸颊，死死盯着一摇三晃的父亲。后者只穿着内衣，把酒瓶随手放在柜子上，抽出一支烟，点燃，刚吸了一口，就听到脑后呼啸而至的风声。

地窖的铁梯上，父亲的尸体软绵绵地跌落下来，瘫在地面上一动不动。气喘吁吁的狗蛋随后沿阶而下，先是坐在最后一阶铁梯上喘了半天，然后，费力地拖起父亲的手臂向墙角拽去。

片刻之后，他已经重返西侧房间，把书桌上的所有物品都划拉到一个大大的编织袋内，又从衣柜里掏出自己的衣服塞进去。在室内扫视一圈后，他吃力地背起编织袋，锁好门离开生活了十几年的家。

站在乡间的土路上，狗蛋分辨了一下方向。不远处，一栋土坯房上冒着炊烟，隐约可见温暖的灯光，他回头看看自家一片漆黑的窗户，眼中再次盈满泪水。他把编织袋甩在肩膀上，跌跌撞撞地向那片灯光跑去。

21年后，“城市之光”再次回到这间地窖里。此时，他已经变得高大、强壮、冷静。他轻车熟路地劈开那些木箱，细细挑选着自己需要的物品。收拾停当后，他把鼓鼓囊囊的背包放在木箱上，静静地喘着气。呼吸稍稍平复后，他把目光投向墙角那具静卧的骨架。在这段漫长的岁月里，父亲的遗骸和灵魂都被牢牢地锁在这个地窖中，此刻，也许他正在某个角落里无比怨毒地看着自己。

他的嘴角露出一丝笑容。不，我不害怕。当我还是个小孩子的时候，就不曾怕过你。如今你只剩下一堆轻飘飘的骨架，我更不会怕你。

他站起身来，走到那堆尸骨前，静静地看着自己的父亲。20多年的时光仿佛凝缩在这一刻，父亲甚至连姿势都没有变过。只是那曾给自己和母亲带来无尽痛苦的强壮身体已经几乎完全消散，化作身下那一摊散发着恶臭的干涸液体。他看着那黑洞洞的眼窝和大张的下颌骨，突然举起手里的斧子，狠狠地砸了下去。

方木和米楠又四下查看了一圈，确认再无有价值的线索后，两个人先后爬上铁梯，又把木床推回原位。

站在院子里，两个人拍打着身上的灰尘，大口呼吸着户外的空气。尽管空气中飘浮着煤灰，但是也比老宅里混合着尸臭的霉味要好得多。稍稍休整之后，米楠问方木接下来打算怎么办。

方木略略思考了一下，决定还是带着现有物证先回C市，老宅和尸体暂时搁置。第一，方木和米楠入宅搜索并没有合法手续，虽然可以事后想法补救，但是，目前的情况仍不能把嫌疑目标锁定在江亚身上。虽然方木相信老书记和何红梅的回忆是准确的，但是，仅依靠两张相距21年的照片，难以确认当年的狗蛋和“城市之光”是一个人。如果仔细搜索，也许可以从老宅里找到头发之类的物证，然而，经历了21年之后，这些物证仍然可以和江亚的DNA做同一认定的可能性很小。第二，即使老宅里的尸骨真的是狗蛋的父亲，也很难在21年之后立案侦查。因为当年狗蛋杀父之事并没有人知晓，更谈不上被公安机关立案。而故意杀人罪的追诉时效是20年，超过这个时效之后，即使发现案件，也失去了追诉的可能，除非得到最高人民检察院的批准。抛却手续的繁琐冗长，当地公安机关即使立案，侦破的可能性也是微乎其微。与其让这些旁枝末节干扰注意力，还不如把精力放在“城市之光”在C市犯下的数起大案中。

方木看看手表，此时已是夜里9点15分，如果现在动身，午夜之前，应该还来得及赶回C市。

吉普车驶上公路，十几分钟后，方木看看后视镜，无论是寂静的罗洋老村，还是喧闹的罗洋新村，都看不到了。

米楠一直在副驾驶位置上忙活着，先是仔细整理了在罗洋村提取到的物证，分别装好后，又仔细地标注了编码，注明提取时间和地点。最后，她打开一个小记事本，一笔一画地写着。

“写什么呢？”

“工作日记。”米楠头也不抬地向前指指，“专心开车。”

方木笑笑，不再开口。

不知为什么，他很乐于听从米楠的安排。几年来，身边共事的搭档换了一个又一个。老邢睿智深沉，部伟果断勇敢，郑霖暴躁冲动，肖望聪敏机灵，却也人鬼莫辨。米楠和他们不同，她身上既有女性的细腻和冷静，也有男人一样的坚强和耐力。这次到罗洋村调查，如果不是米楠随机应变，也不会这么快就取得进展。

想到这次调查，方木把目光投向面前不断延伸的公路。近200公里之外，是正处于多事之冬的C市。此刻，那里应该已是一片灯火通明了吧。不知道那缕强光，正在放出光芒，还是在角落里隐忍不发？

事已至此，方木真的不知道该叫他什么。“城市之光”？江亚？还是狗蛋？

一个十四五岁的少年，从降生起就带着一个耻辱的名字。亲手弑父后，背井离乡的他选择了最好的朋友的名字。是对往昔依旧抱有留恋，还是一直对朋友有一个响亮的大号感到羡慕？

方木对他的了解仅限于15岁之前和36岁之后，在中间的21年，在他身上发生了什么，遇到了哪些人，以至于让他变成了现在的模样？

他为什么自诩为光，为什么要甘冒风险去惩罚那些所谓“恶行”？为什么在对无冤无仇的人痛下杀手的同时，对一个流浪的智障儿童存有一丝善心？

在他身上有太多的问号，这让方木迫不及待地想了解他的一切。

正想着，方木突然意识到身边的米楠已经停笔了。他转过头，看到米楠手扶着额角，半靠在副驾驶座上，双眼微闭，脸色很不好看。

“怎么了？”

“车晃得厉害，眼睛花了。”米楠睁开眼睛，勉强冲他笑笑，“有点头晕。”

方木急忙放慢车速，吩咐米楠去背包里找点水喝。米楠翻了半天，别说水了，一点可吃的东西都没有。方木这才意识到，两个人自从中午吃了半碗面条之后，至今水米未进。

“再坚持一下。”方木满怀歉意地说，“到下一个服务区，咱俩弄点吃的。”

米楠“嗯”了一声，就继续靠在副驾驶座上闭目养神。

半小时后，右前方隐隐出现一片灯火。服务区到了。

这是个小服务区，只有旅店、餐厅、超市和公厕。方木停好车，直奔餐厅而去，才走了几步就被米楠拉住了。

“怎么？”方木细细打量着米楠的脸色，“去弄几个菜，我们好好吃一顿。”

“不用。”米楠微弯着腰，“去超市泡方便面吃吧，我得马上吃点东西，胃开始疼了。”

“哦，也好。”看到米楠难受的样子，方木有些慌了手脚，急忙扶着她走进超市，把米楠安顿在椅子上之后，从货架上拽了两桶方便面，还有火腿肠和卤蛋，边掏钱包边对米楠说，“你再坚持一会儿，马上就好了。”

刚拆开方便面的外包装，方木又想起了什么，在自己头上狠敲一记之后，小跑着找超市老板要了一个纸杯，倒了满满一杯热水放在米楠面前。

“你先喝点水啊。”话音未落，方木又在原地转了几圈，冲老板喊道，“你这里有没有胃药？”

看着方木忙得团团转的样子，米楠又好气又好笑，挥挥手说：“你别忙活了，不着急，我吃点东西就会好的。”

“呃，好……”方木搔搔脑袋，不好意思地笑笑，“你先坐着……5分钟后开饭。”

纸桶封盖很快就被打开，方木毛手毛脚地拿出塑料叉子，调料包被“哗”地一下撕开，小半包调料都洒在了桌面上。米楠静静地注视着这个满头大汗的男人，嘴角是一丝掩盖不住的笑意。

如果这个男人是我的，该有多好。

方木感觉到米楠的注视，手上莫名其妙地慌张起来。偏偏这个该死的酱包无论如何也打不开，手撕，牙咬，它还是安然无恙。方木在身上摸索着，最后又冲老板喊道：“有没有剪子？刀也行。”

“算了算了。”米楠笑出了声，“我来吧。”

说罢，她夺过方木手里的酱包，用指甲轻轻一掐，稍一用力，酱包便一分为二。

“嗬！还是你厉害。”方木擦着额头上的汗，由衷地赞道。

“这就算厉害了？”米楠白了方木一眼，伸手拿过另一盒方便面，“指望你，明天早上我都吃不上这碗面。”

方木嘿嘿地笑起来，老老实实地站在米楠旁边，看她忙活着。

深夜。一间超市。两个男女，并肩站在窗边，面前是两碗热气腾腾的方便面。灯光把他们的影子投射到外面的水泥地上，看上去颀长、神秘，中间毫无罅隙。

米楠怔怔地看着那两个影子。“她”足足矮了“他”半头，能依稀看出鹅蛋脸的轮廓和脑后马尾辫的形状。而“他”则显得高大、沉默，肩膀宽厚。

米楠看着“他”和“她”，竭力想在脑海中幻化出两个清晰的形象。尤其是“他”——干净利落的短发，苍白瘦削的面庞，黑框眼镜，温和又锐利的目光，挺直的鼻子，紧抿的嘴唇以及下巴上粗硬的胡碴……

米楠悄悄地后退了半步。窗外的两个影子却毫无变化，依旧“亲密”地贴在一起。

她微微歪过头去，马尾辫也随之垂落到肩膀上。窗外的“她”复制了米楠的动作，看上去，似乎正甜蜜地依偎在“他”的肩头。

方木正把火腿肠掰成小块放进面桶里，随口问米楠：“要不要再来点榨菜？”

“哦？”米楠吓了一跳，急忙把头摆正，“随便吧。”

方木“嗯”了一声就继续手上的动作，米楠看着他，忍不住又把头歪了过去。

窗外的影子又惟妙惟肖地依偎在一起。米楠想了想，偷偷地伸出手，放在方木身后。看上去，“她”靠在“他”的肩头，左手揽住“他”的腰。

他的身体一定既结实，又温暖，还有一股好闻的味道吧。

米楠微闭上眼睛，似乎真的靠在一个坚实的肩膀上，揽住一个厚实的腰身。

超市老板睁大惺忪的睡眼，莫名其妙地看着这个奇怪的女孩。

所有的爱情都是卑微的，在你向他敞开心扉的时候，就已经心甘情愿地投降。这本就不是一场势均力敌的较量。而你，偏偏在尘埃中，内心充满喜悦。

愿此刻永驻。

愿你永不知晓。

第二十章

身份

深夜。C市公安局物证保管室的值班民警打了个哈欠，无精打采地把烟头摁熄在手边的烟灰缸里。他看看地上几大箱麻古丸和成堆的制毒工具，小声骂了一句。

禁毒支队这帮孙子，破了案就知道出去喝酒庆功，也不来搭把手。

他草草填写了几张标签，挨个贴在箱子上，然后费力地搬起一个，朝那些成排的物证架走去。

另一个年长些的值班民警站在铁架前，一边抬头默数着数量，一边在手上的记事本上写写画画。看着他歪歪斜斜地搬着箱子走过来，不由得笑道："还有多少？"

"不少呢。"他没好气地说道，重重地把箱子扔在年长者的脚下。

"呵呵。"年长者踢踢箱子，"这帮小子立功了。"

"跟咱们有个鸟关系。"值班民警撇撇嘴，擦了一把额头上的汗，"也不给咱哥俩涨工资。"

说罢，他转身向门口走去，刚迈出几步，耳中就传来一阵细微的"叮当"声。

"嗯？"他下意识地回过头，看到年长者同样迷惑不解地看着自己，"什么声音？"

"好像是短信提示音。"他想了想，肯定地说道，"诺基亚的，没错，我老婆的手机就是这个声儿。"

"不是我的。"年长者急忙分辩道。

值班民警皱皱眉头，循声向一排铁架走去，边走边嘀咕："有人把手机落这儿了？"

正说着，"叮当"声再次响起。这次他判明了方向，疾步走到那排铁架前。只见一个塑料袋里封装的手机屏幕正发出模糊的白色光芒，他凑近袋子，看到屏幕上显示出：一条新消息。

他吃了一惊，下意识地去看物证袋上的标签。

大柳村爆炸案。任川。手机一部。

第二天一大早，方木就把在罗洋村提取到的物证送到鉴定科，一是鉴定导火索和胡老太家提取到的是否能做同一认定，二是鉴定那些白色结晶体是否为硝铵炸药。最后，方木把“江亚”的单人照和双人合照送到了人像组，委托他们鉴别是否为同一人。

送检完毕，方木看看手表，正好上午9点。他想了想，出门直奔市人民医院而去。

此刻，他非常想见到江亚。

住院部二楼走廊里一片喧嚣，一个二十几岁，身着病号服的男子被一群护士和保安围在中间，正在激烈地分辩着什么。保安试图去抢他手里的微型摄像机，他拼命闪躲着，最后干脆把摄像机塞进病号服里，蜷缩在地上一动不动。医务台里，那个南姓护士一边抹眼泪，一边恨恨地看着那个年轻男子。方木无心打听个中缘由，绕过看热闹的人群，直接推开了219病房的门。

果真，江亚正坐在魏巍的床边，耐心地讲解着正在播映的一部电视剧。看到方木，江亚并没有太多惊讶的表现，只是微笑着站起来，招呼方木坐下。

“二宝怎么样了？”江亚倒了一杯水递给方木，低声问道。

方木没有立刻回答他的问题，而是盯着他看了几秒钟，慢慢说道：“二宝正在恢复之中，肯定会留下疤痕。我会转达你的关心，不过，我该对他说，这是来自江亚叔叔？”他顿了一下，“还是狗蛋叔叔呢？”

江亚愣住了，过了半天才回过神来。他摇头笑笑，对方木的问话不置可否。

“所以，我现在也不知道，该叫你狗蛋……”方木留意着江亚的面部表情，“还是继续用那个已经死去的人的名字称呼你。”

在那一瞬间，方木清清楚楚地看到江亚的眼神中闪过一丝诧异和悲伤，然而，他很快扭过头去，起身在病房里踱了几步，最后靠在窗台上，双手抱肩，指关节处的皮肤因为紧绷泛出白色。

“你想不想知道，你最好的朋友是怎么死的？”

江亚没有回答，而是静静地盯着方木，眼神中却是迫切想知道答案的狂热。

方木不再说话，只是意味深长地看着对方。

足足两分钟之后，江亚突然笑笑，开口说道：“方警官，想听一个故事么？”

方木点点头。江亚却没继续说下去，而是上下打量着方木。

方木知道他的想法，伸手从衣袋里掏出手机，当着他的面拆下电池，又把衣服掀起来给他看。

“我没带任何录音设备，你放心。”

“好。”江亚笑笑，“首先我要声明的是，这只是一个故事，它可能是我听来的，也可能是我在书上看到的。总之，它与我无关。它的出处也不重要，明白么？”

方木点点头。

“再有，请你不要吸烟。”江亚指指在床上沉睡的魏巍，“会影响到她。”

有一个男孩，出生在一个普普通通的农民家庭里。从他记事起，就不知道为什么会有一个那么难听的名字，也不知道为什么会有一个压根儿不爱自己的父亲。每次当他看到别的孩子骑在父亲脖子上玩耍，都想在自己的父亲身边获得同样的关爱。然而，他得到的永远是厌恶的眼神和粗暴的推搡。等他慢慢长大了，渐渐通过村里人的风言风语，了解到这样一个事实：也许他并不是父亲的亲生儿子。这对一个孩子意味着什么？他不知道自己的过去，不知道自己的出身，甚至不知道自己该姓什么。于是，他开始变得小心翼翼。很多像他这个年龄的孩子不该做的活儿他都抢着做。因为他知道，自己吃的每一碗饭，穿的每一件衣服都来自那个不是父亲的男人。而那个男人也是这么想的，他需要一个名义上的儿子来撑门面，延续香火，更想掩饰自己没有生育能力的事实。然而，他同时又觉得自己的付出是没有意义的，毕竟，这个儿子身上所流的血不是自己的。于是，他很矛盾，一边不情愿地供养儿子，一边残酷地折磨他。用一个难听的名字羞辱他，也羞辱那个给他戴了绿帽的人。

好在那男孩有一个始终爱他的母亲。在那艰难的十几年中，母亲处心积虑地保护着男孩，甚至在他长大后仍然和他同居一室。然而，那个所谓父亲不甘心就这样放过母亲。很多个夜晚，这个醉醺醺的男人都会踢开母子的卧室，粗暴地按倒母亲强奸她。母亲会挣扎着恳求他让男孩回避一下。男人会把孩子塞进床底，勒令他钻进床底的地窖里不许出声。有几次，当男孩哭着爬进地窖的时候，能清楚地看见在床边有两条不断耸动的粗壮的腿，听到床板的吱呀声和母亲痛苦的呻吟声。那木床晃动得非常厉害，在那一刻，男孩的全部世界就是黑洞洞的床底，而这个世界，似乎随时都会坍塌。

渐渐地，男孩越来越喜欢在地窖里独处。这里看不到父亲阴沉沉的面容，也听不到他的骂声和母亲被强暴时令人耻辱的声响。这里是安静的，安全的，能让男孩在苦不堪言的生活中找到暂时的避难所。

男孩一度以为自己找不到未来，然而，这个未来还是猝不及防地来了。小学毕业后，母亲恳求那个男人让孩子继续读书。男人认为自己供到他小学毕业，已经是天大的恩情了，坚持让孩子辍学去矿山干活。夫妻俩爆发了最激烈的一次争吵。男孩躲进了地窖。他不知道，母亲为了能够让自己继续求学，不惜以死相逼。而当她跳进井里的时候，那个男人既没有阻拦，也没有施救。当男孩从地窖里爬出来的时候，母亲已经变成一具冰冷的尸体。

母亲死了，男孩却没有得到继续上学的机会。在这个家里，他失去了最后一个可以庇护他的人。于是，他整日呆在地窖里，不肯和那个男人见面。有一天，那个喝醉的男人冲进地窖里，痛打了他一顿，然后勒令他去劈柴，生火做饭，他认为自己没有必要再供养一个野种。想在这个家里继续生活下去，就必须像狗一样伺候他。

于是……

他收拾了自己的东西，逃了出来。临走前，只和自己最好的朋友告了别。随后，他买了一张去省城的车票，这是他所知道的最远的地方。在省城，他睡过马路，捡过垃圾，卖过血，去建筑工地当过小工，也曾为了一碗剩饭和乞丐们打得头破血流。然而，他活了下来，并且慢慢长大。他不知道自己姓什么，也拒绝再沿用那个令人感到耻辱的名字。所以，当他得到第一份工作的时候，毫不犹豫地向雇主报上自己最好的朋友的名字。那是个响亮的名字，有明确的姓氏。尤其当他拿到印着那个姓名的身份证的时候，他高兴得发狂。他终于不再是一个虚假的存在，而是一个真真正正的人。就好像一个隐藏在黑暗中的影子，突然拥有了实体。在相当长的一段时间内，他把那个身份证视作至宝，日夜揣在身上。就连睡觉时，也把它压在枕头下面，生怕它和眼前踏实的生活一样突然消失。

“所以，如果你不介意的话，”江亚的目光温和，“他依然希望用这个名字来称呼他。”

“好的。江亚。”方木看着他，突然觉得这个名字陌生起来，“他的遭遇令人同情，可是，他后来为什么……要做那些事呢？”

江亚笑起来。

“因为有人对他说，他做得没错，因为在这个世界上，没有人可以无缘无故地伤害另一个人。”江亚的笑容渐渐收敛，“就像出生这件事，他完全无能为力。然而，为什么要让他承担那么多苦难呢？所以，他有权力报复。”

“可是，那些人的行为需要用生命去付出代价么？”方木忍不住说道，“有些甚至连‘恶行’都算不上！”

“什么叫恶行？”江亚立刻反问道，“非得杀人放火么？一个鄙夷的眼神，一句粗暴的呵斥，一拳，一脚，你管这叫什么？无心之失？你考虑过受害者的感受么？你没有。因为你不曾领受过这些！受害者有多痛苦只有他们自己知道！”

“所以，他就……”方木眯起眼睛，斟酌着词句，“以彼之道还治彼身？”

“这才公平。”江亚笑了，“你强加给别人的，统统还给你，你才会知道，什么叫悔不当初。”

“可是他们，已经没有机会后悔了。”方木突然想到任川，手渐渐攥成拳头。

江亚注意到方木的动作，突然走过来，几乎和方木头挨着头。

“方警官，你有没有过这样一种冲动？”他盯着方木的眼睛，一字一顿地说道，“非常非常想杀掉某个人？”

方木毫不退缩地回望着他，几秒钟后，缓缓地摇了摇头：“没有。”

“你说谎。”江亚直起身来，居高临下地看着方木，“你不是不想，而是不敢。”

“因为那些人压根儿就不必去死！”

“他们也这么想，换句话说，大多数人都这么想。”江亚提高了语调，“就是因为有这种想法，他们才心安理得，恣意妄为！”

他突然高举双手，演戏一般喊起来：“我没怎么样啊，我只是小小地伤害了他们，我不是有意的，所以我应该得到宽恕和谅解。”

“应该么？不，不应该。”夸张的表情瞬间消失，江亚的脸上又恢复成刽子手般的冷漠，“他不喜欢，他觉得，这不公平。”

方木看着这个时而癫狂，时而冷静的人，心下极度愕然。

江亚慢慢走到窗边，掀起一角窗帘向外看着。此刻，正是一天中最热闹的时段，街上车水马龙，人来人往，一派喧闹繁华的景象。

“知道么？他喜欢这个城市。”江亚轻轻地说道，“它给了他新的生命，新的生活，给了他心爱的女人和安宁稳定的感觉。所以，他希望这里一切安好。所以，他希望众生平等。所以，他希望人人善待他人。所以，他觉得自己有资格清除这个城市中的一切污秽——即使那只是一点微不足道的灰尘。”

江亚转过身来，面带微笑看着方木：“而且，你不得不承认，这个城市需要他，需要一缕光。”

方木盯着他看了几秒钟，缓缓吐出一口气，说道：“你的故事讲完了？”

江亚微微点头。

“好吧。”方木站起身来，一字一顿地说道，“你记住，无论如何，我都会让这缕光熄灭。”

说罢，他就转身向门口走去，刚拉开门，江亚就在身后“喂”了一声。

“方警官，你还没告诉我，他最好的朋友是怎么死的？”

方木回过头，江亚神色悲戚地看着自己，眼眶中隐约有泪光闪动，和刚才已然判若两人。

“矿难。”

方木只是简单地吐出两个字，就拉开门走了。

回去的路上，方木久久难以平静，江亚的“故事”，已经验证了自己的猜想。他就是“城市之光”。这一切来得太过容易，也太过突然，竟让方木开始怀疑这个结论的真实性。

毫无疑问，江亚是方木所遇到过的最强悍的对手。他几乎已经承认了一切，却依然没有足够的证据将其绳之以法。对此，江亚早已了然于心，否则，他也不会用那种近乎挑衅的方式对方木公开自己的身份。

怎么办？耐心地等到他再次犯案，然后寻找证据？

警方虽然没有掌握确凿证据，但肯定会对他高度关注。他在短期内再次作案的可能性不大。再说，下一个被害人是谁？是销售有毒食品的奸商，野蛮执法的城管，还是不负责任的医生？

这都不是问题的焦点，方木最担忧的是，还有人愿意追捕“城市之光”么？

“这个城市需要他，需要一缕光。”

方木不得不承认，在他和江亚交谈的过程中，至少有那么一瞬间，他是认同江亚的。

生活在这个城市中的人，在其或漫长或短暂的生命中，多少都受过他人的恶行相待。其中相当一部分恶行，仅能通过道德加以苛责。彼时彼地，法律显得既苍白又无力。我们也许会同情，会愤怒，但不会想到去击杀那些原本与我们无关的作恶者。别人的苦难，终究是别人的，我们的克制，多半源自于不曾感同身受。然而，一旦有人这么做了，我们的内心却难免会感到快慰。民众如是，警察亦如是。

侦办“城市之光”系列杀人案中，维系警方行动力的，多半出自一种职业本能。被害人着实可恨，杀手在替天行道。即使在警方内部，这样的声音还少么？

方木看看车窗之外，冬日里艳阳高照，人声不绝于耳。即将到来的公历新年让这个城市处处盈满了祥和喜悦的氛围。无论是男是女，是老人还是幼童，个个面色平静，内心安宁，那些脸庞宛若到处挂起的大红灯笼一样光彩照人。

难道守护这些良辰美景的，不是法律秩序，而是因果报应，不是人人自省，宽容相待，而是以牙还牙的残忍杀戮么？

那缕强光，要让它熄灭么？

把车停在公安厅停车场，方木仍是一副若有所思的样子，完全没注意到身后那辆帕萨特车上跳下来的人。

“你小子，丢了魂了？”

方木吃了一惊，循声望去，看见邰伟捏着一个档案袋走过来：

“是你啊，干吗来了？”

邰伟笑嘻嘻地用档案袋在他身上拍了一下：“来查失踪人口，我们那个区发现一具无头男尸。”

“这点小事也需要副局出马？”方木笑着说，“你们局的外勤是干什么吃的？”

“嗐，哥们还真不是当官的料。”邰伟搂住方木的肩膀，“这一个月给我闲的，都快长毛了。好不容易来了个大案子，出来活动活动筋骨。”

“哈哈，瞅你那点出息。”方木和邰伟走进公安厅大楼，“案子进展到什么程度了？”

“查找尸源呢。”邰伟拍拍手里的档案袋，“这尸体有点意思，法医说至少在福尔马林溶液里浸泡了5个月以上。”

“哦？”方木有些惊讶，“会不会是哪个医学院把标本扔出来了？”

“不像。”邰伟摇摇头，“尸体表面损毁得很厉害，怀疑在死后被反复鞭打过。”

“鞭尸？”方木瞪大了眼睛，“这得多大的仇啊？”

“是啊，所以我说这案子有意思。对了，档案室在几楼？”

“六楼。”方木指指楼层指示牌，“几个月前我刚查过失踪人口，也许我可以帮你……”

说到这里，方木突然停住了，脑海里迅速浮现出另一件事。

调查D中案的时候，方木曾查阅过省内未了结的刑事案件，试图寻找与本案相似的案例。虽然当时没有获得有价值的线索，但是方木依稀记得，最后，也是最新的一起失踪案件的当事人是市人民医院的医生。

那个医生，会不会就是导致魏巍变成植物人的主治医生呢？

江亚是个报复心极强的人，就像他说的，他不能容忍一个人无缘无故地伤害另一个人。如果那个医生曾因医疗事故导致魏巍昏迷至今，他很可能会对医生采取报复行为。杀人之后再鞭尸，倒是很符合江亚这种极端的性格。

“尸体是什么时候发现的？”

“12月1号，在俪通河里。”邰伟好奇地看着方木，“怎么了？”

日期也对得上。把一具尸体留存这么长时间，并且反复鞭尸，肯定是隐藏在一个非常私密的场所。当时江亚已经意识到二宝的掌印留在了笔记本电脑上，也预感到警方会很快介入，并且搜查他的住宅。如果他曾把那具尸体藏在自己家里，就不得不抛尸灭迹。

“市人民医院曾经有一名男医生失踪，你看看是否符合无头尸体的特征。”方木飞快地说道，“另外，你去市人民医院查查，失踪的男医生是不是一个叫魏巍的患者的主治医生。”

“我怎么越听越糊涂呢？”邰伟皱皱眉头，“你到底知道些什么？”

方木刚要解释，衣袋里的手机就响起来。他对邰伟做了一个稍等的手势，摸出电话一看，是杨学武。

“在哪儿呢？”

“在厅里。”方木听到杨学武焦急的声音，心一下子提了起来，“有新情况？”

“嗯。”杨学武直截了当地说道，“昨天，物证室的同事发现任川的手机接到一个短信。”

“短信？”方木吃了一惊，“什么内容？”

“一串编码。”杨学武顿了一下，“和我们之前发现的编码非常相似。”

方木立刻问道："是什么？"

"XCXJ021009822。"

"XCXJ021009822。"方木重复了一遍，迅速掏出记事本记了下来，"我马上回去。"

挂断电话，方木对邰伟说道："抱歉了，我有点急事，你先按我说的去查查看，回头我再跟你解释。"

邰伟却没有接茬，脸上是一副若有所思的表情，嘴里轻轻念叨着。

"XCXJ021009822……"他皱着眉头，似乎在记忆中拼命搜索着什么东西，见方木要走，急忙一把拉住了他，"你等我一下。"

说罢，他走到一旁，掏出手机拨通了一个号码，和对方聊了几句，反复确定了某件事情之后，又站在原地思考了一会儿。方木等得不耐烦，边掏车钥匙边说道："你到底有没有事啊，没事我可走了。"

邰伟看看方木，又看看四周，低声说道："方木，你能不能告诉我这组编码是怎么发现的？"

方木大为惊讶："老兄，你一定要知道么？"

"一定要知道。"邰伟的语气斩钉截铁，"告诉我。"

方木想了想，虽然这涉及刑事秘密，但是告诉邰伟也无妨。邰伟不至于业余到泄密，没准还能提供点侦破思路。于是，他就把在"城市之光"系列杀人案中发现几组怪异编码的事情原原本本地告诉了邰伟。

邰伟听完之后，立刻问道："除了这组，其他的编码是什么？"

方木回忆了一下，又把其他三组编码一一复述出来。

邰伟听完，却不再说话，而是愣愣地看着方木。眼神中，既有震惊，更有深深的悲悯。

方木被看得很不自在，忍不住问道："怎么了？"

"兄弟，为什么又是这样？"邰伟呼出一口气，右手重重地抓住方木的肩膀，"这些杀人案，是冲你来的。"

第二十一章

轮回

2011年9月，J市公安局在进行过期档案整理及销毁工作时，意外发现部分档案资料丢失。经查，丢失的档案资料为2002年发生在J市的系列杀人案的相关案卷，编号为：XCXJ02718425、XCXJ02828661、XCXK02917013、XCXJ021009822、XCXH021021794、XCXJ021227816。主办警官为邰伟。

鉴于犯罪嫌疑人孙普被方木当场击毙，且方木的行为被公安机关认定为正当防卫，这些案件撤销。编号开头的XCX其实就是“刑撤销”三字的拼音缩写。9年之后，这些案卷资料不翼而飞。

J市公安局在档案借阅及管理方面存在较大的漏洞，具体丢失时间已不可考，怀疑为2006年前后。由于该部分档案资料为已撤销案件，对工作并无明显影响，J市公安局上报公安厅之后，只是内部处理了事。公安厅下发通知，责令省内各地公安机关完善档案管理制度，再无下文。

如今，这些丢失档案的编码，竟出现在“城市之光”系列杀人案的现场。

专案组为这一新发现的情况召开了分析会，鉴于邰伟曾侦办过2002年的孙普案，获邀列席会议。然而，他的注意力却不在这个分析会上，而是不停地看着独自坐在角落里的方木。

方木弓着腰坐在扶手椅上，双肘拄在大腿上，十指交错，一动不动地盯着地面。与会者究竟说了些什么，他统统听不到，脑海里依旧是邰伟的那句话：

“这些杀人案，是冲你来的。”

同样的话，在9年前的J大校园里，也是由这个人亲口说出来。那时他们都很年轻，鲁莽冲动，干劲十足。然而，同样令人震惊的真相，像难以逃避的诅咒一样，在猝不及防间再次应验。

9年，一个轮回。

为什么又是这样，为什么又是我？

方木突然觉得好笑，命运，你还能再残忍一点么？

“方木，”分局长忽然点了他的名，“你有什么想说的么？”

大家的视线齐齐地投向方木，眼神中写满好奇与疑惑。的确，这个小伙子只是一个文职警官，不能打，不能追，除了过人的心理分析能力和敏感的直觉之外，实在是很不起眼的一个人。然而，这样一个看上去弱不禁风的人，却和震惊全国的系列杀人案扯上了关系。而且，种种迹象表明，凶手想挑战的目标，正是方木。这不禁让人浮想联翩，这个文职警官到底是什么人？他经历过什么？是不是曾有过难以对人言明的往昔？

方木缓缓地抬起头，轻声说道：“没有。”

“没有。”分局长凝视着方木，轻轻地重复着这两个字，“如果邰局长提供的情况属实的话，当年你参与了那起系列杀人案的侦破，并且……实际上是由你终结了这个案件——一点能提供的线索都没有么？”

方木又低下头去，良久，摇了摇头：“我想一个人静一静。”

“好吧。有什么情况随时通知我。”分局长看上去有些失望，挥手让大家散会，“邰局长，你跟我来一下。”

邰伟看看方木，把手边的一个档案袋推到方木面前，起身跟着分局长走了。

偌大的会议室里只剩下方木一个人，四周瞬间静得可怕。方木保持着刚才的姿势不动，足足过了10分钟之后，他才艰难地直起身来，伸手从衣袋里拿出烟。

点燃，深吸一口，烟草的辛辣气息瞬间就在鼻腔里弥漫开来。方木长长地呼出一口气，伸手拽过那个档案袋，抽出里面的文件看起来。

这是一份刚刚从J市公安局传真过来的情况说明，主要内容是丢失档案的编码。

XCXJ02718425：曲伟强、王倩被杀案，2002年7月。

XCXJ02828661：唐玉娥被杀案，2002年8月。

XCXK02917013：金巧被杀案，2002年9月。

XCXJ021009822：辛婷婷被杀案，2002年10月。

XCXH021021794：托马斯·吉尔被杀案，2002年10月。

XCXJ021227816：陈瑶被杀案，2002年12月。

……

冷漠的数字，熟悉的名字，瞬间就将方木带回到9年前。寻凶的日日夜夜，仿佛就在昨天。

一号球衣。第二观察室。三叶草。404教室。停在5点25分的手表。六号泳道。第七监房。

在那一年，方木结识了一生的挚友，失去了最尊敬的师长，也生平第一次开枪杀人。

而那个曾给J大带来灾难，也让方木夜夜陷入梦魇的人，从地狱里爬回来了。

方木不相信死而复生的奇迹。然而，事实就摆在眼前。

冷静、谨慎。犯罪过程有条不紊，犯罪之后不留痕迹。平日待人接物彬彬有礼，面对被害人时残忍凶狠。尤其是那种掌控一切的自信和揶揄嘲讽的眼神。怪不得方木在看到江亚的时候就觉得似曾相识——他活脱脱就是一个重生的孙普！

然而，上次在医院和江亚的交谈中，他几乎已经将真相全盘托出，唯独没有提过这段往事。而且，方木回忆起两人初见时的各种细节，丝毫察觉不到江亚曾认识自己。是他掩饰得太好，还是自己太过粗心？

从现有资料来看，江亚和方木不可能有任何生活上的交集。如果资料准确的话，孙普在J大连续作案的时候，江亚正在C市的烘焙店里打工。而且事实证明孙普和江亚都是独生子，即便用最异想天开的方式去推测：江亚生物学上的父亲——那个唱戏的演员与孙普有血缘关系的话，江亚有必要为了这样一个从未谋面的亲属而挑战方木吗？

正在方木百思不得其解的时候，会议室的门被推开了，邰伟的脑袋探了进来。

他并没有急于进入，而是向方木投来征询的目光：可以进来么？

方木示意他进来。邰伟这才大步走到方木对面坐下，先是上下打量了方木几眼，轻声问道："有思路么？"

方木苦笑着摇摇头。

"心态不错，还笑得出来。"邰伟甩给方木一支烟，"你们的头儿问了当时你在J大的情况，我照实说了，没问题吧？"

"没问题。"方木轻叹口气，"事到如今，隐瞒没有意义。"

"刚才，他建议你暂时回避这个案子，我替你拒绝了。"邰伟慢慢地说道，"我觉得，没有人比你更了解这件事的来龙去脉，让你自己处理，也许会好一些。"

方木无语，默默地点了点头。

邰伟盯着方木看了几秒钟，轻声问道："害怕么？"

"不。"方木顿了一下，突然笑起来，"习惯了。"

邰伟愣了一下，随即也大笑起来。

"这叫什么事儿啊。"邰伟好不容易止住了笑，目光中却是深深的同情，"接下来打算怎么做？"

"我不知道。"方木指指眼前的传真件，"凶手肯定和孙普有莫大的联系，但是我不知道这种联系是什么。"

"嗯。"邰伟想了想，"我能帮你做什么？"

方木刚要回答，会议室的门再次被推开，米楠穿着白大褂走了进来。

她一脸倦色，带着浓重的黑眼圈。看到邰伟，米楠微微点头，算是打过招呼。随后，她既没有寒暄，也没有安慰方木，而是直接把一张复印件递给方木：

“你看看这个。”

方木接过复印件扫了一眼，是一个足迹样本。他抬头看看米楠：“知道我的事儿了？”

“知道了。”

“那你怎么不问我过去的事情？”

“问了也没用，还不如做点什么。”米楠指指方木手中的足迹样本，“不过我只懂这个，不知道能不能帮上你。”

邰伟又笑起来，对方木说：“这姑娘很靠谱啊。”

物证室的值班民警在发现任川的手机接收到短信后，在第一时间通知了专案组。技侦部门立刻锁定了短信发送的大致地点——和平区四维广场。警方赶到现场后，立刻对现场进行了细致搜索，最终，在广场东南角的一棵树下发现了一枚被遗弃的手机卡。经查，确由此号码向任川的手机发送短信无疑。刚刚从罗洋村返回C市的米楠，只睡了两个小时之后就被紧急调往现场。由于事发于凌晨，且发现手机卡的位置鲜有人员走动，在经过一番勘查后，米楠成功提取到足迹若干枚。其中，部分足迹相对清晰。经过近一天一夜的勘验之后，基本确定了发送短信者留下的足迹。

“就是这个。”

方木仔细查看着手里的足迹样本，这又是一个硫化成型胶底鞋的鞋印，和前几起案件中提取到的足迹相比，这个鞋印不仅完整，且相对清晰。方木看看足迹各部分上标注的数据，抬头问米楠：“和D中案提取到的足迹能做同一认定么？”

“基本可以。”米楠指点着足迹样本，“你看这里……这里……

还有这里。”

也就是说，目前可以肯定的是在D中案和大柳村爆炸案中，同一个人在数起杀人现场留下了那些档案编码。

“还有别的足迹么？”方木急切地问道，“能分析出遗留足迹人的体貌特征和基本行走姿态么？”

“这正是我想要找你的原因。”米楠又把几张复印件摊开在桌面上，“如果从鞋印分析，这个人穿42码的鞋，身高在1.74米左右。步角较大，步宽狭窄，足底压力不均匀，轻重压明显，重压靠后且有点偏外，足迹边沿线不完整，还有挑痕和擦痕。”

“这是个瘦子？”邰伟突然插嘴，“还是个老年人？”

的确，上述特征都表现为一个瘦人应有的足迹形态，而且还伴有消极步态，亦即中老年人的行走特征。

“还不能完全肯定。”米楠摇摇头，“现场留下的足迹不多，难以判断这是不是本质步态。不过，我还是觉得奇怪。”

“怎么？”方木和邰伟同时问道。

“步长。”米楠指指一张复印件，“这个人在树下发送短信，随即抛弃手机卡之后，曾从泥地返回水泥甬路上。我找到了几组行走足迹。虽然有的足迹是残缺的，但是仍然可以量出步长——你不觉得，一个身高1.74米的男人，这种步长有点太短了么？”

方木想了想，又看看第一张足迹样本：“步宽狭窄……说明这家伙走路时晃得很厉害，而且步长很短；瘦子——如果他不是老年人的话，就是个很虚弱的人。”

可是，这明显和江亚的年龄及体貌特征不符。

“我不觉得他是江亚。”米楠平静地说道，“还记不记得我跟你提起过，犯罪现场曾有两个人先后出现，一个杀人，另一个写字。”

在米楠看来，手机短信不太可能是由江亚发送的，在大柳村爆炸案现场，他有大把时间和空间留下那一串简单的编码，没必要在案发几天后再以发送短信的方式向方木提出挑战。而且，在警方已对他产生高度怀疑的此时，最好的选择就是什么也不做。因为后续行为越多，暴露痕迹的可能性就越大。此外，发送短信的人似乎从没想过掩饰自己的足迹，这一点也与江亚仔细清理犯罪现场的习惯不符。

方木认同米楠的推测，换句话来说，真正和孙普有关联的人不是江亚，而是那个发送手机短信的人—— 一个身高1.74米左右，穿42码鞋的老年男性，或者一个虚弱的中青年男性。

“还有另一种可能。”米楠目光炯炯地看着方木，“一个女人。”

“女人？”方木吃了一惊，下意识地看向邰伟，后者也目瞪口呆地望着米楠，半天才喃喃说道，“你的意思是——一个女人在挑战方木？”

“对。”米楠拿起那几张足迹样本，“你瞧这里，相对于一个穿着42码鞋的人，这个足迹的步长过短，步宽狭窄，步角变大；重压点后移，足迹边缘不完整，虚边多，前尖虚边更大；挑痕加重，而且擦痕很明显——这是很典型的小脚穿大鞋的特征。”

“那她具体的鞋码是多少？”

“不清楚，不过肯定在38码以下。”

“也有可能是一个小个子、小脚的男人穿大鞋。”邰伟皱皱眉头，“未必一定是女人。”

“当然有这种可能。”米楠面向方木，“那件案子距今已经有9年了，是吧？”

“是的。”方木下意识地答道，“可是，这又有什么关系呢？”

“这个人一定非常恨你，以至于这么多年过去了，仍然要想办法报复你。”米楠语气平静，“我不是心理学家，但是我很清楚，能把这么极端的情绪保持9年，并且丝毫不肯减轻的，只有一个女人才能做到。”

第二十二章

杀手养成

廖亚凡疲惫地拎着水桶和拖把，轻轻地掩好217病房的门，回到了走廊里。她走了两步，抬头看看下一扇门上的门牌，219这三个数字让她想起了什么，鼻子里哼了一声，很不情愿地推开了门。

除了那个躺在床上的女人，病房里再无他人。廖亚凡“咣当”一声把水桶放在地上，丝毫也不担心会吵醒这个沉睡中的患者。她走到病床前，皱着眉头看着那个安静的女人，目光依次扫过她参差不齐的头发、隐约有一丝红晕的脸庞和隐藏在被子下的躯体。几秒钟后，她向紧闭的病房门瞧瞧，咬了咬嘴唇，突然举起手中的拖把，恐吓似的向沉睡中的女人晃了晃。

她当然不会砸下去，毕竟，弄伤二宝的是这个女人的男朋友，而不是无辜的她。

不过，这个动作让廖亚凡的心情好了一些，很快，她就拿起抹布，草草地擦拭窗台和床头柜。正当她拎起拖把准备擦地的时候，走廊里突然传来一阵喧嚣声。

廖亚凡好奇心顿起，急忙冲到门外去看热闹。

医务台里一片混乱。平日温柔娴雅的南护士此刻像一只发狂的母狮一样，一手高举着一台微型家用摄像机，另一只手胡乱地在一个身穿病号服的年轻男子身上抓打着。

“你这个死变态……”南护士气得满脸通红，“这回你还有什么可说的……”

年轻男子一边躲避着，一边竭力去抢南护士手里的摄像机。其他几个护士围在南护士身边，不停地推搡着年轻男子。

廖亚凡平时和南护士挺要好，见此情形，急忙冲上去用拖把顶开年轻男子，后者吃不住力，一屁股跌坐在地上。护士们立刻一拥而上，几只手转眼间就招呼到他身上。

“怎么回事啊，南姐？”廖亚凡握着拖把挡在南护士身前，“他怎么你了？”

“死变态，死变态。”南护士把摄像机护在胸前，一边看着被护士们围打的男子，一边气喘吁吁地答道，“整天拎着摄像机偷拍我，抓住了都不承认……这次人赃并获，看你还有什么借口……”

很快，几个保安员拎着橡胶棍匆匆赶到，为首的保安一看到年轻男子，立刻气不打一处来。

“他妈的，怎么又是你啊？”

“去他的病房找找，肯定还有录像带。”南护士又气又委屈，“这死变态跟着我不是一天两天了。”

“好！”为首的保安拽起男子，“你个臭流氓，这回非把你送派出所不可！”

年轻男子拼命挣扎着，一边声嘶力竭地喊道：“不要啊……那都是我的素材……小南，你相信我，我一定能把你捧成大明星……小南……”

南护士冲他啐了一口，眼泪刷地流下来。

廖亚凡正要安慰南护士，就听到身后的病房里传来“扑通”一声。

她吓了一跳，急忙转身跑进病房，眼前的一幕顿时让她目瞪口呆。

刚才还在病床上沉睡的女人，此刻却躺在冰冷的地面上，输液管乱七八糟地缠在她的身上，被头发遮住的脸上依旧没有表情，额角处正迅速地隆起一片红肿，沾满灰尘的皮肤上，血丝正一点点渗透出来。

如果米楠推断得没错，那么这个女人应该具备以下特征：

其一，非常熟悉方木和他的过去，很可能对方木的一切情况都了如指掌；

其二，与孙普有莫大的联系，而且感情深厚；

其三，具备一定反侦查能力，懂得用大码鞋掩饰自己的真实体貌特征；

其四，能准确掌握江亚的每次作案对象及过程，但江亚对此一无所知。

这是最让人感到迷惑不解的地方。江亚和她先后来到作案现场，却并不是协同作案。细心如江亚者也没有察觉曾有人在自己精心设计的仪式上添加了案件编号。

这样一来，“城市之光”在表面上是对恶行的公开惩戒，于细节处，则是对方木个人的挑战。

换句话来说，她在利用江亚，以实现自己的目的。

这是个什么样的人，能够将江亚玩弄于股掌之上，却令其懵然无知？

如果江亚知道自己苦心打造的仪式变成了被她利用的工具，该作何感想呢？

这女人在每处现场都留下自己的印迹，却没有一个人是她亲手所杀，即使败露，法律也拿她无可奈何。这是她和孙普最大的不同。

9年前，孙普用连环杀人案向方木发起挑战。现在，这个女人如法炮制。只不过，她是在他人既有的犯罪上添加独有的标签。如果孙普在考验方木能否猜出下一起案件的手法与特征，这个女人的目的是什么呢？

她没有暗示，也没有指向，只是不动声色地展示着一个人的存在。

孙普。

方木想了想，从抽屉里拿出那个黑色的U盘，连接在电脑上。点击几下后，一张照片出现在电脑屏幕上。

照片的背景是J大的校门，孙普穿着白色短袖衬衫、藏青色西裤，一手拿着两本书，一手放在腰间，笑容满面地看着镜头。举手投足间，青年才俊的风采展露无遗。

方木滚动鼠标上的滑轮，孙普的照片被一点点放大，最后，占据了整个屏幕。

照片因尺寸的放大而使清晰度降低，尽管他的脸变成无数色块的排列，然而，眼镜背后的点点寒光仍然清晰可辨。

方木静静地看着他，渐渐地，那个人的形象似乎突破了显示器的边框，一点点膨胀起来，立体起来，最后竟有了铺天盖地之势。

不可否认，这是方木一生中留下重要痕迹的人。而那个女人，也在9年后用留在犯罪现场的案件编号提醒方木要牢牢记住这一点。

也许，她想要证明的是，尽管孙普早已灰飞烟灭，但，他不曾真正消失过。

方木的心里一动，那个女人——创造了另一个孙普？

江亚的家庭背景、成长经历和学历与孙普千差万别，然而，在心思的缜密程度以及坚韧性格和犯罪能力方面，和孙普别无二致。两人甚至在体貌特征上都有几分相似。

方木渐渐理清了思路，这个女人在9年间一直图谋报复方木，并且用再造一个孙普的方式来发起挑战。江亚（不知出于什么原因和途径）成为她的培养对象。她可能用暗示甚至唆使的方式怂恿江亚去杀人，却有能力让江亚对这种潜移默化的影响浑然不知，坚信一切是出自自己的本意。

她的高明之处在于，既能达到目的，又能全身而退。

方木渐渐感到全身发冷，这是个什么样的女人，能把坚韧如江亚者操纵到如此地步？能事先掌握及了解江亚作案一切细节的人，一定是和他交往极其密切的人。

“因为有人对他说，他做得没错，因为在这个世界上，没有人可以无缘无故地伤害另一个人。”

江亚曾对方木说过的这番话，似乎验证了这样一个事实：确实有人在背后对他进行过教唆，一方面肯定了他弑父的正义性，另一方面也为他之后的行为做了心理铺垫。

这个人是谁？

方木立刻想到了魏巍，然而，这个想法让他自己都觉得不可思议：魏巍是一个植物人，即便她曾对江亚进行过教唆，也不可能在现场留下那些案件编号。

从江亚的既有犯罪过程来看，他非常重视他人对“城市之光”及其仪式的评价。而获得这种信息的最好平台就是网络。那么，江亚应该经常使用互联网。那个女人，会不会始终隐藏于网络之上，以所谓“精神导师”的名义对江亚进行操控呢？

尽管方木自己也觉得这种可能性很小，因为以江亚的性格，不会轻易信任任何人，更不会任由自己供他人随意摆布，但是，方木还是操起电话，委托网监部门的小毛对江亚使用的个人电脑及网络通讯情况进行监控，最好能将MSN、QQ以及电子邮件等统统过滤一遍。

做完这些，方木静静地坐了一会儿，突然很想去江亚的咖啡吧看看。

江亚并不在店里，咖啡吧里只有那个上次见过的女店员。她看见方木到来，依然感到很紧张，还不等方木开口，就匆忙说老板不在。

方木点点头，说道：“我不找他——只是来坐坐，喝杯咖啡，不欢迎么？”

女店员稍稍放松了一些，随即又为难地补充道：“欢迎倒是欢迎，不过……现在没有座位了。”

方木在店堂内扫视了一圈，的确，现在是下午3点半左右，在咖啡吧里消磨时光的人为数不少。不过，他很快就在东北角发现了一张空桌，在满满当当的店堂里，那一块空白显得分外突兀。

“喏，”方木冲那张桌子努努嘴，“那不是有空位么？”

“对不起，那张桌子已经有人预定了。”女店员皱皱眉头，似乎对自己的答复也觉得不可思议，“要不，您再等会儿？”

方木捕捉到了她的表情变化，想了想，问道：“客人几点到？如果客人来了，我可以让出位置。”

“没有确定时间。”女店员耸耸肩膀，“自打我在这个店工作开始，这张桌子就一直空着，预定的人始终没有来。”

“哦？”方木来了兴趣，“为什么？”

“不知道。”女店员犹豫了一下，似乎下定了决心，“要不您先坐在那里吧，反正老板一时也回不来——喝完咖啡就走，是么？”

原来是为了这个。方木笑笑，点了点头。

咖啡不错，浓郁香醇，口感很棒。方木半靠在扶手椅上，边小口喝着咖啡，边打量着面前这张桌子。虽然女店员说这张桌子一直空着，不过看得出每天都被悉心打理过。桌面平整光滑，一尘不染，就连白色的桌牌也被擦得干干净净。

预留了这么久，而等待的那个人却始终没有出现。无论客人是谁，想必都是对江亚极其重要的人。

这个人是谁？

方木坐在桌前，打量着咖啡吧的店堂。这个位置地处东北角，隐秘，安静，恰好处在灯光照射不到的暗区。然而，西南角的吧台和它正好处在一条对角线上。抬起头，可以很好地观察到吧台后的一举一动。

那个神秘的客人，会不会曾坐在这里，与江亚发生了某种密切的联系，以至于他（她）离开后，江亚仍固执地相信他（她）会回来，于是一直保留着这个位置？

如果这个推测成立的话，那么，这个神秘的客人，当时在做些什么呢？

会不会就像自己一样，不动声色地看着吧台后忙碌的人？

也许，他（她）真正感兴趣的，不是这里舒适幽静的环境，而是江亚？

是那个女人。那个想培养第二个孙普的女人。

想到这里，方木不由得又上下打量了女店员几眼。女店员显然已经注意到了方木的目光，整个人显得极不自在。虽然手里在为客人磨制咖啡，准备点心，然而，余光却不停地瞟向方木，每每视线交接，又慌忙回避，装作若无其事的样子。

方木暗自摇头，单凭她慌张的肢体语言，方木就可以肯定她绝不是那个杀手养成计划的始作俑者。

为了不让这个可怜的姑娘更加恐慌，方木转过身子，刚一挪动，扶手椅的靠背就顶在了身后的书架上。他调整了一下座椅，顺便扫了一眼那些码放得整整齐齐的书籍，发现这排木架上摆放的多是一些心理学方面的书，既有心理学小故事之类的通俗读物，也有专业的心理学教材和著作。

方木心里一动，随即又看看其他木架上摆放的书籍。这间咖啡吧里提供的读物都经过精心的分类。小说、漫画、时尚杂志和各类专业书籍都分别摆放在不同的木架上。

方木的视线又回到面前的桌子上。那个人也许曾坐在这里，如同背后这些高深莫测的专业书籍一样，带有极强的神秘感和诱人深入探究的魅力。

她在有意吸引江亚的注意力。

方木挥手示意女店员，后者看到方木扬起的手，眼睛小小地亮了一下，几乎是小跑着过来：

“要结账么，先生？”

“不是。”方木留意到她脸上的失望表情，笑了笑，“你来这里工作多久了？”

“不到半年。”女店员抱着托盘，笔直地站在桌旁。

方木示意她坐下，女店员犹豫了一下，坐在方木对面的椅子上。

“你觉得你的老板——江亚这个人怎么样？”

“人还不错，挺和气的，也不拖欠工资。”女店员看着方木的脸色，“不过……他有点怪，规矩也挺多的。”

“哦？”方木挑挑眉毛，“比方说呢？”

“比方说——他不让我动他的东西，没事尽量不要去楼上……我来这里工作之后，觉得老板的精力似乎不在这家店上，账目啊什么的也是马马虎虎。不过，他特别强调，不管是否客满，这张桌子都不能动。”

“是么？”方木笑了一下，“那你还敢让我坐在这里？”

“无所谓。”女店员甩甩头发，“反正我也打算辞职了，你下次再来，就不一定能看到我了。”

“为什么？”方木问道，“按你的说法——这老板很不错啊。”

“因为……”女店员咬咬嘴唇，又四下扫视一圈，似乎下定决心似的低声说道，“我……我现在有点怕他。”

“怕？”方木皱皱眉头，“什么意思？”

“前几天，店里没有冰块了，客人又指定要加冰的饮料。我就想去楼上的冰箱里找找——老板是绝对禁止我动楼上的任何东西的。”女店员突然打了个寒战，似乎想到了某件很可怕的事情，“我拉开冰箱找冰块的时候，在冷藏室里发现一样东西……”

“什么东西？”方木马上问道。

“圆圆的，裹着一层又一层的保鲜膜。表面上都是冰霜。”女店员用手比画着，“看不清是什么，但是，我觉得那是一个……”

“一个什么？”方木立刻觉得心跳加速，喉咙里发干。

“一个人头。”女店员满眼都是恐惧，“因为我好像看到头发了。”

方木怔怔地看着女店员，足足几秒钟之后才开口问道：“你确定么？”

“不确定。”女店员依然是一副惊魂未定的样子，“还没等我来得及细看，老板就回来了，我就赶紧跑下去了。”

“后来呢？”

“我觉得老板肯定察觉到什么了。”女店员压低声音，“第二天，我趁他出门，又上楼看了一下，那东西已经不见了。”

方木点点头，立刻想到邰伟手里那件无头男尸案。不知道他是否确定无头男尸为市人民医院失踪的医生，以及那个医生是不是魏巍的主治医生。

如果这些疑问都能够得到证实的话，就几乎可以肯定江亚杀死了那个把魏巍变成植物人的医生。那么，他在哪里将医生的尸体保留了几个月之久，又为什么留下那个医生的人头呢？

女店员仔细观察着方木的神色，试试探探地问道："老板……是不是真的犯事儿了？如果是的话，我真的不敢在这里干了……"

方木来不及回答她，急着要联系邰伟，刚摸出手机，它就自己鸣叫起来。

居然是市人民医院打来的。

第二十三章

最爱

市人民医院医务科办公室里热闹非凡。医务科长坐在办公桌后面，一脸无奈地看着面前的一群人。这些人自动分成两派，一派言辞激烈，吵吵嚷嚷，另一派则软言细语，苦苦哀求。旁边的长椅上，南护士和廖亚凡并排而坐。南护士一脸泪痕，不时用纸巾揩着红肿的眼睛，偶尔在面前的闹剧中插上几句话。廖亚凡则气哼哼地看着医务科长，每当南护士开口，她都会冲上去帮腔。

医务科长很快就失去了耐心，指着廖亚凡喝道："你给我老实点，你自己的问题还没搞清楚，添什么乱！"

廖亚凡噌地站了起来，刚要回嘴，就看到杨敏带着方木走进了医务科。她立刻坐下来，把头扭过去，紧抿着嘴巴不说话了。

方木看着眼前的乱景，不由得心里烦躁，阴着脸问廖亚凡："你做什么了？"

廖亚凡看了方木一眼，又倔强地扭过头去，一言不发。

医务科长看看方木，问道："你是廖亚凡的什么人？"

"我是她的……"方木吞吐了半天，"她怎么了？"

"有个患者家属投诉，"医务科长瞪了廖亚凡一眼，"说廖亚凡有意虐待那个患者。"

"我没有！"廖亚凡跳了起来，脸色涨得通红，"她自己从床上掉下来的！"

"人家是个植物人，动都动不了，还能自己掉下来？"

"我没说谎！"廖亚凡一指南护士，"我当时在走廊里帮南姐来着，不信你问她！"

南护士一脸为难，既没有肯定，也没有否定，只是小声说："还是再调查调查吧……"

"南姐？"廖亚凡又惊讶又气愤，"你明明知道当时我在帮你……"

"你给我闭嘴！"方木心里更加烦躁，指着廖亚凡喝道。眼看医务科长被另一群人纠缠得难以脱身，方木转身问杨敏怎么回事。

杨敏看看廖亚凡，表情也颇为复杂。

“今天早上，有个叫魏巍的患者家属投诉她，说她把患者摔在地上，额头都磕破了。”

“魏巍？”方木的眼睛一下子瞪大了，似乎一下子明白事情的原委了。他又急又气，弯下腰，凑近廖亚凡，一字一顿地说道：“我有没有跟你说过，不要去招惹江亚？！”

“我没有！”廖亚凡有些惊恐地看着方木，身子向后缩了缩，“你怎么不相信我……”

“你还敢狡辩！”方木彻底火了，伸手抓住廖亚凡的衣领，“你让我省点心行不行！”

廖亚凡的眼神从惊恐变为愤怒，再到绝望，她一把打开方木的手，头也不回地走出了医务科。

杨敏喊了声亚凡，她却没回应，转眼就消失在门口。杨敏跺跺脚，转身对方木说道：“你先坐一会儿，我去劝劝她。”说罢就一路小跑出去了。

方木一屁股坐在椅子上，心中仍是气愤难平。医务科长这边的事态却渐渐平息。听上去，有个患者一直跟踪偷拍南护士，被抓了现行。医院打算把他送到派出所去，引来患者家属的不满和纠缠。

“那就这样，”医务科长显然已经失去了耐心，“如果他偷拍的录像里没有过分的内容，一切好商量；如果有涉及个人隐私的内容，南护士，你自己决定如何处理，行不行？”

南护士点点头。

“好了，你们都出去。南护士，你看看录像带，有结论之后再通知我们。”医务科长把患者家属都轰出门去，然后看看方木，“至于你……你先等会儿吧，我去调查一下再决定怎么处理廖亚凡。”

方木无奈，说了句“麻烦你了”，就闷闷地坐在长椅上。

南护士擦擦眼泪，坐到办公桌后开始查看录像带。启动摄影机之前，她看了方木一眼。方木没作声，挪到更远的地方重新坐下。

室内重归安静，只能听到摄影机里传出的细微声响。南护士专心致志地盯着画面，生怕漏掉任何令人尴尬的影像。

方木抱着肩膀坐在角落里，突然很想抽烟，刚拿出烟盒，意识到自己在医院里，又气恼地塞回去。

廖亚凡的愚蠢举动让方木非常愤怒。一来，他毫不怀疑廖亚凡曾有意伤害过魏巍，对这样一个鲁莽又暴躁的女孩来讲，为了替无辜的二宝出气，什么事她都做得出来。然而，伤害二宝的是江亚，把怒气撒在魏巍身上是非常下作的行为，也是方木不能接受的。二来，江亚是个极度危险且报复心极强的人，如果他能把将魏巍治成植物人的医生杀死，并反复鞭尸，最后将其斩首的话，伤害毫无反抗能力的魏巍，同样会引发他的报复动机。方木让廖亚凡不要去招惹江亚，更多是为了保护她。

可是，廖亚凡怎么这么不听话呢?

方木正在生闷气，突然听到南护士发出一声惊叫。

方木循声望去，只见南护士怔怔地看着摄像机的视频画面，嘴里喃喃说道："这……这不可能啊……"

他以为南护士看到了某些隐私画面，刚要起身离去，南护士却抬起头来看着方木，满脸震惊。

"方警官……这……"她一手指着视频画面，"是我看错了么？"

方木心下奇怪，凑过去看着摄像机的液晶显示屏。画面里是医院的走廊，时间显示为某日0点23分。画面左侧是医务台，右侧是几扇紧闭的病房。从位置上来看，当时偷拍者把摄像机放在了走廊的长椅上。

"怎么了？"方木看了几秒钟，没发现什么异常，"哪里不对劲儿？"

"你等等。"南护士已经回过神来，忙不迭地把录像带倒回去，时间变成了0点21分。画面上却没有什么明显变化，仍然是空无一人的医务台和走廊。因为是夜间摄像，画面显得幽暗，却仍保留着良好的清晰度。随着右上角的时间显示一秒秒过去，方木的心跳逐渐加快。

南护士看到了什么？

31秒过后，画面上突然发生了变化。

其中一扇紧闭的病房门被打开了。随后，先是一只枯瘦的手探出来，旋即，半个身子出现在门旁。

一个女人向走廊里瞧了瞧，似乎在查看有没有人经过。确定无人后，她转身掩好房门，摇晃着向走廊的另一头走去。她的动作僵硬、机械，仿佛随时可能摔倒。在深夜的医院走廊里，女人宛若游荡的孤魂，很快就消失在画面中。

方木感到全身的血液都凝固了。

那女人走出的病房，正是219号！

足足愣了几秒钟之后，方木一跃而起，打开摄像机，取出其中的录像带揣进衣袋里，来不及跟一脸惊愕的南护士解释，疾步冲出医务科。

魏巍根本不是植物人！

那个把江亚培养成第二个孙普，在现场留下案件编码的，就是她！

方木一路狂奔到住院处二楼，站在219病房门前，他略略平复了一下呼吸，抬手推开了房门。

江亚并没有在病房里，魏巍侧身躺在病床上，面朝墙壁，只留下一头参差不齐的长发披散在被子外面。

方木倚门而立，厉声喝道：“魏巍，起来！”

魏巍毫无动静，一动不动地躺在床上。

“别装了。”方木慢慢地挪过去，随时提防她暴起伤人，“我知道你醒着。”

魏巍还是没有丝毫回应，静卧的身躯上甚至连起伏都没有。

方木失去了耐心，上前一把掀起她身上的被子。一掀之下，整个人都愣住了。

被子下面是几个枕头，而那头长发只是一顶假发而已。

魏巍不见了。

方木咒骂了一句，冲到窗边向楼下张望着。此时已近晚7点，住院部楼下却依旧人来人往，方木来回扫视了几遍，哪里还有魏巍的影子？

方木想了想，掏出手机来拨打杨学武的电话，嘱咐他立刻调查魏巍的背景，并追查她的下落。交代完毕，他又拨通了邰伟的手机，刚一接通，方木就劈头问道：“上次让你核实那具无头男尸的身份，有进展么？”

“我现在哪有心思查那个案子？还是先解决你这件事吧。”邰伟的声音很急切，“我正想找你呢。这两天我让J市的同事查了一下孙普，有点发现。”

“什么发现？”

“孙普是独子，父亲早亡，母亲也在他死后第二年过世了。不过，根据孙普同事介绍的情况，我们发现他有一个交往了很多年的女朋友……”

“是不是姓魏？”

“咦，你怎么知道？”邰伟有些惊讶，“不过，她的全名没查到。孙普死后，骨灰一直存放在J市的息园殡仪馆，2006年的时候，有人以孙普亲戚的名义，把他的骨灰迁走了。”

“迁到哪里？”

“还没查到。不过，有件事我觉得必须得告诉你……”邰伟顿了一下，“今天是阴历十一月十三，是孙普的生日。”

阴历十一月十三，节气：大雪。

古人的智慧不可估量，几千年前的先贤就已经把变幻莫测的气候研究得清清楚楚。几千年后的今天，这座地处北方的城市上空已然阴云密布，零星的雪花缓缓飘落。

所谓命运，是否也像这节气一样，不管岁月如何变换，该来的，一定会来？

吉普车飞驰在城郊的公路上，前方一块路牌上显示，C市唯一的墓地——龙峰墓园就在1.7公里之外。

魏巍长期生活在C市，如果是她将孙普的骨灰从J市迁走，最大的可能就是将其重新安葬在龙峰墓园里。今天是孙普的生日，魏巍也许会在那里出现。

夜色中的龙峰墓园一片寂静。方木把车停在空荡荡的停车场里，径直来到墓园管理处。敲了半天门，一个醉醺醺的看更人才出来开门。方木直截了当地提出要看墓位资料，看更人却说资料库的钥匙不在自己手里，想查看，只能明天一早再来。

“再说了，谁大晚上的来墓地看墓位啊？”

方木无奈，又问2006年以后新建的墓址，看更人指指右侧的一片小山，就躲进去继续喝酒了。

龙峰墓园依山而建，山脚下是管理处、停车场、焚化处及告别厅，墓群则安置在半山腰。方木穿过停车场，在呈半环形排列的告别厅前匆匆而过。此时，告别厅里门窗紧闭，一片漆黑，门前的甬路上还有一些来不及扫除的纸钱，踩上去沙沙作响。

夜色渐浓，风声骤起。

走到山脚下，方木稍稍歇息了一下，就沿着水磨石铺就的甬路台阶上去。走到第一排墓碑前，方木用强光手电照了照手边的墓碑，看到上面的刻字依旧清晰，凹痕中的漆色也未褪去，心想看更人的指示果然没错。于是就耐心地一排排查看起来。

这个时间，这种天气，不可能再有人前来拜祭故人。所以，这片墓区里一片死寂，半点灯火也看不到。唯一能起到照明作用的，只有方木手里的强光手电筒。然而，方木却丝毫不敢掉以轻心，因为魏巍很可能就躲在这里。

孙普曾有个女朋友，方木虽然没有立刻想到，但是得知后也不觉得特别惊讶。9年前，方木在调查J大系列杀人案时，曾多次到图书馆的资料室里查找线索。有一次，在走廊里等候资料室开门的时候，方木听到孙普和另一个人通电话的声音。虽然他已经不记得当时通话的内容，但是凭直觉，方木也察觉到孙普在向对方解释着什么。现在想起来，能让孙普如此急切地自证清白的，应该就是他的女朋友。至于魏巍这个名字，方木肯定也在9年前听到过。当方木在病房里第一次见到魏巍时，却误以为这种似曾相识的感觉来自那个同名的作家。

一切看似巧合，更像是命中注定。

强光手电在漆黑一片的夜幕中放出惨白色的光芒，那些被光柱照射到的照片和名字也反射出诡异的各色姿态。光影斑驳中，凝固在墓碑上的面容仿佛生动起来，似乎在责怪这个打扰了一夜清梦的闯入者。

方木查找的速度很快，十几分钟后，前三排墓碑已经清点完毕，没有发现孙普的墓碑。他站在第四排墓碑前的甬道上，先用手电筒向墓碑间扫射了几下，没发现人迹和尚未熄灭的火源，这才小心翼翼地走近查看。

刚刚查看了几个墓碑，方木就意识到自己曾经来过这里。他站在原地，默数了几下，再走过去的时候，果真看到了周老师的墓碑。他没时间做过久的停留，匆匆鞠了一躬之后就继续查看。

第四排里没有孙普的墓碑。

在第五排里，方木加快了查找的速度。一个个陌生的名字和面容在强光手电的光柱中一闪而过。那些高低错落的墓碑宛若一排排等待访问的亡灵，垂首肃立，只用眼角窥视着这个与他们身处两个世界的男子，似乎在悲叹自己的死，嫉妒他的生。

这种感觉让方木很不舒服，然而他别无选择，只能咬着牙继续走下去。然而，越往前走，这种心慌意乱的感觉就越强烈。似乎这些亡灵的气息结成了一张巨大的网，把他牢牢地困在里面，难以逃脱。

方木停下脚步，强迫自己冷静下来，又做了几个深呼吸。随即，他睁大眼睛继续查看着旁边的墓碑，边走边小声念出逝者的姓名，以转移自己的注意力。

快走到这排墓碑的尽头的时候，又一个熟悉的名字跳入他的视线：杨锦程。几乎是同时，这三个字也在方木的嘴里轻吐而出。

他怔怔地看着墓碑，照片中，杨锦程身着西装，扎着领带，那个自信傲慢、自命为神的男人栩栩如生。

方木转过头，盯着后面几排肃立的墓碑。它们整齐地排列着，也在默默地回望着他。

在这里，还有哪些曾和我的生命发生过交集的人？

方木一下子忘掉了来到龙峰墓园的初衷，在墓碑间小跑起来，边跑边用强光手电扫射着那些墓碑。

鲁旭。谭纪。姜德先。黄润华。邢至森。丁树成。梁四海。梁泽昊。金永裕……

很快，方木就跑不动了，背靠在一个墓碑上大口喘息着。大理石的凉意很快就透过衣服传递到他的身上，他却丝毫觉察不到，似乎整个人都冻成了一个冰坨。

这些人，有的是战友，有的是仇敌。

死，未必是解脱，生，却一定是折磨。然而，有些人的生存，就是为了阻止更惨烈的死亡。

方木直起身来，看着那些伫立在夜色中的墓碑，在黑暗中一点点凸显出来。

总有一天，我会加入你们的行列，但不是现在。今晚，无论你曾是我的战友，还是仇敌，都请帮助我。

方木渐渐平静下来，他擦擦额头上的汗水，扶正眼镜，感到内衣已经完全湿透，贴在身上是冰冷的触感。他离开一直倚靠着的墓碑，转过身，随手用强光手电筒扫了一下墓主的姓名。

惨白的强光一闪而过，方木的眼睛却一下子瞪大了。

那张镶嵌在墓碑顶端的面容，正是方木自己。

刚刚开始流动的血液在一瞬间再次被冻结。方木怔怔地看着墓碑上的另一个自己，大脑一片空白。

我，已经死了么，还是在你心中已经死了？

你为什么恨我至此，以至于用这种方式诅咒我？

难道，你想让我生前与死后都不得安宁？难道，你……

方木急速转身，果真，正对着这块墓碑的，就是孙普的墓碑。

他后退两步，立刻意识到两块墓碑的不同之处——自己的墓碑要比孙普的足足矮上10厘米。

躬身谢罪。

方木突然笑了，且笑声越来越大，直笑得自己踉跄连连，最后倚靠在自己的墓碑上方才站稳。

几秒钟后，笑声骤停。他仰起仍留有一丝笑意的脸，表情却变得狰狞凶狠。飘扬的雪花落在他的额头上，竟没有融化，似乎体温早已降至冰点。

“出来吧，我知道你在这里。”方木垂下手，强光手电筒的光柱汇集在脚边，形成一个醒目的亮点。

四周一片死寂，只有越来越强的寒风穿过松柏树的枝条，仿佛有人在半空中嘶喊哭号。

“我知道你想干什么。”方木掏出烟盒，点燃一支，深吸一口又缓缓吐出，“在江亚的杀人现场留下那些撤销案卷编码——你是想告诉所有人，有关孙普的一切都不可撤销是么？”

淡蓝色的烟气盘旋着上升，又被一阵紧似一阵的狂风打散，转眼就消失无踪。

“他不值得你这么做。他是个彻头彻尾的人渣、懦夫、狭隘的自大狂。”方木似乎已经全然忘记自己身处的环境，依旧对着面前的一片虚空说着，语气平静，却十分坚决，“我可以肯定地告诉你，在我亲手抓住的恶魔中，他是最差劲的一个。他只会模仿，为了完美复制他人的犯罪，他甚至会强奸一个无辜的小女孩——身为他的女朋友，你不觉得恶心么？”

不经意间，雪花变得越来越大，漫天飞舞中，竟酷似一张张送葬的纸钱。

“你给我选的墓碑不错，结实、牢固。等我死了，希望就葬在这里。”方木用强光手电敲敲身下的墓碑，清脆的声音在雪夜中分外响亮，“但是你别指望我会对他谢罪。他不配。即使到另一个世界，我同样不会放过他。”

方木扔下手里的烟头，突然提高了声音：“你知道么？我在这三十几年中，做过的最痛快的事情，就是在他脑袋上开了一个洞！”

话音未落，方木就听到脑后传来一阵风声。

方木下意识地一低头，立刻感到头顶有一个重物掠过。尽管他的动作够快，右脑上方还是被结结实实地扫到了。

不觉得疼，只是大脑在瞬间一片麻木，仿佛脑子被震成了一锅稀粥。几乎是本能反应，方木踉跄了一下，急速转身，用强光手电筒向身后照去。

袭击者被照到眼睛，视线受扰，高举的棍状物向前胡乱挥舞了一下，擦着方木的鼻尖掠过，重重地砸在旁边的墓碑上。

同时，她整个人也暴露在强光手电之下。尽管她立刻隐藏到身后的树丛中，方木还是看清了——不合身的黑色风衣，脚上是大号的帆布鞋，长发，苍白的面孔，血红的眼睛。手里是一段粗粗的树干。

正是魏巍。

渐渐有温热的液体从头上流下来，方木用手擦了一下，指间一片黏腻。冷风中，甜腥的气味直冲鼻腔。

他摇晃了一下，把手上的血在裤子上擦擦："身手不错——比孙普那个王八蛋要强得多，他用枪都没能干掉我……"

"你住口！"一个歇斯底里的声音突然从树丛中传来，"你不许这么说他！不许！"

"这不是人身攻击，而是客观评价。"方木笑笑，"你出来吧，我们谈谈？"

树丛中一片静默。

"鞋子和衣服从哪里来的？"方木想了想，补充道，"从杂物间里拿的，那个大纸箱里，是吧？"

魏巍依然没有回答，只能看见树枝轻轻摆动，隐隐有踩断枯枝的咔嚓声传来。

方木用强光手电在树丛中扫来扫去，光影斑驳间看不到人影，却看到这片树丛之后是一片巨大的虚空。空谷间风声骤然变强，仿佛有无数亡灵在半空中盘旋、呜咽。

方木突然意识到，这里已经是这片墓区的尽头，树丛背后就是一面高达十几米的断崖。

魏巍如果想离开这里，要么跳崖，要么翻过这座小山向西侧再下山。

空无一人的山野中，只要她上山就肯定会被方木发现。最后一个选择是从墓群间的甬路逃走，而那里恰恰是方木站立的地方。

如果她选择继续对峙下去，气温将是一个巨大的考验。魏巍的衣裤和鞋子都是从医院里临时偷来的，且都是单衣单鞋，在零下二十几度的雪夜里，肯定坚持不了多久。

实际上，她已经无处可逃了。

想到这里，方木心下放松了不少。然而，他自己的情况也好不到哪去。受伤的头部已经肿胀起来，伤口上的血虽已凝结，痛感却一阵紧似一阵地传来，似乎有一条不停扭动的蛇在伤口里搅来搅去。这感觉让他恶心，还伴随着时时袭来的眩晕。

方木慢慢地退到孙普的墓碑旁站稳，双眼不停地在那片树丛中搜索着，然而，强光手电的光柱所及之处只能看到随风摇摆的树枝，偶尔看到一片巨大的阴影，仔细分辨，才发现那只是一块立于林间的怪石而已。

突然，方木踢到了一个物件，随即就听到玻璃碎裂的声音。他吓了一跳，下意识地向脚下照去，只见半个破碎的酒瓶正在地上兀自翻滚着。几乎是同时，方木的余光里出现了一个黑乎乎的东西，直向自己的头颅飞来。

他急忙向后闪去，那东西在眼前掠过，"咚"的一声砸在身后的树干上，又沿着山坡咕噜噜地滚落下来。

是一块山石。

方木咬咬牙，面对树丛冷冷地说道："没有别的招数了么？准头不怎么样啊。"

树丛中传来窸窸窣窣的声音，她在躲藏，或者在寻找下一次攻击的时机。

方木想了想，又看看脚下。除了那个碎裂的酒瓶之外，孙普的墓碑前还摆着一瓶五粮液，一盒尚未开封的芙蓉王烟和一块小小的蛋糕。

“对了，今天是孙普的生日。”方木笑了笑，索性坐下来，拧开酒瓶喝了一口。辛辣的液体穿过喉咙和食道，瞬间就在体内升腾起一股暖意。几乎是同时，头上的伤口也剧烈地疼痛起来。

“祭品有点寒酸。钱也是在医院里偷的吧？”方木拆开烟盒，抽出一支点燃，“如果加上我的脑袋，会不会让孙普更高兴呢？”

“不要动他的东西！”一声尖利的吼叫在树丛中响起，方木立刻判明了魏巍所处的位置，死死地盯住那里，全身渐渐绷紧。

“你还记得他喜欢芙蓉王？”方木又吸了一口烟，“他是个卑劣的杀人凶手，为了他这么做，值得么？”

“那不是他的错！你们拿走了他最宝贵的东西！”魏巍的声音尖锐、颤抖，仿佛刀尖划在玻璃上，“没有人可以取代他在我心中的位置，没有人！”

“江亚也不能？”方木打断了她的话，“你把他培养成第二个孙普，不就是为了告诉我，孙普从来不曾消失么？”

“对。”魏巍的声音中不乏恶毒的快意，“你以为你害死了孙普，就天下太平了？不，我告诉你，这一切都不会结束，都不可撤销！”

是什么样的爱，能让一个人疯狂至此？

方木沉默了一会儿，低声问道：“为什么是江亚？”

魏巍报以同样的沉默。良久，低沉、缓慢的声音在大雪中传来。“他有某种特质：苦难。隐忍。耐心。细致。渴望获得认同。”魏巍的声音渐渐变得苦涩，“最重要的是，他和我一样，为了心爱的人可以不顾一切。”

“你这么有把握？”方木皱紧眉头，“你了解他的一切么？你知道……”

“我当然知道！”魏巍飞快地说道，“你是说那个医生么？手术第二天我就醒过来了，但是我要等下去。我要看看江亚会怎么做。当我从护士嘴里听到那个医生失踪的事情，我就知道我没有选错人。”

“然后，”方木慢慢说道，“然后你就伪装成植物人——这么久？”

魏巍笑起来，凄厉的笑声在墓地上空久久回荡着。

“我躺在床上，一动不动，可是我了解所有的事情。我甚至可以从江亚观看的电视节目和报纸中猜到他要杀谁。他每天都来医院陪伴我，只要他提前走掉，我就知道当晚他要动手了。”魏巍的声音中夹杂着喘息，似乎难以一口气说完这么多话，“而你们这帮蠢货压根儿不知道一个植物人会在那天晚上跟踪他，甚至连江亚都想不到。”

方木不再开口，只是静静地坐在地上，不知道该为自己的大意感到悔恨，还是为魏巍的疯狂感到震惊。

雪越下越大，很快，周围的一切都被一片洁白覆盖。那些默默肃立的墓碑仿佛披上了白色的蓑衣，静静地等待着这两个对峙的男女。

孙普墓前的蛋糕盒上也是一片晶莹。透过塑料膜，能看到精致的奶油花型和正中的鲜红色的心形果片。

方木怔怔地看着蛋糕，突然提高音量问道：“你爱江亚么？”

突如其来的问题似乎让魏巍感到惊讶，她的声音中甚至透出一丝慌乱。

“不，当然不！”魏巍仿佛在急切地分辩着，“我为什么要爱上他？他远远比不上孙普——即便这样，你们同样对他束手无策！”

“是么？”方木冷冷地回应，“‘城市之光’？他已经暴露了，这束光再也亮不起来了……”

“是么？”魏巍反问道，声音中充满揶揄，“你以为我只有江亚么？别忘了，我已经赢过一次了！”

方木愣住了，随即一骨碌爬起来，面向那片丛林吼道：“这话是什么意思？”

没有人回答他，只有越来越强的风声，隐隐夹杂着一个女人阴冷的笑声。

“告诉我！还有谁？”愤怒和疑惑让方木红了眼睛，他环视四周，突然从地上拎起酒瓶，把白酒统统淋在孙普的墓碑上。

“我数到三，否则的话……”方木点亮手里的打火机，“我就让孙普过一个热热闹闹的生日！”

丛林中突然出现一阵躁动，树枝也剧烈地摇晃着。

“1——2——3！”

话音刚落，方木就把手里的打火机扔向墓碑。随着“腾”的一声闷响，孙普的墓碑瞬间笼罩在一团淡蓝色的火焰之中！

几乎是同时，方木身后的丛林中声响大作，他下意识地转身，用强光手电向异响处照射过去。

魏巍站在丛林中，双臂平伸，宽大的风衣在身上随风摇摆。

方木脚下发力，向她急冲过去。刚踏进丛林，他就立刻意识到不对劲儿，眼前的魏巍显得太过单薄，而且——她没有头！

上当了！那只是魏巍挂在树枝上的风衣而已！

方木正要停步，就听到耳边传来一声凄厉的尖叫。他急忙转身，只觉得眼前一暗，身上立刻感到有人重压上来。后者的双手双脚都死死地缠绕在方木身上。方木站立不住，向后跌倒下去。同时，一个尖锐冰冷的物件抵在了他的脖子上。

她居然还有刀子！

方木下意识地扭过头去，避免刀子直接刺中颈动脉，然而，脖子上的皮肤还是被刺破了。一击未中，魏巍的另一只手紧紧地卡住方木的咽喉，挥刀又要再刺。

论身体素质和力量，魏巍都远远不如方木，加之长期卧床，身体的协调能力更是差到极点。然而她把全身都牢牢地贴在方木的后背上，情绪癫狂之下竟爆发出强大的力量。方木上半身被缚，一只手去掰魏巍卡在自己咽喉上的手，另一只手狼狈地在脑后抵挡着魏巍手里的刀子。电光石火间，手上和脖子上被连戳数个小孔。

鲜血瞬间就泼洒出来，方木好不容易抓住魏巍持刀的手，又因为鲜血的滑腻脱手而去。慌乱中，方木一把拽住了魏巍的头发，她疼得尖叫一声，手上却毫不松劲，刀子胡乱地在方木的头颈部猛戳着。

方木只得松开她的头发，继续在脑后抵挡着。突然，他的手指触到了布料质感的东西。方木立刻意识到这是魏巍的衣袖，急忙牢牢攥住，猛然发力，生生把魏巍持刀的右手拽了开来。

不料，魏巍并没有因为右手被缚而丧失攻击能力，她用左臂死死地卡住方木的咽喉，张开嘴向方木的后颈咬去。

方木立刻感到一排牙齿深深地扎进自己的皮肤里，疼得原地翻滚起来。魏巍依旧像顽固的小兽一样，死死地缠绕着方木。挣扎中，方木的姿势变成了半蹲，他运足一口气，双脚一蹬，整个人向后飞起，顺着斜坡重重地摔倒下去。

两个人在山坡上翻滚了几下，最后齐齐跌倒在墓碑间的甬路上。翻滚中，方木的头撞到石块和树干上，左眼已经毫无光感。魏巍的情形更惨，贴在方木背后的她宛若一个肉垫，撞击加上方木身体的重压，胸背遭到重创，嘴里已经咳出血来。然而，她把最后残存的力量都集中在手脚上，依旧不依不饶地缠绕在方木身上。手里的刀子居然还在，她一边咯血，一边有气无力地在方木身上扎着。

方木全身多处受伤，整个人已经陷入麻木状态，只能感到魏巍手里的刀子浅浅地刺破自己的皮肤，却感觉不到疼痛。他挣扎着想爬起来，却无力摆脱身上的魏巍，只能艰难地在地上匍匐前进。

孙普的墓碑还在燃烧着，火势却已经小了许多，只有墓碑基座上还残留着几缕蓝色的火苗。恍惚中，方木突然看到基座上的大理石板已经开裂，想必是低温加烈火灼烧的缘故。

裂缝中，一个黑色的盒子若隐若现。

方木立刻意识到那是什么，混沌的大脑中闪过一丝光芒。他不顾魏巍还在身后刺扎着自己，手脚并用地爬过去，一把掀起破裂的大理石板，把孙普的骨灰盒掏了出来。

身后的魏巍看清了方木的动作，惊叫一声："你要干什么？别……"

方木勉力撑起身子，大吼一声，将孙普的骨灰盒远远地抛了出去。黑盒子在空中划出一道弧线，落进了那片丛林里。

几乎是同时，方木感觉到背上的压力一松——魏巍从他身上跳了下来，踉跄了一下，直奔那片丛林扑去。

方木半跪在甬道上，撕心裂肺地咳嗽着，呼吸稍稍平复之后，他摇晃着站起来，跌跌撞撞地尾随魏巍而去。

丛林里漆黑一片，走进去几步，甬道上的微弱火光就难以照亮这里。方木竭力睁大唯一还有视力的右眼，在树丛中艰难地寻找着。渐渐地，一团不断扭动的黑影浮现在他的视线中。那团黑影匍匐在地面上，边爬边疯狂地喃喃自语：

"在哪里……你在哪里……"

方木背靠在一棵柏树旁，喘息着对那团黑影说道："投降吧……你逃不掉了……"

黑影竟像听不到他的话似的，依旧趴在地上寻找着：

"对不起……你在哪里……"

方木摸摸腰里的手铐，咬咬牙，刚迈动脚步，就感到脚下踢到了一个物件，听声音，似乎是金属质地的。他弯下腰摸索着，很快就碰到了它。

老天保佑，居然是那支强光手电筒。

方木掂掂手电筒，尝试着按动开关。一道光柱霎时就投射出来。前方几米处，穿着病号服、披头散发、形如鬼魅的魏巍也被罩在光圈之下。

"跟我回去，你逃不掉的。"

魏巍呆呆地看着方木手里的电筒，似乎对眼前的强光毫无反应。良久，她慢慢地转过头去，借着电筒的光芒茫然四顾。突然，她的眼睛一下子瞪大了，满是泥土和血污的脸上呈现出惊喜交加的表情。

方木循着她的目光望去，孙普的骨灰盒静静地躺在一堆枯草中间。

魏巍尖叫了一声，手脚并用地爬了过去，仿佛那是一件失而复得的至宝。

方木的眼中，却是骨灰盒上那张充满自信和嘲讽的笑脸。即使在漆黑一片的密林中，那张脸依旧生动、鲜明，宛若重生。

是你。

因为你不肯安息，才会有那么多人无辜惨死。

因为你不肯安息，才会有一缕强光笼罩城市。

因为你不肯安息，才会让噩梦一再重演。

因为你不肯安息，才会让良善遭禁，暴戾横行。

是你！

方木的大脑瞬间一片空白，他不假思索地跑过去，赶在魏巍碰到那个盒子之前，飞起一脚。

在感到脚趾剧痛的同时，木盒轻飘飘地飞起来，在空中打着转，掠过那些松柏树顶，径直向山坡背后的巨大虚空飞去。

魏巍一声惊叫，随即像一头猎豹似的，从地上一跃而起，向半空中的木盒扑去。

一切都发生在一瞬间。然而，对方木而言，却好像电影中的慢镜头一般。

木盒在空中缓缓坠落，撞在山顶的一块巨石上弹起，盒盖和盒体猝然裂开……

一脸惊恐的魏巍大张着嘴，被乱发遮掩的脸上，唯有一双眼睛闪耀着绝望的光芒。她徒劳地扑过去，试图用手接住那已经开裂的木盒……

木盒在空中裂成几片，细腻的白色粉末泼洒出来，仿佛暗夜中舞动的幽灵，婆娑多姿……

魏巍整个身体几乎横向飞出，右手竭力向前伸展着。然而，孙普的骨灰只在空中摇曳了一下，就被狂风撕扯得七零八落。那幽灵仿佛心有不甘，却只能挣扎着顷刻消散，在魏巍的指间稍作停留，就飘向那无尽的黑暗中……

在魏巍身前不到半米的地方，就是深达十几米的断崖。

方木的心脏仿佛被一柄重锤狠狠地敲击了一下，那种疼痛无法形容，难以言表。

这是爱么?

最美好。最残酷。最快乐。最痛苦。最自私。最大度。最期盼。最绝望。

罪行不可撤销。爱，同样不可撤销。

方木一跃而起。

时间恢复正常流速的时候，方木的一只手死死扳住那块巨石，另一只手抓着魏巍的手腕。

魏巍的半个身子吊在断崖外面，却丝毫没有意识到自己正身处险境，依旧失神地看着脚下的黑暗虚空。在那里，孙普的骨灰已经消散无踪，半点痕迹都看不到了。

十几分钟后，方木和魏巍回到墓碑间的甬路上。路过丛林的时候，方木找到那件黑色风衣，甩给了魏巍。

两个人都是伤痕累累。方木的头颈部创口无数，衣服上血迹斑斑，好在没有致命伤，还勉强撑得住。魏巍的情况很糟糕，不仅外形状若恶鬼，从她佝偻的身形和不断咳出的血丝来看，内脏显然已遭重创。

她变得安静了许多，始终背对着方木，半跪在孙普的墓碑前，一动不动地看着墓碑上被熏黑的照片。良久，魏巍捧起积雪涂在照片上，用风衣的袖口慢慢地擦拭着。

方木背靠在自己的墓碑上，默默地看着魏巍。此刻雪停风住，墓区里再次恢复宁静。那些松柏树也不再张牙舞爪，似乎刚才那场殊死缠斗从未发生过。

孙普的照片很快被清理出来，魏巍伸出布满血污的、枯瘦的手指轻轻地抚摸着那张凝固的脸。足足半小时后，她艰难地俯下身子，动手处理那些碎裂的大理石板。勉强拼凑成一个完整的形状后，她长长地呼出一口气，似乎了却了一桩心事。

方木看看她仍不时颤抖的身躯以及捂在胸口上的右手，低声说道："去医院？"

魏巍摇了摇头，苦笑一下："没必要。"

她指指自己的脑袋："那个瘤子是恶性的，即使当时手术成功，我也活不长的。"

"你现在得活着。"方木盯着她一字一顿地说，"我需要你指认江亚。"

"那不可能。"魏巍干脆地拒绝，"你可以抓我回去，也可以用正当防卫的名义杀死我——就像你当初对孙普做过的那样。"

她顿了顿："但是你别指望我会帮你抓江亚——绝不可能。"

"为什么？"方木突然笑笑，"你爱他？"

"别问这种傻问题。我已经不知道那种感觉了。"魏巍也笑了，她扭头看看孙普的墓碑，"现在他走了，彻底消失了……"

魏巍转过身子，看着方木，手指着自己的胸口："这里，也空荡荡一片了。没有爱，没有恨，什么都没有了。"

方木怔怔地看着她，突然感到内心一片平静。

是啊，什么都没有了。就像孙普的骨灰消散于狂风之中，粒粒微尘都落在山脚下的土地里。

所有的爱，都缘起于他；所有的恨，也缘起于他。

但是谁又能肯定，等第二年春天来临的时候，那片土地上不会生长出丰美的草，开出鲜艳的花呢？

既然如此，又有什么不能放下？

方木转过身，面向依然一片翠绿的松柏山林，低声说道："你走吧。"

魏巍十分诧异地抬起头，看着面前这个沉默的背影，似乎在确认这句话是出自真心，还是一个圈套。良久，她冲方木的背影微微颔首，转身踉踉跄跄地离去。

直到衣服摩擦的窸窣声消失在耳畔，方木才长长地吐出一口气，整个人瞬间松懈下来。

他转过身，立刻感到浸透血液的衣领已经变干发硬，摩擦到脖子上的创口，疼得钻心。方木一边拽开领口，一边蹭到自己的墓碑前，坐在基座上发呆。

和孙普及魏巍的恩怨已然彻底了结。他还活着，魏巍也没有死。永远消失的只是那个早该消失的人。不管结局如何，魏巍和那些编码都不会再出现。曾以为不可撤销的，终将烟消云散。

与其纠缠，不如原谅。

方木突然很想抽一支烟。他摸摸自己的衣袋，刚才的激斗中，烟盒早已不知丢到什么地方去了。他看看孙普墓旁那盒芙蓉王烟，艰难地移步过去。刚弯下腰，就听到甬道尽头传来魏巍的声音。

"有一件事，我觉得应该告诉你。"夜色中，魏巍的身影只剩下一个模糊的轮廓，"你让我失去了最爱的人，江亚为了我，也会这么做。"

她顿了一下："希望你还来得及。"

说罢，魏巍再次消失在黑暗中。

方木呆呆地看着那片暗影，几秒钟之后，突然发足向山下狂奔。

单调的等待音从未让人感到如此漫长。无人接听。再打，还是无人接听。

方木几乎已经把油门踏板踩断，时速表上的指针正接近危险的数字，然而，他已经完全意识不到这些了。

雪后的城郊公路上一片湿滑。在路上小心翼翼的驾驶员们惊恐地看着这辆疯狂的吉普车，怀疑它在下一秒钟就会翻到路基下面，车毁人亡。然而，在不断的侧滑和摇摆中，这辆吉普车依旧飞也似的向市区狂奔。

已经不知道是第几次听到"您所呼叫的号码无人应答，请稍后再拨"，方木一边狠踩油门，一边拨通了杨学武的手机。

刚一接通，方木就大吼道："快去找米楠，快！"

"什么？"杨学武先是迷惑，进而焦急，"米楠怎么了？"

"她有危险！"方木用尽全身力气吼道，"快去！"

"我马上去！"杨学武二话不说，立刻挂断了电话。

从龙峰墓园开进市区只用了短短十几分钟，然而对方木而言，却像一个世纪那样难熬。此时已近晚上9点，市区内的车辆却依然很多。红灯，径直闯过。车辆拥堵，就在人行道上强行穿越。什么交通规则，什么职业形象，方木统统都顾不上了。在他的脑海中只剩下一个名字。

米楠！米楠！

电话突然响起。方木单手握住方向盘，急转过一个街角，几乎把路旁的垃圾桶撞飞，另一只手接通了电话。

"喂？"

“我找不到米楠。她的手机无人接听。”杨学武的声音同样焦急万分，“不过，手机定位显示她就在她家那栋楼附近。”

“5分钟后到。”方木急忙补充道，“叫救护车，还有，你带着枪。”

“知道了。”

四分半钟后，方木把车停在米楠家楼下，径直扑到楼下的对讲门前，狂按403室的门铃。

无人应答。

方木没有耐心再等下去，又连按其他住户的门铃。很快，一个苍老的男声在对讲器中响起：“回来了？”

“开门！快点开门！”

“你是谁啊？”

“警察！”方木急不可待地吼道，“快开门！”

“嗯？你是哪儿的？”男声既慌乱又充满犹疑，“有什么事儿么？”

方木不再跟他废话，急速查看着对讲门。门上有一个小小的玻璃窗，外侧罩着不锈钢制网格。方木把手插进网格间，右脚蹬在门上，随着一阵金属断裂的脆响，网格上的焊点被方木生生拉开！

方木丢下网格，挥拳捣碎玻璃窗，然后把胳膊探进去扭开门锁，立刻冲进了楼道里。

快步登上四楼，方木直扑到403室门前，连连拍打着房门。

“米楠，米楠！”

室内一片死寂，毫无声息。

方木的心脏已经跳到了嗓子眼，头上也是冷汗涔涔。

她不在家，还是已经……

402室的门突然打开，一个男人探头出来，看到状若疯魔的方木，倒吸了一口凉气，急忙缩回头去。

方木来不及理会他，上下打量着403室的防盗门。厚重的铁门看上去牢固无比，光秃秃的门面上除了一个把手，再无可以下手的地方。

方木拽住把手，蹬住墙面，死命向后拉拽着。然而，无论他多么用力，防盗门除了发出难听的吱嘎声之外，依旧毫发无损。

怎么办，怎么办？！

方木已经失去理智，一边徒劳地拉拽着房门，一边声嘶力竭地吼道：“米楠，米楠！”

正在此时，楼道里突然传来一阵急促的脚步声，转眼间，杨学武就冲了上来。

只消一眼，杨学武就已经判明了情况。他一言不发地拽开方木，抬脚向门锁上猛踹，之后又去拉动把手，防盗门却仍然牢牢地镶嵌在门框上。

杨学武骂了一句，转身示意方木退后，随即拔出手枪，一手挡在额前，一手向门锁瞄准……

“你们在干什么？”

方木和杨学武同时转头。

站在楼梯上，披着一头湿漉漉的长发，挎着小小的塑料洗漱篮，手里举着咬了一半的冰激凌的女人——

正是米楠。

所有人都愣在原地。杨学武甚至还保持着射击的姿势，一脸不可思议。然而在方木的眼中，这个女人宛若从天而降，失而复得。

还有什么比这个更让人感到狂喜的么？

倒是米楠先反应过来，她看到一脸伤痕、浑身血迹斑斑的方木，立刻惊叫一声扑过来：

“我的天啊，你这是怎么了？”

凉滑细腻的手指抚上方木的脸庞。方木怔怔地看着那双充满焦虑与关切的眼睛，一时间竟什么也说不出来。

杨学武尴尬地扭过头去，把手枪插回腰间，半是宽慰半是责怪地问道：“你去哪里了，怎么不接电话？”

“我在楼下的浴池洗澡，手机锁在柜子里了。”米楠匆匆回答，又把头转向方木，“你快说啊，你怎么了？”

方木却依旧没有回过神来，似乎仍然不能肯定面前的米楠安然无恙。他抓住米楠的手腕，如梦似幻般地喃喃说道：“你没事？”

“我好好的啊。”米楠有些莫名其妙，转头把征询的目光投向杨学武。后者耸耸肩膀。

“我也不清楚，方木打电话给我，说你有危险。”正说着，杨学武的手机响了，他向米楠做了一个抱歉的手势，抬手把手机举向耳边。

手机铃声在空荡荡的楼道里显得分外刺耳，方木的大脑也在这一瞬间运转起来。

米楠毫发无损。那么，魏巍的话是什么意思？

“你让我失去了最爱的人，江亚为了我，也会这么做。”

方木突然瞪大了眼睛，刚刚平复下来的心脏又剧烈地跳动起来。同时，巨大的恐惧感向全身笼罩下来。

不会，一定不会是她！

方木一把推开米楠，转身向楼下走去。刚迈出一步，就被杨学武拽住了。

“方木！”杨学武依旧把手机举在耳边，电话那头，喧闹的人声隐隐传来。杨学武的五官都扭曲在一起，似乎在忍受着巨大的震惊和痛惜。

他不敢，也不愿说出那个可怕的消息，只能紧紧地抓住方木，盯着他的眼睛，机械地重复着：

“方木……”

一切已昭然若揭。

方木却似乎不肯接受这个事实，只是呆呆地回望着杨学武，试图在后者的眼神里寻找任何一丝可能是戏谑的神情，嘴里兀自念叨着：

“不会的，不会的……”

第二十四章

忽略

雪后初晴，天色大好。整个城市被素洁的白色包裹，似乎一切纯美如初生。

市局。一楼。法医解剖室。

门忽然开了，杨学武探头出来，看看走廊里的两个人。方木呆呆地坐在长椅上，身上的伤痕都没有经过处理，血渍犹在。他盯着脚下的水磨石地面，手指蜷曲着落在膝盖上，仿佛泥塑木雕一般，一动不动。

靠在墙边吸烟的邰伟看到杨学武，投以征询的目光。

杨学武点点头，简短地说道："可以了，进来吧。"

邰伟扔掉烟头，起身拍拍方木的肩膀。足有几秒钟之后，方木才缓缓抬起头来，木然地盯着邰伟，似乎完全不认识他一样。

"进去吧。"邰伟低声说道，"去看看她。"

方木的眼球转动迟滞，灰暗的瞳仁里毫无光彩。他移开视线，哆哆嗦嗦地站起来。刚直起腰，脚下就一软，差点扑倒在地上。

邰伟一把拽住他的胳膊，勉力撑住他的身体，嘴里一声叹息。

杨学武神色黯然，默默地让出位置，等邰伟扶着方木走进解剖室，又重新关好房门。

室内一片安静。刚刚结束工作的法医老郑除去手套，垂手站在角落里。看方木进来，老郑走过去，在他肩膀上按了按。

"机械性窒息。"老郑轻声说，"凶器应该是一条不太粗的绳子。"

方木似乎完全听不到他的话，只是愣愣地看着解剖台上覆盖着白色布单的静卧人体。

老郑无奈地摇摇头，小声对杨学武说："还没做毒物分析，只是初步检验。"他朝方木努努嘴，"这是自己人。解剖过的，怕他受不了——让他看完整的吧。"

杨学武点点头，轻声说了一句"费心了"。老郑苦笑一下，摆摆手出去了。

方木在原地站了一会儿，慢慢挣脱邰伟的手，摇晃着向解剖台走去。

冰冷的不锈钢台面上，女孩静静地仰面躺着，白色布单从头到脚覆盖，只有几缕蓝色的卷发露在外面。方木垂着头，怔怔地看着，又回头看看邰伟和杨学武，似乎在期盼他们之中的任何一个能告诉他：这是梦境，不是现实。

杨学武移开目光。邰伟略沉吟了一下，慢慢地走过来，把右手搭在他的肩膀上，用力捏了捏。

这动作仿佛给了方木些许勇气，他重新面向解剖台，抬起一只手，在空中停留了几秒钟之后，轻轻地掀开白色布单。

廖亚凡苍白的面容露了出来。

她的双眼微闭，细密的睫毛覆盖在下眼睑上，面色平静，仿佛还沉浸在一场无梦的好眠之中。

好心的法医拭去了她口唇边的血迹，只是脖子上的缢痕无法掩饰，在细腻、苍白的皮肤上分外刺眼。

方木的呼吸骤然急促，整个人也摇晃起来。邰伟急忙扶住他，另一只手去拉动白布单，试图遮住廖亚凡的脸。

方木却一把抓住邰伟的手腕，手指几乎嵌了进去。邰伟默默地忍受着手腕上的剧痛，松开了白布单。

良久，方木放开邰伟，似乎下了很大的决心，颤抖着伸出手，在廖亚凡的脸上轻轻地抚摸着。

光滑。冰冷。毫无生机的僵硬。

在廖亚凡重新进入方木生活的几个月里，他们从未有过任何亲密的身体接触。这对在旁人眼中，即将开始美好婚姻生活的男女，第一次肌肤相亲，竟然是在这里。

更何况，已然身处两个世界。

邰伟静静地看着廖亚凡，喃喃说道：“她真漂亮。”

“是啊，她真漂亮。”方木似乎已经失去了思考的能力，机械地重复着邰伟的话，“为什么我以前没发现呢……”

杨学武难过地扭过头去，伸手去拉解剖室的门。刚碰到门把手，铁门就被人从外面撞开了。随即，一个头发花白的女人跌跌撞撞地冲了进来。

女人冲进室内，先是仓皇四顾，立刻发现了解剖台上的女孩。

“亚凡！”一声撕心裂肺的悲号从女人的胸腔里喷涌而出。她踉踉跄跄地扑到解剖台前，趴在女孩的遗体上，连连晃动着她。

“亚凡，你醒醒啊！我是赵阿姨啊。”女人满脸是泪，疯狂地打量着那具僵硬的躯体，似乎不相信这就是那个曾经活泼、美丽的女孩，“这是怎么了？亚凡，你怎么了啊……”

“大姐，大姐你别这样。”邰伟急忙把她从廖亚凡的遗体上拽开，“你冷静些……”

赵大姐不知哪里来的力气，一把推开邰伟，转身冲到方木面前，狠狠地在他脸上甩了一记耳光。

清晰的掌印立刻出现在方木的脸上，他的头被打得歪向一边，整个人踉跄了一下，几乎摔倒。

赵大姐宛若一只愤怒的母狮，扑到方木身上又踢又打：

“你把亚凡还给我！你答应我什么了……你为什么不去死！”

方木被打倒在地，可是他既没有躲闪，也没有抵挡，任由赵大姐在他身上狂乱地踢打着。

邰伟和杨学武冲上去，硬把赵大姐架开。即使被拖到墙角，赵大姐还是不依不饶地朝方木的方向猛烈地踢动着双脚。眼见自己被两个男人牢牢按住，赵大姐也没了力气，一屁股坐在地上放声大哭。

“我错了，我错了！我不该相信你……”赵大姐的哭喊声在空荡荡的解剖室里久久回荡，“我不该把亚凡交给你……我应该去死……不应该是亚凡……她刚过上好日子啊……”

邰伟的眼角也沁出泪花，他朝杨学武使了个眼色，后者点点头，架起赵大姐的胳膊，不顾她的踢打哭号，把她拽出了解剖室。

室内暂时归于平静。邰伟喘着粗气，转身走到方木身边。方木依旧躺在地上，保持着刚才的姿势，一动不动。

邰伟蹲下身子，掰过他的头，上下打量着："你没事吧？"

方木双眼圆睁，直勾勾地看着邰伟，浑身颤抖着，喉咙里突然发出呜呜的声音。

邰伟吓坏了，急忙扶方木半坐起来，在他后背上连连敲打着。

"你别吓唬我啊。"邰伟边敲边看着方木的脸色，"想哭就哭出来，千万别憋着。"

方木的身体颤抖得越发剧烈，双眼几乎要凸出眼眶，却始终牙关紧咬，似乎有重若千斤的东西卡在胸腔里。

他的眼睛里几乎要滴出血来，却半颗眼泪都没有。

"我去叫人，你别动，千万别动！"邰伟急了，跳起来向门口跑去。刚一迈步，就看到杨学武匆匆推门而进。

"方木，"杨学武看着瘫倒在地的他，一脸震惊，"江亚……来自首了。"

一楼大厅里气氛紧张，十几个警察如临大敌，个个把手按在手枪和电警棍上，死死地盯着门口那个独自站着的男人。

旁边的侧门里，米楠拎着足迹箱，和几个警察匆匆而入。看到江亚的一刹那，米楠先是诧异，随即就被怒火烧红了双眼，几乎要冲过去，抡起足迹箱狠狠地砸在他的脑袋上。

江亚却看也不看其他人，只是死死地盯着被邰伟等人簇拥着走来的方木。

"她在哪里？"江亚大声问道，"告诉我，她在哪里？"

方木闷闷地吼了一声，抬脚就要扑上去，被邰伟紧紧地拽住。方木挣扎了几下，竟伸手去邰伟腰里拔枪。

江亚居然毫无惧色，又上前几步，脸上的表情也几近狂乱。

“她在哪里……”

杨学武一个箭步冲上去，利落地放倒江亚，将其反剪双手，招呼其他同事：“上铐！”

大厅里顿时一片混乱，十几个警察忙做一团，几个人在制止试图夺枪的方木，另几个人则围在被按倒在地的江亚身边，七手八脚地给他上手铐。

两个男人都在不断挣扎，彼此凶狠地盯着对方，似乎都渴望在下一秒钟置对方于死地。

“你把她弄到哪里了？”江亚的脸贴在地面上，声嘶力竭地吼道，“我知道你想干什么，用魏巍要挟我……”

“你给我闭嘴！”杨学武狠狠地在他头上打了一下，“你要自首是吧？好，给你准备好地方了！”

“她是病人！你太卑鄙了！”江亚满脸都是灰尘，拼命扭动着身体，“你把魏巍交出来，我就自首，否则你别想让我开口！”

“这不是你能决定的！”杨学武咬着牙，揪着江亚的头发把他拉起来，“你看我能不能让你开口！”

“放开他！”方木突然停止了挣扎，用力推开邰伟等人。

杨学武惊讶地看着他：“什么？”

“我要和他单独谈谈。”方木举起一只手指向江亚，“把手铐打开。”

邰伟立刻拒绝：“不行。”

“你怕我杀了他，还是怕他杀了我？”

“都有。”邰伟压低声音，“他已经在我们手里了，为亚凡报仇雪恨是早晚的事……”

“不，你不了解他。”方木摇摇头，“你也不知道那个女人对他意味着什么。”

邰伟一愣，略略沉吟了一下，对杨学武轻轻地点了点头。

几分钟后，方木和江亚在一间小会议室里相对而坐。四目相接，彼此的眼神中都有足以将对方烧成灰烬的怒火。

只不过，双方都在竭力克制自己。

会议室外不时有轻轻走动的脚步声。不用说，邰伟、杨学武和米楠正紧张地守在门口。如果这间会议室中有任何异动，他们都会立刻冲进来。

方木先开口了：“为什么要杀死廖亚凡？”

江亚揉着红肿的手腕，看了看方木，平静地说道：“看不到魏巍，我不会告诉你任何事情。”

“你不会看到她的。”方木盯着他，缓慢地摇头，“我也不知道她在哪里。”

“那是谁把她带走了？”江亚上身前倾，凶狠地逼视着方木，“她是个植物人！如果没有人照顾她，她会死的！”

看到他焦急的神态，方木突然感到巨大的快慰。

“她不是植物人。”方木冷冷地说道，“昨天晚上，在龙峰墓园，她和我在一起。”他指指自己脸上的伤痕，“你觉得一个植物人可以做到这些么？”

江亚瞠目结舌地看着方木，足足半分钟后，才拼命地摇头：“不可能，你在骗我……”

“我没必要骗你。”方木打断他的话，“如果你不相信，可以去龙峰墓园看看。有一块被烧黑的墓碑，墓主叫孙普。”

江亚大张着嘴，看看方木，又茫然四顾，似乎对眼前的一切都难以置信。

“不可能的，她已经昏迷了快一年了……”他眼神发直，喃喃说道，“我每天都和她在一起……”

“她的确和你在一起，甚至在你外出杀人的那些晚上！”方木继续说道，“每次你杀完人之后，她都会在现场留下一个编码——你知道那是什么？”

江亚呆呆地看着方木，半晌才问道：“是什么？”

方木冲门外喊了一声：“学武！”

有人应了一声，随即就听到一阵匆匆离去的脚步声。

“你了解魏巍么？你知道她为什么接近你么？”方木重新面向江亚，“你以为那只是一见钟情？”

“你住口！”江亚突然吼起来，“我不相信，除非我亲眼看到！”

杨学武并没有让他等太久，几分钟后，他就把一叠复印件摔在江亚面前。狠狠地瞪了江亚一眼之后，杨学武冲方木做了个手势，示意他一有情况就叫人。

区区几张纸，江亚却翻来覆去地看了好几遍。最后，他无力地把那些印有编码的照片扔在桌上，颓然向后靠去，不说话了。

“怎么样，是魏巍的字迹吧？”方木平静地说道，“我没骗你，你从始至终都被魏巍利用了。”

良久，江亚才艰难地开口，声音嘶哑，仿佛一下子苍老了很多。

“孙普是谁？”他的目光中甚至带有一丝祈求，“那些编码是什么？”

方木想了想，决定告诉他实情。

一件往事。9年的隐忍待发。一团迷雾般的过往与现实，渐渐在江亚面前显露出原貌。他的表情从震惊到愤怒，从嫉妒到不甘，最后归于一脸木然。

听罢，他依旧呆呆地看着方木，直到一声叹息。

“原来，她那么爱他。”江亚喃喃说道，眼中如梦似幻，“我一直以为，我才是她最爱的人。”

“该轮到你了。”方木突然攥紧了拳头，声音也颤抖起来，“你为什么要杀廖亚凡，仅仅因为她摔倒了魏巍？”

江亚把目光转向方木，却仿佛完全听不懂他在说什么，依旧茫然地自言自语：“……每次她看到那些令人生气的人、令人生气的事，都会说，要是他们统统死掉就好了……这个世界就会美好许多……我不能救她，但是我可以给她一个更强大的我，更好的世界……”

“现在你知道了，你做的这一切都毫无意义。”方木竭力让自己平静下来，“你自首吧。我保证你会得到公正的审判。”

“自首？”江亚似乎刚刚回过神来，反复念叨着这两个字，仿佛在揣摩这两个字的含义，“自首，自首……”

突然，江亚笑了一下。随即，他抬起头来，目光炯炯地看着方木。

“方警官，你还记得我给你讲过的故事么？那个叫狗蛋的孩子的故事。”江亚和刚才的样子判若两人，“那永远只是个故事。”

“我要你自首。”方木盯着他，一字一顿地说道，“你逃不掉的。”

“不。‘城市之光’宁可自己熄灭，也不会屈从于不公正的法律。”江亚提高了声音，“也许他过去是为了别人。但是，现在，他是为了自己——我向你保证，你会看到一个更加纯粹的‘城市之光’。”

方木再也按捺不住，噌地一下站了起来，身下的椅子被他撞倒，轰然坠地。

几乎是同时，邰伟和杨学武冲了进来，身后还跟着一脸紧张的米楠。

“你们来得正好。”江亚平静地看着他们，“我刚才说要自首是吧？对不起，我是开玩笑的。”

他伸出双手：

"你们处罚我吧。"

在廖亚凡被害的市人民医院杂物间里，警方没有提取到任何有价值的痕迹。手印和足迹都在凶手作案后被细心地抹去。由于这里是医院的视频监控死角，在监控录像中也没有发现线索。

"城市之光"保持着一贯的谨慎作风。

没有口供。没有证据。江亚在会议室中与方木的对话虽然被警方录音，却没有任何一句话可以当做指控江亚的依据。

即便他承认，在没有任何刑事证据佐证的情况下，依然不能将他绳之以法。

江亚因妨碍公安机关正常工作秩序，被处以治安拘留15天。

廖亚凡的遗体将做进一步的尸体检验，如果没发现有价值的线索，经方木及赵大姐同意，将在一周内火化。

入夜。邰伟送方木回家。

他把车停在楼下，并没有急着走，而是给方木点了一支烟，默默地陪着他吸完。

"要不，"邰伟小心地看着方木的脸色，"先去我那里住一段时间？"

方木摇了摇头，起身打开车门下车。

站在走廊里，站在那扇熟悉的门前，方木竟不敢去开门。足足10分钟之后，他才掏出钥匙。

进门。开灯。温暖的黄色灯光霎时盈满整个客厅。方木站在门口，像个陌生人似的打量着这里。

一切都没有变化。一切又有很大的变化。

那个女孩，已经永远不会出现在这里了。

门口摆着那双旧运动鞋。泛黄的网面，磨起毛边的鞋带，鞋底还带着干涸的泥巴。

对了，是那天。C市今冬的第一场雪。这傻丫头不肯穿着新靴子踏雪回家……

方木忽然感到呼吸困难，他移开目光，慢慢地走到卧室门口，犹豫了半天，最后轻轻推开房门。

顿时，那熟悉的味道扑面而来。

这是什么味道？方木每天都在这种味道中生活，却从未想过它来自哪里。

是洗发水？是沐浴液？是香水？还是只属于那个女孩的特殊的体香？

廖亚凡的味道。

方木点亮电灯，室内的一切清晰无比。

床上，是她的被子、她的毛绒抱枕；椅子上，是她的睡衣；桌子上，是她的化妆品和镜子；敞开的衣柜里，是她的衣服。

一切都和她有关。一切都再和她无关。

巨大的悲痛猝然袭来，方木摇晃了一下，扶住门框才勉强站定。

所谓心痛，并不是心理感受，而是一种实实在在的、物理性的疼痛。它埋在内心深处，无法减轻，如影随形。

在这十几个小时里，方木的脑海中闪现出无数种可能。

如果他没有遇到南护士，那该多好。

如果他选择相信廖亚凡，那该多好。

如果他没有去龙峰墓园，那该多好。

如果他得知江亚会让他失去最爱的人，首先想到廖亚凡……

那该多好。

一切都无法重来。就好像方木无法在紧急关头欺骗自己的内心。

爱，是一种本能，是一种自然反应，是一种难以遮掩的感受。

爱是第一时间想到的人。

只是，那个宛若野草般被忽略的女孩，最终死于方木的忽略。

还有什么比这个更让人追悔莫及的？

还没有带她去过公园。还没有好好陪她吃过一顿饭。还没有把她介绍给自己的朋友。还没有认认真真、全心全意地对她说一句——

亚凡，我们结婚吧。

她，再也回不来了。

心脏仿佛被紧紧攥住，呼吸也快要停止。方木感到全身麻木，几乎是飘到椅子旁边，轻轻地坐下。

他把头抵在膝盖上，双手死死地揪住头发。

要冷静。要克制。要面对。要为她报仇雪恨。

几分钟之后，血液似乎重新在血管里流淌起来。方木轻轻地呼出一口气，抬起头，在身上的口袋里慢慢地翻找。

空空如也。他这才想起自己的烟盒早就丢了。

此时此刻，方木需要烟草，需要它平复自己的情绪，需要那烟气遮挡眼前熟悉的事物。他在房间里四处张望着，很快在床头柜上看到半盒烟。

应该是廖亚凡留下的。方木艰难地移步过去，拿起烟盒，突然发现烟盒下压着一张纸。

上面是歪歪扭扭的几个字和一个大大的惊叹号。

再抽烟，就剁手！

瞬间，压抑了整整一天的悲伤，仿佛决堤的洪水一般，呼啸而至。

方木跌坐在地上，放声大哭。

第二十五章

夺走

一夜无眠。

他摇晃着走下阁楼的时候，并不知道已是几时几分。时间，似乎是一件可有可无的事情。

“Lost in Paradise”咖啡吧的店堂里一片漆黑，卷帘门和厚厚的绒布窗帘把阳光和嘈杂的人声尽数挡在外面。与一墙之隔的热闹街道相比，这里更像一个与世隔绝的幽闭空间。

寂静。黑暗。有周而复始的绝望和期盼。

他趿着拖鞋，慢慢地在店堂里走来走去。视力渐渐适应了这里的昏暗光线，店堂里的一切从暗影中浮现出来，仿佛是从墨汁里挣扎而出的古怪物象，还带着撕扯不断的淋漓液体。

他不想说话，也不想思考。心中仿佛这个店堂一般，空荡荡的，除了黑暗，只剩下一些毫无生机的物件。

女店员留下一封措辞简单的辞职信之后就离开了，连这个月的工资都没拿。也许，她真的发现了那个医生的头。不过这不要紧，那颗可恶的头颅已经被他处理掉了。

唯一让他感到遗憾的，是他再没有一个可供发泄怒火的玩具了。

可是，他真的还有必要发泄么？

一切都是骗局。所谓爱，不过是他自作多情的幻觉而已。他只是一个供人驱使的棋子，即使在“城市之光”已经成为这个城市的保护神的今天！

他并不恨她，甚至连寻找她的欲望都没有，更别说去追问那个可笑的问题。

你到底，有没有爱过我？

他失去了她，却得到了一个万众瞩目的名号——城市之光。

多么响亮的名号，炽热，猛烈，带有强大的气场和不容置疑的正义感。

她既然没有昏迷，就一定听说过“城市之光”。

如果有一天可以再见，他会平静地面对她，感谢她曾在自己的生命中扮演了无比重要的角色。一切拜她所赐，但是他不后悔。她激发了他内心强大的一面，让他知道自己不仅可以在这个城市立足，更可以改变它。

也许她会怅然若失吧，因为她清楚地知道，他已经远远超越了她试图将其塑造成的那个人。

突然有人轻轻地敲打着卷帘门。他一怔，立刻从沉溺其中的幻想中清醒过来。

会是谁呢？那个警察？

他第一次对杀人感到一丝悔意。她并不是植物人，也许那次摔倒，是她有意为之。诱使他杀死那个无辜的女孩，也是她的计划之一。

他来不及多想，顺手操起桌子上的一个铜质烛台，藏在身后，走到门旁打开了卷帘门。

厚实的玻璃门后，一个年轻学生模样的男孩，抱着几本书，好奇地打量着他身后的店堂：

“老板，今天营业么？”

他愣了一下，突然笑了。

“营业。”

为什么不呢？生活还要继续，那缕光还要继续照亮这个城市。

他打开店门，把客人让进来。然后迅速上楼洗漱完毕，穿着整齐后，给客人端上今天第一杯咖啡。报以亲切的微笑后，他看看东北角那张尘封已久的桌子，伸手拿起“预定”桌牌扔在吧台上。

店里的客人渐渐多起来，主要是前来复习期末考试的学生，不时有人起身去书架上查找参考书。咖啡和甜点的香气弥漫在店堂里，伴以翻动书页的声音和几对情侣的窃窃私语，一派宁静祥和的气氛。

他坐在吧台后面，看看东北角的那张桌子，一个半秃顶的中年男子正面对着一本厚厚的心理学著作冥思苦想。

他笑笑，转头打开网页，细细地浏览起来。

下一个被“城市之光”焚烧殆尽的，会是谁呢？

廖亚凡的遗体经检验完毕，排除了其他致死原因的可能。案发第五天后，遗体被火化完毕。邰伟曾想帮方木张罗一个葬礼，公安厅、市局和专案组的成员们也很支持。方木的反应却很冷淡。人都死了，生者再悲痛、再怀念，她又如何能感受得到呢？

方木只想得到廖亚凡的骨灰，却遭到赵大姐的激烈反对。火化当天，赵大姐几乎哭得昏死过去。滚烫的骨灰盒刚一到手，她就死死地抱在怀里，不允许任何人再碰它。

“你走！我不想再看到你。”赵大姐看着一脸乞求的方木，凶狠又坚决，“亚凡和你没有任何关系，她是我的孩子，永远是我的！”

你不曾爱过她，就让她和爱她的人在一起。

爱过，还是不曾爱过，这也是几天来一直纠缠着方木的问题。他试图在记忆中搜寻任何一点可以减轻他的内疚的片段，然而，却只是徒劳。

他没有让廖亚凡体会到哪怕一丝一毫的爱的感觉，两个人最后一次对话，也是以方木的指责告终。

廖亚凡至死也没能得到方木的爱，哪怕是最起码的信任。

这种纠结让方木始终处于一种恍惚的状态之中。他宛若行尸走肉，浑浑噩噩地在那间一室一厅的小房子里生活着。足不出户。每天除了在回忆中搜肠刮肚，就是睡觉。几乎不吃任何东西。每次从睡梦中醒来，他都有几分钟以为廖亚凡还在这间房子里——在厨房里准备早餐，或者在卧室里细细妆扮。甚至在他昏昏沉沉地去卫生间的时候，还要习惯性地敲敲门，等待那句不耐烦的女声：“有人！等会儿！”

然而，回应他的只有一片寂静，直到他垂手站在门口，一点点清醒过来。

也许每次入睡，都是一次生死轮回的过程。睁开眼睛时，一切宛若初生。然后，生者要慢慢捡拾记忆的碎片，不情愿地拼接起来。深吸一口气，故作坚强地面对骤然灰暗下来的今天。

边平给方木放了长假，每天还要致电问候，然而，不管他怎么询问，方木的回答永远只是“嗯”“啊”两个字。即便这样简单的回应仍然让边平稍感安心。他非常了解这个家伙，只要他不去杀人，或者不被人杀死，就是万幸。

同样担心的不止边平一人，还有邰伟。下班后来看看方木，几乎成了他每日必做的事情。尽管每次看到方木，他都是同一个样子——靠坐在沙发床上发呆，或者在屋子里慢慢踱步，手里夹着一支几乎燃尽的烟。然而，邰伟仍然认为自己的探望十分必要：如果不是他带着食物过来，并且看着他吃下一些，方木会把自己饿死在屋子里。

今天傍晚，邰伟又如期而至。他敲了半天，方木才来开门。把他让进屋里，方木面无表情地转身回到沙发旁坐下，脚步虚浮，整个人似乎轻飘飘的。

邰伟一进门，就闻到一股刺鼻的馊味。他皱皱眉头，看到餐桌上还摆着他昨天带过来的水饺和拌牛肉。他瞧瞧方木，后者的装束和昨天一模一样，一看就知道既没有换过衣服，也没吃过东西。

“我说，”邰伟沉吟了一下，慢慢开口说道，“你得出去走走。”

方木丝毫没有反应，依旧呆呆地目视前方，动也不动一下。

“你再这样下去，只有两种结果。”邰伟抓起方木的外套扔在他身上，“要么你把自己逼疯，要么你把我们都逼疯。”

这个“我们”，既有邰伟，也有米楠。

那天晚上之后，米楠一个电话都没有给方木打过，却每天致电给邰伟，询问方木的情况。

她已经知道，如果不是方木误以为江亚要对自己下手，廖亚凡也许不会死。

长久以来的猜想和纠结之后，米楠终于知道自己在这个男人心目中的地位。然而，她来不及体味这种幸福和欢喜。因为，这个答案是用另一个女孩的生命换来的。

米楠没有向方木道歉，更没有责怪他，而是近乎偏执地一遍又一遍地检验在医院杂物间里提取到的所有痕迹。几天几夜，不眠不休。

“别辜负我们。”邰伟轻轻地说，“特别是米楠，她已经快发疯了。”

这个名字让方木的表情略有变化，脸上浮现出交杂着悔恨和悲痛的神色。然而，几秒钟之后，他还是点了点头。

坐在楼下的小饭店里，邰伟连点了几样肉菜。然后，在等待上菜的工夫，他拿出一个文件夹递给方木。

“DNA检验结果已经出来了，那具无头尸体的确是那个医生。”邰伟低声说，“死者家属也确认了这一点。”

方木接过文件夹，抬头看看邰伟。

邰伟知道他的意思，无奈地摇了摇头：“有动机，但没证据。”

方木眼中刚刚燃起的一点光亮又黯淡下去，他没有打开文件夹，直接扔在了桌面上。

“你放心，我不会让这件事不了了之。”邰伟看到方木的样子，心下不忍，“老子后半辈子就是什么都不做了，也要帮你报这个仇。”

“没那么简单。”良久，方木摇摇头，“你不了解他。”

“我不用了解他。我只要撬开他的嘴就行。”邰伟的脸上浮现出少有的冷酷表情，“你别小看哥们的手段。”

方木直直地看着邰伟，冷不丁开口说道：“从我当警察的第一天开始，你就跟我说，我不适合做警察。”

方木突然提到这个，让邰伟感到非常惊讶。他瞠目结舌地看着方木，半晌才答道：“对。”

“为什么？”方木紧接着逼问道，“你为什么觉得我不适合做警察？”

“你自己心里很清楚。”邰伟看看四周，压低了声音，“如果你觉得难以在法律之下解决问题，你就会采用自己的方式。”

“所以你担心我会去杀江亚。”方木想了想，又问道，“所以你天天跟着我？”

“对！”邰伟有些恼火了，“孙普、金永裕、梁四海父子——还用我继续说么？”

方木不说话了，只是静静地看着邰伟。

“我不想提这些。”邰伟挥手让端着盘子走过来的服务员退回去，“可是，你是我兄弟。你不会永远都那么幸运，我不能让你把自己搭进去……”

“那你呢？”方木突然反问道，“对于警察来讲，刑讯逼供和杀人有区别么？”

邰伟一时语塞。的确，无论是刑讯逼供还是杀人，都是严重违背警察职业操守的行为。

“可是……”邰伟有些不服气，急切地辩解道，“这怎么能混为一谈呢……”

“这就是一回事。”方木平静地说道，“我非常感谢你，我同样也不能把你搭进去。”

他突然一把抓住邰伟的手，力气之大，几乎把邰伟拽个趔趄。

“不管你认不认可，我现在都是警察。你记住——”方木盯着邰伟的眼睛，一字一顿地说道，“即使我死了，我也是警察！”

是的，我叫方木，我是警察。

这是他的选择，却并不是为了所谓警察使命感。这个职业的天然属性就决定了它必然要穿梭于光明与黑暗两际，游走于法律边缘。完全恪守规则，做不了好警察。听起来虽然荒唐，却是每一个警察心知肚明的事实。

方木之所以会选择以警察的方式了结这件事，是因为江亚。

大柳庄爆炸案已经案发近一个月。任川这个名字早已渐渐淡出公众的视野，而“城市之光”的热度却丝毫没有降低。他已经彻底激发起这个城市中的暴戾之气。在街头巷尾的津津乐道声中，杀戮，似乎成为实现正义与公平的唯一手段。

做了坏事，就要去死！

这个城市中的人正在陷入前所未有的狂热与满足感中。是的，这里有一道光，有一个神，有一把随时可能挥向作恶者的头颅的镰刀。他是正义的，强大的，同时又是神秘的。每个人都变得小心翼翼，谨言慎行，生怕自己成为“城市之光”的下一个目标。

每个人又都变得肆无忌惮，似乎要把平日里对这个社会积攒下来的怨气统统发泄出来。怕什么？有“城市之光”！他是我们的，是每一个人的。

你还敢像以前那样欺辱我么？

人人都在睁大眼睛搜索这个城市里的任何一丝“罪恶”，就像老鼠一样，只喜欢那些阴暗潮湿、肮脏污秽的角落。一旦自认为有所发现，就迫不及待地大肆宣扬。网络、报纸、电视台的热线电话……传播范围越大越好。

突然间，C市俨然成了一个巨大的垃圾箱，各种所谓丑恶宛如粘在箱底的腐臭秽物，被统统翻了上来。

恶被无限放大，善被粉碎成残渣。

每个人都期待着，期待那些拒载的出租车司机、兜售不安全食品的小贩、恶语相向的公务员、满口谎言的保险业务员……全都死在“城市之光”的屠刀下。他们自己，则希望成为那柄屠刀上的一段利刃。

在方木看来，江亚杀死的，不仅仅是魏明军和姜维利他们，而是这个城市的善意与希望。他让这个城市中的所有人，都蜕变成胸中只有仇恨的野兽。

以暴制暴？不，不行。

只有天知道方木有多想杀死江亚！但是，那只是用一种恶行取代另一种恶行。一只野兽消灭掉另一只野兽。就好像狮子吃掉鬣狗。

这丝毫改变不了已然变成丛林的城市。

要想让这个城市的人们知道什么才是真正的正义，恢复这里的祥和与安宁，只有另一道光。

方木低头看着手里的警官证，警徽镶嵌其上，熠熠生辉。

我叫方木。我是一个警察。32岁。我也许能活到60岁、70岁，或者更长。不管我能活多久，在我的余生中只有一件事情可做。

以警察的名义，熄灭那缕强光。

第二天一早，杨学武打电话过来，先是小心翼翼地问了问方木的恢复情况，然后通知他来局里开会。

8点55分，方木驱车抵达。一进办公大楼正厅，就看到米楠坐在墙边的长椅上，一动不动地朝门口张望着。

看到方木进来，米楠紧张地站起来，似乎不知道该迎上来，还是留在原地。

四目相接，方木的心中又是一痛。他竭力平复自己的情绪，勉强向她露出一个微笑。

这个微笑给了米楠些许勇气，她走过来，不住地在方木脸上打量着：“你还好么？”

“嗯。”方木简短地回答，自顾自地走到电梯旁，伸手按键。

米楠有些尴尬，看看他，只能静静地陪着他等电梯。

电梯落到一楼，方木跨进轿厢，米楠也跟着走进来。方木按下四楼按钮后，就抬头看着液晶显示屏上不断变化的数字，没有再开口说话的意思。

一楼到四楼，不过区区几秒钟的时间。对这对沉默的男女来讲，却像几个小时一样漫长。随着“叮”的一声轻响，电梯停在了四楼。方木不等电梯门开启就按下了开门键，刚要出去，就感到衣袖被米楠拽住了。

方木转过身，看到米楠已是双眼含泪。

“我不知道该跟你说什么……我也知道，我说什么都没有用……”泪水从米楠的眼中刷地一下流下来，“我只想告诉你，我非常非常难过……”

方木想对她笑笑，脸上却是比哭还难看的表情，他轻轻地把米楠的手拽开，转身走了出去。

分局长早早地等候在会议室里，看方木进来，主动甩了一支烟过来，又亲自帮他点燃。

“应该让你多休息几天的。”分局长略带歉意地说道，“不过，事关你未婚妻，所以我觉得还是你在场比较好。”

专案组成员陆续走进会议室，不管是否相熟，都要上来和方木聊几句，其中不乏开导宽慰之词。方木应付了几个人，很快就不想再开口。他理解大家的善意，但不想以一副被害人的面目示人，更不想让自己的情绪影响到其他人。

全体人员到齐后，分局长宣布开会。

会议的主要内容是汇总、分析前段时间获取的线索和情报，以及对廖亚凡被害一案进行案情通报。

整体思路是：动员一切可以动员的力量，搜集一切可能的线索，获取一切可能的证据，绝对不要放过“城市之光”。

如果说之前的被害人多是所谓“恶人”，而让警方有所懈怠的话，这一次，死者是警察的家属，这是万万不能容忍的。

专案组已派遣警力前往江亚位于罗洋老村的住宅进行搜查，获取尸骨一具及物证若干。各部门正对尸骨及物证展开检验和鉴定，同时，已做好准备向最高人民检察院提出申请，对已过追诉时效的本案展开调查。

对魏巍的通缉令已经发出，正在全省范围内全力展开抓捕。经查，魏巍在2004年至2007年期间就读于J大，攻读博士研究生。在这三年中，魏巍多次前往J市公安局调研，怀疑她趁此机会盗取了孙普一案的全部案卷资料。根据现有情况，成功指控魏巍对江亚教唆杀人的可能性极小，但警方的目的并不在此，而是希望魏巍对江亚做出指认，因为她是“城市之光”系列杀人案的唯一目击证人。

至于廖亚凡在市人民医院被害一案，则毫无线索和进展。虽然每个人都知道凶手就是江亚，却因没有相关证据，无法进一步开展侦查活动。

铁东公安分局已将无头男尸案移交给专案组。警方高度怀疑江亚即无头男尸案的犯罪嫌疑人，拟将本案与廖亚凡被害案及“城市之光”系列杀人案并案处理。

看似紧锣密鼓，按部就班，但警方步步紧逼的侦查活动也许只能走到这里。最关键的问题是，没有证据。即使最高人民检察院批准罗洋老村杀人案重启侦查，仅靠证人跨越二十几年的回忆和证词，锁定江亚的可能性依旧微乎其微。证明狗蛋就是江亚，并不能说明下手杀死其父的就是他。就算在罗洋老村发现的硝铵炸药能与大柳村爆炸案的炸药做同一认定，仍然存在证据严重不足的困境。

留给警方的选择只有一个：严防死守，对江亚进行全方位监视。一来可以预防他再次动手杀人；二来，如果江亚固执地再次作案，就相当于给警方提供了寻找破绽的机会。

只是，江亚对自己目前的处境早已心知肚明，短期内他还会作案么？

如果“城市之光”决定从此销声匿迹，警方的严密监视又能持续多久？再者，即使他敢于再次作案，从他日渐纯熟的犯罪技术和更加强大的心理素质来看，他留下破绽的几率又有多大？

这种选择实属无奈。

会上，不时有人偷偷瞄向方木，因为从现有情况来看，为廖亚凡报仇雪恨的可能性很小。然而，方木始终面色平静，一言不发。

既然后半生的目标只有一个人，一件事，或早或晚，又有什么关系呢？

这算不算人生目标明确，或者说，有了明确的人生方向？听起来似乎是好事，但是如果发生在最好的朋友身上，这就叫固执！

但是，如果不是这么固执，他就不是方木了。

邰伟握着方向盘，若有所思地盯着前方的红灯。

在前一天的对话中，邰伟已经大致猜出方木的想法。以他对方木的了解，劝服他，根本不可能。唯一能让邰伟感到安慰的是，这一次，方木似乎不会采取过激的手段。然而，这样一个刚30岁出头的男人，就要在仇恨中度过自己的余生么？

邰伟觉得可惜，却不是为了方木察觉犯罪的天赋，仅仅因为他是自己的朋友。他很想为方木做点什么，却不知从何入手。

正在胡思乱想，邰伟突然听到一声尖叫，紧接着，一个女人恐惧的呼喊声就传进耳朵里。

“你干吗啊……快来人啊，抢包了……”

邰伟下意识地扭头一看，只见一个40岁左右的女人正从一辆现代轿车里探出头来，指着前方大叫着。顺着她手指的方向，邰伟看到一个年轻人抱着一个精致的女包，正在车流间灵巧地穿梭着，向不远处的路口跑去。

邰伟骂了一句，抬手发动了汽车。此时，恰巧绿灯亮起，排队的机动车纷纷起步。邰伟看准距离，打算加速变换到左边的车道上。刚踩下油门，右前方的一辆宝马车连转向灯都不打，突然行驶到左边的车道上，试图提前穿过路口。郜伟正观望抢包者的逃跑方向，来不及刹车，结结实实地撞在了宝马车的侧后方。

几乎是同时，后面又传来一阵急刹车的刺耳摩擦声，又是“咚”的一声，另一辆丰田吉普车撞到郜伟的车上。

郜伟火了，降下车窗，对宝马车吼道：“前面的车，让开！”

宝马车主拉开车门走了下来，是一个留着平头，穿着貂皮短上衣的胖子。他先是查看了一下两车相撞的位置，发现宝马车的左后门已经凹陷下去。他顿时火了，扭头对郜伟骂道：“你瞎啊？”

“你快让开，我是警察。”郜伟顾不上和他啰唆，掏出警官证冲他晃了一下，“我在执行任务……”

“警察了不起啊？”胖子猛地拽开郜伟的车门，伸手去拉他，“你说怎么办吧？我那是100多万的车！”

郜伟推开他，抬头看看抢包者的逃跑方向，后者已经穿过路口，正沿着人行道一路狂奔。郜伟跳下车，打算徒步追赶，刚迈出一步，衣领就被胖子拽住，只听“刺啦”一声，皮夹克的领口处裂开一道口子。

“你他妈还想跑啊？”胖子依旧不依不饶，“少废话，先赔老子的车！”

“那边有抢包的你没看到么？”郜伟又急又气，“我把车放在这儿，回来再处理！”

“那我不管！”胖子依旧死死地拽住郜伟，“你撞了我的车，就得先赔我！”

路过的几辆车纷纷停下来看热闹，围观的人也越来越多。

郜伟边和他撕扯，边向抢包者那边张望着，眼看着他跳上路边一辆摩托车的后座，一溜烟开走了。

郜伟彻底火了，一把打掉胖子的手，当胸狠狠地推了他一把。

胖子被推了个趔趄，短暂的惊愣后，立刻扯开嗓子喊道：“警察打人啦！”嘴里喊着，人却扑上来，劈头盖脸地向郜伟打着。

郜伟连连抵挡，头部和上身还是结结实实地挨了几下，心中顿时涌上一股狠劲儿。他瞅准机会抓住胖子的手臂和领口，扭身提胯，一个大背摔把胖子放倒在地上。

胖子几乎被摔得背过气去，干脆躺在地上耍赖，一边胡乱踢腾着，一边大喊道：“警察打人啦，欺负老百姓啦，撞车还打人啊……”

郜伟喘着粗气，恨恨地指着胖子说道：“你他妈给我闭嘴……”

话音未落，眼前却闪过几道光，还伴随着“咔嚓”的快门声。郜伟心里一惊，下意识地抬头望去，只见围观的人群中，有几个人正拿着手机拍照，其中一个年轻人，正用手机对着他，显然是在录像。

“别拍了，有什么好拍的！”郜伟更火了，“把手机收起来！”

年轻人很不服气，回嘴道：“警察就能随便打人啊？”

“他在妨碍公务！”郜伟上前抢他的手机，“你先搞清楚情况再说！”

年轻人的表现比胖子还夸张，一边躲避，一边杀猪似的喊道：“快来人啊，警察打人啦，警察抢东西了……”

人群骚动起来，闪躲者有之，推搡郜伟者有之，指责声更是不绝于耳。

“太不像话了！”

“谁给你欺负老百姓的权力？！”

“撞车还打人，给你惯的臭毛病！”

“怕什么？咱们是纳税人，你们都是我们养的懂不懂……”

现场顿时一片混乱。

方木直直地看着电脑显示器，视频画面中，郜伟手指镜头，被撕掉一半的皮夹克领子搭在肩膀上，表情凶狠，睚眦欲裂。

好半天，他才回过神来，翻看着视频下面的评论页面。这个名为《撞车又打人：C市某公安分局长当街逞凶》的视频在这家国内知名的视频网站上非常火爆，观看者已高达十几万人，是近几天来的热门视频之一。方木一页页翻看着评论，只看了两页，就看到了那个熟悉的名字。

“还等什么啊，‘城市之光’出手吧，这种败类警察死一个少一个！”

方木继续向后翻找，呼吁“城市之光”干掉郜伟的人越来越多。静坐了片刻，他点燃一支烟，默默地吸完，然后起身拿起水杯，走到墙角的饮水机前接热水。

绿色的茶叶在杯子里旋转着，一点点舒展开来，仿佛随风摇曳的花朵。

突然，方木举起水杯狠狠地向墙壁砸去，“哗啦”一声脆响后，水杯变成一堆玻璃碎片，墙壁上出现一大片水渍，那些来不及泡开的茶叶在墙上停留片刻，不甘心地片片跌落。

方木没想到做决定的时刻这么快就到来，更没想到居然是他。

经过数次成功犯罪的历练后，“城市之光”的犯罪能力和心理素质已经远超过一般的刑事罪犯。特别是大柳村爆炸案，他选择了任川法官作为加害目标，并采用现场直播的方式公开自己的犯罪过程。“城市之光”试图用犯罪引发轰动效应的强烈愿望已经非常明显。在这种心态的驱使下，普通的“恶行”在他眼里已经不入流，更提不起加以“惩罚”的兴趣。如果他打算再次下手，目标肯定是具有特殊身份，能充分满足他的挑战欲望，且能展现出自身强大犯罪能力的人。

比如一个警察。

方木静静地坐着，一支接一支地吸烟，目光始终落在那片渐渐干掉的水渍上，直到那里恢复原貌。

他摁熄最后一支烟，披上外套，刚一迈步，就踩到了一片干透的茶叶。轻微的咔嚓声从脚底传出。抬起脚，那片翠绿的叶子已经彻底粉碎。

方木突然笑了笑。

一个小时后，分局长坐在办公桌旁，怔怔地看着方木。

“你再说一遍？”

“我需要一支枪。”方木面色平静，吐字清晰。

“为什么？”分局长上下打量着方木，目光中充满疑虑，“你小子不会想干傻事吧？”

“不会的。如果我想杀江亚，不用枪也能做到。”方木轻轻地摇头，“我让江亚失去了最爱的女人，保不准他会报复我——所以，我需要一支枪防身。”

“哦。”分局长的表情放松下来，“如果真的出了事，我希望你第一时间通知我们，不要贸然行动。”

“嗯，放心吧。”

“用不用派几个人保护你？”

“不用了。”方木笑笑，“我也只是猜疑，他未必真敢对我下手。”

分局长点点头，拿起笔写了一个条子，递给方木。

枪库里，管理员把那张条子反复核对了几遍，抬头问方木：“要什么？54、77，还是92？”

“92式。”方木又补充了一句，“转轮那种。”

手枪装在针织布枪套里，还有两盒子弹。方木仔细清点完毕，做了登记后，谢过管理员，把枪和子弹小心翼翼地装进挎包里。刚一转身，就看到杨学武站在身后，若有所思地看着自己身上鼓鼓囊囊的挎包。

方木冲他微微颔首，绕过他前行。杨学武却一把拽住他，轻声问道：“要不要帮忙？”

方木摇摇头：“不用，多谢。”

杨学武却没有放手的意思，依旧看着方木的眼睛，似乎欲言又止。

“你还有什么事么？”

“哦，没有……不，有事。”杨学武咽了一口唾沫，仿佛下了很大决心似的说道，“我知道我现在说这个很不合适，但是——你跟米楠在一起吧。”

方木的眉毛跳了一下，随即平静地问道：“为什么？”

“那天，你那么急着叫我去救米楠，我就知道，你非常爱她。”杨学武言辞恳切，表情却很复杂，似乎这些话让他很痛苦，“亚凡是个好姑娘，可是，她已经不在了。你和米楠彼此相爱，没有理由不在一起。她……因为亚凡的事情……她很难过。如果你可以……她会好受许多……”

“别说了。”方木飞快地打断他的话，“米楠想要的，我现在给不了，将来也给不了。”

随即，他拉开杨学武的手，盯着他的眼睛，轻轻地说道：“但是你能给她，只要你耐心些，你和她，都会得到幸福。”

杨学武瞠目结舌地看着方木，似乎对他的话难以置信。半晌，才结结巴巴地问道：“你说的……是心里话？”

方木没有回答，拍了拍他的肩膀，绕过他，向电梯走去。

直到他消失在缓缓闭合的电梯门后，杨学武依旧怔怔地看着方木的背影，脸上的表情有震惊，有喜悦，更有深深的疑惑。

旁边的茶水间悄然开启，米楠慢慢地走了出来。她死死地握着手里的杯子，滚烫的开水随着她的剧烈颤抖泼洒出来，流到手上立刻留下红红的印记。米楠仿佛感觉不到似的，只是盯着电梯，以及液晶显示屏上不断变小的数字。

第二天清晨。

方木早早地洗漱完毕，穿戴整齐后，在屋子里踱步。在每一个角落，他都要停下来，四处扫视，似乎想把这间屋子里的一切都牢牢记住。

随即，他拿出钱包，清点了一下现金，把工资卡放在餐桌上。然后，他坐下，从包里拿出手枪和子弹，摆在桌面上。

手枪经过非常精心的保养，散发着钢铁和枪油以及硝烟的混合味道。方木拿起枪反复端详着，看枪身在清晨的阳光下发出幽蓝的光芒。

“拜托你了。”方木喃喃地说道。他打开弹仓，反复查看着，感觉满意后，拆开一盒子弹，把子弹逐颗压进弹仓。他把弹仓推回枪身，拿起枪，掂掂分量，又把枪套穿在腰间，把手枪插进去，扣好搭扣。

做完这一切，方木静静地坐了一会儿，拿起手机。

星巴克咖啡厅里。邰伟丢下一本杂志，不耐烦地看看手表。

方木约见他，邰伟并不感到奇怪，奇怪的是为什么会约在这个地方。四周都是谈情说爱的情侣和拿着笔记本电脑独自上网的年轻人。有什么事不能在局里说么?

有几个人不住地向这边看来，似乎认出他就是那个“当街逞凶”的公安分局长。邰伟暗骂一声，重新拿起杂志挡住脸。

老子现在是新闻人物了。邰伟悻悻地想到。

估计这就是方木约见他的原因。看到那个在网络上疯狂流转的视频后，邰伟的第一个反应是愤怒和委屈，第二个反应就是：机会来了。

对于自己很可能成为“城市之光”的目标这件事，邰伟并不感到害怕，相反，还有些兴奋。他并不像那些羸弱的被害人，而是一个训练有素、作战经验丰富的刑警。如果“城市之光”敢对他下手，他有相当的把握制服对方，将其绳之以法。

破案倒在其次，最重要的是，可以帮最好的朋友报仇雪恨。

正想着，放在桌面的手机突然发出一声轻响，是一条短信。邰伟拿起来，查看之后，脸上却露出迷惑不解的表情。

这时，方木走进了咖啡厅。邰伟很快就看到了他，冲他挥挥手。方木看了他一眼，却并没有立刻过来，而是抬起头四下扫视着，似乎在寻找什么。

找到他想要的东西之后，方木慢慢地走到邰伟面前，居高临下地看着他。

邰伟的表情略显惊讶，他朝身边的座位指指，示意方木坐下：

“找我什么事？”

方木既不回答，也不动，只是默默地盯着他。

邰伟哭笑不得，更感到莫名其妙：“你小子这是干吗啊，跟我演哑剧呢？”

方木还是不说话，眼神却变得越发复杂。

邰伟脸上的笑容渐渐收敛，眉头也皱了起来。对视了足足半分钟后，邰伟的表情突然放松，难以察觉地点了点头。

几乎是同时，方木拔出手枪，扳下击锤，对准邰伟扣动了扳机。

“砰！”

枪声让咖啡厅里瞬间安静，紧接着，尖叫声四起。

邰伟以手捂胸，仿佛被重锤击中一般，仰面跌倒下去。咖啡桌也随之翻倒，一杯咖啡落在地上，瞬间就绽开一朵褐色的小花。

方木把枪扔在邰伟身上，转身，抬头望向墙角。那里，是一架小小的视频监控探头。

第二十六章

熄灭

他的脸棱角分明，即使在略显模糊的视频画面中，也能看出他牙关紧咬，脸颊上凸起的肌肉分外清晰。

江亚怔怔地看着显示器，良久，慢慢地抬起手，将视频窗口的进度条拖到起点。

方木站着面对部伟。拔枪。开枪。部伟仰面倒地。咖啡厅内的顾客四散奔逃。方木转身面对视频监控器。

江亚一遍遍地播放着这段只有几十秒钟的视频，画面中的方木也滑稽地不断重复着拔枪、开枪和转身的动作。最后，定格在视频末尾。

方木盯着视频监控探头，也盯着坐在显示器后面的江亚。他脸上的眼镜片略有反光，但从双眼中暴射而出的锐利寒光仍然将江亚彻底穿透。

江亚颤抖了一下。是的，他暴露在视频监控之下，就是为了让自己看到。

我知道，我知道你想干什么。

“老板，我已经叫了两次续杯了。”一个中年男人端着空咖啡杯走过来，不满地说道，“怎么回事啊？”

江亚猛地转过头来，似乎完全听不懂他在说什么，只是直勾勾地盯着他。

中年男人吓了一跳，不由自主地倒退两步。

江亚回过神来，脸上依旧冷若冰霜。他扫了中年男人一眼，突然清清嗓子，冲店堂里的客人喊道：“不好意思，闭店了。”

在一片抱怨和责难声中，“Lost in Paradise”咖啡吧里很快空无一人。江亚粗手重脚地收拾起杯盘碟碗，统统扔进水槽里。然后，他走到门旁，把卷帘门拉了下来。在与外面的世界彻底隔绝的一瞬间，江亚看到不远处的街角，有两个叼着烟的男人一闪而过。

江亚撇起嘴，冷冷地笑了一下。下次遇到这些监视的警察，要不要送过去几份点心呢？

拉好厚绒布窗帘后，江亚没有像平常一样仔细检查店堂，只是草草扫视一圈之后，就快步登上了阁楼。

阁楼的餐桌上，乱七八糟地摆放着各种资料，有枪械的结构和使用说明，也有铁东区的地图，摆在最上面的，是郃伟的照片。

江亚径直走过餐桌，打开床头的笔记本电脑，找到刚才浏览过的视频网站，把那段视频又看了一遍。

这一次，他调大了音量，那声枪响在阁楼里久久回荡。

江亚静静地坐了一会儿，点燃了一支烟，眼睛不时扫向显示器上的网页，表情复杂。犹豫了一会儿之后，他还是回到电脑前，浏览视频下方的评论页面。只看了几行，他的眼睛就一下子瞪大了。

“‘城市之光’现身！”

江亚的呼吸骤然急促起来，他连连按动鼠标，迅速查看着所有评论。果真，类似的评论越来越多。

“‘城市之光’原来是个警察！”

“怪不得这么强，原来是条子……”

“都露脸了，还有下次么？”

……

江亚的胸口剧烈地起伏着，脸色也慢慢涨红。突然，他甩掉烟头，飞快地在评论栏里敲下几个字：他不是“城市之光”！然而，鼠标的箭头在“发表”按钮上停了许久，最后，他又逐个删掉了那些字。

混蛋！这些混蛋！

那个羸弱的警察怎么可能是“城市之光”？这个城市的裁判之神是我！我才是“城市之光”！

他烦躁地站起身来，似乎胸口被一块大石头堵住，沉甸甸地喘不过气来。连抽了两支烟，又在阁楼里踱了十几个来回之后，江亚的情绪终于渐渐平复。他走到餐桌旁，随手拿起一张郜伟的照片，上下端详着。

几天来，他已经把这个叫郜伟的警察的底细摸得清清楚楚，对他的身高、体重、居住地和工作地的环境、路线、手机号码、作息规律都了如指掌。他甚至已经制定了几套“方案”，只待时机成熟后就下手。然而，星巴克咖啡厅里的一声枪响让这些都变成了无用功。最让他接受不了的，是这个城市的愚蠢市民们，居然认为方木就是“城市之光”！

原来他所说的“熄灭”，居然是这个意思。

方木，你在夺走了魏巍之后，连“城市之光”这个名字也要夺走么？

你想用这种方式，让我从万众瞩目的神，堕落成循规蹈矩、唯唯诺诺的小老板么？

你想让这个城市的人忘记我，记住你么？

你想把那些完美的、足以写进犯罪史的“仪式”，统统归结到你的名下么？

江亚突然出手，把桌面上的东西都扫到地上，一大沓打印纸随着他的动作飞扬起来，又缓缓飘落在阁楼的地板上。

江亚喘着粗气，回头盯着床头旁边的笔记本电脑。视频画面里，方木冷冷地看着他，嘴边似乎多了一丝嘲讽的笑意。

你等着我，用不了多久，我就会让这个城市知道，谁才是“城市之光”！

12月9日，C市宽城区太原北街49-4号发生一起枪击案。被害人被送往附近医院抢救，行凶者逃去无踪。警方迅速赶到后，对现场进行了详细勘查并提取痕迹若干。案发地点是一家星巴克咖啡厅，店内的视频监控系统完整地记录了整个案发过程。当天下午，就有好事者将该视频录像上传至网络。短短几个小时内，几十万网民已经通过观看这段视频了解此案。

12月10日，案发第二天，警方在巨大压力下召开新闻发布会，向媒体通报了部分案情。警方证实，被害人为C市公安局铁东分局副局长邰伟，凶器为一支警用92式转轮手枪。邰伟胸部中枪，送医急救后陷入深度昏迷，尚未脱离生命危险。经追查警枪来源，并对现场提取到的监控录像进行比对，确定犯罪嫌疑人为省公安厅犯罪心理研究室的方木。

警方已将方木的照片及相关特征下发至各分局及派出所，全城抓捕。

通缉令一出，C市哗然。

更慌乱的，是“城市之光”系列杀人案专案组及省公安厅。

专案组负责人及方木的顶头上司边平先后被省厅领导叫去问话。一个警察在大庭广众之下枪杀另一个警察，这是不能再大的丑闻。警方最初有意隐瞒，然而，案发现场的视频监控录像被上传至网络后，任何掩饰行为都只会招致更严厉的责难。

只不过，稍稍了解案情的人都清楚，方木肯定不是“城市之光”。至于他枪杀邰伟，更是让人觉得不可思议。两人相识近10年，即便不能说是亲如手足，也是曾并肩作战的战友。方木拿到枪之后，没有选择去干掉江亚，却枪杀很可能成为江亚的目标的邰伟，难道他疯了么？

只有一个人知道，方木没有疯。

米楠在得知此事后，马上去找分局长，却被告知分局长及杨学武等人已经被紧急召往省公安厅。米楠没有停留，径直赶往省公安厅。让她没想到的是，自己又扑了一个空。

据知情人介绍，邰伟在昏迷中曾有过短暂清醒，口中含混不清地念叨着边平的名字。边平得知后，立刻中断和省厅领导的谈话，马上来到邰伟就医的市公安医院。

米楠马不停蹄地来到市公安医院。医院里已聚集了大量警务人员和新闻媒体。在场的同事告诉米楠，分局长和边平正在邰伟的病房里，并嘱咐任何人不得进入。

“我必须要立刻见到分局长和边处长。”米楠焦急地对把守在病房外面的警察说道，“方木肯定不是真正的凶手，他开枪是有原因的……”

说着，她就要往病房里闯，却被一脸铁青的警察推了回来。

“我们接到命令，任何人不得进入——你是自己人，别让我们为难。”

几近失控的米楠又要硬闯，却感到手臂被人牢牢拽住。她下意识地回头一看，是杨学武。

“学武？你来得正好。”米楠像看到救星似的，拼命地拉着他，“快！我们一起去找分局长他们，你是和方木最后见面的人，你了解他，你一定知道，他不会杀邰伟的……”

杨学武被米楠拽得连连摇晃，脸上却只是报以苦笑。方木枪杀邰伟的事情，同样让他感到震惊。然而，现在回想起来，方木在走廊里和他的那段对话，与其说是表明心迹，不如说是临终遗言。换句话来说，方木在拿到枪的时候，就已经做好了杀人的准备。

杨学武没想到的是，方木要杀的，居然是邰伟。

两个人在原地无声地撕扯着，几米开外，就是那扇紧闭的病房。病房里，是分局长、边平和昏迷不醒的邰伟。然而，那里并不安静，激烈的争吵声依稀可辨。突然，一个声音骤然提高了音量，听上去，似乎是边平：

“事到如今，我知道你不能再相信方木。但是，请你相信我，好么？”边平的声音里带着祈求，却有不容动摇的坚决，“一个星期，一个星期就行！”

话音刚落，病房里就陷入一片死寂。足足10分钟之后，分局长和边平一前一后地走出病房。

见他们二人出来，早已等候多时的记者们蜂拥而上，闪光灯“咔嚓咔嚓”地闪个不停，十几只话筒也伸到了他们面前：

“案情有新进展么？”

“邰局长的情况如何，何时能清醒？”

“请问方木杀人的动机是什么？”

“警方认为是否有必要再次严格管理枪械使用？”

……

分局长和边平对视了一眼。边平点点头，分局长则重新面向话筒和摄像机，面无表情地说道：“刚才，医生告诉我们，邰伟局长已经被确诊为脑死亡。其他的，无可奉告。”

说罢，他就推开面前的记者，头也不回地向前走。边平紧随其后。刚走出几步，就听到身后传来一声撕心裂肺的哭喊：

“头儿！”

分局长和边平扭过头去，看见泪流满面的米楠被杨学武死死地拽住，正不断挣扎着。

“去找找他，求求你们，找到他，别让他出事……”

分局长咬咬牙，一言不发地转身继续前行。边平盯着米楠看了几秒钟，一字一顿地说道：“这是他自己选择的。”

急于探求更多真相的记者们簇拥着两人消失在走廊尽头，米楠的腿一软，瘫倒在杨学武的怀里。

“救救他，救救他，我知道他想干什么……”米楠几乎哭得人事不省，“他会死的……”

所有人的脑海里都只有一个问题：方木，你在哪里？

警方在寻找方木，因为他必须对自己的行为给出一个合理的解释，还要承担责任。

米楠在寻找方木，因为她希望他活下去。

江亚也在寻找方木，因为这个城市里只有一个“城市之光”。

他不会离开C市，至少他现在无法离开。他一定就在这个城市中的某个角落，或是躲藏，或是伺机而动。

每个夜晚，江亚都会独自驾车出行，即使身后不远处就跟着一辆私家车外观的警车，他也毫不在乎。

方木放走了魏巍，让江亚失去了和魏巍当面了结恩怨的机会，这让他对方木心生恨意。但是，因为错杀廖亚凡，江亚对方木的恨意多少打了些折扣。然而，现在不一样了，方木主动招惹到江亚的头上，而且是剥夺了他最重视的东西。这让他无论如何不能忍受。

那就来吧。你想玩，我就陪你玩到底。

江亚伸手打开车窗，寒冷的空气一下子灌进驾驶室。他瞟了一眼身后紧紧跟随的警车，笑了笑，迎着扑面的寒风翕动着鼻子。

他像一只猎犬，在钢铁森林中从容不迫地追捕猎物。那个四处躲藏的警察就是……该叫他什么呢，一只羸弱的兔子，或是一只愚蠢的山猪？

要知道，这家伙曾经佩戴着警徽，代表至高无上的国家司法权力。可是现在，他只是猎物，即将被咬断喉咙吸干血液的猎物。

想到这个，就让人心满意足。

江亚突然有一种冲动，真该让那些无知的市民瞧瞧，“城市之光”应该是他这样强大、睿智、警惕又无畏之人。那个架着近视眼镜，苍白瘦削的文职警察，怎么配得上这个名号？

他骄傲又有些落寞地仰起头，竭力呼吸着这个城市的空气，似乎想在那夹杂着各种味道的无色物质里寻找那个人的气息。

你逃不了多久的。

江亚沉浸在自我营造的氛围中，丝毫没有注意到，身后的警车已经悄然无踪了。

12月11日，警方对方木的住宅进行彻底搜查，没有发现有价值的线索，也没有发觉方木有出逃的迹象。但是，鉴于方木的父母尚在国外，警方已会同铁路、公路及机场等部门，严查死守，坚决把方木控制在C市之内。同时，警方已在全市范围内展开大规模搜捕行动，对任何可能被方木选为藏身地的位置都采取监控措施。然而，上述命令下达十几个小时后，警方再次下发内部通知，除进出C市的各交通要道依旧严密布控之外，其余警力立刻中止一切对方木的侦查活动，理由是等待上级领导的进一步部署。

没有人理解这个命令的真实含义，分局长和边平对一切疑问均三缄其口。

12月12日。阴。北风三到四级。又一股寒流即将袭向C市。暴雪将至。

晚8点半。

市公安医院里，几个医生带着实习生们转入住院部三楼的走廊，开始一天中最后一次查房。

本就是例行公事，所以查房的速度很快。不到半个小时，一行人已经来到了走廊尽头的病房门口。

负责把守的两个警察一脸倦色，抬头看看胸外科主任和其他医生，就挥挥手放行了。

对于主任来讲，这个叫邰伟的脑死亡患者是个奇怪的家伙。医院领导特意嘱咐，对他的病情只做常规检查即可，至于别的，不要问。所以他也只是随便翻了翻血压和心跳记录，草草问了几句之后就离开了。

其他人跟着他鱼贯而出，唯独一个戴着口罩的男实习生在病床前站了几秒钟，静静地凝视着长眠中的患者，直到同伴在门口不耐烦地招呼他，这才脚步匆匆地离去。

回到走廊里，主任随口向同事问道："那小伙子是谁啊？挺好学的。”

“哦？”同事惊讶道，“我不认识他啊，他不是你的学生么？”

主任一愣，下意识地回头向身后的队伍望去，这才发现，那个男实习生已经无影无踪了。

市公安医院门口，男实习生疾步走下台阶，边走边四下扫视。阴霾的天空下，公安医院门口人迹寥寥，只有几辆出租车停泊待客。实习生边走边解开白大褂的扣子，随手扔在院内的长椅上。除下口罩的时候，他刚好走到一盏路灯下，昏黄的光圈中，方木苍白瘦削的面庞露了出来。

他四下张望了一番，双手插在外套的衣袋里，慢慢地向街角走去。

在这种天气中，路上行人很少。偶尔遇到几个，也都是行色匆匆。看他们各自的神情，似乎都在盼望着一个温暖的房间和一顿热气腾腾的饭菜。他们无暇顾及身边这个形单影只的年轻男子，更没有留意他脸上警惕的表情。

方木沿着街边慢慢地走着，不时扭过头来打量着身边经过的人和车辆。转到一条小巷的时候，身后突然有两道车灯照射过来，随即，一辆白色捷达车在他旁边一闪而过。方木侧过头去，只看到模糊的车牌和两盏闪亮的尾灯。转眼间，捷达车就向左转，消失在前方的街口。

方木停下脚步，原地站了一会儿。然后，他看看铅灰色的天空，突然笑了笑，随即从衣袋里掏出一样东西塞进嘴里，接着又拿出手机，按动了几下。

做完这一切，他转身面向眼前这条漆黑的小巷。没有路灯，两侧都是高高的墙壁。方木静静地注视了一会儿，似乎有些紧张，身体也不由自主地抖了几下。但是，几秒钟后，他还是迈动脚步，向小巷里走去。

小巷里比想象的还要黑暗，如果不是还辨得清方向，方木几乎会撞到墙壁上。他圆睁着眼睛，徒劳地盯着眼前浓稠如墨的夜色，脚下不时踢到各种各样的杂物，一路上走得跌跌撞撞。

这虽然是一条直路，却有几个岔路口，各自通向未知的去处。经过那些墙壁间的空洞，仿佛在一只只半梦半醒中的巨兽面前走过。它们悄然蹲踞着，双眼紧闭，巨口大张，随时准备吞噬那些战战兢兢的猎物。每到这个时候，方木都要放慢脚步，留心倾听之后，才缓步通过。

他在等待着，等待最后时刻的降临。这让他感到恐惧，更感到一丝释然。似乎这个结局，已经让他期盼已久。

小巷只有200米左右的长度，前方就是另一条马路，隐约可见灯光和偶尔经过的车辆。随着距离的逐渐缩短，方木望着那里，身上竟渐渐暖和起来。

明与暗。生与死。人间与地狱。明明可以走在灯光下，奔赴温暖的小家和丰盛的晚餐，为什么我要流连于黑暗的小巷，在一片寂静中等待那缕强光的降临呢？

这已经不是所谓命运或者职责的问题了，只是方木觉得必须这么做，非此不能让一切彻底终结。

正想着，距离走出小巷只有50米左右。什么也没有发生。一直悬着的心稍稍放了下来，始终紧绷的身体也慢慢松懈。方木轻轻地吐出一口气，脚步轻快了许多，脸上却透出一丝失望。

难道，我看错了？难道，我始终等不到那个结局？

方木低下头，开始思考今晚要在哪里过夜，丝毫没有注意到，前方就是这条小巷的最后一个岔口。

最后一头睡兽。最后一张巨口。一切悄无声息，只是黑暗中的野兽之瞳已然开启。岔口中骤然增强的寒风里，血腥的味道扑面而来。

方木察觉到危机降临的时候，已经来不及做出任何反应。

一个身影。一阵异响。一片黑暗。近在咫尺的光明与人间统统消失不见。

方木的头被一个塑胶袋牢牢罩住。

袋口迅速收紧，同时一只有力的手臂死死地勒住了方木的脖子。方木本能地向那只手臂抓去，袭击者却丝毫没有松劲，另一只手向下按压方木的头部。方木的气管受迫，感觉眼球都要从眼眶中暴凸出来。他一边竭力呼吸着，一边挥动右肘向后猛击，却打了个空。袭击者用力向下按压着方木的身体，把他的头和躯干折成了危险的角度。方木的手脚胡乱挥舞着，却丝毫也起不到反抗的效果。情急之下，方木勉强蹬住地面，试图向后施压，将袭击者和自己都摔在地上。可是，脚下刚一发力，袭击者却就势将方木的身体转了半圈，抓着他的头向墙壁撞去。

方木的眼前一片漆黑，几乎窒息，只感到自己的身体突然变了方向，随即，就结结实实地撞在了墙壁上。

额头剧痛。鼻子剧痛。大脑似乎被一根烧红的铁棍突然插入，又猛烈地搅动着。瞬间，方木就失去了思考和反应能力。当然，袭击者也没有给他思考和反应的机会，一击之后，他抓住方木的头，又对着墙壁狠狠地撞击了一下。

方木的头上还套着残破的塑胶袋，贴着墙，软绵绵地瘫倒下来。失去意识之前，耳边传来江亚清晰又凶狠的声音：

“我就知道你会来医院。你放心吧，他已经死了——你也快死了。”

江亚站在原地喘了一会儿，又朝小巷两边看看。这狭长黑暗的地方依旧寂静无声，似乎刚才的暴行都被遗忘得一干二净。

他俯下身子，把方木扛在肩膀上，一摇三晃地向岔路口走去。几分钟后，他来到小巷的尽头，看到自己的白色捷达车依旧停在角落的暗影里。江亚没有急着行动，而是静静地站在街口，确认四周无人后，才打开后备，把昏迷中的方木扔了进去。然后，他坐进驾驶室，发动汽车，在空中飘散的零星雪花中疾驰而去。

20分钟后，白色捷达车驶进大学城。此时已近晚10点半，学子路上一片寂静，沿街各家商铺均已关门闭店。空荡荡的街面上只有被狂风卷起的纸片和被人丢弃的食品包装袋。江亚放慢车速，仔细地观察着车窗之外，虽然视力可及范围之内毫无人迹，他还是没有直接开到“Lost in Paradise”咖啡吧门前，而是把车驶向了学子路后面的一片空地。那里曾经是一片棚户区，两年前被某地产公司买下后，准备建成商住两用楼盘。拆迁基本完毕后，后期开发却因资金问题暂时搁置，因此，那里现在只是一片长满野草的荒地。

江亚把车开进空地中。足有一米多高的野草虽已枯黄，却依旧勉力维持着挺拔、浓密的原貌。白色捷达车开进去，只能露出车顶的部分。江亚跳下车，绕到车后，把方木从后备厢里拖出来，扔在枯草中。方木一动不动地任由江亚摆布，毫无知觉地瘫倒在地上。

江亚擦了擦汗，重新上车，发动，沿着学子路开到“Lost in Paradise”咖啡吧门前。下车的时候，他特意向两侧张望了一下，前几日负责监视他的警察已经毫无踪影。

江亚笑了笑。这些警察不过尔尔，只坚持了几天就挺不住了。

他打开卷帘门，走进咖啡吧的店堂内，又回身仔细地锁好房门。做完这些，江亚快步走进卫生间，拉开其中一个隔间的小门。便池后面是一个狭窄的木门，门上只有简单的插销。他拨开插销，径直走了进去，穿过一条几米长的过道后，面前又是一道木门。他打开木门，寒风夹杂着雪花拥了进来，面前正是咖啡吧后面的那片荒地。

江亚站在咖啡吧的后门口，先是四处观察了一下，随即就把门虚掩，快步向野草深处走去。

方木依旧静静地躺在原地，保持着刚才的姿势没动。江亚冷冷地俯视着他，脸上渐渐浮现出心满意足的表情，就像一个获得了期盼已久的玩具的孩子。

他弯下腰，把方木扛在肩膀上，慢慢地向咖啡吧的后门走去。

再回到咖啡吧的店堂里的时候，江亚已是筋疲力尽。他把肩上的方木重重地掀翻在地上，随手拉过一把椅子坐下喘息着。

重摔之下，躺在地上的方木似乎恢复了些许意识，发出一声微弱的呻吟。同时，他蜷起身体，右手伸到头上去撕扯那个塑胶袋。

江亚冷冷地看着他的动作，突然飞起一脚踢在方木的头上。后者的头被踢得向后仰起，又无力地瘫倒在地上。

“如果你不想遭受太多痛苦的话，就别再反抗了。”

方木没有回答他，也没有力气再说话，只是仰面朝天地躺着，胸口处略有起伏。

江亚的呼吸稍稍平复后，他站起身子，拽着方木的衣领，向吧台后面拖去。

掀起那块小小的地毯，活板木门露了出来。江亚打开木门，自己先探身下去，随即又把方木拖了下来。

方木瘫软的身体在木质楼梯上连连撞击着，最后一路滑落到楼梯底部。江亚点亮电灯，储藏室内一切如故，铁质货架沿墙而立，厚实的深蓝色布帘垂直不动，静静地注视着这两个男人。

江亚挪开北侧的货架，打开那扇铁门，又转身拽起方木，拖进了隔间里。

隔间里的陈设依旧简单，除了墙角的钢丝铁床之外，多了几只大塑料桶。江亚把方木拖到隔间中央的瓷砖地面上，伸手拽下了他头上的黑色塑胶袋。

方木血肉模糊的脸露了出来，耳朵上还搭着变形的眼镜框，额头上遍布淤肿和血痕，鼻子歪向一边，已然面目全非了。

江亚伸手摘下方木的眼镜，裹进黑色塑胶袋里丢到一旁。然后，他蹲下身子，把方木身上的衣服逐一脱掉。

很快，方木就变得一丝不挂，像一头待宰的牲畜一样，静静地躺在冰冷的地面上。

江亚把方木的衣服扔在墙角，挽起袖子，这才发现自己的右臂上已经被抓出一道深深的血痕。他扭头看看方木，鼻子里哼了一声，伸手拎起一只大塑料桶，走到北侧的水池边，拧开盖子，把塑料桶里的液体统统倒进水池里。

顿时，刺鼻的味道在狭窄的隔间里蔓延开来。江亚没有歇息，直到把几个塑料桶里的液体都倒进水池里之后，这才拧开水池旁边的水龙头，自来水哗哗地流了进去。

那些液体被自来水稀释之后，味道稍有减弱，但依旧很呛人。江亚却毫不在意，似乎那味道刺激着他的神经，让他越来越兴奋。

水池被注满后，江亚关闭了自来水龙头，转身走向赤身裸体的方木。看到他依旧毫无知觉地躺着，江亚好像有点不甘心，就把塑料桶里剩下的一点液体倒在他的脸上。

凉冰冰的液体让方木的眼睛突然睁开，呼吸也骤然急促，随即就剧烈地咳嗽起来。

江亚笑了。

“福尔马林。味道不错吧？”他扔掉塑料桶，俯身看着方木，“你得习惯这个味儿，因为在将来很长一段时间内，你都得在这里泡着。”

方木艰难地眨眨眼睛，似乎对眼前发生的一切迷惑不解。良久，他的眼球慢慢转动起来，最后，聚焦在江亚的脸上。

“认出我来了？”江亚跨立在方木身上，居高临下地看着他。

方木微闭了一下眼睛，旋即睁开。

“很好。我是江亚。”江亚弯下腰，脸上的表情似笑非笑，“我是‘城市之光’。”

听到这四个字，方木的眼神中掠过一丝嘲弄，嘴角也微微上扬。随即，他那残破、肿胀的嘴唇嚅动了几下，发出了几个微弱的音节。

“你说什么？”江亚皱起眉头，“我听不清。”

方木闭上嘴巴，眼睛半睁，用一种怜悯混合着讥讽的目光看着他。

江亚咬咬牙，俯身凑向方木，把耳朵贴近他的嘴。

“你再说一遍！”

方木最初没有出声，似乎在积攒本就不多的力气，然后，他张开嘴，断断续续地说道：

“你不是‘城市之光’，我才是。”方木的嘴边满是干了的血渍，口腔里也沙沙作响：“这个城市里的每一个人都知道……我才是‘城市之光’。”

江亚铁青着脸，缓缓直起腰来，胸口剧烈地起伏着，脸上得意的神色已经消失不见。

“你哪一点能配得上‘城市之光’？”江亚一字一顿地说道，“你看看你现在的样子，就像一堆破烂！”

“那不重要。”方木的声音微弱，却清晰无比，“即使你杀了我，人们也会记住我。”

“不会！”江亚失去了控制，指着方木的鼻尖吼道，“要不了多久，这个城市的人就会看到，‘城市之光’又回来了！”

方木突然笑了，笑声喑哑，似乎胸腔里有两块铁片在互相摩擦。

“你可以继续去杀人，我相信你也一定会这么做。”方木停下来喘了几口气，“但是，人们会认为，你只是个拙劣的模仿者。对吧，狗蛋？”

瞬间，江亚的脸上杀机顿现，他抬起脚，狠狠地向方木的脸上跺下去。

“不许，叫我，狗蛋——不许！”

沉闷的击打声在空荡荡的隔间里回响着，还伴随着轻微的骨骼断裂的声音……

江亚打累了，向后退了几步，靠在墙壁上喘着粗气。方木的头垂向一侧，整个面部看上去只是血肉模糊的一团。他四肢平展地躺在地上，一动不动，皮肤已经变成可怕的青白色。

“喂！”江亚咬着牙，成绺的汗水从额头上流下来，“你死了么？”

方木毫无反应，胸口也似乎不再起伏。

“你不能就这么死了！”江亚双眼通红，歇斯底里地冲方木吼道，“我不会那么便宜你的！”

说罢，他又要冲上去，刚迈动脚步，就看到方木的腿抽动了一下，紧接着，一声微弱却悠长的呻吟从他的喉咙里挤了出来：

“啊——”

痛苦。纠结。还带有将死者对人世的留恋以及面对终局的释然。

喑哑的呻吟声宛若鬼泣一般，在充斥着福尔马林气味的隔间里，仿佛一张无形的网将江亚牢牢罩住。江亚怔怔地看着已不成人形的方木，竟不敢再次出手。

呻吟声持续了很久，渐渐微弱之后，化作一连串剧烈的咳嗽。随即，方木居然嘿嘿地笑了起来。

笑声断断续续，在江亚耳中，却像炸雷一般刺耳。

“你笑什么？”江亚伸出一根手指，抖抖索索地指着方木，“你这个废物你笑什么？！”

“收手吧，江亚。”方木咳出几口血沫，双眼半睁半闭地看着江亚，神色安详，“‘城市之光’已经完了……他该消失了……”

江亚愣住了，手也僵在了半空中。

他终于明白，方木是来送死的。在所有人都认为方木是“城市之光”以后，他用这种自我毁灭的方式，让那缕强光熄灭。

江亚的手慢慢地垂了下来，脸上的表情从狂怒到震惊，再到深深的绝望和哀恸。

“我停不下来……不能。”泪水从江亚的眼中夺眶而出，“我想改变一些人……一些事情……我不能只做一个普普通通的小人物……我要让魏巍知道，我比孙普更值得……我比你们所有人都强大……”

他说不下去了，双腿一软，扑通一声跌坐到地上，把头抵在膝盖上，大声抽泣着：

“我不能……我停不下来……”

方木安静地看着他，眼中的光芒一点点黯淡下去。良久，他艰难地开口，声音喑哑：

“杀人是解决不了任何问题的……这个城市的人，不应该信仰你……”

“那他们该信仰什么？腐败的司法和不公正的法律？”江亚猛然发作，跪爬过来，揪起方木的头发连连摇晃，“他们信仰‘城市之光’有什么不好？信仰善恶报应有什么不好？”

方木的头随着他的动作无力地摆动着，喉咙里也咯咯作响，似乎随时可能断气。直到江亚狠狠地将他推倒在地上，他才勉强喘过气来。良久，方木艰难地开口，声音更加微弱：

“那不是善恶报应……”方木的眼球转动已经越发迟滞：“‘城市之光’本身就是一种恶……”

“是么？”江亚抹了一把脸上的泪水，语气变得冷硬凶狠，“善也好，恶也好，你都没有资格再评判了。”

他站起身来，走到钢丝床边，打开长条塑料工具箱，从中拎起一把铁锤，掂掂分量之后，转身向方木走去。

蹲在方木身边，江亚把他的头掰向自己。

“看着我。对，就这样。”江亚凝视着方木的脸，后者也同样回望着他，表情祥和，嘴角似乎还带着一丝微笑。

“我得承认，你是很棒的对手。和其他人相比，我真的不想杀死你。”江亚一字一顿地说道，“不过，该说再见了。”

说罢，他瞄准方木的额头，慢慢举起了手中的铁锤……

突然，头顶传来砰砰的声音，似乎有人在拼命敲打咖啡吧的卷帘门。

江亚一惊，铁锤也停在了半空中。就在他犹豫的工夫，敲门声更加响亮。

他看看方木，后者面无表情地看着他，一副无动于衷的样子。来不及多想，他把铁锤别在腰间，快步走出隔间，穿过地窖，沿着木质楼梯爬了上去。

这么晚了，会是谁？警察？如果不开门，他们会不会破窗而入？后门是否也被发现了？现在逃跑还来不来得及？

一瞬间，无数问号涌上江亚的心头。他一边紧张地思考着，一边从活板木门下探出头来。

隔间里，一直瘫倒在地的方木突然抽动了一下。紧接着，他的下巴蠕动起来，舌头也在口腔中艰难地搅来搅去，几秒钟后，一个包装完好的安全套，混合着血沫和断齿、碎骨，从他嘴里吐了出来。

方木喘息了几下，左手拿起安全套，咬住外包装的边缘，撕开。同时，他举起自己的右手，凑到已然肿胀不堪的眼前，竭力观察着。

右手中指的指甲缝里，一丝带血的皮肉隐约可见。

方木的脸上露出些许欣慰的表情，他把右手中指塞进嘴里，凭牙齿的感觉对齐远节指骨关节。做完这些，他稍稍歇息了一下，似乎在勉力汇聚已然不多的力气。随即，他全身绷紧，狠狠地咬了下去。

剧痛让方木的身体痉挛起来，他弓起腰，双眼圆睁，嘴里含混不清地低吼着。巨大的痛楚让本就神志不清的他几乎昏迷过去，然而他知道此刻万万不可松劲，否则就将前功尽弃。在他残存的意识里，只剩下一个念头：咬断它。

在调集了全身每一块肌肉中的气力之后，随着“咯嘣”一声脆响，方木的五官骤然扭曲在一起，一股鲜血从他嘴里冒了出来。他抽搐着，用舌头把断指从口中顶了出来。

时间已经不多了，江亚很快就会返回隔间。方木满脸都是血水和汗水，颤抖着把断指装进包装袋，又塞进安全套里，勉强挽成一个死结后，送到嘴边……

这时，一阵轻轻的脚步声出现在隔间门口。

江亚从活板木门中爬出来，并没有急于去门边查看，而是先冲进卫生间，穿过过道，把后门打开一条缝，对外面张望着。

门外依旧是一片寂静的荒野，只有狂风卷集着雪花，漫天飞舞。

他皱皱眉头，锁好门后快步回到店堂里。敲门声已经停止，江亚走到门边，打开玻璃门后，把耳朵贴在卷帘门上，除了寒风的呼啸，丝毫也听不到任何异响。

江亚犹豫了一下，走到距离门口最近的窗户旁边，掀起一角窗帘，小心翼翼地向外窥探着。

空荡荡的街面上毫无人迹，只有不远处的一盏街灯有气无力地闪烁着，在它的映衬下，灯柱下的雪地时而洁白，时而昏黄。

刚才的敲门声，也许是风吹动了卷帘门，也许是某个夜归的醉汉。

江亚松了一口气，放下窗帘，转身走向吧台。刚一迈步，就听到脚下传来“咔嚓”一声。他下意识地循声望去，看见一部手机正被踩在自己的鞋底。

手机的按键被触动，屏幕也亮了起来。江亚看着手机，立刻意识到这是方木的。不管是他有意为之，还是无心失落，这东西都不能继续开着。

江亚没有犹豫，抬脚连连重踩了几下，手机屏幕立刻熄灭，整个机身也四分五裂。江亚捡起手机的残骸，拆下电池，又拔出电话卡，随手扔进了吧台边的垃圾桶里。

钻入地下储藏室，回到隔间，江亚看到赤身裸体的方木依旧一动不动地躺在冰冷的地面上。

经过刚才一场虚惊，整整一个晚上积攒下来的疲惫瞬间就充满了江亚的全身。他突然感到厌倦，更多的是恐惧。

眼前这个血肉模糊、面目全非的人着实是一个顽强到可恶的家伙，即使在奄奄一息的时候，仍不忘对他加以否定和嘲弄。江亚不想再听到那些话，因为他生怕自己会记住那些直抵心底的词句。

“你改变不了我，也改变不了这个城市。”江亚喃喃自语，似乎在为自己打气，“你赢不了我，因为你就要死在我手里了。”

你快消失吧。让一切快点结束吧。

江亚蹲在方木身边，凝视着那张残破不堪的脸。方木双眼紧闭，头稍稍向右偏，呼吸微弱到几乎难以觉察。

遗憾的是，不能让你眼睁睁地看着自己的脑袋被砸碎，不能让我看到你眼中的光芒骤然消失。

江亚突然举起手中的铁锤，狠狠地砸了下去。

颅骨碎裂的声音在空旷的隔间里发出回响，仿佛心有不甘，竭力想把他在人世间的最后一点声音保留得更久。然而，一切只是徒劳。

在坚硬的瓷砖墙壁间来回往复几次后，那声音和它的主人的气息一样，彻底消失了。

第二十七章

死者的证言

12月15日。晴。

分局长坐在办公桌后，一支接一支地吸烟，面前的烟灰缸早已被塞得满满当当。他的脸显得苍老、憔悴，眼窝下有深深的暗影，似乎已经很久没有得到充分的休息了。

突然，一阵刺耳的铃声在办公楼里响起。分局长似乎被这突如其来的声音吓了一跳，手腕一抖，一截长长的烟灰落在桌面上。他下意识地抬头向墙上的挂钟望去，8点整。

他把烟头按熄在烟灰缸里，深吸了一口气，拿起了桌上的电话，开始拨号。

等待音只响了半声就被接起，看来对方也一直守候在电话旁。

“老边。”

“有消息么？”边平的声音同样疲惫，更显得急切，“或者新情况？”

“没有。”分局长低声说道，“失踪的失踪，营业的营业，昏迷的还在昏迷。”

边平不说话了。良久，分局长试探着问道：“老边？”

“嗯。”

“我必须要下新命令了。”分局长艰难地说道，“这几天……我已经尽了最大的努力了。”

电话那头沉默许久，最后传来一个低沉的声音：

“好吧。”

说罢，边平就挂断了电话。

分局长静静地坐了一会儿，突然直起身子，操起桌上的内线电话：

“把杨学武给我叫来。”

杨学武很快就来到分局长办公室。没有寒暄，分局长开门见山：

“第一，调集所有力量，搜捕方木，一旦发现，立刻控制起来；第二……”

杨学武的表情复杂，嗫嚅了半天才讷讷说道：“分局长，能不能……”

“第二，如果他拒捕，可以使用警械。”分局长提高了音量，“但是要活的，我要他亲口解释给我听！”

杨学武的神色稍有放松，连连点头。

“第三……”

分局长话没说完，就看见办公室的门被猛地推开，米楠拿着一张纸匆匆走了进来，身后跟着一脸尴尬的分局办公室主任，嘴里还不依不饶地抱怨着。

“你这丫头，干吗急成这样啊……”

“头儿，”米楠径直走到办公桌前，把那张纸拍到分局长面前，言语急切，“最高检做出批复了，同意追诉21年前的罗洋村杀人案。”

“哦？”分局长拿起那张纸，浏览一遍之后，把征询的目光投向杨学武。

杨学武犹豫了一下，开口说道：“虽然可以立案了，但是，证据……”

“我不管！”米楠突然尖叫起来，冲杨学武连连挥动双手，“把江亚抓起来！只有控制住他，方木才会安全！”

杨学武看着披头散发、几近癫狂的米楠。她瘦了很多，皮肤黯淡无光，唯独双眼还放射出咄咄逼人的可怕光芒。

他咬了咬牙，回头望向分局长。

分局长看看他，又看看米楠，渐渐地，决绝的神情出现在脸上。

“把方木的事放下，先办这个！”分局长站了起来，“把江亚抓回来，能延长羁押期限就延长——21年前他只是个毛孩子，我不信一点证据都没留下来！”

杨学武应了一声就转身向外走，边走边对米楠说：“你去办手续，我去抓人！”

抓捕行动异常顺利，江亚在“Lost in Paradise”咖啡吧中束手就擒。他始终没有反抗，甚至面带微笑。

江亚被带至分局，直接送往讯问室。杨学武吩咐其他人去准备预审，米楠则从江亚被带进分局伊始，就一直死死地盯着他。如果那视线是利刃的话，江亚恐怕早已碎尸万段了。

一个同事匆匆走到杨学武身边，轻声耳语了几句，隐约可闻“证据”“时间”“欠缺”几个字眼。杨学武的脸色沉了沉，转头看看米楠，似乎暗自下定了决心，拍了拍那个同事的肩膀：

“你们先忙着，这边我来想办法。”

说完，他伸手叫来另一名年轻警员，低声说道：“把讯问室里的摄像机关掉。”

年轻警员一脸惊讶：“杨哥……”

“照我说的做。”杨学武的语气不容辩驳，“如果出了问题，就说是我关掉的。”

安排好一切，杨学武拍拍米楠，两个人一前一后地走进了讯问室。

江亚被铐在铁椅上，双眼微闭，听到有人进来，他抬起头，冲杨学武和米楠轻松地颔首示意。

“老相识了，我就不跟你废话了。”杨学武拉过一把椅子，坐在江亚对面，“你叫江亚，曾用名狗蛋，1975年6月18日出生于Y市F县罗洋村。21年前，你杀死了自己的父亲，然后只身离开了罗洋村。从今年5月至年底，你以‘城市之光’的名义，连续杀死了6个人——我说得没错吧？”

江亚笑笑，调整了一下坐姿：“杨警官，如果你有证据，那么我们没必要谈下去；如果你没有证据，我们同样没必要谈下去，不是么？”

“是啊，该有的我们都会有的，只是时间问题。”杨学武毫不示弱，“我们可以慢慢等。”

“我也可以等。”江亚淡淡地说道，“不过我们最好聊点别的，关于那些话题，你应该知道，我没什么好说的。”

说罢，他就歪着头，意味深长地看着杨学武，表情似笑非笑。

冷不防地，米楠开口了。

“方木在哪里？”她的声音带着一丝颤抖，似乎渴望知道答案，又害怕面对真相，“你把他怎样了？”

“不知道。”江亚耸耸肩膀，对米楠眨眨眼睛，“也许去了他该去的地方吧。”

米楠噌地一下站了起来，喉咙里发出一声受伤的母兽般的哀吼。眼看她就要向江亚扑过去，杨学武急忙拽住她，不顾她的踢打挣扎，把她推出门外。

再转过身的时候，杨学武的脸色已经变得铁青，双眼血红，脸颊上的肌肉突突地跳动着。

“你告诉我，”杨学武一把揪住江亚的头发，把他的脸仰起来，“你把方木怎么样了？”

江亚满不在乎地扬着下巴，因为头发被拽住的缘故，他的双眼上翻，不屑的神态更甚。

“杨警官，”江亚朝墙角的摄像机努努嘴，“你在讯问我么？”

“当然不是，这只是热热身。”杨学武松开他的头发，伸手从腰里抽出电警棍，“这有助于你思考问题。”

江亚的脸色变了变，看看杨学武手中的电警棍，一字一顿地说道：“如果你敢碰我一下，我向你保证，我绝对不会放过你。”

“是么？”杨学武按下握柄上的开关，一步步向他走近，“我很想试试‘城市之光’到底有多强大。”

江亚挣扎起来，却丝毫不能阻止杨学武把通了电的电警棍伸向自己身下的铁椅。

正在此时，讯问室的门突然被推开，分局长大步走了进来，看见手握电警棍的杨学武，脸色一沉，低声喝道：“收起来！”

杨学武满心不甘地盯着江亚，重重地“哼”了一声，抬手关掉了电源。

“打开他的手铐。”分局长指指江亚，对杨学武说道，“你带着他，还有米楠，到我办公室来，有东西给你们看。”

“什么？”

“一盒录像带。”分局长看看杨学武，又看看江亚，似乎仍然对这件事感到难以置信，“是方木寄来的。”

市公安医院。住院部。三楼尽头的病房。

女护士从这个脑死亡者的腋下拔出体温计，看了看刻度，小声嘀咕了一句奇怪。

这的确是个奇怪的家伙。虽然他已经被确诊为脑死亡，却一直用呼吸机维持着。而呼吸机上设置的各种参数，例如压力比和潮气量什么的，和普通的脑死亡患者有很大的区别。而且在这几天里，患者多次出现呼吸抵抗的情况——换句话来说，他似乎是有自主呼吸的。

更奇怪的是他的老婆。入院第二天，那个年轻漂亮的女人就赶到了这里。看到他的时候，女人哭得昏天黑地。然而，和患者的领导谈了一次话之后，她就再没出现过。

总之，都是一些莫名其妙的人。

正想着，女护士无意中扫了沉睡的患者一眼。一瞥之下，她的心脏仿佛停止了跳动，手中的体温计也“当啷”一声落在地上，断成了几截。

这个叫邰伟的脑死亡者，正圆睁双眼，直直地看着她。几秒钟之后，他竟然开口问道：

“今天，是几号？”

女护士以手掩口，把一声惊叫生生地憋在了喉咙里。脑死亡者开口说话——这不是活见鬼了么？

“几号？”

“十……十五号。”

这死而复生的人从被子里伸出手来，拽掉了脸上的呼吸面罩，转眼间，竟坐了起来！

女护士再也掩饰不了内心的恐惧，尖叫一声就跑出病房。

邰伟没有理会她，一边四下寻找着，一边试图下床。可是，因为卧床数天的缘故，猛一起身，眼前顿时天旋地转。他闭上眼睛，靠在床头，立刻感到冷汗布满全身。稍稍适应了一些之后，他睁开眼睛，看到自己的手机正放在床头柜上。

开机。邰伟连连按动键盘，直到调取出一条短信息。

信息只有两个字：七天。发信人：方木。时间：12月9日上午10点11分，也就是方木向他开枪的几分钟前。

邰伟反复看着这条短信息。其实，他在假装昏迷，暗示边平查看自己手机的时候，仍然不知道这两个字背后的真实意图。只不过，邰伟信任方木，即使是眼睁睁地看着他向自己开枪。

邰伟放下手机，看了看自己的胸口，那一大片淤痕正在渐渐好转。抬头看看窗外，阳光正好。

方木，你要我做的，我都做到了。

可是，你在哪里？

录像带是四天前寄出的，收件人是分局长。杨学武把江亚铐在椅子上，又环视了一下办公室里的人。大家的注意力都不在江亚身上。边平、分局长、米楠，甚至江亚本人都死死地盯着那盒录像带。

杨学武轻咳一声，待分局长转过头来，就轻轻地向江亚努努嘴。分局长明白他的意思，坚决地说：“让他看！”

他晃了晃手里的录像带：“这也是方木的意思。”

画面里先是一只张开的手，紧接着，方木的脸露了出来。他向身后看看，又调整了一下镜头的位置后，转身坐下。从画面中的背景来看，视频拍摄的地点在方木的家里。

他没有急于开口，看了镜头几秒钟，突然笑笑，似乎对这样的出场方式很不习惯。

“如果我没猜错的话，现在看到这盒录像带的人，是分局长、边平、学武、米楠……还有你，江亚。”

一直盯着屏幕的江亚突然抖了一下，脸色瞬间就变得惨白。

“当你们看到这些的时候，我已经死了。”

观众们不约而同地发出小小的惊呼，米楠双目圆睁，用手死死地捂住嘴巴，整个人也摇晃起来。

宣告自己的死亡，让方木也觉得有些黯然，他低下头，似乎要鼓起勇气去面对这个事实。再抬起头的时候，脸上是一丝勉强的笑容。

“今天是2011年12月9日。现在是上午9点，再过一个小时左右，我就会在太原北街的星巴克咖啡厅和邰伟见面。”方木顿了一下，神色歉然，“我会向他开枪，现场的视频监控系统会完整地记录案发过程。但是，我不是杀人犯。我用的是橡胶弹头。我会朝他的胸口开枪，可能会打伤他，但他不会死。而且……”

方木轻轻地笑了：“如果这家伙看懂了那条短信的话，现在已经装死好几天了。不过，我还是得对他说——”方木收起笑容，颇为郑重地对着镜头点点头，“——对不起了，兄弟。”

分局长抓起电话，眼睛盯着屏幕，嘴里简单地下达命令：“去公安医院，把邰局长叫醒，带到分局来。”

听到方木的话和分局长的命令，杨学武已经惊讶得无以复加。他看看边平，后者面沉如水，显然对邰伟没死这件事早已了如指掌。米楠和江亚则同自己一样，满脸震惊。尤其是江亚，双眼几乎要凸出眼眶，死死地盯着屏幕里的方木，上身前倾，似乎想把他从电视机里拽出来问个究竟。

方木没让他等太久，直截了当地揭晓了答案：“江亚，这是为你而设的一个圈套。当你看到这段画面的时候，我相信，我已经被你杀死了。而且，我衷心地希望是这样，因为，这就意味着，我的计划已经成功了。”

江亚的脸抽搐了一下，仿佛想挤出一个不屑一顾的笑容，然而，他的额头上已经冷汗涔涔，那笑容比哭相还难看。

“从邰伟撞车打人的录像被上传至网络之后，我就知道你会把邰伟当做‘城市之光’的下一个目标。因为在你看来，杀死一个警察，更刺激，更轰动，也更能满足你的狂妄心态。但是，我不能让你这么做。”方木的面色平和，语速不急不缓，“于公，我是个警察，邰伟是我最好的朋友，我不能眼睁睁地看着他死在你手里；于私，魏巍为了向我证明孙普从未消失过，把你调教成恶魔一样的人——已经有太多的人死去了，尤其是，你杀了廖亚凡……”

方木突然停住了，眼眶也红起来。他低下头，只能看到紧抿的嘴角和突突跳动的脸颊。良久，他抬起头，眼中闪烁着湿润的光芒，语气却变得平静。

“所以我一定要阻止你，但是我不能让其他人去冒这个风险。”方木的视线离开了镜头，似乎在说给自己听，“从我第一次面对生死考验的时候，我就一直觉得我是个不祥的人。在我身边的人，无论是战友、对手还是死敌，一个个离我而去。我不想这样。所以，这一次，我选择了我自己。”

方木重新面对镜头，脸上是一丝若有若无的微笑：“我枪杀邰伟，你一定会迁怒于我。因为我抢走了‘城市之光’的名号。失去了魏巍之后，对你而言，这大概是你最宝贵的东西。”他点点头，“你放心，我会找机会让你杀死我，而且我相信，你一定已经这么做了。”

方木调整了一下坐姿，向镜头凑近，脸上的表情似乎如释重负：“我的命，就是这个圈套。”

办公室里一片死寂，每个人都默默地盯着屏幕里的方木。突然，米楠发出一声遏制不住的抽泣：

“为什么……为什么……”

泪水从米楠的眼中滚滚而下，视线中的方木变得模糊不清：

“你怎么这么傻……”

画面中，方木端正地坐好，脸色也归于郑重。

“说点正事吧。”他的语速更慢，似乎在边说边思考，“江亚不会很快地杀死我，以他的性格，会选择慢慢地折磨我致死。所以，他杀死我的地点不会在室外，我也不会给他制造将我一击致命的机会。他应该在某个地点将我制服，然后用车把我带走。所以，学武……”

杨学武立刻站直身体，全神贯注地看着屏幕。

“……看到录像带之后，你要仔细地搜查江亚的白色捷达车，尤其是后备厢。他非常有可能会在杀死我之后清洗车辆。但是我会在很隐蔽的地方留下线索，特别是他留意不到的位置。”

杨学武瞟了一眼江亚，后者的脸色已经惨白如纸，眼球不断地转动，似乎在拼命回忆着。然而，绝望的表情越来越明显。

杨学武咬咬牙，明知道毫无必要，还是对着屏幕中的方木应了一声：“好，我知道了。”

“下面的部分是重点。”方木顿了一下，“我和米楠去罗洋村调查江亚的身世的时候，曾在他家里发现一个地窖。而且，我和江亚交谈的时候，他曾经说过，地窖是让他感到安全的地方。我相信，在‘Lost in Paradise’咖啡吧里，肯定也有一个类似的地窖。上次搜查的时候，我们的确发现了一个地下储藏室。但是，我们一定忽略了夹层或者隔间之类的空间。因为江亚杀死那个医生之后，曾把他的尸体泡在福尔马林溶液里长达5个多月。咖啡吧里一定有这样一个地方。所以，你们要仔仔细细地搜查‘Lost in Paradise’的每一个角落。如果你们找到这个地方，我相信，”方木突然苦笑了一下，“你们会发现我的尸体。”

边平听到这里，突然抖了一下，他转头看看江亚，嘶声问道：“他说得没错吧？”

江亚没有回答他，甚至看都没有看边平一眼，依旧死死地盯着电视屏幕，胸口剧烈地起伏着。

“因为魏巍的缘故，江亚非常恨那个医生。不仅保留了他的尸体，而且时常鞭尸泄恨。”方木继续平静地讲述着，似乎在说一件完全于己无关的事情，“所以，他一定不会立刻毁掉我的尸体，而是把我当做他的战利品或者玩具，时不时捞出来鞭挞一番。这是非常重要的证据。而且，我会想办法在他杀死我之前，争取到一定的时间和空间，保留他身上的东西——比如皮肉——当做证据。不过，他会把我的尸体泡在福尔马林溶液里，衣服之类的肯定会被他销毁。所以，我保留下来的证据，很有可能会在我的体内。你们一定要仔细解剖我的尸体，特别是胃里，不要因为那是我的尸体而手软或者不忍心，绝对不要——各位，拜托了！”

一个即将赴死的人，如此平静地列举自己将用生命换取的种种证据，并且嘱咐同事不惜将自己的遗体割得支离破碎——这需要多大的勇气！

江亚已是面如死灰。如果说方木甘愿送死让他感到震惊与恐惧，那么，更让他没有想到的是，在方木自寻死路背后，是更加无懈可击的圈套！

电视屏幕上的小小人像，让江亚战栗不已。

死者的陈述还在继续：

“以上就是我要说的。当然，这只是我的设想，在执行的过程中可能会有各种各样的意外发生，如果我失手了，”方木上身前倾，脸上流露出无限的诚恳和期待，“分局长、边师兄，你们一定要查下去。结案的那一天，要把这个案子原原本本地告知公众。倒不是为了所谓个人名誉，而是……”

方木停了下来，头向左侧，双眼低垂，似乎这个问题沉重得难以启齿。

“我们都不能否认，这个城市已经因为‘城市之光’改变了许多。对于我们来讲，也曾经动摇过。‘城市之光’究竟是对的还是错的？在法律之外，杀人是不是唯一实现公平和正义的办法？江亚做过的事情，我也曾经做过。但是，我想告诉这个城市里的所有人，以暴制暴解决不了任何问题。信仰暴力，只会带来更惨烈的暴行。”方木重新面对镜头，面色平和，眼光纯净，宛若初生的孩童，“如果这架天平从来就是倾斜的，那么，就让我当一颗砝码吧。”

残酷的暴力，可以摧毁肉体。邪恶的信仰，可以摧毁灵魂。无畏的牺牲，则可以拯救一切。

“最后，”方木盯着镜头，表情突然变得局促，嘴边绽开的微笑中，是深深的不舍，“米楠……”

室内一下子变得安静，警察忘记了自己的职责，杀人者忘记了自己的处境，所有人都把视线投向了死者最后的牵挂。

方木的脸色慢慢变得潮红，嘴唇颤抖着，似乎有千言万语汇集在胸腔里，却不知从何说起。

米楠屏住呼吸，怔怔地看着那个从视死如归中骤然变得羞涩不安的人。

然而，没有嘱托，没有情话，甚至没有祝福。方木只是无声地看着镜头，眼中渐渐泛起泪光，最后，笑了：

“就这样吧。”

录像结束。画面定格。方木的笑容，一动不动地凝固在电视屏幕中。

随之凝固的，是房间里的所有人，似乎一生的时光悄然逝去。从此万籁俱寂，平静的心湖中再无涟漪。

良久，米楠轻轻地开口：

“我明白。”

她擦去脸上的泪水，站直身体，脸上是遮挡不住的幸福与骄傲：

“我明白。”

江亚一动不动地看着那张凝固的笑脸，随即，长长地呼出一口气，心下一片释然。

“你们还在等什么？”江亚平静地晃晃手上的钢铐，“开始吧。”

尾声

我想你要走了

一周之后，“城市之光”系列杀人案宣布全案告破。

江亚对自己犯下的连环杀人罪行供认不讳，并交代了全部作案细节。在他的指认下，警方在“Lost in Paradise”咖啡吧附近的荒地，以及市内多处地点，起获大量被埋藏、遗弃的物证。经鉴定，这些物证均能与江亚的口供及勘验结论相互印证。

经全力打捞，在俪通河中发现了部分头骨残片和肌肉组织，已与无头男尸案做同一认定。

21年前的罗洋村杀人案，因年代久远，除江亚的口供之外，再无证据，检察院做出了不予起诉的决定。

通过对江亚的白色捷达车进行彻底检查后，警方在后备厢的锁眼及顶端发现少量血迹，血型为O型。DNA测试结果显示，血迹为被害人方木所留。

警方在“Lost in Paradise”咖啡吧的地窖隔间里发现一具成年男尸，死因为重度颅脑损伤。经解剖后，在死者胃内发现一枚安全套，套内装有一节断指，经鉴定为右手中指末端指节。警方在断指的指甲缝内发现不属于死者的皮肤组织。由于保存完好，鉴定结论很快得出：皮肤组织为江亚所留。

江亚在得知断指被发现后，痛快地承认了死者为自己亲手所杀。在隔间里发现的铁锤上也提取到江亚的指纹及死者的血液。

待所有证据收集完毕后，警方将此案移交给C市人民检察院审查起诉。市检察院很快做出起诉决定，并在法定期限内将起诉书送达江亚。据称，江亚只是在送达回执上草草签字后，就把起诉书扔在一旁，转身拿起当天的报纸细细阅读。

“城市之光”落网，在C市掀起了轩然大波。各类媒体进行了连篇累牍的报道，多家纸质媒体甚至为此推出了特别副刊。一夜间，“江亚”这个名字在C市家喻户晓。

一个月后，C市中级人民法院开庭审理了“城市之光”系列杀人案。

鉴于案情重大，社会关注度高，法院将整个庭审过程对媒体公开。庭审当天，除案件当事人及家属外，来自省内及全国的新闻媒体把法庭塞得满满当当。无法入庭旁听的市民挤在法院的门口，通过门厅墙壁上的液晶显示屏收看庭审过程。

在审判过程中，江亚始终面色平静，对法庭出示的所有物证看也不看，一概表示认可，对公诉人和法官的问话也统统如实回答。他似乎丝毫没有为自己辩解的念头，庭审中甚至多次走神。经法官提醒后，江亚的表现更为消极，在庭审的最后几个小时里，对所有问话只以点头回应。

在最后陈述阶段，江亚只说了一句话。

“我败给了可敬的对手，没什么可说的。”

10天之后，C市中级人民法院刑事一庭做出一审判决：江亚从2011年5月至年底，以“城市之光”的名义，连续杀死了6个人，故意伤害一人，犯罪事实清楚，证据确凿充分。法院判决如下：江亚犯故意杀人罪，判处死刑立即执行；犯故意伤害罪，判处有期徒刑3年。决定执行死刑立即执行。

对江亚宣读判决书的时候，他表现得极不耐烦。法官仅仅读了一页之后，江亚就要求终止宣读，并直接在判决书上签字。当被问及是否上诉的时候，江亚似乎对这个问题感到不可思议：

“不，当然不。”

20天后，经最高人民法院核准，对江亚执行注射死刑。

执行当天，公检法机关派员到场旁观及监督行刑过程。邰伟、杨学武、米楠等人也在其列。

注射室在市公安医院，是一栋二层小楼。行刑室在一楼，是一个正方形的房间，四周是铝合金隔断。注射床摆放在房间中央。行刑室没有顶棚，其他人员可以站在二楼的环形玻璃窗后，自上而下目睹整个行刑过程。

在执行人员准备器械及药物的过程中，郃伟悄悄地溜下二楼的监视室，直奔一楼的休息室而去。

休息室只有十几平方米，除了三张长椅之外，再无他物。休息室隔壁就是行刑室，换句话来说，中间那道薄薄的铝合金隔断，分开的是人间与地狱。

西装革履的江亚独自坐在东侧的长椅上，身边是四名荷枪实弹的法警。看到郃伟进来，江亚抬起头，冲他笑笑：

“我认识你。”

“是啊。”郃伟掏出烟，递给他一支，“我差点就成了第七个，是吧？”

说罢，他替江亚点燃了烟。江亚道了谢，表情淡然地吸着烟。

郃伟坐在江亚对面，上下打量着他：

“衣服是新的？”

“嗯。”江亚转转脖子，“第一次穿这个，不习惯。”

“那没办法了，来不及换了。”

“呵呵，是啊。”江亚笑了起来，“也没必要。”

两个人像老朋友一样，相对坐着吸烟，仿佛隔壁不是行刑室，而是火车站的候车室。

吸了半支烟，郃伟突然问道：“紧张么？”

“不。”江亚看着郃伟的眼睛，“我都有些迫不及待了。”

郃伟挑起眉毛：“哦？”

江亚点点头，笑容有所收敛：“我不能让那家伙等太久。”

郃伟眯起眼睛，若有所思地看着他，然后，一字一顿地问道：“你在法庭上，说的都是真话？”

“当然。”

“一点遗漏都没有？”

"没有。"江亚有些疑惑，"你来见我，就是为了问这个？"

邰伟移开目光，表情突然一松，摇了摇头，嘴边浮起一丝若有若无的笑意。

"安心上路吧。"邰伟站起身来，拍了拍江亚的肩膀，"别去追他了。在另一个世界，你做不了他的对手。"

"哦？"江亚一愣，眼神中掠过一丝慌乱，"你什么意思？"

邰伟居高临下地看着他，神情复杂，似乎又憎恶他，又可怜他：

"你一定没认真看判决书。"

说罢，他就拉开门，转身走了出去。

江亚至死都忽略了一件事，警方并没有把那枚断指当做证据使用。

原因在于，隔间水池里的男尸，右手五指完整。

那枚断指虽然被证实是方木的，然而，尸体的DNA鉴定结论却与方木不符。由于死者颅骨粉碎，容貌尽毁，直到起诉时，警方仍然不知道这具泡在福尔马林溶液中的尸体的真实身份。因此，在起诉书及判决书中，第七个死者的名字被代之以"无名氏"。

这对于法庭而言并不重要，即使死者身份不明，江亚的故意杀人罪仍然成立。

但对生者而言，这比什么都重要。

方木在哪里？他是否还在人间？

在米楠的心中，寻找方木的下落，已经成了自己后半生唯一要做的事情。然而，无论她多么努力，方木仍然杳无音讯。他似乎像一缕尘埃一样，彻底消失在这个城市的空气中。

然而，他的名字，却永远镌刻在C市的记忆中。江亚被执行死刑之后，警方遵照方木的遗愿，将全案的真实情况向市民通报。人们在震惊于江亚的罪行的同时，也知道曾有这样一个警察，为了让“城市之光”彻底熄灭，不惜担当杀人犯的恶名，更甘愿用生命换取证据。

人们似乎了解到这样一个事实，不管这个城市曾经多么罪孽深重，总有人肯以宽恕和牺牲去挽回它的清明宁静。在人人变成凶器的当下，方木这个名字成为一段传奇，他代表先卸下的盔甲，先露出的笑容，先伸出的双手。

暴力固然强大，然而，更强大的，是勇气和彼此原谅。

在他离开的日子里，温暖的阳光，毫不吝啬地普照整个城市。

时光飞逝，岁月更替。

快一年后，方木依旧下落不明。所有的人都知道，该对这个人说再见了。就像邰伟对米楠的劝解一样——如果他还活着，早就回到我们身边了。

米楠只是笑笑。

她总觉得，方木依然在这个世界的某个角落里安静地生活着，依旧阴郁，依旧孤独，依旧在洞察一切罪恶的同时心存善念。

你不想重新出现，想必有你自己的理由吧。不管这个理由是什么，你都要好好的，好好的。

今天，秋意盎然，天光大好。

在一年四季中，C市的秋天是最让人感到惬意的。没有春的躁动、夏的酷热，也没有冬的苦寒。只有高远的蓝天，暖暖的微风和平安喜乐的笑容。

在这样的天气中，即使是驾车出差，也同样让人心情愉快。

米楠把车开出市局大院，正想着如何开上高速公路，余光却瞥到了市局对面的英雄广场。她心念一动，随即调转了方向。

英雄广场上熙熙攘攘，很多市民都来到这里享受悠闲的秋日时光。平整的大理石地面上，不时有孩子骑着三轮车，或者拽着风筝大声笑着跑过。

广场上新近立起一个巨大的液晶屏幕，正在转播当天的新闻。听上去，发生在这个城市的事情似乎与这个明媚的秋日格格不入。

某美容院在向会员们收取高额入会费之后，关门大吉，店主逃之夭夭。

某幼儿园教师虐待、体罚幼童，愤怒的家长将肇事者痛殴一顿。

国家发改委宣布将在近期再次提高成品油价。

一个身份不明的女人暴毙街头，怀疑死因为脑瘤破裂引发的脑出血。

然而，没有人去留意那些令人不快的新闻。的确，为什么要让于己无关的事情破坏难得的好心情呢？

米楠在广场上随处可见的流动摊贩那里买了一束白色百合花，小心地捧着，向广场中央的纪念碑走去。

米楠一直都知道，方木有定期来这里拜祭战友的习惯。她也曾经在英雄广场等了很久，期待能在这里与方木再次相遇。然而，每次都是失望而归。但是这并不重要，因为这里有方木的气息，这就足够了。更何况，来英雄广场，也已经成了米楠的习惯。

它还在那里。粗粝。黝黑。朴实。凌厉。

米楠把百合花放在钢锭下的大理石基座上，仔细地摆好，然后绕着纪念碑，缓缓地走动了一圈。当她意识到自己的目光始终集中在地面上的足迹的时候，不由得哑然失笑。

有些铭刻在灵魂深处的东西，无法戒除。无论是职业本能，还是爱情。

只是连米楠自己都难以想象，如果能看到那双42.5码，右脚略内八字的足迹，会有多么高兴。

她回到大理石基座正面，蹲下身子，开始擦拭和清理。很快，大理石基座变得一尘不染，在阳光下熠熠生辉，镌刻其上的三个名字也分外清晰起来。

米楠背靠着钢锭，坐在大理石基座上，立刻感到身下暖暖的温度和身后有力的支撑。这让她感到安全和放松。她曲起腿，抱着膝盖，静静地看着身边走过的人。

这是再寻常不过的秋日，沐浴在阳光下的，是再寻常不过的人。偶尔有人从这里走过，好奇地打量着巨大的钢锭和靠坐在旁边的年轻女人，或者停下脚步看看大理石基座上的说明文字。肃然起敬者有之，无动于衷者有之。大多数人都在短暂停留后，又匆匆而过，各自奔赴生活中的下一站。

他和他们的牺牲，似乎改变了这个城市，又似乎什么都没有改变。

然而，这并不重要，就像他和他们，从来不曾指望能在其他人的记忆中占据任何位置，哪怕是小小的一角。

一切只是他和他们的选择。

米楠看看手表，站起身来。刚迈出几步，她想了想，又折返回来，试探着把耳朵贴在钢锭上。然而，她能感到的，只是粗糙的锈迹和恍若无物的寂静。

米楠苦笑着摇摇头。也许，她始终无法直抵方木的内心，就如同此刻，她不能体味他的感受一样。

米楠跳下基座，转身向广场外走去。突然，一阵微风从身后吹来，她立刻感到衣襟在轻轻摆动，马尾辫梢扫在脖子上，仿佛有人轻轻按住她的后背，推着她向前走。

旁边的树枝也轻轻地摇晃起来，依旧泛着绿色的叶片彼此摩擦着，在潮水般的哗哗声中，她清晰地听到，那巨大的钢锭发出阵阵轰鸣，像呼号，像怒吼，像鼓励。

米楠没有回头，只是捏紧拳头，加快了脚步。同时，潸然泪下。

中国刑事警察学院地处辽宁省沈阳市，既是全国刑事科学技术基地，也是米楠在此学习了两年的母校。这次重返校园，主要的任务是将一起疑难案件的足迹样本交由学院的专家分析检验。痕迹检验系的姚教授是米楠当年的指导教师，也是受托的专家之一。他热情地接待了米楠，并协助她办理了委托手续。眼见时间尚早，姚教授提出要请米楠吃午饭，米楠接受了邀请，不过坚持要在学院的食堂。

饭菜还是那几样，味道也依然不敢恭维，难得的，是那种熟悉的感觉。饭吃了一半，姚教授就接到了临时会议通知，不得不提前离开。米楠独自坐在食堂里，一边打量着身边那些穿着学警制服的年轻学生，一边把盘子里的饭菜慢慢吃完。

不知道这些小家伙们为什么要做警察，是为一份衣食无忧的工作，还是出于对这份职业的热爱？米楠记得自己在大学毕业时就毫不犹豫地报考了C市公安局，只为了能再见到那个警察。

和他生活在同一片天空下，呼吸同一个城市的空气，穿着同样的制服，成为他那样的人。

想到这里，米楠轻轻地笑了笑，也许那家伙自己都没有意识到，他到底影响了多少人。

时间已近中午，食堂里的学生也越来越多。看着那些端着餐盘，四处寻找座位的男女学生，米楠起身让出位置，然后把餐具送到回收处，走出了食堂。

回到停车场，米楠从后备厢里拿出一个装满衣服和零食的包裹，向学生宿舍走去。

邢璐参加了今年的高考，并被中国刑事警察学院录取，成为刑事侦查系的大一新生。米楠这次回母校，也想顺路看看这个小师妹。可是，到了学生宿舍，却扑了个空。邢璐的室友告诉米楠，邢璐去犯罪心理实验室了。

估计是找边平去了。方木死后不久，边平从省公安厅调至中国刑事警察学院公安基础教学部。从一名处级干部变成一名普普通通的犯罪心理学教师，让很多人颇为不解。然而，用边平自己的话来解释，他想在有生之年，做点有意义的事情。

或许，他是想找到下一个方木。

有的人，可以替代，有的人，独一无二。

米楠拎着包裹，慢慢地走向犯罪心理实验室。刚转过法医楼，迎面遇到一大群刚下课的学生，个个面露饥色，脚步匆匆地直奔食堂。

米楠和他们擦肩而过，听到几个女生在叽叽喳喳地抱怨：

“太变态了，实验步骤差一点就挨训……”

“你说那个九指？”

“是啊，对女生都不客气。”

“我觉得他挺好的啊，除了对咱们要求严点……”

“什么啊，一上课就没有笑模样，我都不敢看他的眼睛，像箭似的，幸亏有眼镜片挡着，嘻嘻……”

米楠心不在焉地听着，突然心念一动。她停下脚步，扭过头，看着那几个女生消失在山楂树林中的小路尽头。愣了几秒钟之后，米楠的呼吸急促起来，拔脚向相反方向跑去。

她气喘吁吁地跑进侦查楼，左转，直奔走廊尽头的最后一个房间，门也不敲就用力推开。厚实的木门撞在墙壁上，发出“咣当”一声巨响。室内的三个人被吓了一跳。

邢璐坐在试验台上，两条长腿垂在桌子下面来回晃荡着。边平坐在她对面，笑呵呵地吸着烟，旁边是同样叼着烟的韩卫明。两个人都一脸笑意地看着邢璐，似乎正在听她讲什么好笑的事情。

看见米楠闯进来，一身学警制服的邢璐轻巧地跳下来，几步蹦到她的身边，拉着她的胳膊，惊喜地喊道：“米楠姐，你怎么来了？”

边平和韩卫明看到米楠，也是一脸诧异加喜悦。不等他们开口，米楠就推开邢璐，劈头问道：“他在哪儿？”

边平的笑容凝固在脸上，转头看看韩卫明。韩卫明也回望着他，又转头看看米楠，耸耸肩膀。

边平调整了一下表情，若无其事地对米楠说道：“你什么时候来的？怎么也不提前打个电话，吃饭了么……”

“他在哪里？”米楠的胸口剧烈地起伏着，汗津津的脸上一片潮红，“他在哪里？”

边平似乎完全搞不懂米楠的问题，一脸疑惑：“谁？”

“方木！”米楠上前一步，几乎吼了出来，“方木在哪里？”

听到这两个字，边平反而平静下来，他盯着米楠看了几秒钟，低声说道：“他已经死了。”

“不可能！”米楠疯狂地摇头，几缕头发粘在汗湿的额头上。她一把抓住边平的胳膊，连连摇动着：“他在哪里，你快告诉我……”

边平随着她的动作无力地摇晃着，求助似的看着韩卫明。韩卫明却只是苦笑，抬手去拉米楠。

“米楠，你冷静点……”

“我做不到！”米楠扔下包裹，脸上的表情既有狂乱也有乞求，“边处长……韩老师，你们别骗我，告诉我，求求你们告诉我，他在哪里？”

边平和韩卫明对视了一下，面色凝重地看着状如癫狂的米楠，一言不发。

泪水顺着米楠的脸庞缓缓滚落，她哽咽着，转头面向邢璐。

“邢璐……好孩子……你告诉姐姐，”米楠的视线中一片模糊，几乎看不清眼前这个手足无措的女孩，“方木在哪里，你告诉我……”

邢璐吓得倒退两步，嘴里喃喃说道：“米楠姐，他……”

正在此时，米楠的身后，犯罪心理实验室外的走廊里，突然传来一阵轻轻的脚步声。

那脚步沉稳，好像穿着塑胶混合底皮鞋，不疾不徐，运步均匀，似乎既疲惫，又心事重重。

四周一瞬间就变得安静无比。仿佛整个世界都消失不见，只剩下那条走廊里越来越清晰的脚步声。

米楠颤抖起来，她的目光依次扫过边平、韩卫明和邢璐，试图从他们的脸上得到那个渴望已久的答案。

他们却不看她，只是齐齐地把视线投向米楠的身后。

米楠没有回头，也不敢回头。

如果不是他怎么办？如果不是那个走路习惯轻轻地摇晃左肩，右脚偏内落脚，左脚弓稍高，右侧后鞋跟磨损严重的人——

该怎么办？

可是，门已经开了。